EDIÇÕES BESTBOLSO

O toque mágico

Francis Paul Wilson nasceu em Nova Jersey, nos Estados Unidos, em 1946. Formado em medicina, debutou no gênero do terror com o livro *O fortim*, publicado em 1981. Unhas roídas, frio na espinha e uma narrativa magnética: essas são as marcas registradas de F. Paul Wilson, hábil na criação de tramas de suspense, dono de um estilo consagrado em livros como *Represália*, *Renascido* e *Os escolhidos*. O autor é considerado um dos mestres do terror, comparado a Dean Koontz e Stephen King. A série Ciclo do Inimigo é composta de seis volumes, o último – *Nightworld* – inédito no Brasil:

Volume 1: O fortim
Volume 2: O sepulcro
Volume 3: O toque mágico
Volume 4: Renascido
Volume 5: Represália

F. PAUL WILSON

O TOQUE MÁGICO

Tradução de
REINALDO GUARANY

1ª edição

RIO DE JANEIRO – 2013

CIP-BRASIL. CATALOGAÇÃO NA FONTE
SINDICATO NACIONAL DOS EDITORES DE LIVROS, RJ

Wilson, F. Paul (Francis Paul)
W719t   O toque mágico / F. Paul Wilson; tradução de Reinaldo
Guarany. – 1ª ed. – Rio de Janeiro: BestBolso, 2013.
12 x 18 cm (O ciclo do inimigo; 3)

Tradução de: The Touch
Sequência de: Sepulcro
ISBN 978-85-7799-252-2

1. Ficção norte-americana. I. Guarany, Reinaldo, 1945-.
II. Título. III. Série.

CDD: 813
12-6207   CDU: 821.111(73)-3

O toque mágico, de autoria de F. Paul Wilson.
Título número 329 das Edições BestBolso.
Primeira edição impressa em janeiro de 2013.
Texto revisado conforme o Acordo Ortográfico da Língua Portuguesa.

Título original norte-americano:
THE TOUCH

Copyright © 1986 by F. Paul Wilson.
Publicado mediante acordo com Writers House LLC, Nova York, Estados Unidos.
Copyright da tradução © by Distribuidora Record de Serviços de Imprensa S.A.
Direitos de reprodução da tradução cedidos para Edições BestBolso, um selo da
Editora Best Seller Ltda. Distribuidora Record de Serviços de Imprensa S. A. e
Editora Best Seller Ltda são empresas do Grupo Editorial Record.

www.edicoesbestbolso.com.br

Design de capa: Sérgio Campante, a partir do conceito desenvolvido por Tita Nigrí.

Todos os direitos reservados. Proibida a reprodução, no todo ou em parte, sem
autorização prévia por escrito da editora, sejam quais forem os meios empregados.

Direitos exclusivos de publicação em língua portuguesa para o Brasil em forma-
to bolso adquiridos pelas Edições BestBolso um selo da Editora Best Seller Ltda.
Rua Argentina 171 – 20921-380 – Rio de Janeiro, RJ – Tel.: 2585-2000.

Impresso no Brasil

ISBN 978-85-7799-252-2

Agradecimentos

As pessoas a seguir, todas com doutorado em vários campos, me ajudaram a escrever este livro, em questões relacionadas ou não com suas áreas de especialidades.

John DePalma, Doutor em Osteopatia
Anthony Lombardino, Doutor em Medicina
Martin Seidenstein, Doutor em Medicina
Nancy Spruill.
Steven Spruill.
Albert Zuckerman.

Abril

April

1
Dr. Alan Bulmer

— Pode sentir isso?

Alan deu uma leve espetada na perna direita dela com uma agulha.

O medo brilhou nos olhos úmidos da mulher quando ela balançou a cabeça num gesto de negação.

– Oh, meu Deus, ela não consegue sentir!

Alan virou-se para a filha, cujo rosto estava da mesma cor branco-amarelada das cortinas que os cercavam e isolavam do resto da sala de emergência.

– Quer esperar lá fora só um minuto, por favor?

Seu tom de voz indicava que ele não estava fazendo um pedido.

A filha encontrou a abertura na cortina e desapareceu.

Alan tornou a se virar para a mãe e a examinou sobre a maca, no limbo de iluminação fluorescente, deixando que sua mente folheasse o que ele se lembrava de Helen Jonas. Não muito. Pré-diabetes e leve hipertensão. Havia dois anos que ela aparecera no consultório e, naquela ocasião, fora arrastada pela filha. Meia hora antes, Alan encontrava-se em casa, assistindo a uma reprise de *Casal em lua de mel*, quando um telefonema da sala de emergência avisara da chegada de uma de suas pacientes, incapaz de andar ou falar.

Ele já fizera seu diagnóstico, mas estava completando o restante do exame. Levou a agulha para o dorso da mão direita de Helen.

– E quanto a isto?

Ela tornou a balançar a cabeça num gesto de negação.

Ele inclinou-se e tocou a agulha na mão esquerda dela, que foi repelida com um solavanco. Em seguida ele passou a unha do polegar ao longo da sola do pé, a partir do calcanhar direito dela, descalço. Os dedos abriram-se. Ele ergueu-lhe a mão direita e disse a Helen que apertasse. Os dedos não se mexeram. Ele soltou-a e o braço, qual carne morta, caiu de volta ao colchão.

– Sorria – disse ele, mostrando os dentes num amplo sorriso.

Ela tentou imitá-lo, mas somente a metade esquerda do rosto respondeu. A face direita e o lado direito da boca continuaram imóveis.

– E quanto às sobrancelhas?

Ele levantou as suas ao estilo Groucho Marx.

Ambas as sobrancelhas da mulher repetiram o movimento que ele fez.

Ele auscultou-lhe o coração e as artérias carótidas; ritmo normal, nenhum murmúrio, nenhum ruído fora do comum.

Alan endireitou-se.

– É um derrame, Helen. Uma artéria...

Ouviu a filha dizer "oh, não!" atrás da cortina, mas continuou falando. Ele daria atenção a ela mais tarde. O principal agora era tranquilizar Helen.

– Uma artéria do lado esquerdo de seu cérebro está bloqueada e você perdeu o controle do lado direito do corpo.

A voz tornou a surgir detrás da cortina:

– *Oh, meu Deus*, eu sabia! Ela está *paralisada*!

Por que ela não calava a boca? Ele sabia que a filha estava assustada e podia entender isso, mas naquele momento ela não era sua preocupação principal e só estava tornando ainda pior essa situação para a mãe.

– Não sei quanto tempo isso vai durar, Helen. É provável que você recupere um pouco da força; talvez toda ela, talvez nenhuma. Neste exato momento é impossível dizer com exatidão e quanto e quando.

Ele pôs a mão boa de Helen sobre a sua. Ela a apertou.

– Vamos levá-la agora mesmo para o andar de cima e começaremos a fazer alguns testes de manhã. E também vamos começar a fazer fisioterapia. Vamos cuidar muito bem de você e faremos outros exames enquanto estiver aqui. O derrame já aconteceu. Portanto, não perca tempo preocupando-se com ele. É passado. A partir de agora você vai trabalhar para recuperar os movimentos do braço e da perna.

Ela abriu um sorriso assimétrico e assentiu. Ele soltou a mão dela, pediu licença para se retirar e passou pela abertura da cortina em direção ao lugar onde a filha conversava com o vento.

– O que eu vou fazer? Vou telefonar para Charlie! Vou telefonar para Rae! O que eu vou fazer?

Alan pôs a mão em seu ombro e deu um leve aperto. Ela se sobressaltou e interrompeu o lamento.

– Fique quieta, está bem? – disse ele em voz baixa. – Só está deixando-a perturbada.

– Mas o que eu vou fazer? Tento tanta coisa para fazer! Vou...

Ele tornou a apertar seu ombro, um pouco mais forte dessa vez.

– Neste momento, o importante a fazer é ficar ao lado dela, dizer-lhe que ela ficará uns tempos com você, depois que sair do hospital, e que receberá todo mundo na Páscoa.

Ela olhou para ele.

– Mas eu não vou...

– Claro que vai.

– Você quer dizer que ela irá para casa?

Alan sorriu e assentiu.

– Isso mesmo. Dentro de uma semana talvez. Ela acha que vai morrer aqui. Mas não vai. Ele precisa de alguém que lhe dê a mão agora e que fale sobre o futuro próximo, como a vida vai continuar e que ela será parte disso. – Ele a conduziu em direção às cortinas. – Entre ali.

McClain, enfermeira-chefe da Emergência, beirando os 60 anos e com a compleição do muro de Berlim, olhou-o da sua mesa e ergueu uma bandeja cirúrgica com um ar interrogador. Alan balançou a cabeça em negativa. Ele havia examinado o fundo do olho de Helen e não vira qualquer evidência de aumento da pressão intracraniana. De nada adiantava fazer a velha senhora passar por uma extração do líquido espinhal quando não havia qualquer necessidade disso.

Alan assinou o prontuário e a admissão, depois ditou o histórico e a fisioterapia.

Após dizer as palavras tranquilizadoras finais e dar boa noite a Helen Jonas e à sua filha, Alan finalmente saiu do hospital, entrou em seu Eagle e tomou o caminho de volta à casa. Dirigiu devagar, pegando a rota mais curta pelo centro de Monroe, onde todos os prédios, qual banhistas ansiosos à espera de um sinal do salva-vidas, aglomeravam-se em volta do minúsculo porto. Gostava da solidão de um passeio tarde da noite pelo bairro comercial. Durante o dia, ficaria no "para e anda" em todo o trajeto. Mas àquela hora, especialmente quando toda a construção havia terminado, ele não precisava esquivar-se de escavações ou seguir sinais de desvio, podia viajar ajustando a velocidade de modo a chegar nos sinais bem na hora. Uma viagem sem obstáculos, agora que os trilhos dos bondes haviam sido cobertos com asfalto. Pressionou um cassete no toca-fitas e a banda The Crows surgiu cantando "Oh, Gee".

Ele viu passarem as fachadas das lojas, revestidas de tábuas. A princípio não fora a favor da restauração do Centro, quando o Conselho da Aldeia – por que as cidades de Long Island insistiam em se chamar aldeias? – decidira refazer a frente do porto com um motivo de pesca de baleia do século XIX. Não importava que qualquer pesca de baleia nessas vizinhanças da Costa Norte se tivesse centrado a leste, em lugares como Oyster Bay e Cold Spring Harbor. Mas a aldeia quis uma alteração. Ao passar pelos recém-reformados restaurantes de frutos do mar, lojas de roupa e antiquários, Alan foi obrigado a admitir que estavam com boa aparência. A antiga mixórdia sem brilho das fachadas das lojas assumira uma nova e revigorada personalidade, ajustando-se com perfeição à Primeira Igreja Presbiteriana de campanário branco e à prefeitura com sua fachada de tijolos. Agora, Monroe era algo mais do que apenas mais uma das cidades grandes ao longo da "Preferida Costa Norte" de Long Island.

A ilusão quase funcionava. Ele quase conseguia imaginar Ishmael, arpão ao ombro, descendo ao porto em direção ao Pequod... passando pela nova Video Shack.

Bem, nada é perfeito.

Um sinal enfim ficou vermelho e ele teve que parar. Enquanto esperava, observou Annie Pé Torto – o que havia de mais parecido com uma senhora cheia de bolsas de compras existente em Monroe – atravessar a rua mancando diante dele. Alan não tinha a menor ideia de seu nome verdadeiro, e, pelo que ele sabia, ninguém tinha. Era conhecida por todos simplesmente como Annie Pé Torto.

Nesse momento lhe ocorreu, como sempre que a via, quanto um pé deformado que ninguém se dera ao trabalho de corrigir em uma criança podia definir a vida de um adulto. Pessoas como Annie sempre conseguiam deixar Alan comovido, fazendo-o querer voltar no tempo para ver a coisa certa sendo feita. Tão simples... alguns moldes em série em sua deformidade de criança teriam feito dela uma pessoa normal. Como seria Annie hoje em dia se tivesse crescido com um pé normal? Talvez ela...

Algo bateu na porta dianteira direita, assustando Alan, fazendo-o sobressaltar-se no assento. Uma arruinada caricatura de rosto humano pressionava-se contra a janela da porta do carona.

– Você! – disse o rosto enquanto rolava de um lado para o outro no vidro. – É você mesmo! Deixe-me entrar! Tenho que falar com você!

Os cabelos e a barba dele eram compridos e encaracolados, e tão imundos quanto as suas roupas. Os olhos brilhavam, mas sem qualquer mostra de inteligência. Qualquer que fosse a quantidade de cérebro que tivesse, ela já devia estar embriagada havia muito tempo. O homem se endireitou e puxou a maçaneta da porta, mas ela estava trancada. Ele caminhou ao longo da lateral do carro, em direção ao capô. Parecia um mendigo das ruas de Bowery. Alan não conseguiu lembrar-se de ter visto ninguém parecido com ele em Monroe.

Ele atravessou na frente do carro, apontando para Alan por cima do capô, enquanto balbuciava coisas ininteligíveis. Tenso, mas seguro, Alan esperou até que o vagabundo saísse da frente do carro, depois acelerou suavemente. O bêbado bateu com o punho na mala, quando o carro o deixou para trás.

Pelo retrovisor, Alan viu o homem começar a correr atrás do carro, depois parar e ficar no meio da rua, seguindo-o com os olhos, enquanto agitava os braços no ar e depois os deixava cair, pesados, nos flancos.

O episódio deixou Alan perturbado. Ele olhou para a janela do carona e se assustou ao ver uma enorme mancha oleosa com a forma do rosto do mendigo. Ao captar a luz de uma lâmpada de rua, a mancha pareceu olhar para ele, lembrando-o com desconforto do rosto do sudário de Turim.

Estava parando em outro sinal vermelho quando seu bipe soou, assustando-o a ponto de ele pisar no freio. Uma voz feminina falou em meio à estática:

– *Dois-um-sete... favor telefonar à Sra. Nash; é sobre o filho dela. Queixa-se de vômitos e dores abdominais.*

A voz deu o número do telefone, em seguida repetiu a mensagem.

Alan endireitou-se no assento. Sylvia Nash – ele a conhecia bem; mãe preocupada, mas não alarmista. Se estava chamando era porque algo estava definitivamente errado com Jeffy. Isso afligiu-o. Jeffy Nash viera a ocupar um lugar especial em seu coração e em sua clínica.

Tamborilou com os dedos no volante. O que fazer? Em um caso como aquele, seu procedimento habitual era ir ao encontro do paciente em seu consultório ou na sala de emergência. O consultório se situava no lado mais afastado da cidade e ele não queria retornar à sala de emergência nesta noite, a menos que fosse absolutamente necessário. Então lhe ocorreu que a casa dos Nash ficava distante um pequeno trecho da estrada entre o hospital e sua casa. Podia dar uma parada a caminho de casa.

Sorriu ao acelerar com a luz verde. Achou revigorante a ideia de ver Sylvia. E uma visita em domicílio... isso devia abalar a inabalável viúva Nash.

Ele seguiu a Main Street até a entrada do Clube de Tênis e Iatismo de Monroe, do lado oeste do porto, depois fez a volta para o interior e atravessou as várias camadas econômicas que compunham a "Aldeia Incorporada de Monroe". O bairro de aluguéis baratos era colado ao Centro, com seus apartamentos com jardim e suas pensões, por fim dando lugar às casas do período do pós-guerra que cercavam a escola de ensino médio. Dali se subia aos morros arborizados onde, na década anterior, brotaram as mais novas casas feitas sob encomenda pelos bem-sucedidos. Alan vivia ali e, se estivesse indo para casa, teria continuado pela Estrada do Morro. Mas rumou para a direita no cruzamento e seguiu a Estrada da Costa, dirigindo-se ao bairro mais nobre de Monroe.

Alan balançou a cabeça ao se recordar de seu primeiro dia na cidade, quando prometera a Ginny que um dia eles possuiriam uma das casas ao longo da margem, na extremidade ocidental de Monroe. Como fora ingênuo naquela época. Aquelas não eram casas – eram *propriedades* que rivalizavam com as mais lindas casas de Glen Cave e Lattingtown. Ele não poderia pagar os serviços, os impostos e a manutenção de uma daquelas velhas monstruosidades, sem falar nas prestações.

Muros de pedra e grupos de árvores altas protegiam dos transeuntes as propriedades à beira-mar. Alan seguiu pela estrada até que seus faróis tocaram os dois altos pilares de tijolos que ladeavam a entrada, iluminando a placa de metal à esquerda, na qual estava escrito:

TOAD
HALL

Ele entrou, seguiu por uma pequena estrada ladeada de loureiros e chegou à casa dos Nash – outrora a mansão Borg –, escura em meio aos salgueiros que a cercavam, sob o claro céu estrelado de primavera, enquanto ele se dirigia à entrada para carros.

Apenas uma janela estava iluminada, a que se situava no canto esquerdo superior da estrutura de muitos zimbórios, brilhando num amarelo suave que fazia com que o lugar parecesse pertencer à capa de um romance gótico. A luz do pórtico frontal estava acesa, quase como se estivessem esperando por ele.

Ele já passara por ali, porém jamais entrara. No entanto, após ter visto a reportagem de destaque que a *New York Times Magazine* publicara sobre a casa havia uma semana, em uma série de artigos sobre as mansões da Costa Norte, ele se sentia como se já conhecesse o lugar.

Alan pôde sentir o cheiro do mar e ouvir as leves lambidas do canal de Long Island, quando, maleta negra à mão, se aproximou da porta da frente e estendeu a mão para a campainha.

Ele hesitou. Talvez aquela não fosse uma boa ideia, em parte pela reputação de Sylvia de viúva alegre e tudo e, em especial, pelo modo como ela sempre o procurava. Alan sabia que, na maioria das vezes, era por brincadeira, pois ela gostava de deixá-lo sem graça; no entanto, achou que poderia haver algo de verdade. Isso o assustava mais do que tudo, pois ele sabia que lhe correspondia. Eu não conseguia evitar. Havia algo nela além da boa aparência que o agradava, que o atraía. Como naquele momento. Ele estava ali para ver Jeffy ou para vê-la?

Aquilo era um erro. Mas agora era tarde demais para voltar atrás. Tornou a estender a mão para a campainha.

– A senhora o está esperando?

Ao som da voz logo atrás dele, Alan saltou e girou, soltando um som agudo de medo, levando a mão ao coração que, teve certeza, acabara de ter um acesso de taquicardia ventricular.

– Ba! – disse ele o nome do motorista e assistente vietnamita de Sylvia assim que o reconheceu. – Mas que droga, você quase me matou de susto!

– Sinto muito, doutor. Não o reconheci.

À luz da lâmpada do pórtico, a pele do asiático, de elevada estatura, parecia mais amarelada e seus olhos e faces, mais fundos que de costume.

A porta da frente foi aberta e, ao se virar, Alan viu a expressão assustada no lindo rosto finamente cinzelado de Sylvia Nash através do vidro. Ela estava vestida com um robe de flanela axadrezado, de aparência bem confortável, com capuz e colarinho alto, que a cobria do queixo aos dedos dos pés. Mas seus seios ainda conseguiam produzir uma atraente protuberância sob o tecido macio.

– Alan! Eu só queria falar com você. Não esperava que você...

– As consultas em domicílio não deixaram de existir por completo – disse ele. – Eu as faço o tempo todo. Por acaso eu estava de carro nas proximidades quando soou o bipe, de modo que achei que pouparia tempo e parei para ver Jeffy. Mas não se preocupe. Da próxima *vez* vou telefonar antes. Talvez então Ba não...

Sua voz arrastou-se enquanto ele se virava. Ba havia desaparecido. Será que aquele homem não fazia nenhum barulho quando se movimentava? Nesse momento Sylvia estava acenando para que ele entrasse.

– Entre, entre!

Alan entrou em um amplo vestíbulo com chão de mármore, decorado em tons pastel, muito iluminado por um enorme lustre de cristal suspenso no teto alto. Bem em frente ao lugar onde ele se encontrava, uma larga escadaria subia e desaparecia à direita.

– O que houve com Ba?

– Ele quase me matou de susto. O que ele fica fazendo, escondido nos arbustos por aí desse jeito?

Sylvia sorriu.

– Oh, imagino que esteja preocupado com a possibilidade de o artigo da *Times* atrair todos os ladrões de galinha dos cinco distritos.

– Talvez ele tenha razão. – Alan recordou-se das fotos publicadas da elegante sala de estar, da coleção de enfeites de prata da sala de jantar, da estufa de bonsai. Tudo na reportagem remetia a D-I-N-H-E-I-R-O. – Se na vida real o lugar tiver a metade da beleza com que apareceu na revista, imagino que seja bem tentador.

– Obrigada – disse ela com um sorriso triste. – Eu precisava ouvir isso.

– Desculpe-me. Mas você tem um sistema de alarme, não tem?

Ela balançou a cabeça em negativa.

– Apenas um cachorro caolho que late, mas não morde. E Ba, claro.

– Ele basta?

– Até agora, sim.

Talvez Ba *fosse* suficiente. Alan estremeceu ao lembrar que tinha dado de cara com ele no escuro. Parecia um cadáver ambulante.

– Claro que eles fizeram muita ostentação sobre você na reportagem... escultora famosa e tudo mais. Por que não houve nenhuma menção a Jeffy?

– Não mencionaram Jeffy por não saberem sobre ele. Jeffy não está disponível para exibição.

Nesse momento, Sylvia Nash fez aumentar ainda mais a estima de Alan. Ele observou-a, esperando que ela começasse com os comentários provocadores. Não houve nenhum. Ela estava preocupada demais com Jeffy.

– Venha dar uma olhada nele – continuou Sylvia. – Jeffy está no segundo andar. Acalmou-se um pouco depois que eu telefonei. Odeio incomodar você, mas ele estava com tantas dores e, depois, vomitou. E, sabe... fiquei preocupada.

Alan sabia e compreendia. Ele a seguiu pelo vestíbulo e subiu a escadaria em curva, observando os seus quadris balançarem com graça diante de seus olhos. Seguiram por um corredor, viraram à esquerda e passaram por cima de uma cancela de segurança da altura do joelho, que dava para um quarto de criança, iluminado suavemente por um abajur de Pato Donald situado em um nicho na parede.

Alan conhecia Jeffy muito bem e sentia uma afinidade especial por ele que não partilhava com nenhum de seus outros pacientes pediátricos. Uma criança linda, com rosto de querubim, cabelos louros, olhos de um azul profundo e um terrível problema. Examinara Jeffy tantas vezes que seu corpinho de 8 anos lhe era quase tão conhecido quanto o dele mesmo. Mas a mente de Jeffy... sua mente permanecia trancada para todo o mundo.

Olhou para a cama e viu o menino dormindo um sono tranquilo.

– Ela não me parece muito doente.

Sylvia caminhou a passos rápidos até o lado da cama e fitou o garoto.

– Ele estava em agonia antes... curvado, agarrando o estômago. Você sabe que eu jamais o chamaria sem motivo. Há algo de errado nele? Jeffy está bem?

Alan deu uma rápida olhada no rosto preocupado de Sylvia e sentiu seu amor pelo filho como uma onda quente pelo ar.

– Vamos dar uma olhada nele e descobrir.

– Fora, Mess – disse Sylvia.

O gato preto e alaranjado que estivera enroscado na dobra dos joelhos de Jeffy lançou um olhar aborrecido para Alan ao saltar fora da cama.

Alan sentou-se ao lado da forma esparramada de Jeffy, que estava de bruços, e o fez se deitar sobre as costas. Abriu-lhe a camisa do pijama e puxou a fralda para baixo a fim de expor o baixo-ventre. Ao colocar a mão esquerda na barriga do menino, Alan pressionou as pontas dos dedos direitos sobre os esquerdos. O abdome estava macio. Deu tapinhas em volta dos quadrantes extraindo um som oco... gás. Prestou especial atenção ao quadrante direito inferior sobre o apêndice. Havia uma leve defesa da parede abdominal e talvez certa brandura e achou ter visto Jeffy retrair-se em seu sono quando pressionou-lhe. Retirou o estetoscópio da maleta preta e auscultou o abdome. O som dos intestinos estava um tanto hiperativo, indicando irritabilidade intestinal. Examinou os pulmões, o coração e as glândulas do pescoço, como rotina.

– Como ele comeu hoje à noite?

– Como de hábito... como um cavalinho.

Sylvia estava parada a seu lado. Alan desvencilhou-se do estetoscópio e ergueu o olhar para ela.

– E o que ele comeu?

– Seus pratos favoritos: hambúrguer, macarrão com queijo, talos de aipo, leite, sorvete.

Aliviado por ter descartado qualquer coisa séria, Alan começou a recompor o pijama de Jeffy.

– Pelo que posso ver, não há nada com que se preocupar. Pode ser o estágio inicial de um vírus ou foi algo que comeu. Ou a *maneira* como comeu. Se estiver engolindo ar com a comida, vai ter sérias dores na barriga.

– Não é o apêndice?

– Não tenho como afirmar isso. É sempre uma possibilidade, mas tenho sérias dúvidas. Em geral, numa crise de apendicite, o primeiro sintoma costuma ser a perda do apetite.

– Bem, o apetite dele está vivo e esperneando, eu lhe asseguro. – Ela pôs a mão em seu ombro. – Obrigada, Alan.

Ele sentiu um calor irradiar dos dedos compridos de Sylvia através das camadas de tecido de seu casaco esportivo e de sua camisa. Meu Deus, que sensação boa...

Mas como ficar sentado ali na penumbra enquanto Sylvia o tocava não levaria a nada, Alan achou que devia ir embora, de modo que se levantou, fazendo a mão dela cair.

– Me chame se houver alguma mudança durante a noite; caso contrário, leve-o ao consultório de manhã. Quero dar outra olhada nele.

– Na *quarta-feira*?

– Isso mesmo. Estarei fora da cidade na quinta, de modo que vou ficar de plantão amanhã. Mas leve-o cedo. Tenho que pegar o avião no fim da tarde.

– Férias?

– Estou indo para Washington. Sou esperado para testemunhar diante do subcomitê do senador McCready sobre o projeto de lei dos procedimentos médicos.

– Parece interessante. Mas é um longo trajeto para ir conversar com alguns políticos. É importante para você?

– Estou tentado a dizer algo sobre este último em fé pública, querendo regulamentar o primeiro em confiança pública, mas não vejo nenhum púlpito nas proximidades, de modo que vou me conter.

– Vá em frente. Faça um discurso.

– Não... é só que a minha vida profissional... todo o meu estilo de medicina... está por um fio nisso aí.

– Não ouvi falar desse projeto de lei.

– A maioria das pessoas não ouviu, mas se trata de uma legislação bem idiota que afetará cada pessoa do país, forçando os médicos a exercerem uma medicina de livro de receitas culinárias. E, se isso acontecer, vou desistir. Prefiro pintar cascos de barco do que exercer a profissão dessa maneira.

– Vai pendurar as chuteiras e ficar em casa?

Alan encarou-a, ofendido.

– Você não mede as palavras, não é mesmo?

– Em geral, não. Mas isso não foi uma resposta.

– Não é bem como fugir e ficar contrariado. É... – ele hesitou, inseguro sobre o que dizer, mas ansioso por se esclarecer diante dela – ...como dar de ombros com indiferença e sair de uma situação impossível. Meu estilo de prática médica não pode coexistir com embusteiros de papéis. Não vou fazer codificação e, se eles não conseguirem enfiar-me em seus computadores, vão querer me tirar de cena.

– Porque você tende a voar pelo instinto, não?

Alan sorriu.

– Prefiro chamar de uso da intuição com base na experiência, mas imagino que você não consiga chamar assim. Hoje estou usando minha intuição, com Jeff.

A preocupação iluminou os olhos de Sylvia.

– O que você quer dizer com isso?

– Bem, de acordo com as normas dispostas no projeto de lei sobre o procedimento médico, eu deveria mandar você e Jeffy para a emergência hoje à noite, para exames de contagem sanguínea e radiografia abdominal, a fim de excluir a possibilidade de apendicite, pois o histórico e o exame físico sugerem isso como possível diagnóstico diferencial.

– Então, por que não vai mandar?

– Porque minha intuição diz que ele não está com apendicite.

– E você confia em sua intuição?

– Aqueles que sofreram de tratamento inadequado da minha parte teriam um ataque do coração se soubessem, mas é isso aí... eu aprendi a confiar nela.

– Tudo bem – disse Sylvia com um sorriso. – Então, também confio.

Ela o estava encarando com um ar examinador, um meio sorriso brincando nos lábios. Seu olhar tinha um jeito que a despojava de toda artificialidade e fingimento.

Alan correspondeu ao olhar. Nunca a vira daquela maneira. Sylvia estava sempre vestida com elegância, mesmo quando levava Jeffy ao consultório. Era parte de sua imagem como a rica e frenética viúva Nash. No entanto, lá estava ela sem qualquer maquiagem, o cabelo quase negro, simplesmente preso na nuca, o corpo delgado envolto em um robe sem forma, e ele a achou tão atraente como sempre. O que teria Sylvia que o atraía tanto? Era uma mulher que sempre chamara sua atenção. Ele queria se aproximar e...

Era isso que ele receara.

De repente a voz de Sylvia mudou para um riso afetado, exagerado, que quebrou o encanto.

– Além disso, eu até gosto dessa sua intuição.

"Aqui vamos nós", pensou Alan: "a rotina Mae West dela." Agora que ele dissera que seu Jeffy estava a salvo, ela voltava a ser a velha Sylvia zombeteira.

– Para dizer a verdade, se eu soubesse que era tão fácil assim trazê-lo aqui em casa, já teria dado um telefonema noturno anos atrás.

– Hora de ir embora – disse Alan.

Ele desceu na frente, em direção ao vestíbulo. Os alto-falantes tocavam suavemente uma música clássica.

– Que música é essa?

– *As quatro estações,** de Vivaldi.

– Vivaldi não – disse Alan, reprimindo um sorriso. – *Valli*. Frankie Valli cantava com os *Four Seasons*. E isso aí não são eles.

Sylvia deu uma risada, e ele gostou. Em seguida, ela falou em voz baixa:

---

* Em inglês, *The Four Seasons. (N. do T.)*

– Puxa, doutor, não posso pagar-lhe hoje à noite. Estou com pouco dinheiro. Você aceitaria alguma outra coisa em vez de dinheiro?

Alan estava esperando isso.

– Claro. Serve ouro. Joias.

Ela estalou os dedos, desapontada.

– Que tal um drinque então?

– Não, obrigado.

– Café? Chá?

– Não, eu realmente...

– Eu?

– Café! Café cairá muito bem.

Seus olhos azuis cintilaram quando ela riu.

– Cinco pontos para você.

– Foi você quem pediu, senhora.

Alan imaginou se ela sempre fora assim ou se aquela era uma peculiaridade desenvolvida depois da morte do marido. E pensou também no que ela faria caso um dia ele aceitasse uma de suas ofertas. Quanto dela era de verdade e quanto era apenas exibição? Ele não tinha certeza. Estava convencido de que, na maioria das vezes, ela o estava provocando, e havia também sua reputação de desvairada e uma sensação de que ela realmente o queria.

– Oh, aliás – disse ela rapidamente quando ele pousou a mão na maçaneta da porta –, vou dar uma reunião informal aqui no sábado à noite. Por que você e sua mulher... Virginia, não é?

– Ginny.

– Por que vocês dois não dão uma passada por aqui? Não vai ser nada extravagante. Apenas alguns amigos... tenho certeza de que conhece alguns deles... e um punhado de políticos. Ninguém realmente importante.

– Políticos?

Ela ostentou aquele sorriso malicioso.

– É fato notório que fez uma ou duas contribuições para o candidato conservador. Então, o que você diz?

Alan tentou pensar em uma rápida desculpa, mas não encontrou nenhuma. Ele disse então:

– Não sei, Sylvia. Você me pegou de surpresa e não sei o que Ginny planejou para o fim de semana. Mas amanhã lhe dou a resposta.

Alan abriu a porta.

– Você tem mesmo que ir embora? – perguntou ela, subitamente séria.

– Sim, tenho que ir.

"E rápido."

Ela encolheu os ombros.

– Tudo bem. Eu o vejo pela manhã, acho.

– Certo.

Em seguida ele estava do lado de fora, no ar fresco, e se dirigiu para o carro. Não olhou para trás, nem sequer respirou até terminar de descer pela passagem de carro e atravessar o portão.

"Nem um *segundo* antes do tempo", pensou soltando o ar, enquanto relaxava o corpo no assento. O que aquela mulher fazia com ele...

Quando a bateria de abertura de "Keep a-Knockin", de Little Richard, explodiu nos alto-falantes do carro, Alan pisou fundo no acelerador e foi para casa.

– Você jamais vai adivinhar onde estive hoje à noite – disse Alan ao chegar no quarto.

No caminho para casa, ele urdira uma solução para o problema da festa: simplesmente diria para Ginny que os dois haviam sido convidados, ela ia dizer *não* e assim seria. A mulher não iria a uma festa na casa de Sylvia. Afinal de contas, Sylvia tinha má reputação, nenhum dos amigos de Ginny estaria lá e ela não teria com quem conversar. Então, Alan podia deixar por conta de Ginny a tarefa de tirá-los dessa. Fácil.

Ela estava recostada na cama, com os olhos fechados e um livro no colo. Abriu os olhos e ergueu a vista. Estava usando as lentes de contato de aquatinta. Nesse momento, fazia seis semanas que ela as usava e Alan ainda não se acostumara. Sem as lentes de contato, ela era uma loura bonita, de olhos azuis; uma mulher alta e atraente, com cabelos encaracolados. Ela era definitivamente digna de uma segunda olhada. Mas usando aquelas lentes no lugar certo, Ginny ficava notável. Seus olhos ganhavam um verde surpreendente, que prendia a atenção.

Nesse momento, ela virou aqueles olhos para Alan. Será que algum dia ele se acostumaria com aquela cor? Suas pernas compridas, delgadas e musculosas pelo tênis praticado o ano inteiro e pelo golfe, sempre que o tempo permitia, deslizaram para fora do robe, enquanto ela se espreguiçava e bocejava. Ela pareceu vagamente interessada.

– Na Emergência, você disse.

– Sim, fui à Emergência. Mas fiz uma consulta em domicílio a caminho de casa.

– Você devia ser dermatologista... nada de Emergência ou consultas em domicílio.

Alan não fez qualquer comentário. Eles já haviam conversado sobre isso muitas vezes antes.

– Tudo bem – disse ela após algum tempo. – De quem você atendeu ao chamado?

Ginny tornara-se muito precisa em sua gramática no decorrer dos anos.

– Sylvia Nash.

Ginny ergueu as sobrancelhas.

– O que foi que ela pegou? Herpes?

– Guarde seu veneno, querida. Estive lá para ver o garotinho dela, que...

Ginny endireitou-se na cama.

– Espere um instante! Você esteve naquela casa? Aquela da reportagem? Como ela é? É parecida com as fotos? Ela levou-o para conhecer a casa?

– Não. Com eu estava para dizer, o garotinho dela teve dores abdominais e...

– Mas você chegou a ver a *casa*?

– Bem, o vestíbulo e o quarto do menino. Afinal de contas...

Ginny fez uma careta de descontentamento.

– Ohhh, eu daria tudo para ver aquele lugar!

– É mesmo? – disse Alan com uma sensação opressiva. A situação não estava se conduzindo como ele havia esperado. Na verdade, estava indo da pior maneira possível. Ele decidiu bloquear todas as saídas. – Que pena! Se eu soubesse que você pensava assim, teria aceitado o convite para a festa na casa dela no sábado à noite. Mas eu disse a ela que não poderíamos ir.

Ela pôs-se de joelhos na cama, as mãos nos quadris.

– Você *o quê*?

– Disse que estaríamos ocupados.

– E como *pôde*, sem me perguntar?

– Como você a chamou de... que foi mesmo? Puta?.. Na última vez que o nome dela foi mencionado, fiquei imaginando que você não quisesse ter nada a ver com ela.

– E não quero! Só quero ver aquela casa! A primeira coisa que você vai fazer amanhã será telefonar para ela e dizer que iremos.

– Não sei se posso, Ginny.

Ginny estava com aquele brilho no olhar e ele sabia que não haveria como fazê-la mudar de ideia.

– Claro que pode! E, se não fizer, *eu o farei!*

– Está bem! – disse ele rapidamente. – Tratarei disso. – Deus sabia o que Sylvia poderia dizer para Ginny ao telefone. – Só não achei que você quisesse ir a uma festa dada por alguém que considera uma puta.

– Mas e *você*, não quer ir? – perguntou ela com as sobrancelhas arqueadas. – Pelo que me lembro, você saiu rapidamente em defesa dela quando eu fiz a observação.

– Isso foi porque eu não acredito em tudo o que ouço.

– Todo mundo sabe a respeito dela. E veja a maneira como ela se veste, o modo como sai seduzindo os homens por aí...

– *Sai seduzindo?*

– ...e essas festas frenéticas onde há sempre uma briga ou algo mais. E ela tem usado cocaína.

– Eu não sabia disso.

Alan não tinha certeza, mas não achava que Sylvia consumisse algo mais forte do que champanhe. Ele esperava que não.

– Você gosta dela, não gosta? – A frase soou como uma pergunta, mas não era. – Claro que você não vem tendo nada com ela, não?

– Não posso ficar escondendo por mais tempo, Ginny! – gritou Alan. – Somos amantes desde o dia em que Lou nos apresentou.

Ginny bocejou.

– Já imaginava

Alan desviou o olhar. Era bom saber que Ginny confiava nele tanto assim. Ele merecia?

"Sim", decidiu Alan. Definitivamente. Em todos os anos de casamento ele nunca a enganara. Jamais sequer chegara perto disso, apesar das muitas oportunidades. Mas Sylvia... Deus, como se sentia atraído por ela! Sylvia era linda, mas era mais do que isso. Por baixo de toda a sua pose deslumbrante havia uma pessoa que ele receava ser capaz de amar, caso desse livre curso a seus sentimentos.

No entanto, embora não tivesse partilhado nada mais que um aperto de mão com aquela mulher, não podia deixar de encarar seus sentimentos em relação a Sylvia como uma espécie de traição a Ginny. Era infundado, mas isso o incomodava. "Você nada pode fazer quanto ao que sente", sempre dissera a si mesmo, "você só é responsável pelo que faz com esses sentimentos."

– No entanto, ainda não entendo por que você sempre insiste em defendê-la – disse Ginny.

– Jeffy compensa uma grande quantidade de pecados, quaisquer que eles sejam.

– Aquele garoto estranho que ela acolheu?

– Isso mesmo. Só que ela não apenas o acolheu... ela o adotou. Isso é um compromisso para toda a vida. Ela conseguiu um grande crédito comigo por causa disso.

– Bem, não importa – disse Ginny, afastando-se do tema da adoção e, de repente, assumindo um ar fingido. – Ver aquela casa vai ser pelo menos uma aventura.

Ele tentou pensar em alguma forma de escapar da festa, mas viu que era inútil. Ginny só tinha aquilo em mente e falava ininterruptamente.

– Espere só até eu contar a Josie e Terri! Vão *morrer*! Vão ficar verdes de inveja! Definitivamente *verdes*! – ela atirou os braços em volta do pescoço de Alan. – Isso é perfeito! Absolutamente *perfeito*!

Ginny beijou-o. Alan correspondeu ao beijo. E em pouco tempo ele estava abrindo-lhe o robe e ela desabotoando-lhe a camisa, e depois foram para a cama e assumiram as posições e os ritmos que tinham achado confortáveis e agradáveis durante os anos de seu casamento.

Quando acabou, Alan deitou-se ao lado dela, contente e saciado, mas um pouco perturbado pelo fato de, uma ou duas vezes, enquanto faziam amor, sua mente ter vagado em direção a Sylvia Nash. Isso nunca acontecera antes e ele não gostou. Era o mesmo que enganar. Sabia um bocado de coisas sobre as fantasias durante o sexo, mas isso era para os outros, não para ele.

– Foi gostoso.

– Foi mesmo – disse Ginny enquanto rolava, afastando-se dele. – Importa-se se eu ligar a tevê? Quero ver quem aparece no *Letterman* hoje à noite.

– Vá em frente.

Ele foi ao andar de baixo e pegou uma Foster's na geladeira. A cerveja gelada desceu com gosto delicioso. Acabou com ela enquanto perambulava pelo primeiro andar, apagando lâmpadas e trancando janelas. Um bocado de espaço desperdiçado. A construção de tijolos ao estilo colonial e de dois andares era grande demais para os dois, mas Ginny se recusara a se instalar em algo menor.

Ele, enfim, voltou para a cama, onde uma pilha de publicações de medicina esperava em cima de sua mesinha de cabeceira. Estava ficando quase impossível pôr-se a par dos novos desenvolvimentos em todos os campos que sua prática ia abrangendo a cada dia. Mas ele seguia estudando duro, lendo um pouco a cada noite, não importando quão cansado estivesse. No entanto, sabia que as fronteiras da medicina expandiam-se um pouco mais a cada ano. Ele se sentia como um marinheiro caído ao mar, nadando para salvar a vida e, entretanto, vendo as luzes de seu barco desaparecerem gradualmente, cada vez mais longe na noite.

Ginny adormecera com a tevê ligada. Alan desligou-a com o controle remoto e apanhou a última edição da *Chest* na mesinha de cabeceira. Mas deixou-a caída no colo, sem abri-la. Sua mente não estava na medicina, mas em seu relacionamento com a esposa. Ainda podia vê-la com a aparência do passado, nos tempos de residência dele, quando a conhecera, quando a pele bronzeada dela tornava-se mais escura pelo branco do uniforme de enfermeira, e como sua garganta quase se fechara na primeira vez em que falara com ela. A essa lembrança seguiram-se outras, como os anos iniciais de seu casamento e a maneira como se aconchegavam e sussurravam após terem feito amor. Pelo visto, esses dias haviam acabado. Era desse jeito que o casamento ficava após dez anos?

Afastou isso da mente e pegou a publicação. Talvez fosse bom ler naquela noite. Tinha um bocado de leitura para pôr em dia.

Virou-se para um lado e depois para o outro, tentando encontrar uma posição confortável.

2
Ba Thuy Nguyen

Ba estava acostumado com os latidos de Phemus. O velho cão vinha andando nervoso nos últimos tempos, ladrando diante de qualquer coisa, despertando a dona da casa e o garoto a qualquer hora da noite. Assim, Ba levara-o para seu alojamento, em cima da garagem, onde os uivos não perturbariam a família.

E onde Ba poderia avaliar a sua importância.

Ele ignorara o barulho intermitente das últimas horas, enquanto se concentrava na pilha de formulários da Imigração e Naturalização que tinha pela frente. Havia correspondido às exigências de residência e decidira que queria tornar-se cidadão americano. Num dado momento, teria de se submeter a um teste sobre a história e o governo de sua nova pátria, mas primeiro havia os formulários a serem preenchidos. Muitos formulários. Nesta noite, concentrava-se no documento N4QO, o mais importante. A senhora escrevera para ele alguns dos registros em uma folha de papel à parte, e Ba estava tendo trabalho para copiar os caracteres ingleses nos espaços em branco. Mais tarde, praticaria a assinatura de seu nome em inglês, outra exigência para a naturalização.

Os latidos de Phemus mudaram de repente. Ficaram mais altos e empostados em um tom diferente. Um tom muito parecido ao de quando o Dr. Bulmer parara por lá antes.

Ba deslizou de sua cadeira e se arrastou até onde o cão se encontrava, com ambas as patas da frente no peitoril da janela, novamente uivando para a noite.

Com o passar dos anos, Ba aprendera que Phernus não devia ser subestimado. Na verdade, às vezes ele era uma peste, dando alarme a cada coelho ou gato vagabundo que passava, mas Ba começara a valorizar a sagacidade do nariz e dos ouvidos do velho cão, e seu olho remanescente parecia ter compensado a perda do outro tornando-se duas vezes mais perspicaz. Ba afinara-se com os alarmes de Phemus e com seus diapasões e tons particulares, especialmente com o pelo do animal na extremidade da nuca e em seu dorso baixo, que em geral sinalizava invasores humanos.

Ele se agachou na janela ao lado do cão e esquadrinhou o pátio. Não viu nada. Phemus lambeu-lhe o rosto e tornou a latir.

Quando Ba se levantou e vestiu o macacão, perguntou-se se podia ser o mesmo sujeito que ele afugentara três noites antes. Fora fácil: apenas falara por trás de um arbusto e depois se pusera à vista. Tinha sido o bastante. O pretenso ladrão ficara tão assustado que criara asas nos pés na sua pressa de fugir. Ba imaginava que a maioria desses ladrões covardes ficava ansiosa para evitar qualquer confronto. Queriam arrombar a porta em silêncio, pegar algo de valor que pudessem carregar em seus sacos, depois se retirarem sem serem vistos, desaparecendo na noite.

Mas Ba também sabia que não podia contar com aquilo. Entre os chacais, talvez se escondessem alguns lobos com garras preparadas. Não era difícil se defender deles, desde que a pessoa estivesse preparada.

Ele se ajoelhou diante do guarda-roupa e abriu a gaveta do fundo. Embaixo de pares de calças bem dobradas havia uma pistola automática .45 do Exército americano, com a carga completa, e uma baioneta de tamanho padrão. Ao tocá-las, soltou-se uma maré de lembranças de casa e da maneira como ambas o haviam ajudado na longa viagem marítima desde sua aldeia, passando pelo sul do mar da China. Lutar contra ventos e correntes já fora bem difícil, mas houve o perigo adicional dos piratas que pilhavam os barcos, abordando-os repetidas vezes, roubando os refugiados, violentando as mulheres, matando qualquer um que resistisse. Ba lembrou-se de seu medo de arrancar as entranhas na primeira vez em que eles invadiram seu minúsculo barco: medo de que houvesse um número demasiado deles, de que o fossem dominar e de que ele falhasse com Nhung Thi e seus amigos. Mas ele repelira sozinho o ataque, lutando com uma ferocidade que jamais sonhara possuir, usando cada habilidade de combate que conhecia e também inventando algumas novas. Os americanos o haviam ensinado a combater muito bem, e muitos piratas insuspeitos tornaram-se comida dos tubarões que se ocupavam em seguir o barco de Ba.

E assim como nessa época ele protegera sua família, seus amigos e companheiros de aldeia, estava agora determinado a proteger a senhora e o garoto. Eles eram tudo o que Ba tinha no mundo. Nhung Thi estava morta, sua aldeia desaparecera havia muito tempo, seus amigos estavam mortos ou espalhados pelos Estados Unidos. Ele tinha uma enorme dívida para com a senhora. Ela o ajudara, e à adoentada Nhung Thi, quando a vida parecia a mais negra possível: uma mulher desconhecida, aparecendo do nada, em Manila, dizendo ser a esposa do sargento e oferecendo ajuda. Ba jamais se esqueceria disso. Ela ainda pensava que estava tomando conta de Ba, mas ele sabia que era o contrário. Agora, havia anos que ele zelava por ela. Enquanto ele respirasse, nada iria causar dano a ela ou ao garoto.

Ba pegou a baioneta e a retirou da bainha. A lâmina era escura e sem brilho, à exceção da suave curva de aço brilhante onde ele a mantinha afiada em fino gume. Essa velha e silenciosa amiga só serviria para o caso de se mostrar necessária. Não a pistola. Afinal de contas, o objetivo da saída para o jardim era impedir que a viúva e o garoto fossem perturbados.

Ele vestiu um suéter escuro, deslizou a lâmina nua através de uma presilha do macacão e esticou a mão para a maçaneta da porta. Phemus chegou ali como um raio, meteu o focinho na fenda da porta e ficou uivando.

Ba ajoelhou-se ao lado do animal.

– Você também morreria por ela, não é mesmo, cão? – disse ele no dialeto de sua aldeia.

Ba lembrou-se como se fosse ontem do dia em que a senhora encontrara Phemus. Ele a estava trazendo de carro de volta da cidade e pegara um desvio para evitar um engarrafamento na via expressa de Long Island. De repente, a viúva o mandara parar. Quando Ba pisou no freio, ela disse o motivo: um grupo de quatro garotos adolescentes estava perseguindo um cão manco e magro na calçada, jogando-lhe pedras enquanto o cão fugia na frente deles. De repente, ele tropeçou e o grupo caiu em cima dele, gritando, enquanto o cercava e lhe davam repetidos chutes.

Antes que Ba se desse conta, a senhora saiu do carro e correu na direção do grupo. Ela alcançou os rapazes no exato momento em que um dos garotos levantava uma pedra pesada acima da cabeça, prestes a atirá-la na fraca e exausta criatura. A senhora investiu e o atirou para o lado com um violento empurrão. O garoto perdeu o equilíbrio e caiu, mas na mesma hora avançou contra ela, com o punho erguido e o ódio no rosto. Nesse momento, porém, Ba estava se aproximando. Olhou para o garoto e desejou que ele morresse só por ter considerado a ideia de bater na viúva. O garoto deve ter interpretado algo desse desejo no rosto de Ba, pois voltou-se e saiu correndo. Seus amigos seguiram prontamente atrás dele.

A senhora pairou acima do cão arquejante e fez suaves carinhos nos sulcos de suas costelas erguidas. Ela pegou e se virou em direção ao carro. Ba ofereceu-se para levar o cão, e ela lhe disse para seguir imediatamente até o veterinário.

Na sua lembrança, Ba ainda podia vê-la pelo espelho retrovisor, sentada no banco traseiro com o cão no colo, sem se importar com o sangue que pingava em seu vestido caro e no veludo do estofamento. O cão teve forças para lhe lamber a mão uma vez, e ela sorriu.

No caminho para a clínica veterinária, ela lhe contou sobre as pessoas que se mudam e simplesmente abandonam seus animais de estimação, deixando um animal fiel sentado na porta dos fundos de uma casa vazia, esperando durante dias a permissão para entrar. No fim, quando a fome e a sede se tornam demasiadas, a criatura vai para as ruas, mal preparada para se proteger após uma vida inteira como animal doméstico.

No veterinário, ficaram sabendo que o cão quebrara uma pata traseira e três costelas, e que o olho esquerdo fora vazado por uma vara.

"Melhor matar um cão e comê-lo do que tratá-lo dessa maneira", pensou Ba.

Os ossos do cão se curaram, mas o olho ficara prejudicado para sempre. A senhora batizou-o de Polyphemus – nome que Ba não compreendia –, e havia cinco anos que ele era um membro da casa.

– Não hoje à noite – Ba disse ao cão quando este tentou segui-lo porta afora. – Você tem um coração mole demais. Isso poderia traí-lo.

Ele fechou a porta diante dos ganidos e latidos de Phemus, desceu até a garagem e saiu pela porta lateral no pátio.

Uma meia-lua erguia-se sobre as águas. Ba manteve-se nas sombras dos salgueiros do terreno, seguindo pela margem da propriedade até conseguir atravessar, abaixado, uma pequena área gramada, indo para as fundações em volta da casa. Com movimentos rápidos e silenciosos, abriu caminho entre as moitas.

Encontrou-os no lado oeste. Já haviam aberto com pé-de-cabra uma das janelas e um deles sustentava o outro enquanto este escalava.

Ba falou por trás de um rododendro.

– A senhora não os quer aqui. Vão embora!

O que se encontrava na janela caiu e olhou para o lugar onde Ba se escondia. Então, Ba reconheceu-o como o sujeito que afugentara na outra noite.

– É o china de novo! – disse o mais baixo. De repente, duas facas brilharam ao luar.

– Pegue-o!

3
Sylvia Nash

– B_a?

"Onde está ele?", perguntou-se Sylvia enquanto esquadrinhava o pátio dos fundos de sua área de trabalho ao lado da estufa que lhe servia de arboreto. Quase invariavelmente, ele começava o dia regando as árvores da estufa. Mas as bandejas sob os vasos estavam secas e ele não estava em lugar nenhum.

Músicas de Vivaldi deixadas no estéreo desde a noite anterior enchiam o ar. Sylvia desvencilhou-se das varetas que estava usando para amolecer o solo em volta do bonsai de abeto vermelho exógino à sua frente e esfregou as mãos. A *ishi-zuki* estava pronta para ser transplantada e ela precisava de alguém para ajudá-la. O vaso de árvore da nova Fukuroshiki estava com camadas de pedra e solo e esperava pela planta. Só faltava Ba.

Em geral, ela tirava a planta de um vaso e a transplantava sozinha, colocando-a ao seu lado, podando as raízes mais longas e pesadas, depois recolocando-a no vaso após arejar a terra. Mas a *ishi-zuki* era especial. Ela passara muitos anos trabalhando, observando e esperando, enquanto treinava as raízes dessa pequena árvore para que crescessem em cima e em volta da pedra sobre a qual repousava, e não iria pô-la em risco tentando transplantá-la sem ajuda. Se a pedra caísse, libertando-se das raízes, ela jamais se perdoaria.

– Gladys? – chamou ela. – Você viu Ba?

– Hoje ainda não, madame – respondeu da cozinha a empregada.

– Vamos, Mess – disse ela para o gato enroscado ao sol ao lado da porta. – Vamos encontrar Ba.

O gato levantou a cabeça e, por um momento, a encarou com olhos semicerrados, em seguida voltou a cochilar. Mess não gostava de se mexer muito. Ficara gordo e preguiçoso desde o dia em que Sylvia o encontrara, ainda filhote, e o levara para casa. Alguém colocara ele e os quatro irmãos em um saco de lixo e os descarregara no meio da estrada diante da Toad Hall. Mess, o único sobrevivente depois que o saco foi atropelado por uma série de carros, fizera de fato uma bagunça quando Sylvia o libertara – tremendo, aterrorizado, salpicado com o sangue de seus irmãos e irmãs. Desde então o gato jamais se aproximava da estrada.

Sylvia pegou a xícara de café e caminhou para os fundos. As forsítias estavam em plena florescência, espalhando botões dourados aqui e ali pelo pátio que despertava do sono. Do outro lado do gramado verde havia uma estreita faixa de areia; mais além situava-se o canal de Long Island, cujas ondas se quebravam altas no cais. Ao longe, no outro lado, ficava a costa sul de Connecticut. Uma brisa soprava o cheiro salgado da água pelo pátio, suspirando pelos salgueiros que circundavam a propriedade. Aquele som – o vento nos salgueiros – e a visão daquela velha casa de três andares, que parecia ter sido transplantada por inteiro da margem de um rio da Geórgia, não lhe deixaram outra escolha a não ser comprar o lugar e batizá-lo de Toad Hall.

Quando Sylvia se aproximou da área cercada de brincar de Jeffy, viu dois patos selvagens parados diante dele, grasnando suavemente. Ele costumava alimentar os patos, rindo como um louco enquanto eles corriam atrás dos pedaços de pão dormido que lhes eram atirados. Era provável que aquele par pensasse que ele era o mesmo velho Jeffy. Mas não era. Jeffy os ignorava.

Os patos saíram voando à sua aproximação. Sylvia pensou ter visto os lábios de Jeffy se moverem e correu até ele. Mas nada ouviu. Ele ainda estava agachado na grama, ainda se mexia para a frente e para trás sem parar, totalmente absorvido pelo amarelo brilhante do dente-de-leão que encontrara na grama.

– Tudo bem, Jeffy?

A criança continuou a olhar para a flor como se nela tivesse descoberto os segredos do universo.

Sylvia tirou uma caixa de Nerds do bolso do avental e se agachou ao seu lado. Ela achara as Nerds as mais adequadas ao seu propósito, pois elas soltavam seu sabor no mesmo instante e não eram adulteradas por substâncias químicas. Segurou uma das minúsculas balas nas pontas do polegar e do indicador.

– Jeffy! – disse ela, pronunciando o nome em tom nítido e cortante. – *Jeffy!*

A cabeça do garoto girou de leve na direção dela. Ao primeiro movimento, a mão de Sylvia se moveu com a precisão nascida de anos de experiência e pressionou a Nerd entre os lábios de Jeffy. Quando ele a mordeu, Sylvia tornou a pronunciar o seu nome numa tentativa de fazê-lo virar mais um pouco para ela.

– Jeffy! Jeffy!

Mas ele tornou a virar a cabeça para o dente-de-leão. Ela repetiu seu nome outras seis vezes, sem resultado.

– Talvez você não goste mais das Nerds, hein? – disse ela.

Mas ela sabia que não era a bala. Jeffy estava simplesmente alheio. Após dar-se tão bem durante anos com o tratamento, ele tornara-se resistente à terapia a partir de algum momento no início do ano. Pior que isso; Jeffy estava regredindo, mergulhando cada vez mais fundo em seu autismo. Ela não sabia o que havia de errado. Providenciara um ambiente estruturado e continuava trabalhando com ele todos os dias...

38

Sylvia engoliu em seco com força para superar o aperto na garganta. Sentia-se tão *desamparada*. Se ao menos...

Resistiu à premência de atirar as balas no canal e gritar de frustração. Em vez disso, tornou a guardar as Nerds no bolso. Nessa tarde, tentaria uma sessão de terapia completa com ele. Ela ficou de pé e desmanchou suavemente os cabelos dourados da criança que tanto amava.

Ela teve um instantâneo de um velho sonho – Jeffy correndo por aquele mesmo gramado em sua direção, um imenso sorriso naquele rostinho redondo, os braços bem abertos para ela, enquanto Sylvia o levantava, rindo, o girava pelo ar e o ouvia dizer: "De novo, mãe!"

Desvaneceu-se tão subitamente quanto aparecera. De qualquer modo, era um velho sonho, amarelado e se desintegrando em suas mensagens. Melhor não perturbá-lo.

Ela observou Jeffy por algum momento. Fisicamente, ele parecia ótimo naquela manhã. Sem febre, sem sinais de nenhum problema desde que acordara. De fato, tão logo se levantara, fora imediatamente à geladeira. Mas Sylvia o levara ali para fora, a fim de fazê-lo esperar um pouco antes do desjejum, apenas para ver como ele estava se comportando. Ela telefonara para a escola e dissera que ele não iria naquele dia.

Ela se virou e olhou na direção da garagem. A enorme porta dupla estava aberta, mas não havia qualquer sinal de vida. Ela então ouviu o latido familiar de Phemus no lado ocidental da casa e foi investigar.

Quando Sylvia fez a volta no canto próximo, Ba veio pelo canto mais distante trazendo a nova árvore. A visão a assustou. Quando o pessegueiro de 6 metros fora entregue pela incubadora, dois dias antes, três homens tinham sido necessários para desembarcá-lo do caminhão. Neste momento, Ba estava com os braços enrolados na bola de raízes envolta em aniagem, e a transportava sozinho.

– Ba! Você vai se machucar!

– Não, senhora – disse ele ao colocá-la no chão. – Quando eu era garoto, muitas redes de pesca eram mais pesadas.

– Talvez fossem. – Ela imaginou que ficar puxando redes cheias de peixe todos os dias desde a infância talvez deixasse a pessoa bem forte. – Mas tenha cuidado.

Notou que Ba escavara uma área bem grande do gramado.

– A que horas você se levantou hoje de manhã para já ter feito tudo isto?

– Bem cedo.

Ela tornou a olhar. Não havia dúvida quanto a isso. O pedaço de terra era grande – muito maior que o necessário para se plantar uma única árvore.

– Flores em volta da árvore, não acha, senhora?

Ba parecia estar lendo sua mente.

– Um canteiro de flores. Sim, acho que ficaria bonito.

Sylvia olhou para o pessegueiro mais velho 9 metros de distância ao sul. Ele também precisaria de um canteiro de flores para padronizar o jardim. Talvez nesse ano, com duas árvores realizando uma polinização cruzada, eles fossem ter alguns pêssegos.

Observou-o cavar. Para um homem que crescera no mar, Ba tinha um jeito maravilhoso para cultivo de plantas e um senso estético inato. Assim que chegou, Ba não sabia nada acerca de trabalho em terras, mas aprendera bem e com rapidez. Também se tornara um assistente versado em seu arboreto de bonsai, torcendo galhos e podando raízes da melhor maneira. E desde que assumiu a função de motorista, tornou-se um craque em mecânica de automóveis. Parecia não haver nada que não pudesse dominar.

Ele ajudou-a a deslizar a bola de raízes envolta em serragem no buraco na terra. Quando ele começou a reenchê-la, Sylvia viu a grosseira bandagem em seu braço.

– Como você se cortou?

Ele olhou para o antebraço.

– Não é nada. Não fui cuidadoso.

– Mas como...

– Por favor, não se preocupe, senhora. Não vai acontecer outra vez.

– Ótimo. – Ela observou-o socar com a pá a terra em volta da árvore recém-plantada. – Parece que você deixou uma grande quantidade de lama por cima.

– Foi porque acrescentei musgo de turfa e um alimento especial para raízes.

– Você não deveria fertilizar uma árvore recém-plantada, Ba.

– É um alimento especial que não vai queimar as raízes. Aprendi isso lá em casa.

– O que é?

– Um segredo, senhora.

– Ótimo. Assim que acabar, vá encontrar-se comigo no arboreto.

Sorrindo e balançando a cabeça, Sylvia virou-se e se dirigiu ao pátio dos fundos. "Alimento secreto de raízes"... Mas deixava que ele cuidasse do pátio a seu modo. Ele fazia um trabalho excelente, e ela não pensava em alterar algo que ia bem.

Sylvia puxou Jeffy para longe do dente-de-leão e o levou para tomar o café da manhã. Gladys preparara uma tigela de cereais e ele a devorou. Parecia não haver qualquer coisa de errado com seu estômago nesta manhã.

Como sempre, Alan estava certo.

Ao caminhar de volta para sua área de trabalho, Sylvia parou e ficou observando a *ishi-zuki* de longe. A galeria estava realmente ansiosa por aquela. Alguém telefonava pelo menos duas vezes por semana perguntando pela previsão do dia da entrega.

Quem teria imaginado que seu hobby a transformaria na mais recente celebridade do ramo das artes em Nova York? Se você não tivesse uma escultura de árvore feita por Sylvia Nash em algum lugar da sua casa, *não seria ninguém.*

Ela sorriu ao pensar na maneira despretensiosa como tudo começara.

A arte do bonsai fascinava Sylvia desde seus tempos de adolescente. Eu deparara com um livro sobre árvores em miniatura e ficara comovida com sua delicadeza, com a sensação de eternidade que as envolvia. Decidiu testar a sua mão. Achava que tinha jeito para a arte e, após muitos anos trabalhando naquilo, se tornou profunda conhecedora.

Após a morte de Greg, porém, ela deixou tudo de lado e uma de suas árvores premiadas morreu. Ela podara e protegera esse pinheiro especial de cinco pontas durante anos, transformando-o de uma aglomeração comum de folhas e galhos em uma graciosa obra de arte viva. Sua perda pareceu ainda mais trágica após ter perdido Greg. O pinheiro ficou em seu vaso e as folhas se tornavam marrons e as raízes apodreceram, sem salvação. Quando as folhas caíram, restou apenas um tronco desnudo.

Então Sylvia lembrou-se de ter visto uma demonstração de técnica de laser usada para esculpir cabeças e bustos. Investigou, encontrou um lugar onde faziam isso e teve sua árvore morta, com vaso e tudo, esculpida a laser em um bloco laminado de carvalho. Ficou encantada com o resultado: as agulhas externas ficaram nítidas, o intricado do córtex e até mesmo o musgo da base da árvore foram preservados para sempre. Pintou-a e a colocou em seu antigo lugar entre os outros bonsais. Não precisava ser regada, podada ou retorcida. Era perfeita. Para sempre.

E assim teria sido, caso o Natal de alguns anos antes não a encontrasse sem a menor ideia do que dar a metade das pessoas de sua lista. Seu olhar fora pousar no bonsai esculpido a laser e ela teve a ideia: por que não levar um de seus bonsais favoritos para a oficina de laser e mandar fazer mais ou menos uma dúzia de réplicas? Realmente, por que não? Um presente personalizado e único.

E assim se tornou uma rotina anual presentear certas pessoas especiais de sua vida com um bonsai esculpido a laser. Provavelmente aquilo não teria ido adiante se ela não tivesse decidido usar uma de suas árvores experimentais como modelo.

Na verdade, aquela árvore em especial era uma farsa – uma mistura de bonsai com técnicas de topiaria. Ela deixara que um buxo bem alto crescesse selvagem enquanto se aclimatava em seu vaso. Por alguma razão, sua forma cilíndrica fizera-a lembrar-se de um arranha-céu, de modo que, por capricho, começou a podá-lo e moldá-lo na forma do Empire State Building. Ela fez dez esculturas a laser a partir dele e as deu de presente no Natal. No fim de janeiro, o dono de uma galeria de arte em Manhattan estava batendo em sua porta, suplicando para falar com ela. Ele ficou falando sem parar sobre o bonsai do Empire, literalmente arrulhando sobre "a sutil combinação entre o natural e o feito pelo homem", sobre seu "espantoso brilhantismo ao usar a última palavra da tecnologia moderna para preservar uma antiga forma de arte", e assim por diante. Soltou *oohs* e *aahs* quando ela o conduziu em uma volta por sua coleção e, na verdade, deixou escapar um *xii* ao ver a árvore sokan com o tronco duplo no fundo e crescendo para o horizonte de Nova York no topo.

Desde então, uma vez por ano, ela produzia uma edição rigorosamente limitada de cem esculturas de um de seus bonsais. Assinava-as e as numerava e fazia a galeria cobrar uma cifra astronômica por cada uma delas. Sylvia não precisava do dinheiro, mas a etiqueta com o preço caro e o fornecimento limitado tornavam-nas ainda mais procuradas. Recebera numerosas ofertas – ofertas de uma generosidade extrema – pelas árvores originais vivas das quais as cópias eram feitas. Rejeitara e se recusara a ouvir qualquer contraproposta. Ninguém, a não ser a própria Sylvia, jamais iria possuir as árvores ou cuidar delas. A cultura bonsai era uma tarefa delicada, que consumia tempo e exigia destreza, prática e devoção – *não* era para amadores.

Tomemos a *ishi-zuki*, por exemplo. Como poderia ela permitir que algum palhaço de carteira recheada, que pensava que tudo de que ela precisava era ser regada como qualquer planta doméstica, a entregasse aos cuidados de sua empregada? *Especialmente* aquela árvore. A área frondosa fora podada na forma de uma esmerada casinha de Cape Cod, sustentada por um tronco de curva suave, cujas raízes se enganchavam firmemente em volta de uma pedra de suporte. Essa árvore lhe falava. Vendê-la seria inimaginável.

Mas ela venderia as réplicas com todo prazer, e as pessoas estavam esperando na fila para comprá-las.

Algo que fazia com que se tornasse conhecida.

Sylvia sabia que não se ajustava com as celebridades que compravam suas esculturas e queriam conhecê-la e convidá-la para suas festas. Às vezes lhe parecia que ela não se ajustava a parte alguma. Mas aceitava os convites e mantinha tênues contatos com os ricos e famosos, permanecendo na periferia, passando ao largo, esperando que algo de interessante acontecesse. Ela os usava para algumas de suas noites. Às vezes as noites podiam ser um fardo infernal. Jeffy, suas árvores e seus investimentos preenchiam os seus dias, mas as noites se arrastavam.

Entretanto, a noite anterior fora uma exceção. Mostrara-se curta demais. A presença de Alan injetara um tipo especial de vida na velha casa, aquecendo-a, iluminando-a. Ela poderia acostumar-se com tanta facilidade a vê-lo chegar em casa todas as noites, cumprimentando-o com um beijo, tocando-o...

Sylvia repeliu o pensamento com alguma irritação. Não fazia sentido perder-se nessa pequena fantasia. Ela tivera esse tipo de vida antes, num minúsculo apartamento com jardim no centro da cidade.

Surpreendeu-se. Havia anos que ela não pensava no velho apartamento. Supunha que aquelas lembranças estivessem trancadas em segurança para sempre. Esse tipo de vida desaparecera de uma vez por todas, assim como Sylvia Nash e o homem com quem partilhara essa existência. O homem estava morto e a Sylvia Nash de hoje já não queria essa vida nem precisava dela. Construíra uma nova do zero. A velha Sylvia desaparecera. E ninguém a traria de volta.

Além disso, Alan Bulmer já tinha dona.

No entanto, aquela pequena fantasia era bela e respeitável, na medida em que isso era tudo o que restava.

Afinal de contas, pensou ela com um sorriso torto, tinha sua reputação a considerar.

Voltou à cozinha. Jeffy ainda estava à mesa, raspando o fundo da tigela. Ela retirou-a e deu-lhe o copo de leite.

– Tudo bem, menino – disse ela, correndo de leve os dedos entre os cabelos encaracolados de Jeffy, enquanto ele bebia o leite em enormes goles. – Vamos limpá-lo e levá-lo ao Dr. Bulmer antes que o consultório fique cheio de gente.

Jeffy não olhou para ela. Havia terminado com o leite e estava ocupado, olhando fixo para o fundo do copo.

– Um dia você vai falar comigo, Jeffy. Talvez ainda não saiba disso, mas um dia vai me chamar de "mamãe". – Beijou-o na testa. Como podia ter um sentimento tão intenso para com alguém que não tomava conhecimento de sua existência? – Você vai, tenho certeza!

A MODERNA SALA de espera de iluminação intensa estava lotada de pessoas de todas as idades. A recepcionista disse que o Dr. Bulmer havia anotado o nome de Jeffy, e que eles seriam recebidos em um minuto. Duas das crianças começaram a gritar ao verem Ba, de modo que ele saiu para esperar no carro. Sylvia sentou-se ao lado de uma princesa vestida de poliéster que fitou sua roupa Albert Nipon com uma mal disfarçada hostilidade.

"De qualquer modo, não lhe ficaria bem, queridinha", pensou Sylvia enquanto aconchegava Jeffy contra seu corpo no assento e esperava.

Uma menininha, que não teria mais de 4 ou 5 anos, de olhos azuis e louros cabelos lisos, levantou-se e parou à frente de Jeffy. Após encará-lo durante algum tempo, ela disse:

– Estou aqui com minha mãe. – Apontou para uma mulher do outro lado da sala, absorta com uma revista. – Aquela lá é mamãe.

Jeffy olhou por cima do ombro esquerdo e não disse nada.

– Mamãe está doente – disse ela em um tom de voz um pouco mais alto. – Sua mãe está doente?

Por toda a atenção que Jeffy lhe prestava, ela até que podia ser uma peça do mobiliário, mas sua voz atraía a atenção dos outros pacientes que esperavam. A sala ficou nitidamente mais quieta enquanto eles esperavam pela resposta que jamais sairia dos lábios de Jeffy.

Tensa e atenta, Sylvia mordeu os lábios tentando imaginar uma saída para a situação. Entretanto, a menininha adiantou-se.

– Minha mãe teve diarreia, é por isso que ela está aqui para se consultar com o médico. Ela fica indo ao banheiro o tempo todo.

Quando a sala de espera se encheu com as risadas contidas, a mulher com a revista, o rosto agora vermelho de embaraço, aproximou-se para pegar a menininha e a levou de volta ao assento.

Jeffy não sorriu.

Pouco tempo depois eles foram chamados de volta a uma sala de exame. A enfermeira fez Jeffy sentar-se na mesa coberta de papel e o despiu, deixando-o apenas com as calças. Ele ainda estava seco. Jeffy usava o banheiro quando lhe era conveniente, mas, se estivesse absorto com algo ou longe de casa, simplesmente fazia nas calças. A enfermeira verificou a temperatura retal, disse que estava normal, depois os deixou esperando. Alan entrou cerca de dez minutos depois. Sorriu para ela, depois se virou para Jeffy.

– Então você superou o mal-estar da noite, Jeffy? Nada de dor de barriga? Que tal deitar-se e me deixar examinar sua barriga?

Enquanto examinava Jeffy, continuou conversando, como se ele fosse igual a qualquer outro menino de 8 anos. Foi isso que fez com que Sylvia se sentisse atraída no ato por Alan como médico: a maneira como ele tratava Jeffy. Em sua experiência, a maioria dos médicos o examinara com atenção e cortesia, mas jamais falava com ele. Eles falavam com ela, mas nunca com Jeffy. Na verdade, ele não estava ouvindo e não responderia, então por que conversar com ele? Ela jamais notara isso até o dia em que o levou para ver Alan, após o menino ter caído e ficado com o cotovelo inchado. Sylvia tinha certeza de que estava quebrado e estava prestes a sair correndo com o filho para o consultório do tio Lou quando se lembrou de que ele estava fora da cidade naquele dia. Mas seu antigo sócio, o Dr. Bulmer, estava disponível. Eles haviam tido um breve encontro na entrada do consultório de seu tio, quando os dois eram sócios, e Sylvia nada sabia sobre ele, a não ser o que seu tio dissera na época: que ele era "bem esperto". "Qualquer lugar, menos uma sala de emergência", pensou ela, e consentiu que o novo médico examinasse Jeffy.

Aquela breve consulta fora uma revelação. O autismo de Jeffy não deixara Alan nem um pouco perturbado. Ele tratou o garoto como um ser humano de verdade e não como uma espécie de pedaço de madeira surdo, mudo e cego. Havia respeito em sua atitude, quase reverência – aquele era um outro ser humano que ele estava tratando. E tampouco era fingimento. Sylvia sentiu que aquele homem agia naturalmente. E por apenas um segundo, quando Alan o levantou para tirá-lo da mesa, Jeffy o abraçara.

Assim fora. A partir de então não houve mais nenhum médico para Jeffy. Só Alan Bulmer servia.

Seu tio Lou ficara um pouco ressentido ao saber que Alan examinara Jeffy, mas isso não foi nada comparado com a explosão que ocorreu quando ela transferiu os registros de Jeffy para o novo consultório de Alan.

E agora ela observava Alan enquanto ele empurrava o abdome de Jeffy e tornava a lhe dar pancadinhas. À medida que envelhecia, ele ia ficando com a aparência ainda melhor. Os pequenos traços de cinza que manchavam o cabelo castanho-escuro das têmporas não o faziam parecer mais velho, apenas mais distinto. Alan tinha uma compleição que Sylvia gostava em um homem: era alto e magro, com pernas compridas e penetrantes olhos castanho-escuros...

– Você está ótimo, Jeff – disse Alan ao fazê-lo sentar-se. – Mas está ficando rechonchudo. – Ele sentou-se na mesa, pôs o braço em volta do ombro de Jeffy em um gesto informal de afeto e se voltou para Sylvia. – Está com um bocado de ar nos intestinos. Ele come depressa?

– Parece um aspirador de pó.

– Veja se consegue diminuir essa velocidade.

– É mais fácil dizer do que fazer.

– Ou você corta a quantidade que ele está comendo ou aumenta sua atividade.

– Talvez eu devesse registrá-lo na Liga Infantil de Esportes – disse ela com uma leve sutileza na voz.

Alan se surpreendeu com seu sarcasmo e suspirou.

– E isso aí, eu sei. "Mais fácil dizer do que fazer."

Essa era outra coisa que ela gostava em Alan – eles conseguiam se comunicar. Após anos cuidando de Jeffy juntos, os dois harmonizaram-se observando os raros altos e os muitos baixos da vida de uma criança autista.

– Vou tentar – disse ela. – Talvez possa levá-lo em caminhadas.

– Ele irá?

– Claro. Enquanto eu o levar pela mão e Ba não estiver por perto.

– Ba?

– Ba o mima de uma forma terrível. Ele o carrega o tempo inteiro. Quando Ba está por perto, as pernas de Jeffy não funcionam.

Alan riu.

– Bem, qualquer atividade que você o obrigue a fazer vai ajudar.

Sylvia tornou a vestir as roupas de Jeffy enquanto Alan escrevia às pressas na tabela.

– Quero agradecer-lhe por ter ido ontem à noite – disse ela, lembrando-se da alegria que sentira ao abrir a porta e vê-lo. – Sinto muito por ter sido por nada.

– Não foi por nada. Nós dois dormimos mais tranquilos.

– Por falar em consultas em domicílio: você costuma fazê-las a viúvas solitárias?

Ela adorava vê-lo corar. Ele não a desapontou.

– Na verdade, sim. Há uma velha senhora, não muito longe daqui, que está presa na cama depois de alguns ataques. Eu a visito uma vez por mês.

– E quanto às senhoras mais jovens?

– Depende do problema. Domicílio é um péssimo lugar para se exercer a medicina.

Ela reprimiu um sorriso. Pobre sujeito. Tentando com tanta força permanecer frio e profissional.

– E se ela tiver umas cócegas que só você pode coçar?

Ele sorriu com um leve traço de malícia.

– Eu direi para ela tomar um banho. Ou talvez uma ducha fria.

Ela riu. Ficou tão contente com o fato de, apesar de todas as suas maneiras antiquadas e sua integridade quase enfadonha, ele ainda ter senso de humor.

– Aliás – disse ele, interrompendo o riso de Sylvia –, ainda está de pé aquele seu convite para a festa do fim de semana?

– Você pode ir? – uma sensação como de flutuar apoderou-se dela.

– Sim, nós podemos. Pensei que teríamos compromissos, mas não teremos.

– Maravilhoso! Às 9 horas. Semiformal.

– Estaremos lá.

– Genial. Então poderei levá-lo para o segundo andar, às escondidas, e mostrar-lhe algumas de minhas gravuras eróticas japonesas.

Alan a encarou, com uma expressão séria.

– Sabe, um desses dias eu posso pagar para ver se você está blefando.

"Não se atreva!" A frase saltou para seus lábios, mas Sylvia reprimiu-a.

– Quem está blefando? – perguntou ela ao abrir a porta da sala de exame e sair com Jeffy. – Boa sorte em Washington. Vejo-o no sábado à noite.

Enquanto caminhava pelo corredor, pensou no pânico que sentira quando Alan falou em pagar para ver se ela estava blefando. Ela não queria isso. Estava consciente de que muito de sua atração baseava-se na inacessibilidade. Isso o tornava único entre tantos homens que ela conhecia – tais como alguns dos amigos de Greg e os maridos de suas amigas, que haviam aparecido para "confortá-la" após a morte de Greg. Sua ideia de conforto, entretanto, parecia carecer de uma cama. Aquela fora uma época de abrir os olhos em sua vida. Desde então ela havia tido sua quota de farras, mas não com nenhum deles.

Alan fizera ouvidos de mercador às suas constantes ofertas. E Sylvia sabia que ele sentia atração por ela, o que tornava o joguinho mais encantador ainda – e Alan mais nobre.

Mas por que ela fazia isso?

Jamais poderia responder à pergunta. Alan era o único homem que ela provocava dessa maneira; no entanto, ele a respeitava mais do que qualquer homem que Sylvia conhecia. Portanto, por que embaraçá-lo? Por que tentá-lo? Seria porque ela sabia que ele estava a salvo? Ou desejaria humilhá-lo de alguma forma, provar que o brilhante cavalheiro tinha pés de barro?

Não. Ela *não* queria provar tal coisa.

Então, por que gostava tanto de provocá-lo?

A pergunta ficava indo e vindo em sua mente, sem que ela jamais obtivesse uma resposta.

Sylvia perguntou-se se poderia haver algo de errado consigo – um curto-circuito em algum lugar de sua psique –, mas repeliu esse pensamento desconfortável.

"Era tudo brincadeira", pensou Sylvia com determinação. Tudo brincadeira.

4
Alan

– Tem certeza de que não quer vir?

Ginny olhou-o através das lentes de contato verdes e sorriu.

– Você sabe que eu adoraria, Alan, mas não posso trair Josie. Nós estamos...

Alan sabia: no torneio de tênis do clube. Ginny e Josie estavam nas quartas de final de duplas femininas.

– Quantas vezes irei testemunhar perante uma subcomissão do Senado? Sua presença poderia me ajudar a obter apoio moral.

– Eu sei, querido – disse Ginny, pousando os braços em volta dele.

– E eu jamais teria entrado no torneio se achasse que tínhamos a mais remota chance de chegarmos a esse ponto. Mas Josie está dependendo de mim, Alan. Não posso deixá-la na mão.

Um comentário cáustico chegou aos lábios de Alan, mas ele o reprimiu. Não queria criar um clima tenso.

– Mas eu o levarei de carro até o JFK – disse Ginny.

– Melhor não levar. Não sei a que horas voltarei amanhã, por isso prefiro deixar o carro no estacionamento de lá.

Alan deu-lhe um beijo e um abraço e, em seguida, saiu pela porta com a maleta de viagem na mão.

– Boa sorte! – disse Ginny com um aceno quando ele entrou no carro.

Alan sorriu e esperou que o sorriso parecesse genuíno. Estava mais magoado do que queria admitir, mesmo para si próprio.

MIKE SWITZER LHE havia dito que todos os médicos que prestassem testemunho pró-diretrizes tinham todas as despesas pagas pela comissão, inclusive as limusines que os aguardavam no aeroporto. Aqueles que testemunhassem contra as diretrizes deviam arranjar-se por conta própria.

De modo que Alan saiu por conta própria do National Airport e foi até o Crystal City, em Arlington, onde conseguiu um quarto com vista para o Potomac. A noite estava fresca e clara e, de sua janela, Alan podia ver as imagens iluminadas dos monumentos do outro lado do rio, refletindo-se brilhantes nas águas encrespadas.

Odiava viajar. Sentia-se estranhamente desconectado, quando se encontrava longe do consultório e da casa, como se alguém lhe tivesse desligado a tomada e ele deixasse de existir. Estremeceu. Não gostava dessa sensação.

Abriu a mala, tirou uma garrafa de uísque, voltou a se sentar na cama de casal barata e ficou vendo tevê sem prestar atenção.

Não fazia sentido enganar a si mesmo: Alan estava nervoso em relação ao dia seguinte. Nunca antes testemunhara perante uma comissão de qualquer espécie, sem falar em uma dirigida pelo feroz senador James McCready. Por que diabos concordara com isso? Por que alguém concordaria em se submeter a um interrogatório por um bando de políticos? Loucura!

Tudo era culpa de Mike – perdão, do *deputado* Switzer. Se este não tivesse convencido Alan a fazer isso, ele estaria em casa, são e salvo, na sua própria cama, diante de seu próprio aparelho de tevê.

Não, não era verdade. Alan sabia que não tinha ninguém para culpar por estar ali, a não ser a si mesmo. Ele quisera uma chance de dizer algo contra o projeto de lei dos Procedimentos Médicos, e Mike lhe dera essa chance.

Mas isso importaria?

Alan começou a imaginar se por acaso não seria uma espécie em extinção... um dinossauro... um médico solitário praticando um tipo pessoal de medicina, desenvolvendo relacionamentos de homem para homem com os pacientes, ganhando-lhes a confiança, lidando com eles de pessoa para pessoa, tornando-se alguém a quem eles se dirigiam com seus problemas, alguém que eles chamavam quando seus filhos estavam doentes, alguém que colocavam no topo de sua lista de cartões de Natal.

O que estava por vir parecia ser o paciente-enquanto-número servido pelo médico-enquanto-empregado, que trabalhava para uma clínica do governo ou de uma empresa, examinando um número X de pacientes por hora, durante Y horas por dia, depois batendo o ponto e indo para casa como qualquer outra pessoa.

Alan não era de todo imune ao fascínio ao projeto 9-por-5: horas normais, rendimentos e vantagens garantidos, nenhuma chamada no meio da noite ou nas tardes de domingo, no meio do jogo dos Jets. Tentador...

Genial para os robôs, talvez, mas não para os dinossauros.

Switzer intitulava-se o campeão dos médicos americanos, mas quanto disso era verdadeiro e quanto era um papel representado Alan não saberia dizer. Conhecera Mike nos tempos de estudante na Universidade de Nova York, e os dois haviam sido bons amigos até que seus caminhos de pós-formatura se separaram: Mike foi para a faculdade de Direito e Alan seguiu na Medicina. Alan sempre tivera Mike na conta de sujeito decente, mas agora restava o fato de que ele ocupava – e pretendia continuar ocupando – um cargo eletivo; e isso significava que teria de ficar de olho na direção em que o vento soprava.

Com toda certeza, Switzer parecia saber como manter seu nome nos jornais, em parte com sua rixa com a City MTA – o sistema de transporte de Nova York no front da cidade natal e, em parte, batendo cabeças com o senador McCready em nível nacional. Mas quanto de sua oposição ao projeto de lei do senador McCready sobre os Procedimentos Médicos significava um compromisso verdadeiro e quanto era porque McCready e Cunningham, da MTA, eram membros do outro partido?

Alan ficou ligeiramente aborrecido por não saber ao certo. Por enquanto, porém, teria de confiar em Switzer. Não tinha escolha.

"E amanhã eu ponho a cabeça a prêmio."

As audiências começavam, inusitadamente, às 7 horas da manhã, de modo que Alan desligou a tevê, tirou a roupa, serviu-se de outra dose de uísque e se deitou no escuro. Tentou encontrar uma velha estação no rádio, mas a recepção estava ruim, de forma que se resignou a esperar o sono em silêncio. Sabia que teria de ser paciente, pois tinha certeza de que teria uma daquelas noites.

"Aqui vamos nós", pensou enquanto se deitava.

Isso jamais falhava. Sempre que saía da cidade, passava a primeira noite repassando sua própria versão peculiar de *A Christmas Carol.*

Ele lutou com as cobertas no colchão desconhecido, atormentado pelos fantasmas dos pacientes do momento: os doentes que deixara para trás. Estavam em boas mãos, mas ele estava fora da cidade e eles estavam fora do alcance. Alan imaginava se não teria cometido alguma asneira num diagnóstico ou erros terapêuticos que não seriam descobertos a tempo. As mesmas preocupações importunavam-no a cada noite, mas nunca com a mesma intensidade de quando ele estava fora da cidade.

Perguntou a si mesmo se outros médicos passavam noites em claro preocupados com os pacientes. Jamais mencionava isso para quem quer que fosse, pois isso pareceria imitação da série de TV Marcus Welby, *M.D.*

As preocupações com os pacientes atuais desaguavam de modo natural nos fantasmas dos pacientes que viriam, produtos da ansiedade crônica de Alan em se manter atualizado em todos os campos que sua prática abrangia. Missão praticamente impossível, ele sabia, mas se martirizava por não conhecer um novo instrumento de diagnóstico ou uma nova terapia que pudesse mudar o curso da enfermidade de um paciente.

E por último – seu subconsciente sempre deixava o pior por último – os fantasmas dos pacientes passados. Eram quem ele mais temia. Qual multidão silenciosa em volta de um acidente, todas as falhas de sua carreira médica cercavam a cama, agachavam-se nas cobertas e flutuavam no ar enquanto ele deslizava em direção ao sono. As falhas... aqueles que lhe haviam escorregado por entre os dedos, as vidas dilaceradas que tinham escapado.

Caroline Wendell foi a primeira dessa noite, aparecendo aos pés da cama, desnudando ombros e pernas para lhe mostrar todos aqueles imensos hematomas que continuavam estourando e ameaçando simplesmente arruinar seu baile do colégio porque o vestido deixava os ombros à mostra. Naquela época ela não sabia que sua medula óssea a estava destruindo. Alan não soubera na mesma hora tampouco, mas agora revivia a sensação de fraqueza e enjoo que se apossara dele quando girou um hematócrito e viu a camada demasiado espessa, cor de couro, das células brancas do tubo capilar. Num dado momento ela se desvaneceu, tal como o fizera na vida real com a leucemia linfática que a impediu de ver o fim de seus dias de velhice.

O pequeno Bobby Greavy rastejou para cima da cama para demonstrar que aquilo que um problema da medula óssea fazia com o corpo de uma jovem não era nada comparado com o que as pessoas faziam umas às outras. Bobby era um paciente dos dias da residência de Alan e, nesse momento, ele virou-se com um movimento gracioso para mostrar a vermelha e empolada queimadura de segundo grau na pele de suas costas – uma perfeita impressão triangular do ferro de passar de sua mãe.

Bobby quase sempre trazia consigo Tabatha, a criança de 7 meses que recebera tantas pancadas na cabeça que ficara cega. Apesar dos apelos, pedidos e protestos estridentes de Alan, ambos haviam sido devolvidos aos respectivos pais pelo tribunal e ele nunca mais tornara a vê-los.

Bobby e Tabatha dissolveram-se em Maria Cardoza. Ela era uma visita frequente. Magra, linda Maria de 19 anos. Como de hábito, ela entrou flutuando em sua cama de CTI, nua, sangrando no nariz, na boca, nas incisões abdominais, no reto e na vagina. Fora assim que ele a vira na última vez, e a imagem ficara marcada em seu subconsciente. Quatro anos antes, ele estava passando pela emergência quando os primeiros socorros a trouxeram de uma batida de frente de dois carros na 107. Antes ele só a tinha visto uma vez em seu consultório, por causa de uma infecção respiratória de menor importância. Como não houvesse ninguém disponível, ele assistira o cirurgião de plantão, removendo-lhe o baço rompido e costurando o fígado dilacerado. O procedimento fora eficaz, mas todos os fatores de coagulação de seu sangue haviam sido removidos e ela simplesmente não parava de sangrar. Alan arrancou da cama um hematologista, mas nada do que ele fez provocou a coagulação do sangue de Maria. Mais uma vez, tão fresca quanto essa noite, Alan sentiu a frustração sombria, quase histérica, de sua impotência, da futilidade de cada esforço para salvá-la, enquanto ele permanecia ao lado de sua cama até o amanhecer, observando litro após litro das várias soluções e frações de plasma que pingavam nas veias de Maria saírem pelos drenos da cavidade abdominal. Ela teve falência renal, depois deficiência cardíaca congestiva, depois foi embora.

Mas não para sempre.

Maria e seus companheiros de passeio seguiam vivendo, fazendo visitas regulares a Alan.

JÁ ESTAVA quase na hora.

Mike Switzer, olhos atentos por trás dos óculos de aro de tartaruga, cabelos castanhos ondulados caindo por cima do rosto anguloso, caminhara ao lado de Alan durante toda a manhã.

– Trate de ficar frio, Alan – ele ficou dizendo. – Não deixe que o confundam.

Alan concordava.

– Claro. Não se preocupe. Estou bem.

Mas não estava. Sentia-se como se estivesse prestes a ser atirado aos leões. O estômago contraía-se e a bexiga o impulsionou outra vez ao banheiro dos homens, apesar das três vezes que já fora lá.

Ouvira falar acerca de McCready e da maneira como o senador era capaz de cortar a pessoa e comê-la viva, antes mesmo de ela se dar conta. A sala de audiências era exatamente igual àquelas que ele via de vez em quando na tevê a cabo: bancadas de carvalho, com os políticos e seus assistentes sentados atrás de escrivaninhas na plataforma erguida, como Césares no Coliseu, e as testemunhas embaixo, como cristãos esperando a vez no circo. Repórteres de aparência entediada entravam e saíam da sala ou se estatelavam nas cadeiras ao fundo, até que o Próprio Homem entrou mancando e se sentou atrás da placa de identificação que dizia: SEN. JAMES A. MCCREADY (D-NY). Então, todos voltaram sua atenção para ele.

Alan observou McCready de seu assento privilegiado entre os plebeus. Com seu jeito curvado e suas mandíbulas caídas, ele parecia ter mais do que seus supostos 56 anos. Os impenetráveis óculos escuros que se haviam tornado sua marca registrada no decorrer dos anos estavam presentes, protegendo-o de todos à sua volta, mascarando quaisquer alusões que seus olhos pudessem dar sobre o que se passava em sua mente. O que quer que dissessem, o senador McCready permanecia sem expressão e com seu jeito de inseto por trás daqueles óculos escuros.

Alguma conversa confusa circulou entre os que estavam na plataforma, seguida por um testemunho, que começara na véspera; em seguida, foi a vez de Alan sentar-se diante dos microfones.

5
O senador

James McCready deixou sua mente vagar quando o último médico – como era o nome dele? Bulmer? – tomou da palavra. Já ouvira tudo o que queria sobre o tema muito tempo antes.

Além disso, não queria estar ali. Sentia-se cansado e fraco. Sentia-se *velho*.

Tinha 56 anos, e ele sentia como se tivesse 100. Graças a Deus, agora podia sentar-se e recuperar a energia que gastara apenas caminhando de seu gabinete até ali... e se sentando. Se soubessem quanto lhe custava sentar-se lentamente, quando cada músculo de seu corpo gritava para lhe permitir que desabasse na cadeira.

E as manhãs eram seus *melhores* momentos! Fora por isso que marcara essas audiências para o romper da aurora. À tarde, mal poderia disfarçar. Ótimo que tivesse sido ferido na Coreia. Aquele velho e quase esquecido ferimento finalmente servira a um propósito útil.

Mexendo apenas os olhos por trás dos óculos escuros, sem mover a cabeça, McCready esquadrinhou a sala da comissão. Quando as pálpebras superiores começaram a cair, passara a usar óculos de cor bem escura. A princípio, receara que as pessoas pensassem que ele estava tentando parecer um artista de cinema. Em vez disso, disseram que os óculos faziam-no parecer o general Douglas MacArthur. Bem, se tinha de se parecer com alguém, com toda certeza ele poderia fazer pior do que MacArthur.

Seu olhar pousou no deputado Switzer.

"Aí está um homem para o qual devo estar alerta. Ele percebe a minha fraqueza e está se preparando para o tiroteio. Ao meu primeiro tropeço, ele vai cair em cima de mim. Olhe para ele ali, esse velho sacana e fofoqueiro! Pendurado no ombro do seu médico de estimação, instigando-o. É provável que o tenha adestrado durante semanas. Esses médicos não conseguem pensar por conta própria, a menos que se trate da medicina, e mesmo aí eles se apertam um bocado!"

McCready, antes de mais nada, era versado em apertos médicos. Mas se repreendeu por ter sentido inveja do fato de Switzer ter um médico favorito. Afinal de contas, ele também os tinha em grande quantidade.

Focalizou o médico. Como era mesmo o nome dele? Olhou na relação. Oh, sim... Bulmer. Não conseguiu evitar um sorriso. "Pobre Dr. Bulmer... provavelmente pensa que tem um aliado verdadeiro em Switzer. Gostaria de saber se ele percebe que seu companheiro o abandonará ao menor sinal de que isso lhe é vantajoso."

Ouviu o médico pronunciar a expressão mágica "concluindo..." e decidiu que seria melhor sintonizar-se. Fora um breve discurso, e ele estava terminando enquanto ainda tinha a atenção de todos. Talvez esse médico não fosse tão estúpido.

– ...que esses chamados procedimentos não passam de um livro de receitas de medicina da pior espécie. Eles não dão qualquer espaço ao médico para ajustar a terapia a um paciente específico sob condições específicas. Eles reduzem os médicos a robôs mecânicos e reduzem os pacientes a carros de linha de montagem. É a legislação mais desumanizante que já tive a desgraça de ler. Ela vai expelir o tipo de médico que molda sua abordagem terapêutica ao paciente individual e encorajar o surgimento do burocrata-médico, que faz tudo, de modo inabalável, de acordo com as normas. A medicina se tornará tão pessoal quanto a assistência social, tão eficiente quanto os correios e tão bem-sucedida como a guerra contra os vietcongues. Apenas um lado vai sofrer a longo prazo: o paciente.

De algum lugar da sala surgiu o som de um par de mãos aplaudindo, depois dois e, em seguida, muitos.

"Obviamente uma claque", pensou McCready. Mas então cada vez mais mãos se juntaram, até que a sala inteira – inclusive alguns membros da comissão! – estava aplaudindo. O que havia dito esse tal de Bulmer? Ele não trouxera um gráfico nem anotações, e não podia ter passado em revista muitos fatos ou cifras, pois McCready teria notado uma grande quantidade de olhos vidrados. O que significava que ele provavelmente interpretara na sala um número do "Dr. Sinceridade". Cerrou o punho. Devia ter prestado atenção.

Bem, não importa. Ele se divertiria um pouco com o outro, depois o cortaria em pedaços. Pigarreou e a sala ficou em silêncio.

– Então, diga-me, Dr. Bulmer – disse ele, notando o persistente ruído estridente em sua voz –, se a medicina americana não necessita dessas diretrizes, como o senhor explica a crise da assistência médica neste país?

Bulmer olhou para ele, com um acesso de cabeça afirmativo. Parecia preparado para a pergunta.

– Além do senhor, senador, quem afirma haver uma crise? Um recente estudo de âmbito nacional demonstrou que apenas

10 por cento da população pesquisada estava insatisfeita com sua assistência médica pessoal; no entanto, 80 por cento tinha a impressão de haver uma crise do setor médico nos Estados Unidos. Assim, sou obrigado a perguntar: se 90 por cento das pessoas estão satisfeitas com os cuidados médicos que recebem e pessoalmente não passaram por qualquer "crise da assistência médica", de onde tiraram a ideia de que havia uma crise? A resposta é óbvia: isso lhes foi *dito* tantas vezes que elas passaram a acreditar que tal crise exista, apesar do fato de 90 por cento deles não ter qualquer queixa com relação à sua assistência médica pessoal. Como herdeiro de uma cadeia de jornais, senador, imagino que o senhor esteja em melhores condições do que eu para explicar como essa *observada* crise da saúde pode ter sido fabricada.

"Que sacana!", pensou McCready, enquanto o aplauso superficial morria antes mesmo de lhe haver começado na realidade. O médico estava tentando pô-lo na defensiva. Pensou em mencionar que a cadeia de jornais McCready estava sendo mantida e conduzida por um conselho diretor enquanto ele se encontrava no cargo, mas desistiu. Melhor ignorar a observação – nem ao menos honrá-la com uma resposta. Esperou até que o silêncio chegasse às raias do desconforto. Quando finalmente falou, tratou a última observação de Bulmer como se ela jamais tivesse sido externalizada.

– Então, tudo está às mil maravilhas na medicina americana, hein?

O médico balançava a cabeça numa negativa.

– Não, senador. Tudo está longe de estar "às mil maravilhas" na medicina americana. Em geral, os médicos não estão fazendo seu trabalho tão bem quanto deviam ou poderiam. Não estou falando de competência... qualquer pessoa formada em uma faculdade americana pode ser tida como competente. Estou falando do vazio que está aumentando entre médicos e pacientes. A tecnologia, que nos permite diagnosticar e tratar doenças como nunca antes, está construindo um muro entre o médico e o paciente.

McCready não estava muito seguro de estar gostando da condução do debate. Esperara alguns lugares-comuns acerca de como os médicos eram apenas seres humanos e estavam fazendo o melhor possível. Não sabia para onde Bulmer estava dirigindo a conversa.

O médico fez uma pausa, depois continuou.

– Realmente odeio ter que apresentar a questão diante de uma comissão como esta, mas aqui vai: como médicos, nós devemos, e precisamos, continuar *tocando* nas pessoas, e com isso quero dizer um verdadeiro tocar com a mãos, mesmo quando não seja necessário, deixando a pessoa saber que há um outro ser humano no meio de todos esses mecanismos. Um exemplo simples: um médico pode auscultar um coração, posicionado à direita do paciente, segurando a cabeça do estetoscópio com os dedos da mão direita, esticando-o e pressionando-o contra a caixa torácica do paciente... apenas o diafragma do estetoscópio toca o paciente. Ou ele pode inclinar-se mais e firmar o paciente, colocando a mão esquerda em suas costas desnudas. Não vai ouvir nem um pouco melhor, mas estará em *contato*. Trata-se de uma atitude muito simples, mas pessoal. E existem conclusões extras de diagnóstico que vêm com o toque. Muitas vezes, pequenos palpites obtidos pela sensação da pele e dos tecidos que ficam abaixo dela. Não é algo que se possa obter em um livro didático, mas algo que só se aprende na prática. É a medicina da mão presente, e muito poucos médicos a estão praticando hoje em dia.

A sala da comissão ficou em silêncio. Até mesmo os repórteres pararam o bate-papo.

"Eles gostam dele." O senador concluiu que seria melhor ser cortês com Bulmer do que cortá-lo em pedaços.

– Isso foi muito bem colocado – disse McCready. – Mas por que o senhor disse que hesitava em levantar essa questão diante desta comissão?

– Bem... – disse Bulmer devagar, obviamente medindo as palavras. – A premissa que gerou esta comissão parece ser a de que, na verdade, é possível estabelecer diretrizes para uma boa assistência médica. De modo que eu não me surpreenderia se meus comentários inspirassem uma nova diretriz federal exigindo que todo médico tocasse em cada paciente durante determinado tempo em cada exame.

Houve algumas risadas contidas, depois umas duas gargalhadas e em seguida a sala irrompeu em riso. Até mesmo alguns membros da comissão ostentaram tímidos sorrisos.

McCready ficou furioso. Não sabia se fora alvejado ou se a observação de Bulmer tinha sido genuinamente confidencial. De qualquer modo, aquele médico de segunda categoria estava ridicularizando-o e à comissão. Suas palavras haviam sido cuidadosamente empostadas com humor, mas a picada ainda estava presente. McCready olhou para os outros membros da comissão. Suas fisionomias fizeram soar nele o alarme.

Até aquele momento, não tivera a menor dúvida de que seu projeto de lei seria concluído na última instância do programa de assistência médica do governo. Aquelas audiências haviam sido meras formalidades. Mas começara a sentir a primeira pontada de incerteza. Bulmer atingira um nervo e os membros da comissão estavam se contraindo.

"Maldito!"

Esse projeto de lei tinha de ser aprovado! O país precisava dele! *Ele* precisava! Tinha de pôr fim ao tipo de descuido médico que o deixara sem diagnóstico durante tanto tempo. E se a instituição médica não podia fazer, ou não faria, isso, então, droga, ele podia muito bem fazer por eles!

Mas nesse exato momento ele precisava agir. A prioridade máxima era afastar esse médico do microfone e da tribuna naquele exato momento.

Inclinou-se, aproximando-se do próprio microfone.

– Muito obrigado por seu tempo e por sua contribuição valiosa, Dr. Bulmer.

E então a sala se pôs a aplaudir, e o deputado Switzer deu uns tapinhas no ombro do seu médico de estimação. McCready observou a dupla por trás de seus óculos de lentes escuras. Teria de fazer algo em relação a Switzer. E logo. E ao Dr. Bulmer... Dr. Alan Bulmer...

Ele se lembraria daquele nome.

6
Alan

Aquela quinta-feira acabou apenas parcialmente desperdiçada. Alan conseguiu esquivar-se de almoçar com o exaltado deputado Switzer, pegou um avião para casa e chegou ao Clube de Iate e Tênis de Monroe a tempo de ver Ginny e Josie vencerem seu jogo de duplas e avançarem para as semifinais. Não teve como não se sentir arrebatado pela excitação de Ginny com a partida. Talvez fosse bom mesmo que ela tivesse ficado em casa – ele teria se sentido detestável se a tivesse privado da vitória.

Fez uma rápida ronda vespertina pelo hospital, depois voltou a se encontrar com Ginny no clube para jantar. Havia-se preparado para passar uma bela e tranquila noite em casa quando o bipe tocou. Joe Barton, paciente de longa data, estava tossindo sangue. Alan disse-lhe que fosse direto para a sala de emergência, que o encontraria lá.

Verificou-se que Joe estava com uma consolidada pneumonia. Mas, como ele era fumante e havia risco de algo mais sinistro estar de emboscada na área infiltrada do pulmão, e Alan conhecia Joe e sabia ser impossível fazê-lo repousar no leito, internou-o para tratamento.

Quando ele se aproximou do balcão da enfermeira da emergência, uma voz gritou da maca do canto:

– Você! Ei, você! É você mesmo!

A lâmpada daquele canto estava apagada. Alan forçou a vista em direção à escuridão. Um velho desgrenhado com roupas disformes estava deitado ali, acenando para ele. Alan não o reconheceu, mas lhe lançou um aceno amigável ao passar.

– Quem está na maca do canto? – disse para McClain ao chegar ao balcão. – Alguém que conheço?

– Para seu benefício, espero que não – respondeu ela. – Está bêbado e fedorento como um gambá. Nem sei o nome dele.

– Que há de errado com ele?

– Diz que veio aqui para morrer.

– Muito animador.

McClain bufou.

– Que não seja no meu turno. De qualquer modo, fizemos um exame de laboratório, estamos providenciando uma radiografia do tórax e um eletrocardiograma está a caminho.

– Quem está de serviço?

– Seu velho companheiro, Alberts.

McClain era uma das poucas enfermeiras restantes que se lembrariam de que Alan e Lou Alberts haviam sido sócios – havia quantos anos? Talvez já fizesse sete anos desde que se haviam separado.

– Tenho certeza de que os dois vão combinar bem – disse ele com um sorriso malicioso.

McClain soltou uma risada.

– Estou certa disso!

Em seu caminho de volta para dar boa-noite a Joe, o homem da maca do canto tornou a chamá-lo:

– Ei, você! Vem cá! Um instantinho!

Alan acenou, mas continuou andando. O homem não estava sofrendo de coisa alguma; estava apenas bêbado.

– Ei! Um instantinho! Vem cá! *Por favor!*

Havia um quê de tamanho desespero nessas últimas palavras que Alan parou e se virou na direção do canto. O homem acenava para ele.

– Vem cá.

Alan aproximou-se da padiola, depois recuou um passo. Era o mesmo vagabundo que batera em seu carro na noite de terça-feira. E McClain não estava brincando. Ele estava sujo e exalava um cheiro absolutamente pútrido. No entanto, nem mesmo o fedor de suas roupas cor de pavimento nem os pés descalços conseguiam disfarçar o cheiro forte e desagradável de vinho barato no hálito soprado por sua boca desdentada.

– Que posso fazer por você? – disse Alan.

– Pegue minha mão.

Ele estendeu a mão encardida com a pele rachada e as unhas enegrecidas e quebradas.

– Puxa, não sei não – disse Alan, tentando manter o humor aceso. – Nem sequer fomos apresentados.

– Por favor, pegue-a.

Alan tomou fôlego. Por que não seguira caminhando como todos os outros o fariam? Deu de ombros e esticou a mão direita. O pobre sujeito estava com cara de moribundo e isso parecia importante para ele. Além disso, Alan já metera a mão em lugares piores.

Tão logo sua mão se aproximou da mão do desamparado, a mão imunda deu um salto e o agarrou com uma pressão de ferro. Doeu, mas foi mais do que pela pressão. A luz piscou à sua volta, enquanto um choque como que de eletricidade de alta voltagem subiu por seu braço, convulsionando-lhe os músculos, fazendo com que ele se debatesse de maneira incontrolável como um peixe no anzol. Manchas escuras tremeluziram em sua visão, misturando-se, apagando o vagabundo, a sala de emergência, tudo.

E então Alan foi solto, cambaleou para trás, sem equilíbrio, e suas mãos se esticaram à procura de qualquer coisa que o impedisse de cair. Sentiu um tecido tocar-lhe a mão esquerda, agarrou-o, percebendo que era uma cortina ao ouvir seus prendedores libertarem-se com estalidos do trilho do teto sob seu peso. Mas pelo menos isso lhe amorteceu a queda, diminuindo o choque em sua nuca quando ele bateu contra a mesa de despensa das proximidades.

Sua visão escureceu, depois clareou, revelando a expressão chocada de McClain, quando ela se inclinou sobre ele.

– O que aconteceu? Você está bem?

Alan esfregou as mãos. A sensação de choque elétrico havia desaparecido, mas a carne ainda latejava até o osso.

– Acho que sim. Mas que droga ele fez comigo?

McClain olhou para a maca do canto.

– Ele? – Ela endireitou-se e lançou um olhar mais detido ao vagabundo. – Oh, merda! – ela disparou na direção do balcão e voltou empurrando o carrinho de acidente.

No alto-falante acima soou a voz do operador:

– *Código azul... emergência! Código azul... emergência!*

Enfermeiras e assistentes apareceram de todas as direções. O Dr. Lo, médico de plantão na emergência naquela noite, entrou correndo, vindo da sala dos médicos, e se encarregou da ressuscitação, lançando um olhar perplexo para Alan ao passar correndo.

Alan tentou levantar-se, na intenção de ajudar nos procedimentos de ressuscitação, mas percebeu que estava com os joelhos bambos e o braço direito entorpecido. No momento em que se sentiu firme o bastante para ajudar, Lo já mandara parar a ressuscitação. Apesar de todos os seus esforços, o coração recusara-se a recomeçar a bater. O monitor apresentava apenas uma linha oscilante quando, no fim, McClain o desligou.

– Genial! – disse ela. – Realmente genial! Nem fiquei sabendo o nome dele! Na certa um caso para investigação de morte suspeita! Vou ficar dias e dias preenchendo formulários!

Lo aproximou-se de Alan com um meio sorriso em seu rosto oriental.

– Por um momento, quando o vi caído ali no chão, pensei que teríamos que salvar você. O que aconteceu? Ele bateu em você?

Alan não sabia como explicar o que acontecera quando tocara a mão do homem, de modo que apenas assentiu.

– É isso aí. Deve ter sido uma espécie de ataque à Stokes-Adams ou algo do estilo.

Alan foi até a maca do canto, entrou na cortina puxada e puxou o lençol. A cabeça do velho estava um pouco virada na sua direção, a boca frouxa, os olhos entreabertos e fixos. Alan, com um gesto suave, baixou as pálpebras deles. Com as feições relaxadas pela morte, o homem não parecia tão velho. Na verdade, Alan seria capaz de apostar que, se lhe fizessem a barba, lhe dessem um banho e uma dentadura decente, não pareceria ter mais de 40 anos – sua própria idade.

Alan cruzou os braços. Ainda estava com uma sensação estranha.

"Mas que droga você fez comigo?"

Não conseguiu pensar em qualquer explicação para o choque que lhe percorrera o braço. Viera do vagabundo, disso tinha certeza. Mas de onde ele tirara aquilo? Não encontrou resposta nenhuma e o vagabundo não teria como lhe contar, de modo que tornou a puxar o lençol para lhe cobrir o rosto e foi embora.

7
Sylvia

— Sem pressa, Ba – disse Sylvia do assento traseiro do Graham. – Vai com calma.

Eu não estava lá muito ansiosa para ouvir o que Sara Chase tinha a dizer nesse dia. Resignara-se com o fato de que não seria algo bom.

Lutando contra a melancolia que a abraçara como uma mortalha, passou a mão no mogno polido que emoldurava as janelas laterais coloridas, deslizando-a para o estofamento de pelúcia. Costumava sentir esse prazer no trabalho de renovação do interior que fizera nesse velho sedã 1938, transformando-o de refugo enferrujado em lugar aconchegante e seguro, um lar vermelho-claro longe de casa. Uma vez, um passageiro observara que o carro lembrava um apartamento de luxo do *QE2*. Hoje, isso a deixava indiferente.

Não entrara nisso de olhos fechados. Soubera desde o início que não seria fácil criar um menino como Jeffy. Esperara e se preparara para os problemas, para seu agravamento e para a frustração. Não contava com o sofrimento.

Mas o sofrimento estava presente. Agora fazia meses que Jeffy distanciava-se dela um pouco mais a cada dia, e cada minúsculo aumento desse distanciamento gerava uma pontada de dor.

Sylvia pensou: se soubesse desde o início que a situação ficaria desse jeito – um lento progresso em mais de quatro anos, levando-a a uma falsa esperança, apenas para ver essa esperança dissipada no espaço de alguns meses –, teria adotado Jeffy?

Pergunta difícil, mas ela só conhecia uma resposta: sim.

Sylvia lembrou-se com toda a clareza de como ficara sensibilizada com aquele garotinho desde o momento em que abrira o *Monroe Express*, cinco anos antes, e vira sua foto. O menino de 3 anos fora deixado nos degraus da Escola Stanton para Educação Especial, preso à porta da frente por uma correia amarrada à coleira em volta de seu pescoço. Encontraram um bilhete preso em sua camisa, dizendo: "Por favor, cuidem de Jeffy, eu já não consigo mais." A foto fora publicada numa tentativa de identificá-lo e localizar seus pais.

Não dera resultado. Mas Sylvia foi capturada. Jeffy estendeu-se além daquela foto granulada em preto e branco e tocou um lugar do coração de Sylvia, que não ficou em paz até o levar para casa.

Eles a advertiram. Desde o início, as pessoas da Escola Stanton, das quais a Dra. Chase foi a mais loquaz, disseram-lhe que Jeffy era de um profundo autismo e seria um tremendo fardo financeiro, psicológico e emocional. Todo o alcance do comportamento de Jeffy consistia em se balançar para a frente e para trás, com zumbidos dissonantes, comendo, dormindo, urinando e defecando. Ele nem ao menos *olhava* para outra pessoa, sempre dirigindo o olhar para a esquerda ou a direita de alguém que estivesse de frente para ele, como se a pessoa fosse um objeto inanimado que lhe obstruísse a visão. As recompensas mais rudimentares à maternidade, tais como o simples retorno do amor e afeto demonstrados a uma criança, lhe seriam negadas.

Mas Sylvia não dera ouvidos. Ela *sabia* que poderia alcançar Jeffy.

E alcançara.

Enquanto esperava por toda a máquina jurídica que se encarregaria do processo de Jeffy e o deixaria pronto para a adoção, Sylvia levara-o para casa como filho de criação. Imergiu-se em seus cuidados, passando as noites lendo cada referência disponível sobre o autismo e os dias estruturando o ambiente e aplicando as teorias que estudava. As técnicas de modificação do comportamento foram as que melhor funcionaram com Jeffy.

As sessões foram exaustivas a princípio. Repetições infinitas, reforçando positivamente cada minúsculo fragmento de resposta desejada, construindo um repertório de comportamentos, incremento por incremento, a partir do nada – parecia uma tarefa impossível. Mas os esforços de Sylvia foram recompensados. Nesse momento, Sylvia sorriu revivendo um mínimo da alegria que sentira quando, pouco a pouco, Jeffy começou a se avivar, a reagir. A Dra. Chase e a equipe da Escola Stanton ficaram assombradas. Sylvia e Jeffy tornaram-se uma espécie de celebridades por lá.

Parecia que em algum momento se tornaria verdade o sonho do garotinho correndo em sua direção, de braços abertos pelo gramado. Até o inverno anterior.

O sorriso de Sylvia se desfez e seus lábios se contraíram.

Jeffy jamais chegara perto de ser uma "criança normal" – o que quer que isso fosse –, mas começara a reagir às pessoas a ponto de levantar a vista quando alguém entrava no quarto, o que não fazia quando fora encontrado. Reagia muito mais prontamente aos animais e objetos inanimados, chegando a ponto de brincar com Mess e Phemus e até de dizer algumas palavras para o ar. Jamais falava uma palavra a outro ser humano, mas pelo menos provava que tinha a capacidade de falar. Sylvia achava que eles estavam à beira de uma virada quando, de repente, Jeffy começou a regredir.

A princípio a mudança fora tão sutil que Sylvia se recusara até mesmo a tomar conhecimento de que estava acontecendo. No fim, relutante, foi forçada a admitir que Jeffy estava perdendo terreno. Esperara com muito fervor que estivesse errada, mas a Dra. Chase também começou a notar. Ela estava fazendo uma avaliação do comportamento de Jeffy naquela semana, e o resultado era esperado para aquele dia.

– Receio que os resultados não sejam bons – disse Sara Chase, sem rodeios, quando Sylvia se sentou na cadeira ao lado da mesa.

Sara era uma mulher de boa aparência, com cerca de 40 anos, faces coradas e cabelos castanhos finos. Jamais usava maquiagem e talvez estivesse uns 10 quilos acima do peso. Há muito tempo ela pedira a Sylvia que parasse de chamá-la de "doutora".

Sylvia afundou ainda mais na cadeira. Mordeu o lábio para impedi-lo de tremer. Queria chorar.

– Eu fiz tudo o que pude. Tudo.

– Eu sei que você fez. O progresso que ele teve com você foi incrível. Mas...

– Mas não fiz o bastante, certo?

– Errado! – disse Sara com ar sério, inclinando-se para a frente na mesa. – Não quero que você se culpe. O autismo não é uma simples desordem emocional; é também uma doença neurológica. Não precisaria dizer-lhe isso; você sabe disso quase tanto quanto eu.

Sylvia suspirou. Sabia que fizera tudo o que podia ser feito por Jeffy, mas não *fora* o bastante.

– E a doença de Jeffy está progredindo, não é isso?

Sara assentiu.

Sylvia bateu o punho contra o braço da cadeira.

– Lá dentro existe um lindo garotinho que não consegue sair. Não é justo!

– Não sei se algum de nós sabe como Jeffy é na realidade... – disse Sara com voz conciliadora.

– *Eu* sei! Posso senti-lo ali dentro, preso. Faz tanto tempo que está trancado que nem sequer sabe que é um prisioneiro. Mas ele está lá dentro. Eu sei disso! No verão passado, eu o vi retirar uma borboleta-rainha de uma poça, enxugar as asas dela com a camisa e deixá-la voar. Ele é gentil, amável, é...

Havia compaixão nos olhos de Sara; ela se sentou e ficou escutando Sylvia em silêncio.

Sylvia sabia o que a psicóloga estava pensando: que ela estava romanceando a condição de Jeffy.

– Nenhum medicamento novo? – perguntou.

Sara balançou a cabeça.

– Nós tentamos todos, e ele é refratário. Podíamos tentar outro...

– Não. – Sylvia suspirou enquanto a tristeza a cobria como um manto. – Eles só o deixam nervoso ou o põem para dormir.

– Então continue trabalhando com ele. Continue usando as técnicas operantes. Talvez você possa interromper a piora dele. Talvez a sua condição mude por si mesma. Quem sabe?

Sylvia saiu no dia cristalino. "O sol não devia estar brilhando", pensou. Um dia sombrio e chuvoso combinaria melhor com seu estado de espírito.

8
Alan

Começou no fim da manhã de sexta-feira.

O único incidente digno de nota antes disso foi a chamada de Fred Larkin. Connie chamou dizendo que o Dr. Larkin estava no telefone.

– O próprio Dr. Larkin ou sua secretária?

Alan já sabia a resposta. Fred Larkin era o astro dos ortopedistas locais. Recebia em torno de 750 mil dólares por ano, possuía três casas e um cruzeiro de 42 pés e percorria as pistas a 60 quilômetros por hora de sua casa até o hospital em uma Maserati de 90 mil dólares, que chegava aos 300 quilômetros por hora, com placas de licença nas quais se lia FRED, MÉDICO. Alan nunca lhe encaminhava pacientes, mas um deles fora cair de alguma forma sob os cuidados de Larkin em janeiro. Ele estava esperando sua ligação.

– A secretária, claro.

– Claro. – Fred Larkin não era um tipo que se permita discar um número de telefone. – Segure-a e volte aqui num segundo.

Quando Connie entrou apressada em seu gabinete, com seu corpo baixo e roliço, Alan apertou o botão de seu telefone e disse:

– Alô?

Quando a voz feminina do outro lado disse "Só um minuto, Dr. Bulmer", e o pôs em espera, Alan estendeu o aparelho para Connie.

Ela sorriu e o levou ao ouvido. Após uma breve pausa, Connie disse:

– Espere um instante, Dr. Larkin – e apertou o botão de espera. Rindo, passou o telefone para Alan e saiu apressada da sala.

Alan esperou, contando lentamente até cinco, e então liberou a linha.

– Fred! Como vai?

– Muito bem, Alan – disse ele com sua voz burocrática. – Ouça, não quero tomar muito do seu tempo, mas achei que você devia saber o que um de seus pacientes anda dizendo a seu respeito.

– É mesmo? Quem? – Alan sabia quem, o que e por que, mas decidiu bancar o estúpido.

– A Sra. Marshall.

– Elizabeth? Não sabia que ela estava chateada comigo!

– Não sei nada sobre isso. Mas, como você sabe, fiz uma artroscopia de seu joelho direito em janeiro, e ela se recusa a me pagar os últimos dois terços da conta.

– Provavelmente por não ter dinheiro.

– Bem, seja como for, ela disse – e nesse ponto ele deu uma risada forçada – que *você* falou para ela não pagar. Dá para acreditar nisso?

– Claro. De certo modo, é verdade.

Houve um longo silêncio no outro lado da linha.

– Você admite?

– Hum-hum – afirmou Alan e esperou a reação.

– Seu filho da puta! Eu imaginava que você a tinha instigado. Mas que droga lhe deu na cabeça para dizer a um de meus pacientes para não pagar a conta? – ele estava gritando ao telefone.

– Dizer que você cobra demais é uma forma moderada. Você *arranca* os *olhos*. Você jamais deu uma pista a essa velha senhora que seus honorários, por uma olhada na junta, mais um pequeno desbaste da cartilagem, iam lhe custar 2 mil dólares. Você fez tudo em vinte minutos no departamento de cirurgia de pacientes externos... o que significa que suas despesas gerais foram *zero*, Fred; e você lhe cobrou 2 mil! Depois, e isso é que foi um verdadeiro chute, *depois* ela foi obrigada a vir até mim para uma explicação exata do que você fez nela. Você cobra uma taxa de 6 mil pratas a hora, e *eu* tenho que dar a explicação! Isso eu não pude fazer, pois, como de costume, você não se deu ao trabalho de me enviar uma cópia do sumário do procedimento.

– Eu expliquei *tudo* a ela.

– Não de forma que ela pudesse compreender, e é provável que você tenha marcado mais quatro operações. Responder a algumas perguntas levaria muito tempo. E quando ela disse no seu consultório que o seguro de saúde e outros seguros cobriam apenas 600 dólares da conta, foi informada de que isso era problema *dela*. E sabe o que ela me disse?

Nesse momento, Alan chegara ao ponto que mais o deixava furioso. Podia sentir-se fervendo. Tentou controlar-se, mas sabia que podia resvalar para os gritos a qualquer momento.

– Ela disse: "Vocês, médicos!" Ela tratou a *mim* do mesmo modo que a *você*! E isso foi uma mijada na minha cara. Os comentários negativos dirigidos a pessoas como você, que tratam os pacientes como pedaços de carne, voltaram-se contra mim, e eu não achei nem um pouco engraçado.

– Não me venha com essa sua merda de autossuficiência, Bulmer. Nada lhe dá o direito de dizer a um paciente para não pagar!

– Não foi bem o que eu disse a ela. – A calma de Alan foi esticada até o ponto de ruptura, mas ele conseguiu manter a voz baixa. – Eu disse para ela lhe devolver a conta na forma de um supositório retal. Porque você é um imbecil, Fred.

Após um ou dois segundos de silêncio, Larkin, chocado, disse:

– Posso comprá-lo e vendê-lo, Bulmer.

– Um imbecil rico continua sendo um imbecil.

– Vou levar isso à direção do hospital e à sociedade médica. Você ainda não ouviu a palavra final desta história!

– Já ouvi sim – disse Alan e bateu o telefone.

Ele estava aborrecido consigo mesmo por ter chegado ao ponto de dizer palavrões, mas não podia negar que isso o deixara satisfeito.

Olhou para o relógio. Já eram 9h30. Ele ficaria brincando de se levantar e se abaixar o resto da manhã.

O HUMOR DE ALAN melhorou na mesma hora quando ele viu Sonja Andersen à sua espera na sala de exame. Ele sorriu para a linda menina de 10 anos, que vinha acompanhando nos três últimos anos, e mentalmente folheou seu histórico médico. Sonja fora uma criança normal até os 4 anos, quando pegara catapora da irmã mais velha. Entretanto, esse não foi um habitual caso descomplicado. Desenvolveu-se uma meningite de varicela, deixando-a com um problema de apoplexia e total perda de audição no ouvido direito. Ela era uma menininha forte e andava bem nos últimos tempos. Nenhuma apoplexia no último ano e nenhum efeito negativo visível do Dilantin que ela tomava duas vezes ao dia para controlar os ataques.

Ela mostrou um walkman, com pequenos fones de ouvido.

– Olhe o que ganhei, Dr. Bulmer!

Seu rosto estava vivo e franco, o sorriso mostrava uma sinceridade desinibida. Ela parecia realmente contente por vê-lo.

Alan ficou tão contente quanto ela ao vê-la. Gostava mais da pediatria do que qualquer outra área de sua prática. Descobrira algo nos cuidados de uma criança, fosse enferma ou sã, que lhe dava uma satisfação especial. Talvez isso se transmitisse às crianças e aos seus pais, o que explicava por que um segmento incomumente grande de sua prática, quase 40 por cento, era dedicado à pediatria.

– Quem lhe deu?

– Meu tio. De aniversário.

– Que bom... Você já tem 10 anos agora, não tem? Que tipo de música você gosta?

– Rock.

Alan observou enquanto ela colocou os fones e começou a dançar ao som do que estava ouvindo. Ele levantou o receptor do ouvido esquerdo, afastando-o da cabeça, e disse:

– O que está tocando?

– A nova música do Polio.

Alan forçou um sorriso, bem consciente da lacuna entre as gerações. Ele escutar a música do Polio – uma mistura descuidada de punk e heavy metal, fazia Ozzie Ozbourne parecer refinado, e era uma das razões pelas quais Alan tinha uma pilha de fitas velhas no carro.

– Que tal se desligarmos por alguns momentos e você me deixar fazer-lhe um rápido exame?

Alan examinou-lhe o coração, os pulmões, a pressão arterial e a gengiva à procura de sinais da terapia a longo prazo com Dilantin. Deu tudo negativo. Ótimo. Ele pegou o otoscópio, ajustou-lhe um espéculo e o girou aos ouvidos de Sonja.

O esquerdo pareceu-lhe bem – o canal estava claro, o tímpano normal em cor e configuração, sem sinais de fluido no ouvido médio. Ele passou para o outro lado. Como sempre, o ouvido direito parecia tão normal quanto o esquerdo. A surdez ali não fora causada por um defeito estrutural; o nervo auditivo simplesmente não transportava as mensagens do ouvido médio para o cérebro. Alan compreendeu, angustiado, que ela jamais ouvira suas fitas em estéreo...

E foi então que aconteceu.

Primeiro, a sensação na mão esquerda, quando ele segurava a aurícula do ouvido de Sonja; um formigamento, uma sensação de agulha subindo dali para todo o seu corpo, fazendo-o tremer e começar a suar. Sonja choramingou e agarrou a orelha com ambas as mãos e se jogou para trás, descendo da mesa de exame em direção aos braços da mãe.

– O *quê*? – foi tudo o que a assustada mulher pôde dizer, enquanto apertava a filha contra o corpo.

– Meu ouvido! Ele machucou meu ouvido!

Sem forças e mais do que apenas assustado, Alan curvou-se sobre a mesa de exame.

A mãe saiu em defesa de Alan:

– Ele mal tocou em você, Sonja!

– Ele me deu um choque!

– Deve ter sido por causa do tapete. Não foi isso, Dr. Bulmer?

Por um segundo, Alan não soube ao certo onde se encontrava.

– Foi – disse ele. Endireitou-se, com a esperança de não parecer tão pálido e abalado quanto se sentia. – É a única explicação.

O que ele acabara de sentir lembrou-o do choque que recebera do mendigo na sala de emergência na noite anterior. Só que agora ele sentira mais prazer do que dor. Um instante de êxtase ardente e depois... o quê? Uma cálida recordação?

Alan conseguiu persuadir Sonja a voltar para a mesa e completar o exame. Tornou a examinar o ouvido direito. Nenhum problema dessa vez. Nenhum sinal de ferimento tampouco. Sonja saiu alguns minutos depois, ainda se queixando da dor no ouvido.

Alan foi para a sala de consulta e se sentou à mesa por algum momento. Que droga acontecera ali dentro? Não conseguia encontrar explicação. Usara a mesma técnica com o mesmo otoscópio e o mesmo espéculo no ouvido de Sonja durante anos sem qualquer incidente. Que dera errado hoje? E aquela sensação...?

Alan não gostava de coisas que não podia explicar. Mas forçou sua mente a arquivar o evento para tentar entendê-lo posteriormente e levantou-se. Sua agenda estava cheia, e ele precisava continuar seu atendimento.

Os minutos seguintes transcorreram com tranquilidade. Depois apareceu Henrietta Westin.

– Só quero um checkup.

Alan ficou em estado de alerta imediatamente. Sabia que Henrietta Westin não era do tipo de fazer checkups. Era uma cristã ressuscitada que trazia os três filhos e o marido ao primeiro sinal de um resfriado ou febre, mas que confiava no Senhor quanto à própria saúde. O que significava que, em geral, ela esperava até que estivesse com bronquite ou uma pneumonia a caminho, ou quando estivesse 10 por cento desidratada por um vírus intestinal antes de se arrastar ao consultório.

– Algo errado? – perguntou Alan. Ela encolheu os ombros e sorriu.

– Claro que não. Um pouco cansada talvez, mas que se poderia esperar quando se vai fazer 49 anos no mês que vem? Imagino que devia dar graças ao Senhor por pelo menos ter mantido minha saúde por tanto tempo.

A frase soou agourenta.

Alan examinou-a por completo. Não encontrou nada fora do comum, a não ser uma ligeira elevação na pressão arterial e na pulsação, sendo que, sem dúvida alguma, a primeira era secundária à segunda. Henrietta tinha um ginecologista com quem se consultava com regularidade "para quaisquer problemas femininos" que surgissem; seu último exame ginecológico fora quatro meses antes, e tudo estava normal.

Alan recostou-se na mesa e olhou para ela. Havia tocado nas palmas de suas mãos e as achara lisas de transpiração. Nesse momento, aquelas mãos estavam apertadas firmes no colo, os nós dos dedos brancos. Alan decidiu que faria alguns exames na tireoide, mas duvidou de que esse fosse o problema, pois o peso de Henrietta não mudara nos dois últimos anos.

Fechou o arquivo de Henrietta e apontou para a porta da sala de consulta.

– Vista-se, vá encontrar-se comigo na minha sala, e nós conversaremos.

– Está bem. – Ela assentiu.

Quando Alan caminhou em direção à porta, ela disse:

– Oh, aliás...

"Aí vem", pensou ele, "a verdadeira razão para a visita."

– ...Encontrei um caroço no meu seio.

Ele pôs a pasta de volta na mesa e se aproximou dela.

– O Dr. Anson não a examinou?

Alan sabia que seu ginecologista era um médico extremamente cuidadoso.

– Examinou, mas na época o caroço ainda não existia.

– Quando foi que você o notou pela primeira vez?

– No mês passado.

– Você examina os seios todos os meses?

Ela desviou o olhar.

– Não.

"De modo que ele podia existir há três meses!"

– Por que não veio antes?

– Eu... eu pensei que talvez ele desaparecesse. Mas não desapareceu. – Irrompeu em um choro. – Ele ficou *maior*!

Alan pôs suavemente a mão no ombro de Henrietta.

– Fique calma; talvez seja um cisto, que nada mais é do que um saco cheio de fluido ou algo igualmente benigno. Vamos examinar.

Ela abriu o fecho do sutiã e o despiu por baixo do avental de papel. Alan levantou o avental e olhou os seios. Notou na mesma hora uma pequena ondulação da pele a duas polegadas do mamilo esquerdo, a dois graus.

– Que seio?

– O esquerdo.

Aquilo parecia ainda pior.

– Deite-se.

Em um esforço para adiar o inevitável, Alan examinou primeiro o seio direito, começando na margem externa e trabalhando em direção ao mamilo, em volta dele e, enfim, sob ele. Normal. Fez o mesmo no outro lado, mas começou por baixo do braço. Ali, debaixo da escorregadia mistura de transpiração, desodorante e restolho de pelos, Alan sentiu três nódulos linfáticos distintamente aumentados. "Oh, droga!" Passou para o seio, onde encontrou uma massa firme, fixa e irregular sob a área ondulada. Seu estômago apertou-se. Maligno como o diabo!

...E então aconteceu outra vez.

O formigamento, o êxtase, o breve choro da paciente, o instante de desorientação.

– O que foi *isso*? – disse ela, cobrindo as mãos em forma de cálice por cima do seio esquerdo.

– Eu não... eu não tenho certeza – disse Alan, agora alarmado.

Essa fora a segunda vez em menos de uma hora. O que era...?

– Desapareceu! – gritou a Sra. Westin, passando os dedos num gesto frenético por cima do seio. – O caroço... graças a Deus!... não está mais aqui!

– Claro que está – disse Alan. – Os tu... – quase disse *tumores*. – Os caroços não desaparecem assim. – Alan conhecia o poder da negação como mecanismo psicológico; o pior que poderia acontecer seria ela achar-se na crença de que não estava mais com qualquer massa no seio. – Aqui. Vou mostrar-lhe.

Mas não teve o que mostrar.

Havia desaparecido.

A massa, a ondulação, os nódulos aumentados... *haviam desaparecido!*

– Como o senhor fez, doutor?

– Fiz? Eu não fiz nada.

– Fez sim. O senhor tocou e ele desapareceu. – Seus olhos brilharam quando ela o olhou. – O senhor curou o caroço.

– Não... não – ele buscou uma explicação. – Deve ter sido um cisto que se rompeu. É isso.

Ele não acreditou... cistos no seio não se rompem e desaparecem durante um exame.

E a expressão no rosto de Henrietta Westin mostrava que ela tampouco acreditava.

– Graças a Deus, Ele me curou através do senhor.

– Espere um instante!

Aquilo estava saindo do controle. Agora quase frenético, Alan tornou a examinar o seio.

"Não pode ser! Tem de estar aqui!"

Mas não estava. Não havia o menor traço da massa.

– Bendito seja!

– Espere um instante, Henrietta. Quero que você faça uma mamografia no hospital.

Quando ela se levantou e tornou a prender o sutiã, seus olhos ainda ostentavam aquele brilho.

– Como o senhor quiser, doutor.

"Não me olhe desse jeito!"

– Hoje. Vou telefonar para o hospital agora.

– Como o senhor quiser.

Alan correu para a mesa da sala de exame. Pegou o telefone para chamar o Departamento de Radiologia do Monroe Community Hospital. E parou. Durante alguns segundos, não conseguiu lembrar-se do número principal do hospital, aquele para o qual ele ligava pelo menos uma dúzia de vezes por dia. Depois lhe ocorreu: aquilo devia tê-lo abalado mais do que ele imaginara.

Jack Fisher, o radiologista-chefe, não estava ansioso para incluir outra mamografia em seu horário, mas Alan o convenceu da urgência desse pedido particular, e Jack, relutante, concordou em encontrar uma brecha para a Sra. Westin.

Alan conseguiu realizar um bom trabalho com os outros pacientes da manhã, embora soubesse que descartara alguns deles. Não pudera deixar de fazê-lo. Foi uma luta concentrar-se em seus problemas quando sua mente palpitava com a questão do que acontecera com o tumor no seio de Henrietta Westin. Ele estivera ali! Alan o sentira! E não havia como não ser maligno, com aqueles nódulos nas axilas.

E depois ele desaparecera.

Aquilo era uma loucura!

Esse estado de distração trouxe um benefício inesperado: ele mal ouviu o Sr. Bradford quando este lhe repassou o boletim habitual sobre a cor, o diâmetro e a frequência de cada uma de suas evacuações desde a visita anterior

Finalmente, chegou a hora do almoço e Alan retornou telefonemas e mandou Connie e Denise comerem fora. Desejou que Ginny ainda estivesse trabalhando com ele. No início, quando se mudara para o prédio, ela trabalhara como recepcionista, mas ele logo decidira que aquilo não era para ela. Afinal de contas, nenhuma das mulheres dos outros médicos com quem ela se dava trabalhava para o marido.

Ouviu o telefone tocar na mesa de Connie e viu uma luz começar a piscar no telefone ao seu lado. Era a linha privada que ele reservara para o hospital, farmacêuticos e outros médicos. Pegou o telefone.

– Alô.

– Não há nada, Alan. – Era Jack Fisher, o radiologista. – Um pequeno fibrocisto, mas nada de massa, nada de calcificação, nada de mudança vascular.

– E você examinou a axila como lhe pedi?

– Limpas. Dos dois lados. Limpas.

Alan não falou. Não *conseguiu* falar.

– Tudo bem, Alan?

– Sim. Sim, claro, Jack. E muitíssimo obrigado por tê-la encaixado. Fico realmente muito grato.

– Quando quiser. Às vezes a única maneira de se lidar com essas piradas é ser condescendente com elas.

– Piradas?

– Isso. A Sra. Westin. Ela continuaria falando e falando a qualquer pessoa que a ouvisse contar que você tem "um toque que cura". Que ela estava com um tumor ali desde o mês anterior e que você, com um simples toque, fez desaparecer. – Ele riu. – Sempre que acho que já escutei tudo o que tinha para escutar, aparece alguém com uma novidade.

Alan terminou a ligação com um agradecimento, desabou na cadeira e ficou olhando para a textura do painel de carvalho da parede oposta.

Agora Henrietta Westin tinha um seio esquerdo normal e que se mostrava limpo na mamografia. Mas não era esse o caso duas horas antes.

Ele suspirou e se levantou. De nada adiantava preocupar-se com isso. Ela não ia perder o seio nem a vida, isso é que era importante. Quando tivesse mais tempo, Alan tentaria resolver aquilo. Naquele exato momento, era hora de comer um pouco e, depois, passar aos atendimentos da tarde.

O telefone tornou a tocar. Dessa vez foi na linha dos pacientes. Ele ainda não havia passado para a secretária eletrônica, de modo que atendeu.

Era a Sra. Andersen, que estava soluçando. Algo a respeito de Sonja. Sobre seu ouvido.

Oh, Cristo! Era só o que lhe faltava agora.

– O que há de errado? – perguntou ele. – Ela ainda sente dor?

– Não! – disse em prantos a mulher. – Ela consegue ouvir de novo com o ouvido direito. Ela consegue *ouvir*!

– Como está minha aparência?

Alan voltou à realidade. Fizera assim durante a tarde, sem cometer qualquer negligência médica, mas agora que se encontrava em casa sua mente não saía de Sonja Andersen e de Henrietta Westin.

Ergueu a vista. Ginny estava de pé na outra extremidade da mesa da cozinha, posando com calças largas e uma blusa de diferentes tonalidades de verde.

– Está ótima. – Era verdade. As roupas ajustavam-se com perfeição ao seu talhe. Os verdes do tecido combinavam com o verde de suas lentes de contato. – Realmente ótima.

– Então, por que sempre tenho de perguntar?

– Porque você está sempre com uma ótima aparência. Você devia saber.

– Uma mulher gosta de ouvir isso às vezes.

Talvez pela centésima vez naquele ano – a primeira fora no ano-novo –, Alan prometeu ser mais atento com Ginny e menos absorvido por sua profissão. Os dois já não tinham mais uma vida em comum. Para um estranho, era provável que parecessem o casal perfeito – tudo o que precisavam era de dois filhos, e seriam a família americana ideal. Haviam falado em repor a vida no mesmo trilho incontáveis vezes, mas todas as suas boas intenções pareciam continuar sendo intenções. A clínica continuava demandando cada vez mais tempo de Alan, e Ginny parecia envolver-se cada vez mais com o clube, junto com o grupo de assistência social e o do hospital. Seus caminhos cruzavam-se no café da manhã, no jantar e, ocasionalmente, na hora de ir para a cama.

Ele *passaria a ser* mais atento e menos absorto. Logo. Mas com toda a certeza essa noite era um caso especial, principalmente depois do que acontecera durante o dia.

Ginny pôs diante dele um prato de salada de camarão sobre uma base de alface, mais uma fatia de pão.

– Você não vai comer? – perguntou ele, enquanto ela continuava a se mexer de um lado para o outro na cozinha.

Ginny balançou a cabeça.

– Não tenho tempo. Por que você acha que estou arrumada? A associação vai ter uma reunião hoje à noite e terei de fazer um relato sobre o progresso do desfile de modas.

– Pensei que a associação se reunisse nas noites de quinta.

– Hoje à noite a reunião é especial por causa do desfile de modas do domingo. Eu lhe contei isso.

– Certo. Você contou. Eu só queria conversar.

Ginny sorriu.

– Ótimo. Converse.

– Sente-se – disse Alan, apontando a cadeira na frente dele.

– Oh, não posso, querido; Josie e Terri estarão aqui a qualquer momento para me pegar. Não pode me contar rapidamente?

– Acho que não.

– Tente.

Ela se sentou à frente dele.

– Está bem. Hoje aconteceu algo estranho no consultório.

– A Sra. Ellsworth pagou a conta?

Alan quase riu.

– Não. Mais estranho.

Ginny ergueu as sobrancelhas.

– Deve ser bom.

– Não sei se é ou não. – Alan respirou fundo. Não ia ser fácil contar. – De alguma forma, de algum modo, eu... hoje eu curei duas pessoas de doenças incuráveis.

Após breve pausa, Ginny balançou lentamente a cabeça, parecendo intrigada e com o rosto contraído.

– Não estou entendendo.

– Nem eu. Sabe...

Buzinaram lá fora na entrada para carros. Ginny levantou-se.

– É Josie. Preciso ir. – Ela contornou a mesa e deu um rápido beijo em Alan. – Conversaremos sobre isso hoje à noite, mais tarde, está bem?

Alan conseguiu sorrir.

– Claro.

E depois Ginny vestiu o casaco e saiu pela porta.

Alan espetou o garfo na salada de camarão e começou a comer. Talvez fosse melhor assim. Tanto ele quanto Ginny conheciam médicos que haviam desenvolvido o complexo de Deus. Bastaria que ele começasse a falar sobre a cura com o toque que ela estaria pronta para a gozação.

E talvez estivesse certa.

Alan engoliu um punhado de camarões, pôs o garfo no prato e se recostou na cadeira. Não estava com fome; só estava comendo para não sentir fome mais tarde.

Que direito tinha ele de pensar que tinha algo a ver com a recuperação da audição de Sonja ou com o desaparecimento do caroço no seio de Henrietta Westin? Imaginar-se algum tipo de curandeiro mágico era o caminho para uma *enorme* encrenca.

No entanto, certos fatos persistiam e Alan não conseguia afastá-los da mente: a surdez de Sonja Andersen fora constatada várias vezes pela audiometria e agora ela podia ouvir; a própria Sra. Westin descobrira a massa no seio e ele confirmara sua existência; contudo, o caroço desaparecera.

Alguma coisa estava ocorrendo.

E em ambos os casos parecia que o ponto de virada fora o seu toque. Não existia qualquer explicação sensata para o caso.

Com um grunhido de frustração, contrariedade e perplexidade, Alan atirou o guardanapo em cima da mesa e saiu para fazer rondas noturnas no hospital.

QUANDO DEIXOU O hospital, Alan dirigiu-se ao seu consultório. Tony DeMarco deixara uma mensagem na secretária eletrônica, dizendo que queria vê-lo – uma feliz coincidência, pois Alan queria falar com Tony. Tinha um trabalho para ele.

No trajeto, descobriu que estava com fome e procurou um local onde pudesse comer algo. Quase passou em uma casa de sanduíches do centro, mas desistiu quando se lembrou de ter atendido o dono várias vezes por causa de doenças venéreas... e era o próprio dono quem fazia os sanduíches. Alan então decidiu-se pelo Memison's, onde pediu um prato de peixe.

Quando chegou ao estacionamento do prédio anexo, do qual ele era um dos donos, Alan viu que as luzes ainda estavam acesas no escritório de advocacia. Tony respondeu às batidas de Alan.

– Ah! Alan! Entre!

Alan sorriu para o homem que talvez fosse seu amigo mais próximo e seu sócio no prédio de escritórios, mas a quem raramente via. Mais baixo do que Alan, com cabelos escuros bem curtos e de bigode, Tony era magro como um fio, como somente um fumante inveterado poderia ser na sua idade.

– Acabei de tomar algumas providências e estava prestes a dar o dia por concluído. Um drinque?

– Sim. Até que me seria útil.

Tony entregou a Alan um copo com dois dedos de Dewar's puro.

– Ao Brooklyn – disse ele erguendo o copo.

– E a um novo Ebbets Field – disse Alan erguendo o seu.

– E à volta do ócio.

Ambos beberam e Alan deixou que a bebida lhe queimasse o fundo da garganta. Ah, que bom! Olhou em volta do escritório de pródigo mobiliário. Tanto ele quanto Tony haviam percorrido um longo caminho desde os tempos no Brooklyn – no mapa, apenas alguns quilômetros, mas em termos de renda e de prestígio, ambos haviam viajado anos-luz.

Os dois bateram um papo sem importância e depois Alan perguntou a Tony:

– Você queria falar comigo?

– Queria – disse Tony, indicando uma cadeira e acendendo um cigarro, enquanto se sentava atrás da mesa. – Duas coisas. Primeiro... sabe que dia é hoje?

Alan não tinha a menor ideia.

– É o nosso oitavo aniversário, seu burro de merda.

Alan sorriu diante da facilidade com que Tony voltara ao dialeto do Brooklyn e ao calão de ruas da juventude deles. Alan aprendera rapidamente na Escola de Medicina na Nova Inglaterra que, com esse dialeto do Brooklyn, podia discutir com autoridade sobre beisebol, cachorro-quente ou a vida nas ruas, mas nada poderia dizer acerca da medicina interna, pois alguém que falasse daquela maneira não poderia saber nada sobre o assunto. Assim, ele desenvolvera um falar neutro, sem característica de qualquer região, que agora era tão natural para ele quanto o ato de andar.

Tony usava seu "inglês de advogado", como ele o chamava, apenas quando trabalhava como advogado. Quando estava à vontade com os amigos, era o velho Tony DeMarco, o brigão de rua, o moleque mais resistente do quarteirão.

– É mesmo? Tanto tempo assim?

Alan custou a acreditar que já haviam se passado oito anos desde que achara o nome de Tony na relação de *Advogados* do

88

catálogo telefônico – naquela época, seu escritório era o mais conveniente para uma consulta na hora do almoço –, e, para seu encanto, descobrira que os dois haviam crescido separados apenas por algumas quadras no Brooklyn.

Alan consultara Tony sobre sua saída de seu acordo profissional com Lou Alberts. Pessoalmente ele se dava bem com Lou, mas seus estilos de clinicar não combinavam. Alan achara de todo impossível manter o passo com Lou, o qual atendia oito pacientes por hora na média diária, e até dez ou mais por hora em dias mais movimentados. A técnica de Lou consistia em atingir o problema mais imediato do paciente com uma injeção ou uma receita, depois enxotá-lo para dar lugar ao seguinte. Era um médico que estava com a mão sempre pousada na maçaneta da porta. Alan tentara imitá-lo e se sentiu como um operário em uma linha de montagem; não era realmente esse o tipo de medicina que ele queria praticar.

Mas Alan não queria romper o contrato, a menos que Lou não estivesse cumprindo sua parte. Infelizmente, a análise de Tony revelou que Lou estava se mantendo dentro do contrato. Mas isso não representava problema algum; Tony poderia tirá-lo e fazê-lo deslizar em algumas das cláusulas restritivas nele descritas.

– É isso aí. Oito anos atrás você mudou minha vida ao dizer que iria acabar seu segundo ano de contrato com Lou Alberts.

– Sem essa!

– Estou falando sério, cara! Eu lhe ofereci meia dúzia de jeitinhos para você escapar do seu contrato e você ficou aí sentado, com sua boca de pão branco, e disse: "Não, eu assinei o meu nome e é assim que vai ser." Sabe como você me fez sentir? Como um cara da pior espécie! Cliente nenhum nunca me disse isso. *Nunca!* Você não se importou se havia uma saída escusa... dera a sua palavra e ia se manter fiel a ela. Tive vontade de deslizar para baixo da mesa e para fora da porta.

– Você até que escondeu bem – disse Alan, espantado com a revelação.

Jamais imaginara...

– Assim, a partir desse dia mudei meu estilo. Nada mais de merdas como essa. Perdi alguns clientes por causa disso, mas agora tenho condição de sentar na mesma sala que você.

De repente, algo ficou claro para Alan. Jamais soubera o motivo pelo qual Tony lhe telefonara mais ou menos um mês após esse primeiro encontro e lhe perguntara se queria entrar na sociedade de um pequeno prédio de escritórios no outro extremo da cidade, exatamente a 160 metros fora do raio da cláusula restritiva no contrato de Alan com Lou Alberts. Os dois poderiam dividir o primeiro andar e talvez encontrar um inquilino para o segundo.

Desde então, ele e Tony tinham sido amigos próximos. Alan gostaria que eles pudessem passar mais tempo juntos. Sentia mais afinidade com esse advogado rabugento do que com qualquer um de seus colegas médicos.

– Tony... eu nunca percebi...

– Esqueça! – disse ele com um aceno de mão. – Mas o segundo assunto: hoje, sem querer, eu ouvi uma merda bem esquisita.

– Como o quê?

– Estava tomando um drinque com um amigo advogado enquanto ele esperava um cliente. Quando ele chegou, eles sentaram bem atrás de onde estávamos antes, de modo que, enquanto eu terminava meu drinque, ouvi o almofadinha, que por acaso é médico, dizer ao meu amigo que queria processar outro médico... um cara chamado Alan Bulmer. Mais tarde telefonei para o meu amigo e, com minha maneira indireta, descobri que o nome desse médico é Larkin. – Ele olhou fixamente para Alan durante alguns momentos. – Ora, por que é que você não está com cara de surpreso?

Alan contou-lhe sobre sua conversa com Fred Larkin naquela manhã.

Tony balançou a cabeça.

– Às vezes você consegue ser bem cretino, Alan. Dei uma rápida checada nesse tal de Larkin. O cara é graúdo, tem um bocado de influência no Conselho de Curadores do hospital. Nunca se sabe quando se vai precisar de um ou dois amigos em postos influentes.

– Para quê? – disse Alan. – Não tenho a menor intenção de correr atrás de um chefe de equipe, mesmo que tenha tempo para isso. A política de hospital me enche o saco.

– Mesmo assim, nunca faz mal ter um contato amigo.

– Quem está dizendo isso é o político que tem dentro de você.

– Porra, não me chame de político!

– Raspe a camada externa de advogado e você encontrará um político – disse Alan, com uma risada.

– Não aja com tanta soberba e força com amigos em postos influentes. Como é que você acha que entrou nesse clube da alta sociedade?

Alan deu de ombros. Nessa época, Lou era seu sócio e fazia parte da comissão de sócios do clube.

– Não foi minha ideia. Ginny queria isso... eu só a acompanhei.

– Claro, mas foram os *contatos* que você tinha lá dentro... e não o fato de ter o nome terminando em uma vogal ou em um "berg".

Alan tornou a encolher os ombros. A clínica deixava-lhe pouco tempo livre para o tênis ou o iatismo, de modo que quase sempre era um estranho no clube.

– De qualquer modo, você é um amigo, não é, Tony?

– Claro. Mas não estou no que se poderia chamar de posição influente.

Alan sentiu urgência de contar a Tony o que acontecera durante dia. Tentou pensar numa forma de externalizar o fato de modo a não parecer ilusório. *Droga*, isso era frustrante! Precisava conversar com alguém sobre aquilo; no entanto, não conseguia falar com medo do que as pessoas iriam pensar. Alan sabia o que *ele* ia pensar.

Assim, desviou o foco da conversa.

– E quanto aos negócios?

– Geniais! Muito bons mesmo. Tive de rejeitar uma festa neste fim de semana para voar até Syracuse a fim de me encontrar com um cliente. Odeio perder uma festa de Sylvia Nash.

Alan ficou surpreso.

– Você conhece Sylvia Nash?

– Conheço. Andei fazendo alguns negócios para ela por aí. Essa senhora realmente sabe o que faz com os imóveis, ou simplesmente tem sorte. Tudo aquilo em que toca vira ouro.

– Essas pessoas sempre têm sorte, entende?

– Bem, pelo que pude deduzir, nem sempre ela teve. Greg Nash voltou do Vietnã, entrou para a agência de seguros do pai, casou-se com Sylvia, fez seguros até de um globo ocular, depois bateu as botas naquela loja de conveniência. Com dupla indenização e tudo, Sylvia tornou-se milionária da noite para o dia. Desde então, triplicou e quadruplicou a fortuna. Uma boa mulher de *negócios*. Infelizmente, não leva bem a vida de mulher *dissoluta* de que tem reputação.

– Ah? – disse Alan, tentando parecer natural.

Tony ergueu as sobrancelhas.

– Ficou interessado agora, hein?

– Realmente não.

– É mesmo? Devia ter visto seus olhos se arregalarem quando mencionei o nome dela.

– Só estava imaginando como você chegou a conhecê-la.

– *Ceeeerto*. Está tendo algum caso com ela?

– Você me conhece muito bem. Apenas trato do garotinho dela, é tudo.

– Claro. Eu me lembro de tê-la ouvido falar a seu respeito... como você conseguia caminhar sobre a água.

– Ela é muito sensível. Mas como você sabe que ela não faz jus à sua reputação?

– Nós saímos algumas vezes.

Imaginar Sylvia nos braços de Tony doeu-lhe.

– E?

– Nunca cheguei à primeira base com ela.

Foi um alívio.

– Talvez seja a sua técnica.

– Talvez. Mas não acho que seja assim. Essa mulher tem um bocado de raiva, Alan. Um *bocado* de raiva.

Ambos caíram no silêncio, Alan pensando em Sylvia e em como era difícil imaginá-la furiosa. Entretanto, só a vira com Jeffy, e havia apenas amor pela criança. Mas Tony era um sujeito sensível. Alan não conseguiria apagar suas impressões com tanta facilidade.

No fim ele puxou o assunto pelo qual quisera ver Tony.

– Tony... você podia dar uma olhada em algo para mim?

– Claro. O quê?

– É sobre um paciente que morreu ontem à noite na emergência.

– Erro médico potencial?

– Duvido que seja.

Naquela noite, no hospital, Alan dera uma olhada no relatório da patologia sobre o indigente. Ele estava sofrendo de câncer inicial no pulmão e cirrose alcoólica no estágio final. Um moribundo ambulante.

– Seu nome era Walter Erskine... não portava qualquer tipo de identidade, mas as impressões foram reconhecidas na Veteran Affairs. Nasceu em 1946, cresceu em Chillicothe, Missouri e serviu no Vietnã no fim dos anos 1960. Foi tratado uma vez de perturbação mental no hospital da Associação de Veteranos de Northport, em 1970. Isso é tudo o que se sabe sobre ele.

– E não basta?

– Não. Quero saber mais. Quero saber como ele era na juventude, o que lhe aconteceu no Vietnã e depois.

– Por quê?

Alan encolheu os ombros, com vontade de poder contar a Tony. Mas por enquanto não. Por enquanto não poderia contar a ninguém.

– É um assunto pessoal, Tony. Pode me ajudar?

– Acho que sim. Serei obrigado a contratar um detetive, o que não representa nenhum problema... eu os uso em certas ocasiões.

– Ótimo. Pagarei todas as despesas.

– Pode apostar o seu cu como vai pagar.

Os dois riram um bocado e Alan se sentiu à vontade pela primeira vez durante toda a noite. Agora pelo menos sabia que estava fazendo algo em relação ao que havia acontecido. Em seu íntimo, achava que esse Walter Erskine era a chave. Fizera algo com Alan na noite anterior. E de alguma forma, de algum modo, Alan iria descobrir o que fora.

9
Na festa

Sylvia estava parada na janela de seu quarto no segundo andar quando Charles Axford entrou. O paletó de seu smoking estava aberto e as mãos, dentro dos bolsos da calça. Ela gostava da maneira como as roupas ajustavam-se no sólido corpo de Charles, com pouco menos de um 1,80 metro; ele aparentava seus 40 anos, com o rosto sulcado, os cabelos grisalhos rareando no topo e as rugas nos cantos dos olhos, mas Sylvia gostava da aparência.

– Onde você estava? – perguntou-lhe Sylvia.

– Lá embaixo no saguão, discutindo a dívida nacional com Jeffy – disse ele com suavidade.

Sylvia sorriu e balançou a cabeça. Charles estava testando de novo os limites do mau gosto. Ela esboçou uma observação desagradável sobre a filha de Charles, Julie, mas não teve coragem de dizer. Além do mais, isso apenas o estimularia a elaborar seu comentário de abertura. E, no que dizia respeito a Jeffy, ele estava pisando em gelo bem fino.

– O que foi que ele disse? – perguntou Sylvia, com igual brandura.

– Não muito. Na verdade, está ficando bem sonolento. – Charles sentou-se na cama e se recostou nos cotovelos. – Vem alguém especial hoje à noite?

– O pessoal de sempre, mais um prazer extra: o deputado Switzer e Andrew Cunningham, da MTA.

Charles ergueu as sobrancelhas.

– Juntos? Na mesma casa?

Ela assentiu, correspondendo ao sorriso dele.

– Só que eles ainda não sabem disso.

Sylvia estava definitivamente ansiosa para ver o que aconteceria quando aqueles dois inimigos se deparassem à noite.

– Oh, isso vai ser divertido! – disse ele com uma risada, enquanto se levantava da cama e a beijava nos lábios. – É por isso que eu a amo, Sylvia.

Ela não disse nada. Sabia que ele não a amava de verdade. Estava simplesmente reagindo à sua brincadeira.

Sylvia conhecera o Dr. Charles Axford na Fundação McCready, quando levara Jeffy até lá para fazerem uma avaliação da sua compreensão. Charles era e continuava sendo o chefe de pesquisas neurológicas da Fundação. Embora não tivesse tido qualquer interesse particular por Jeffy, teve um interesse definitivo por ela. Agora fazia três anos que os dois tinham um relacionamento de encontros ocasionais.

Ela não sabia ao certo o que a atraíra em Charles – ou "Chuckie", como gostava de chamá-lo quando queria ficar debaixo de seu corpo. Com certeza não era amor. E certamente não era porque ele tinha uma beleza irresistível.

95

Dito de maneira simples: ele a fascinava.

Sylvia jamais conhecera alguém como ele. Charles Axford sempre conseguia encontrar algo para não gostar ou desconfiar de qualquer pessoa. *Qualquer pessoa!* Isso, junto com o fato de não dar a mínima para o que as pessoas pensassem dele, fazia dele um dos seres humanos mais sarcásticos, cínicos e verbalmente ofensivos da face da Terra. O humor ácido, combinado com o sotaque britânico, tornava-o uma pessoa irritante e devastadora. Nenhuma crença venerada, nenhuma vaca sagrada, nenhum dogma religioso, moral ou político estavam livres dele. Charles não acreditava em nada, não se importava com nada, à exceção do seu trabalho, e era capaz até mesmo de degradá-lo se lhe desse vontade. Uma noite, em um raro momento autorrevelador após muita bebida, ele dissera a Sylvia que um homem sem ilusões jamais ficaria desiludido.

"Talvez essa fosse a chave", pensou Sylvia, ao se soltar de seu abraço. Talvez fosse por isso que, à menor provocação, ele escoiceasse qualquer pessoa que chegasse perto. Ninguém estava a salvo. Nem Jeffy, nem mesmo ela. Charles era como uma extraordinária rã da selva que Sylvia tinha visto em um especial da televisão – de aparência bastante inofensiva até cuspir veneno em seus olhos. Sylvia descobriu que a sensação de perigo iminente quando ele estava por perto acrescentava um pouco de tempero à vida.

– Espero que você não se sinta esmagado por saber que não será o único médico presente hoje à noite.

– Dificilmente. Os médicos são as pessoas mais terrivelmente chatas na face da Terra... exceto eu, é claro.

– Claro. Aliás, os outros dois são clínicos gerais. E já foram sócios.

– É mesmo? – Um brilho cintilou em seus olhos e seus lábios finos curvaram-se em um sorriso demoníaco. – Fico contente por ter vindo esta noite.

– Eu lhe disse que seria interessante.

Ela olhou pela janela ao som de um carro na entrada. Os primeiros convidados haviam chegado. Sylvia inspecionou-se no conjunto de espelhos na porta do armário. O vestido preto parecia correto – um pouco baixo demais na frente, um pouco baixo demais nas costas, um pouco apertado demais nos quadris. Em harmonia perfeita com a sua imagem.

Entrelaçou os braços nos de Charles.

– Vamos?

– ESSE AÍ NÃO É UM *Rolls*, Alan? – perguntou Ginny quando entraram na passagem de carros da casa de Sylvia Nash.

Alan olhou de soslaio pelo para-brisa para o carro cinza-prateado estacionado perto da porta da frente.

– Certamente parece com um. E tem um Bentley bem ao lado dele.

Ginny emitiu um gritinho feminino.

– E cá estamos em um Oldsmobile.

– Um Toronado não é exatamente uma picape, Ginny. – Alan encolheu-se de medo sabendo aonde essa conversa iria chegar. Os dois já haviam percorrido essa estrada antes, muitas vezes, e ele conhecia cada curva. – Ele a leva ao Gristede's e às quadras de tênis com estilo e conforto.

– Oh, não estava falando por mim. Era por você. Em vez desse medonho Beagle...

– É um Eagle, Ginny. Um *Eagle*.

– Seja lá o que for. É um carro insípido, Alan. Não tem nada de luxo.

– Em janeiro passado você achou que seria genial se colocássemos a tração nas quatro rodas, voássemos através da nevasca e acabássemos sendo as únicas pessoas a aparecer na festa dos 40 anos de Josie.

– Não estou dizendo que ele não tenha seus usos. E sei que ele permite que você pense que pode chegar ao consultório ou ao hospital sem se importar com o tempo... que Deus proíba que qualquer outra pessoa cuide de seus pacientes!... mas um trator faz o mesmo. Isso não significa que você tenha de sair pela cidade dirigindo um. Devia ter um desses lindos carrinhos esporte, como o que Fred acabou de comprar.

– Não vamos conversar sobre Fred Larkin. E eu não iria comprar um carro de 90 mil dólares, mesmo que me pudesse dar ao luxo.

– Você pode debitar na conta corrente.

– Não, eu *não* posso debitar na conta corrente. Você sabe muito bem que não temos esse dinheiro sobrando.

– Você está gritando, Alan!

Estava mesmo. Alan apertou os lábios, fechando-os.

– Em geral você não fica tão alterado com relação a dinheiro. Qual é o problema com você?

"Boa pergunta."

– Desculpe-me. Acho que só não estava com vontade de ir a uma festa hoje à noite. Eu lhe disse que não queria vir.

– Trate de esquentar os músculos e tente se divertir. Vic está lhe dando cobertura; portanto, por que não toma uns drinques e relaxa?

Alan sorriu e suspirou.

– Está bem.

Tomaria alguns drinques, mas duvidava de que pudesse relaxar ou se divertir. Havia coisas demais em sua mente naquela noite. Especialmente após o telefonema que recebera à tarde.

Murray Raskin, o neurologista, dera uma olhada nos eletroencefalogramas do hospital naquele dia e deparara com o da pequena Sonja Andersen. Telefonara na mesma hora para a casa de Alan, gaguejando de excitação. O eletro de rotina que Sonja fizera no ano anterior saíra inteiramente anormal, com um padrão típico de epilepsia no lóbulo parietal esquerdo – o mesmo que estivera presente nos últimos seis anos. O eletro que Alan encomendara na véspera saíra completamente normal.

Haviam desaparecido todos os traços da epilepsia de Sonja.

Desde então Alan ficara tenso. Sabia que não se sentiria em paz até esclarecer os incidentes ocorridos com a menina e a Sra. Westin e conseguir compreendê-los.

Mas isso não era tudo o que o corroía naquela noite. Não queria estar ali. Não queria encontrar-se com Sylvia Nash em uma situação social na qual não estivesse interpretando o papel de "Dr. Bulmer". Seria obrigado a arrancar a máscara profissional e ser "Alan". E tinha medo de que, então, Sylvia e qualquer outra pessoa no perímetro de meia dúzia de quarteirões soubessem com exatidão o que ele sentia em relação a ela.

– Não é esse o carro da Sra. Nash? – indagou Ginny, apontando para o carro vermelho-claro sob as luzes da porta da frente.

– Certamente.

Alan estacionou o Toronado e os dois passaram andando pelo carro de Sylvia no trajeto até a porta de entrada.

– Com todo o dinheiro dela, a gente podia imaginar que tivesse algo novo e bonito, em vez dessa coisa velha e feia.

– Você está brincando? – disse Alan, correndo os dedos de leve pelo lustroso polimento vermelho do longo capô, até onde ele terminava na grade cromada virada para a frente. Adorava a imensa grade com suas hastes verticais cromadas brilhando como dentes. – Este aqui é um Graham bico de tubarão, modelo 1938, totalmente restaurado. – Alan espiou pelas janelas de vidro colorido. – *Mais* do que restaurado. Ele era considerado um carro econômico na sua época. Olhe lá dentro... ela chegou a instalar um bar.

– Mas por que esse vermelho medonho? Ficaria melhor num carro de bombeiro.

– O vermelho era a cor favorita do Sr. Toad.

– Não entendi, Alan.

– *O vento nos salgueiros*... esta aqui é a Toad Hall e você está lembrada de que o Sr. Toad estava sempre roubando automóveis, não? Bem, o vermelho era sua cor favorita. E o nome do autor era Kenneth *Grahame*... entendeu?

Ginny olhou-o com um ar contraído.

– Desde quando você tem tanto interesse por livros infantis?

Alan controlou o entusiasmo.

– Sempre foi uma de minhas histórias favoritas, Ginny. Vamos entrar.

Ele não mencionou que comprara um exemplar de *O vento nos salgueiros* tão logo tomara conhecimento de que a casa de Sylvia se chamava Toad Hall.

"Não", pensou Alan enquanto os dois se aproximavam da porta da frente, não dava imaginar de que forma aquela poderia ser uma noite agradável.

– Ah! Aí vem um convidado especial! – disse Sylvia.

Charles Axford olhou para ela, depois para o vestíbulo, depois tornou a olhar para o rosto de Sylvia. De repente ela ficara animada. Isso o incomodou.

Um sujeito de boa aparência com uma loura esbelta, de porte atlético – Charles imaginou que ambos fossem um pouco mais jovens do que ele –, estava se aproximando. A mulher estava radiante, o homem parecia sentir-se mal.

– Qual deles é tão terrivelmente especial assim?

– Ele. É um dos médicos sobre os quais lhe contei.

– Eu também sou médico, você sabe.

– Ele é o médico de Jeffy.

– Eu fui médico de Jeffy durante algum tempo.

O canto da boca de Sylvia contraiu-se.

– Você fez apenas alguns testes nele. Alan é um médico de *verdade*.

– Dois pontos por esse cara, amor.

Sylvia sorriu.

– Valeu cinco, e você sabe disso.

– Três no máximo... porque sou exatamente o tipo de médico que quero ser. Mas vamos ao encontro desse "convidado especial". Já faz tanto tempo que conversei com um médico *de verdade* pela última vez.

– Venha comigo, então; mas tente limitar esses seus "malditos" em dez por minuto.

Sylvia apresentou-os. Alan Bulmer era o nome do sujeito. Um cara de aparência decente. A mulher era uma loura radiante e ousada, com os olhos verdes mais cativantes do mundo; falou pelos cotovelos com Sylvia, balbuciando coisas sobre a casa e o terreno.

Charles observou o médico enquanto este e a esposa trocavam amabilidades com a anfitriã. Parecia estar bem desconfortável, como se fosse sair da própria pele. Seus olhos ficavam movendo-se para Sylvia e depois ricocheteando em todas as direções, como balas perdidas.

"Mas qual é o maldito problema desse sujeito?"

Nesse exato momento, outras pessoas vestidas com exagero aproximaram-se e deram tapinhas no ombro da mulher de Bulmer.

Charles afastou-se. "Maldita mulher de médico." Como conhecia aquele tipo. Estivera casado com uma durante longos oito anos e fazia seis meses que se livrara dela. Aquela mulher lembrou-o da sua ex: provavelmente fora outrora uma moça decente, mas agora era uma Esposa de Médico e estava viajando com o status.

Ba passou por perto, resplandecente no paletó e na camisa brancos, com gravata-borboleta e calças pretas, carregando uma bandeja cheia de taças de champanhe, altas e finas. Alguns convidados pareciam ter medo de aceitar qualquer coisa dele. Charles acenou para Ba.

Enquanto passava as taças para todos aqueles à sua volta, ele percebeu a expressão de medo nos rostos da mulher de Bulmer e de suas amigas enquanto encaravam Ba. A maioria das anfitriãs, durante uma festa, manteria longe da vista dos convidados alguém como Ba. Sylvia não. A boa e velha Sylvia adorava a agitação que causava nos desavisados.

Charles decidiu começar um bate-papo amigável – por enquanto – com Bulmer e talvez descobrir de que era feito esse médico *de verdade*. Cutucou-o e acenou para Ba, que se retirava.

– Sujeito grande, não?

Bulmer assentiu

– Ele me lembra do Lurch de *A família Addams*.

– Lurch? Ah, você quer dizer esse seriado da tevê... o mordomo. Sim, lembra um pouco, embora eu acredite que o rosto de Lurch seja mais expressivo.

– É possível – disse Bulmer com um sorriso. – Imagino que a altura de Ba lhe tenha acarretado uns maus momentos na infância. Quero dizer, o vietnamita médio tem 1,56 metro de altura, mas Ba atingiu pelo menos 30 centímetros mais.

– Um gigante da pituitária, você não diria?

A réplica de Bulmer foi imediata.

– Hum-hum. Contido em meados da adolescência, acho. Com certeza ele não apresenta nenhum sinal acromegálico.

"Cinco pontos para você, doutor", pensou Charles com um desanimado sorriso mental. O sujeito já tinha um diagnóstico preenchido e à espera. Perspicaz para um clínico geral.

– É em inglês que vocês dois estão falando? – perguntou Sylvia.

– Papo de médico, amor – disse Charles. – Costumamos entorpecer as massas.

– Mas era sobre Ba. O que é que vocês estavam dizendo?

Ele pareceu genuinamente preocupada.

– Estávamos dizendo que, com toda probabilidade, ele teve uma pituitária hiperativa quando criança, talvez até mesmo um tumor na pituitária. E isso o deixou uns 30 centímetros mais alto do que o vietnamita médio.

Bulmer opinou.

– Mas a pituitária deve ter reduzido sua atividade ao normal quando ele atingiu a maioridade, pois Ba não apresenta qualquer das deformidades no rosto e nas mãos que se veem nos adultos com esse problema.

– Sorte dele que isso tenha parado por si só. Às vezes pode ser fatal quando não é tratado.

– Mas ele jamais sorri? – perguntou Bulmer. – Já o conheço todos esses anos, mas nunca o vi sorrir uma vez sequer.

Sylvia ficou em silêncio por um momento.

– Tenho uma foto dele sorrindo.

– Eu vi essa foto – disse Charles. – Ela responde à velha pergunta do Pepsodent sobre para onde vai o amarelo.

Sylvia o estava ignorando de maneira intencional. Seus olhos estavam fixos em Bulmer e brilhavam de um modo que ele nunca vira antes.

– Quer ver a foto?

Bulmer encolheu os ombros.

– Claro.

– Ótimo – disse Sylvia com um sorriso e um lascivo piscar de olhos. – Está no meu quarto lá em cima... junto com minhas gravuras eróticas japonesas.

Charles mordeu os lábios para conter a risada ao observar Bulmer quase deixar cair o copo e começar a gaguejar.

– Eu... bem... realmente não sei...

Sylvia virou-se para Charles e o encarou. Seu olhar foi intenso.

– Charles, por que você não dá uma volta para mostrar o andar térreo para Virginia e Adelle? Você o conhece quase tão bem quanto eu.

Charles ressentiu-se com a pontada de ciúme que o trespassou.

– Claro, amor – disse ele com tanta indiferença quanto possível. – Fico contente em mostrar.

Enquanto conduzia as duas mulheres para longe, Charles notou a mulher de Bulmer olhando por cima do ombro com uma expressão intrigada, enquanto Sylvia enganchava o braço no de seu marido e o levava para cima pela ampla escadaria em espiral.

Charles também ficou observando.

Havia algo acontecendo entre aqueles dois, mas maldito fosse se conseguia imaginar o que era por enquanto.

"Eu gostaria de saber se ela o deseja."

ALAN SENTIU-SE COMO um cordeiro sendo levado para o matadouro. Se ela tivesse sido maliciosa e furtiva em levá-lo para cima, ele recuaria no ato, não haveria problema. Mas ela fora totalmente aberta quanto a isso, arrastando-o bem na frente de Ginny. O que ele podia ter feito?

Sylvia conduziu-o corredor adentro como o fizera na terça-feira, mas dessa vez eles passaram pelo quarto de Jeffy e seguiram adiante, afastando-se ainda mais da festa no andar de baixo. E nesta noite ela não estava envolta em flanela da cabeça aos pés; vestia um negro diáfano, algo que expunha a pele quase imaculada das costas e dos ombros, a pouca distância dele.

Viraram em um canto e chegaram ao quarto de Sylvia. Graças a Deus que não estava às escuras – havia uma lâmpada em um canto. Um lindo quarto, mobiliado em grande estilo com uma cama de tamanho maior que o normal, flanqueada por mesinhas de cabeceira baixas, lustradas, e longas cortinas de cetim emoldurando as janelas. Feminino sem ser muito cheio de babados. E nenhuma gravura erótica japonesa nas paredes. Apenas espelhos. Grande quantidade deles. Em determinado ponto do aposento, os espelhos refletiam-se mutuamente em lados opostos, e ele viu um número infinito de Alans parados ao lado de uma fileira infindável de Sylvias, numa infinidade de quartos.

Ela foi até um guarda-roupa e pegou uma foto colorida, com moldura de plástico, tamanho 20×30. Nada disse ao entregá-la a Alan.

Lá estava Ba, um Ba bem mais jovem, em um cenário da selva, ao lado de um soldado americano mais baixo, de cabelos avermelhados. Ambos estavam em uniformes de serviço, com o braço no ombro um do outro e sorrindo de orelha a orelha. Era óbvio que alguém dissera "Sorriam!", e eles concordaram como uma desforra. De fato, os dentes de Ba eram amarelos. E muito encavalados. Não era de admirar que não sorrisse.

– Quem é o soldado?

– O falecido Gregory Nash. Esta foto foi tirada em 1969, em algum lugar nos arredores de Saigon.

– Desculpe. Não cheguei a conhecê-lo.

– Não precisa pedir desculpas.

Sylvia tomou-lhe a foto das mãos, deu uma longa olhada, depois a recolocou no guarda-roupa.

Alan perguntou-se se ela pensava nele com frequência.

– Eu não sabia que os dois se conheciam. Isto é, Ba...

– Bem. Ba só chegou quatro anos após a morte de Greg. Foi por pura casualidade. Por acaso eu estava vendo o noticiário da noite, anos atrás, quando eles estavam dando todas aquelas notícias sobre o fluxo contínuo do *Boat People* do Vietnã. Eles mostraram alguns filmes feitos nas Filipinas com um sujeito que acabara de pilotar um barco de pesca cheio de amigos e vizinhos pelo sul do mar da China. Eu o reconheci no ato. Era Ba.

– Você os trouxe para cá?

– Claro – disse ela sem cerimônia. – Diziam que a mulher dele estava doente. Peguei um avião até lá e os encontrei. Perguntava-me de que serviria o maldito dinheiro de Greg se eu não pudesse usá-lo para ajudar um de seus amigos. Você sabe o resto... sobre Nhung Thi e tudo mais.

Alan sabia a respeito da mulher de Ba. Chegara mais doente do que se poderia imaginar. Alan queria mudar a conversa para um assunto mais leve. Olhou pela janela para o jardim iluminado por holofotes e viu duas árvores em plena florescência.

– Aquelas ali são novas?

Sylvia aproximou-se por trás dele.

– Apenas uma... a da direita.

Alan ficou surpreso.

– Eu teria apontado aquela ali... tem muito mais flores.

– Algum alimento de raízes secreto que Ba está experimentando. Seja lá o que for, a árvore nova está realmente respondendo.

Ela estava tão próxima. Próxima demais. Seu perfume o deixava tonto. Sem dizer mais nada, Alan saiu apressado para o corredor e lá ficou à espera de Sylvia. Ela o seguiu e os dois voltaram à festa.

Ele parou na porta de Jeffy e esperou no corredor enquanto Sylvia entrou na ponta dos pés para dar uma olhada nele.

– Está tudo bem? – perguntou, quando ela voltou.

Sylvia assentiu e sorriu.

– Dormindo como um bebê.

Seguiram andando e pararam no balaústre que dava para o vestíbulo da frente. Viram uma multidão resplandecente, girando em conflitante redemoinho, misturando-se correnteza abaixo, desaguando em poças laterais de conversa em seu fluxo incessante de um aposento a outro. Enquanto passava, Alan reconheceu o perfil corpulento de um dos zagueiros mais conhecidos do Jet. Estava lá o rosto familiar de um antigo apresentador da tevê de Nova York, e Alan jurou ter reconhecido a voz de seu radialista matinal favorito, mas não conseguiu descobrir-lhe o rosto.

O amigo de Sylvia, Charles Axford, passou lá embaixo. Alan perguntou-se o que Axford seria para Sylvia. O amante atual, sem dúvida. Era provável que ela tivesse um bocado de amantes.

Depois viu um rosto que reconheceu dos jornais.

– Aquele ali não é Andrew Cunningham?

– Isso mesmo. Eu lhe disse que haveria uns poucos políticos por aqui. O deputado Switzer também está por aí, em algum lugar.

– Você conhece Mike?

– Eu contribuí para a campanha dele no ano passado. Espero que não fique muito desapontado quando não receber nenhum dinheiro de mim desta vez.

Alan sorriu.

– Ele foi um mau menino em Washington?

– Não saberia dizer. Mas tenho uma regra: jamais dou apoio a candidatos eleitos enquanto estejam exercendo seu cargo. – Seus olhos estreitaram-se. – Tão logo se sentem à vontade, tornam-se perigosos. Gosto de mantê-los sem equilíbrio.

Alan sentiu estar percebendo uma alusão ao perigo que Tony mencionara na noite anterior.

– Por quê?

As feições de Sylvia estavam tensas quando ela falou.

– Foi essa gente que mandou Greg para o Vietnã, e ele voltou pensando que podia dar conta de qualquer coisa. Foi isso que o matou.

Alan lembrou-se da história. Acontecera antes de ele chegar a Monroe, mas as pessoas ainda falavam sobre o assassinato de Gregory Nash tempos antes. Aparentemente, o veterano do Vietnã estava esperando na fila de uma loja de conveniência, quando alguém apontou uma arma para a funcionária e lhe disse para esvaziar a caixa registradora. Segundo testemunhas, Nash entrou e habilmente desarmou o assaltante. Mas não sabia da existência do cúmplice do sujeito, que lhe deu um tiro na nuca. Ele chegou morto ao hospital.

Tornou a olhar para Cunningham, pensou em Mike Switzer e de repente se lembrou da rixa entre os dois.

– Deus do céu, Sylvia! Hoje, quando Switzer e Cunningham derem de cara um com o outro, pode haver a maior encrenca por aqui!

A mão de Sylvia voou até a boca.

– Oh, puxa! Eu não tinha pensado nisso!

Sylvia queria abandonar o assunto dos políticos e passar para o assunto Alan. Ela o conhecia todos aqueles anos, mas nunca tivera uma chance de lhe perguntar a respeito dele. Agora que o tinha todo para si, queria aproveitar ao máximo a oportunidade.

Ela pôs a mão em seu braço e o sentiu recuar. Deixava-o tão nervoso assim? O coração de Sylvia começou a bater mais forte. Seria possível que ele sentisse...? Não, seria demais perguntar isso.

– Sabe, sempre quis perguntar por que você não é pediatra. Você tem jeito com as crianças.

– Pela mesma razão pela qual não me especializei em nenhuma outra área: preciso diversificar. Em minha prática, posso examinar um garoto de 5 anos com cólica e passar para um velho de 102 com problemas na próstata. Isso me mantém com os pés na terra. Quanto à pediatria, tenho uma razão mais específica para não entrar nela. Trabalhei na ala de pediatria em meu último ano na Escola de Medicina e isso fez com que evitasse seguir nessa carreira nessa especialidade. – Um ar de dor passou por seu rosto. – Muitas crianças com doenças terminais. Alguns anos nisso e sei que eu seria emocionalmente um caso perdido. E, de qualquer modo, com o tipo de treinamento que tive, seria difícil seguir qualquer especialidade que não fosse a clínica geral.

Sylvia inclinou-se para a frente, com os cotovelos no balaústre. Adorava ouvi-lo falar de um aspecto dele que de outra forma ficaria oculto.

– Como foi isso?

– Bem, minha escola tinha a filosofia de ensinar tudo sobre cada órgão do corpo, mas sem jamais deixar que o aluno esquecesse que eles fazem parte de uma pessoa. Sempre enfatizavam o velho clichê do total ser maior do que a soma de suas partes. Nós jamais deveríamos tratar a doença do coração de Fulano de Tal... supunha-se que devíamos sempre tratar esse Fulano de tal que por acaso estava com uma doença cardíaca.

– Soa meio semântico.

– É verdade. Eu também encarava isso como um jogo de palavras. Mas existe um mundo de diferença quando você põe em prática os dois tipos de abordagem. Mas, voltando à pediatria, eu vim a entender que posso exercer melhor a prática pediátrica como médico de família do que como pediatra.

Sylvia riu. Conhecia alguns pediatras que discordariam disso.

– Estou falando sério. O melhor exemplo que posso imaginar é o de uma menina de 9 anos que apareceu alguns meses atrás com dores estomacais, perda de peso e notas baixas na escola. Se eu fosse pediatra, começaria pedindo uma bateria de exames de sangue e, quando se revelassem negativos, talvez alguns raios X com contraste em bário. Mas eu não era.

– Voando por instinto outra vez? – disse ela, lembrando-se da noite de terça-feira e da dor de barriga de Jeffy.

– De jeito nenhum. Porque ao longo do ano passado eu examinei a mãe por causa de torceduras, escoriações e contusões. Ela sempre dizia que havia caído, mas eu sei como fica alguém quando recebe um soco no nariz. Eu a pressionei, e a mulher admitiu que o marido andara agredindo-a fisicamente no ano passado. Mandei-os para o aconselhamento familiar e, na última vez que vi a menina, as dores de estômago haviam desaparecido, ela recuperara o peso perdido e seu desempenho estava melhorando na escola.

– E você não acha que um pediatra poderia fazer isso?

– Claro. Não estou dizendo que sou um melhor pediatra *per se*. Estou dizendo que, como trato de famílias inteiras, tenho um contato mais direto com o que está acontecendo no lar, o que me permite ter uma perspectiva que nenhum especialista tem.

Sylvia viu Virginia Bulmer e Charles entrarem no campo de visão no andar de baixo e, com um lampejo de satisfação, notou a expressão de alívio no rosto dos dois quando olharam para cima e viram que Alan e ela estavam à vista.

Lou Alberts, tio dela e antigo sócio de Alan, apareceu e formou uma tríade.

Aparentemente Alan também os viu.

– Acho que seria melhor levá-la de volta aos seus convidados – disse ele.

Havia uma nota de relutância em sua voz?

– Se você precisa – disse Sylvia, fitando-o.

Alan ofereceu-lhe o braço.

Ela suspirou e permitiu que ele a conduzisse para baixo. Era realmente hora de voltar à festa – em pouco tempo, Switzer e Cunningham estariam topando um com o outro, e ela não queria perder o *espetáculo*.

MIKE SWITZER APARECEU e agarrou o braço de Alan quando ele chegou aos pés da escada.

– Alan – disse ele, todo sorrisos. – Você conseguiu!

– O quê? Consegui o quê? – perguntou Alan.

Sylvia sorriu, deu-lhe um aperto no braço e se afastou.

– O projeto de lei sobre o procedimento médico! Ele voltou para a comissão!

– E isso é bom?

– Droga, claro! Significa que ele não será incluído nas verbas do serviço de seguro médico, que será posto no limbo por algum tempo.

O ânimo de Alan tornou a se dissipar.

– Mas então ele ainda tem força.

– Tem, mas está com problemas. E, no momento atual, essa era a melhor esperança que poderíamos ter. – Deu um tapinha nas costas de Alan. – E foi *você* quem colaborou para isso, meu chapa!

– O prazer foi todo meu.

– Genial! Só não vá se encontrar comigo em meu distrito.

– Não precisa ter medo – disse Alan com uma sinceridade. – Espero nunca mais tornar a ver um daqueles encontros da comissão.

– É isso que eu gosto de ouvir! – De repente Switzer ficou mais sóbrio. – Mas esteja alerta para qualquer proposta de assistente de senador dizendo que eles "querem levá-lo para a equipe", na qual podem ter "fácil acesso aos seus inestimáveis conhecimentos". Eles vão oferecer posições tais como em grupos de estudo e algo do gênero. Ignore-os.

– Por quê? Não que eu tenha tempo para esse tipo de coisa... mas por que ignorá-los?

– É um velho truque – disse Mike com um exagerado sussurro conspiratório pelo canto da boca. – Você abre a guarda de seus críticos mais articulados aparentando abertura às ideias deles, depois os desperdiça em seus grupos de estudo, subcomissões, grupos de assessores especialistas etc. Você os silencia enterrando-os sob toneladas de papéis e formulários de rotina burocrática.

– Bela cidade essa na qual você trabalha.

Mike encolheu os ombros.

– Se você conhece as regras, pode fazer o jogo.

– Quando este começa a se insinuar em meu consultório – disse Alan –, já não é mais um jogo.

Quando o deputado Switzer se desgarrou para ir cumprimentar os outros candidatos, Axford aproximou-se e parou ao lado de Alan.

– Então, em que campo você está? – perguntou Alan numa tentativa aparente de puxar assunto com Axford; na verdade, estava curioso por saber que tipo de homem interessava a Sylvia.

– Pesquisa. Neurologia.

– Numa das escolas? Em uma companhia farmacêutica?

Axford balançou a cabeça.

– Particular. Na Fundação McCready.

– Oh, Deus!

Axford sorriu.

– Ora, não precisa se aborrecer.

Alan não conseguiu reprimir o ar de contrariedade em seu rosto.

– Mas McCready... Deus! Não foi esse tipo de gente que expulsou a maioria dos bons médicos da Inglaterra?

Axford encolheu os ombros.

– A famosa "Fuga de Cérebros"? Não sei e não estou preocupado com essa maldita coisa. Quando entrei na escola de medicina, a saúde pública já estava em cena. Só vou para onde estão os dólares da pesquisa.

Alan sentiu uma hostilidade quase instintiva crescer dentro de si.

– Quer dizer então que você vem de uma tradição de médicos como funcionários do governo. Isso deve lhe facilitar no trabalho com McCready. Já o conheceu?

– Claro.

– Que pensa dele?

– As artérias de seu cérebro estão entupidas de coliformes fecais.

Alan explodiu numa gargalhada. Axford estava fazendo tudo, menos charme, mas sua franqueza era encantadora. Assim como sua piada. Alan jamais ouvira alguém chamar um outro de cabeça de merda daquela maneira tão oblíqua.

– Por acaso detectei uma nota de hostilidade em relação à medicina acadêmica? – indagou Axford.

– Não mais do que a média dos clínicos.

– E suponho que você pense que pode continuar queridinho sem o médico de pesquisa e o acadêmico?

– Eles têm seu lugar, mas quando um cara que não botou um dedo em um paciente desde 1960 digna-se a me dizer como exercer a medicina clínica...

– Você está dizendo que realmente *toca* as pessoas? – disse Axford com uma exagerada careta de desgosto.

Nesse momento Lou Albert estava passando e Axford o agarrou pelo cotovelo.

– Escute, por que nós três, da categoria médica, não paramos por aí e batemos um papo sobre o trabalho, hein? Sei que vocês dois já foram sócios há algum tempo. Não foram?

Lou pareceu decididamente descontente, mas parou e concordou. Era mais baixo do que Alan e Axford, e pelo menos uma década mais velho, mas parou empinado como sempre, com sua coluna ereta de militar e seu cabelo grisalho cortado rente.

– Droga, você sabe muito bem que fomos. Já me perguntou isso há uma hora.

– Está certo, está certo. Eu perguntei, não foi? – Alan viu um raio começar a brilhar nos olhos de Axford. Seu sorriso tornou-se malicioso. – Anos atrás, não foi? E você não me contou que o Alan aqui lhe roubou um bocado de pacientes?

O rosto de Lou corou.

– Eu não disse tal coisa!

– Oh, sem essa, meu velho. Eu lhe perguntei quantos pacientes ele lhe havia roubado e você disse...? – a voz de Axford elevou-se no fim , qual a ponta de um anzol.

– Eu disse "uns poucos", isso foi tudo.

Alan não conseguia imaginar o que Axford pretendia, mas sabia que não devia ser nada de bom. No entanto, não conseguiu ficar calado.

– "Roubei", Lou? – Alan ouviu-se dizendo. – Desde quando os pacientes *pertencem* a alguém? Por enquanto eu ainda não vi nenhum que viesse com o número do seguro social pintado na testa.

– Eles não estariam procurando você hoje em dia se não tivesse mandado sua secretária telefonar para todos eles dizendo onde era seu novo consultório!

"Eu não acredito que esteja sendo atraído para isso!", pensou Alan ao olhar para Axford, que sorria contente.

– Olhe aqui, Lou – disse ele. – Por que não colocamos um fim nisso agora? Só vou dizer que a única razão pela qual mandei minha secretária telefonar para todos aqueles pacientes foi porque os poucos que me acharam por conta própria disseram que seu consultório lhes havia dito que eu saíra da cidade.

– Cavalheiros! Cavalheiros! – disse Axford em tom zombeteiro-conciliador. – Fico ofendido vendo dois médicos do atendimento básico, dois soldados da infantaria do maldito *front* da medicina, brigando desse jeito! Eu...

– Eu já estou farto disto! – disse Lou. – O gosto de minha sobrinha em termos de namorados é igual ao que tem por médicos! – vociferou.

– É mesmo, meu chapa – disse Axford virando-se para Alan. – O que fez vocês dois romperem?

Alan estava prestes a sugerir um lugar escuro, onde Axford pudesse saciar sua curiosidade, quando chegaram Ginny e Sylvia. Alan pensou que a presença das mulheres pudesse amortecer as ferroadas de Axford, mas isso apenas as estimulou.

– Quero dizer, será que um de vocês estava usando muita B-12? Não estava injetando penicilina suficiente? Digam-me: a medicina geral não se torna uma chatice maldita, levando-se em consideração essas infinitas gargantas inflamadas?

– Às vezes – disse Alan, mantendo-se frio e fingindo estar levando Axford muito a sério. – Que importa quando as pancadas maltratam os ratos brancos em troca do sustento?

Axford ergueu as sobrancelhas.

– Maltratam? E de quantos resfriados você tratou esta semana? Quantos vírus estomacais? Quantas unhas quebradas? Quantos furúnculos e carbúnculos?

– Tenha cuidado, Charles – disse Sylvia de algum lugar à direita do ombro de Alan. Este não a via. Seu rosto estava a menos de 30 centímetros do de Axford, e seus olhos não estavam visíveis. – Você está ficando muito ansioso.

– Nenhum – foi tudo o que Alan disse.

O rosto de Axford simulou uma expressão de choque.

– *Nenhum?* Então me diga, por favor, meu chapa, o que você *trata?*

– Gente.

Alan ouviu Ginny rir e aplaudir, e Sylvia dizer:

– *Touché*, Chucko! Dez pontos!

A expressão de interrogador de quinta categoria de Axford tremeu, depois se rompeu num desanimado sorriso.

– Como foi que me deixei arrastar para esta velha armadilha? – Ele olhou para Sylvia. – Entretanto, dez pontos é um pouco demais, você não acha? Afinal de contas, fui eu quem lhe dei todas essas aberturas, por mais involuntárias que tenham sido.

Sylvia não mudou de ideia.

– Dez.

"O que está acontecendo aqui?", perguntou-se Alan. Ele se sentia como uma espécie de peixe de brinquedo que tivesse fisgado um anzol. Estava prestes a dizer algo quando ouviram gritos vindos da sala de estar. Eles correram para ver o que era.

"Tinha de acontecer", disse Alan a si mesmo ao ver, da posição privilegiada atrás de um sofá, o corado e gordo Andrew Cunningham da MTA assumir posição de luta contra o garboso deputado Switzer, no centro da sala. Era evidente que Cunningham bebera demais, como testemunhava seu desequilibrado jogo de pernas. Alan e o resto da região metropolitana de Nova York tinham visto os dois trocarem acusações e insultos pela tevê e pelos jornais nos últimos três ou quatro meses. A situação passara do político ao pessoal, com Switzer pintando Cunningham como cabeça do sistema de transporte mais corrupto e mais lento do país e Cunningham chamando o deputado de traidor do distrito que o elegera e ávido por aparecer nas manchetes. Na opinião de Alan, nenhum dos dois estava inteiramente errado.

Sob as vistas de Alan e dos outros convidados, Cunningham grunhiu algo ininteligível e atirou sua bebida no rosto de Switzer. O deputado ficou lívido, agarrou o chefe da MTA pela lapela e saiu girando com ele. Os dois trocaram empurrões e solavancos de um lado para o outro da sala, qual um par de baderneiros de bar, enquanto o restante dos convidados nem pedia que parassem nem dava gritos de incentivo para um ou outro.

Alan viu Ba parado ao largo, a um canto da sala. Mas ele não estava assistindo à briga; em vez disso, seus olhos estavam fixos em algum lugar à esquerda de Alan. Este olhou e lá estava Sylvia. Esperava ver um ar de desalento em seu rosto, mas estava errado. Sylvia estava na ponta dos pés, seus o lhos brilhavam, um sorriso aberto no rosto, enquanto ela respirava de modo curto e rápido por entre os lábios levemente separados.

"Ela está gostando disto!"

O que havia com ela? E o que havia com *ele*? Devia sentir repulsa pelo prazer de Sylvia diante daqueles dois homens crescidos, duas figuras públicas, ridicularizando-se. Em vez disso, a situação o atraiu ainda mais para o lado dela. Alan pensava que se conhecia, mas no que dizia respeito àquela mulher... tudo era novo e estranho.

Alan voltou-se novamente para a luta a tempo de ver Cunningham perder o equilíbrio e cambalear para trás, em direção à lareira. Seu calcanhar bateu na beirada sem poial da lareira e ele perdeu o equilíbrio. Enquanto seus braços se agitavam no ar, desamparados, sua nuca bateu no canto da cornija de mármore. Ele sucumbiu como uma trouxa.

Alan saltou por cima do sofá, mas não foi o primeiro a chegar ao lado do homem caído. Ba já se encontrava lá, agachado sobre a volumosa forma inconsciente.

– Ele está sangrando! – disse Alan ao ver o característico borrifo vermelho de um bombeamento arterial ao longo do mármore branco da cornija, provavelmente uma artéria do couro cabeludo. Formara-se uma pequena poça em volta da nuca de Cunningham, que se espalhava com rapidez.

A sala, cheia um momento atrás de gritos e assovios, ficara em um silêncio mortal.

Sem que lhe tivessem pedido, Ba levantou a cabeça e rolou o homem para o lado, de modo que Alan pudesse inspecionar o ferimento. Alan localizou de imediato a ferida recortada de duas polegadas na região occipital inferior direita. Lamentando não ter um lenço, ele pressionou a própria mão no ferimento, aplicando uma compressão. O sangue quente encheu a palma de sua mão, enquanto ele tentava fechar com a pressão dos dedos as bordas lisas e desiguais.

Aconteceu de novo: o êxtase do formigamento e a euforia começaram no lugar em que sua mão cobria a ferida, subindo pelo braço, depois se espalhando por todo o seu corpo. Alan tremeu. Cunningham estremeceu com ele e seus olhos se abriram piscando.

Alan afastou as mãos e olhou. Terror, surpresa e descrença mesclaram-se freneticamente dentro dele quando viu o couro cabeludo. A ferida fechara-se; restara apenas um arranhão raso e irregular.

Ba inclinou-se e olhou para o ferimento. Ele soltou Cunningham abruptamente e se pôs de pé. Por um momento, quando Ba se erguia sobre ele, o gigante pareceu balançar, como se ele estivesse tonto. Alan viu o choque e a estupefação em seus imensos olhos escuros... e algo mais: Alan não pôde ter certeza, mas pensou ter visto reconhecimento. Em seguida, Ba virou-se para as pessoas que se inclinavam aglomeradas.

– Por favor, para trás! Por favor, para trás!

Sylvia se aproximou e se agachou ao seu lado. O largo sorriso desaparecera, substituído por uma máscara de genuína preocupação. Axford estava atrás dela, mas permaneceu de pé, indiferente, porém atento.

– Ele está bem? – ela perguntou a Alan.

Alan não conseguiu responder. Sabia que devia estar com jeito de imbecil, ajoelhado ali, com a boca aberta e a poça de sangue de outro homem grudada na palma da mão, mas neste momento não conseguia falar. Tudo o que conseguia fazer era ficar olhando fixamente para a nuca de Cunningham.

– Claro que estou bem! – disse Cunningham, sentando-se.

Não parecia nem um pouco grogue. Haviam desaparecido todos os sinais de embriaguez.

– Mas o sangue! – ela olhou para a mão de Alan.

– Ferimentos no couro cabeludo sangram como o diabo... mesmo os pequenos – Alan conseguiu dizer; em seguida, olhou intencionalmente para Axford. – Certo?

Ele observou os olhos de Axford percorrerem o borrifo de sangue ao longo da cornija e da parede, até chegarem à poça do chão. Axford hesitou, depois encolheu os ombros.

– Certo. *Malditamente* certo.

A festa estava em seus estertores, e isso agradava a Ba. Ele não gostava de tantos estranhos na casa. Para a senhora, sem dúvida alguma, aquela fora apenas mais uma festa; mas para Ba, fora uma revelação.

"Dat-tay-vao."

Ele estava parado na porta da frente, observando o carro do doutor cruzar em direção à rua, e a frase reverberava em sua mente, ecoando infinitamente.

"Dat-tay-vao."

O Dr. Bulmer possuía aquilo.

Mas como? Não era possível!

No entanto, Ba não podia negar o que vira nesta noite: o gotejar de sangue e o ferimento aberto, depois controlado e fechado pelo toque do médico. Ele sentira os joelhos fracos e bambos como borracha diante da cena.

Desde quando *Dat-tay-vao* estava com ele?

Com certeza não havia muito tempo, pois Ba vira a surpresa no rosto do médico quando a ferida se cicatrizara sob sua mão. Se ao menos...

A mente de Ba deu saltos para anos antes, na época em que sua querida Nhung Thi definhava com o câncer que começara em seus pulmões e se espalhara por todo o seu corpo. Lembrou-se de como o Dr. Bulmer retornara vezes seguidas para vê-la durante aquele tormento infinito, os dias que duravam anos, os meses de séculos em que ela era devorada por dentro. Nessa época, havia muitos médicos tratando Nhung Thi, mas para Ba e sua mulher o Dr. Bulmer passou a ser o Doutor.

Se ao menos ele tivesse possuído o *Dat-tay-vao* naquela época!

Mas claro que não possuía. Era então um simples médico. Mas agora...

Ba sentiu uma angústia no coração pelo doutor, pois todas as histórias sobre o *Dat-tay-vao* insinuavam que havia um equilíbrio a ser atingido. Sempre um equilíbrio...

E um preço a ser pago.

"Eu posso fazer isso!", pensou Alan enquanto voltava de carro para casa.

Já não havia mais sombra de dúvida de que ele passara a possuir algum tipo de poder de cura. O episódio desta noite o provara. O couro cabeludo de Cunningham estava aberto, sangrando como o diabo, e ele pousou a mão em cima e transformou aquilo em um arranhão.

"Onze da noite." Alan tomara nota mentalmente do momento em que acontecera.

Sonja Andersen e Henrietta Westin não eram estranhas coincidências! Ele *podia fazê-lo*! Mas como controlar aquilo? Como usá-lo quando quisesse?

A voz de Ginny rompeu o silêncio.

– Josie e Terri não vão acreditar quando eu contar sobre o que houve esta noite!

– Não vão acreditar em quê? – disse Alan, subitamente alertado para o que Ginny estava dizendo.

Teria ela visto? Se tivesse, os dois poderiam conversar sobre isso sem que ele parecesse maluco. Alan necessitava desesperadamente compartilhar aquela experiência com alguém que *acreditasse*.

– Na festa! Todas aquelas celebridades! E a briga entre Cunningham e Switzer! Tudo!

– Oh, isso.

Ficou desapontado. Era óbvio que ela não havia visto nada. Pensou que talvez Ba tivesse visto o que acontecera, mas talvez não tivesse acreditado em seus olhos. Essa seria a reação normal: descrença. E era por isso que Alan precisava guardar aquilo para si mesmo. Se nem *ele* conseguia acreditar direito no que estava acontecendo, como podia esperar que outra pessoa aceitasse?

– Sabe – estava dizendo Ginny –, não consigo formar uma imagem dessa Sylvia. Ela parece ser dura como um prego; no entanto, pegou aquele garotinho retardado e toma conta dele sozinha. Eu simplesmente não...

– Jeffy não é retardado. É autista.

– Dá no mesmo, não?

– Não necessariamente. A maioria das crianças autistas é considerada retardada, mas existe um bocado de discussão quanto a se elas o são ou não. Não acho que Jeffy seja. – Fez um rápido resumo sobre as mais recentes teorias, depois disse: – Uma vez Sylvia me mostrou a foto de uma casa que ele montara com blocos. De modo que sei que há inteligência naquele garoto, só que está trancada.

Ginny o estava encarando firmemente.

– Há dias que você não fala tanto!

– É mesmo? Não havia percebido. Perdão.

– Tudo bem. Você só tem andado um pouco mais preocupado do que o normal. Agora já estou acostumada com isso.

– Mais uma vez perdão.

– Mas voltando à nossa anfitriã: como foi que ela chegou a adotar esse garotinho? Eu perguntei, mas ela não me respondeu. Na verdade, tive a perfeita impressão de que ela evitou responder.

Alan encolheu os ombros.

– Também não sei. Imagino que ela pense que isso não seja problema de ninguém.

– Mas não há nada que possa ser feito por ele?

– Foram tentadas todas as terapias conhecidas.

– Com todo o dinheiro que ela tem, fico surpresa de que ela não o leve para consultar algum pediatra importante da cidade... – Ginny parou abruptamente.

Alan concluiu para ela:

– ...em vez de ficar levando-o a um médico de família local – disse ele, com um sorriso de amargura.

Ginny se sentiu desconfortável.

– Realmente não quis dizer isso.

– Tudo bem.

Alan não estava com raiva nem magoado. Havia desenvolvido uma couraça em relação a esse tópico. Sabia que Ginny gostaria que ele tivesse se especializado em alguma área, *qualquer área*, da medicina. Ela dizia que queria isso por *ele*, de forma que ele não precisasse trabalhar tantas horas; mas Alan conhecia a verdadeira razão. Todas as suas amigas eram esposas de especialistas e ela passara a encarar o médico de família como o escalão inferior da lei da selva da medicina.

– Eu não falei isso – disse ela rapidamente. – Simplesmente... *Alan!* Esta é a nossa rua!

Alan freou e virou o carro em direção ao meio-fio.

– Você está bem? – perguntou Ginny com sincera preocupação no rosto. – Andou bebendo demais?

– Estou bem – disse Alan com uma voz meticulosamente firme. – Muito bem.

Ginny nada disse enquanto ele dava marcha à ré pela rua deserta e virava, entrando na rua de sua casa. Alan não compreendia como errara a rua. Estava prestando atenção no trajeto. Chegara a ver a placa da rua. Apenas não a reconhecera. E não tinha a menor ideia do motivo.

10
Alan

Alan passou todo o domingo ansioso para ver se conseguiria fazer o poder funcionar de novo no consultório. Finalmente a manhã chegou, e ele estava se preparando para começar.

Eram 8 horas. Ele seria científico em relação àquilo; anotaria todos os dados quando acontecesse: data, nomes, lugares, diagnósticos. Tinha pilhas novas em seu gravador. Estava pronto para o primeiro paciente e o primeiro milagre do dia.

Não teve tanta sorte assim.

Os três primeiros pacientes consistiram em um casal idoso, ambos com hipertensão, e uma mulher com um suave diabetes tipo II, controlado por dieta. Não havia meios de se proceder a uma cura com esses diagnósticos. Ele não se sentiria bem dizendo aos dois primeiros para interromperem a medicação, tampouco poderia dizer à terceira para jogar fora a dieta de 1.500 calorias e ir correndo ao Carvel's tomar um sundae com calda quente de chocolate.

Alan precisava de uma doença ou um ferimento grave. Veio com o quarto paciente.

Chris Bolland, de 6 anos, saíra da escola mais cedo por causa de uma inflamação na garganta e estava com febre de 39 graus. Alan olhou a garganta da criança e viu uma secreção branca cobrindo ambas as amígdalas: amigdalite.

– De novo? – disse a Sra. Bolland. – Por que não tiramos?

Alan passou os olhos pela ficha.

– Este é apenas o terceiro episódio neste ano. Não basta para uma indicação. Mas vamos tentar algo.

Alan passou para trás de Chris e colocou as pontas dos dedos levemente sobre as suas glândulas inchadas, abaixo do ângulo da mandíbula. Concentrou-se – em que, exatamente, não sabia, mas tentou pensar em uma garganta saudável, bela e rosada, com amígdalas de tamanho normal. Tentou desejar essa garganta ideal para o pequeno Chris.

Chris não emitiu nenhum grito, não houve qualquer formigamento nos dedos e braços de Alan. Nada.

Pelo canto do olho, Alan notou que a mãe o observava com estranheza. Ele pigarreou, ajustou as peças de ouvido do estetoscópio e começou a auscultar os pulmões de Chris, disfarçando a frustração que lhe brotara.

Fracasso! Por que esse poder, se é que realmente existia, era tão caprichoso? O que será que o fazia funcionar?

Alan não sabia, mas cumpriu o dever e ditou um breve e sussurrado relato do fracasso ao gravador portátil.

O paciente seguinte era uma emergência, sem marcação de hora. Marla Springer – uma nova paciente, de 23 anos, levada por um vizinho que havia sido paciente de Alan durante longo tempo – cortara a mão direita no início da manhã. Após meia hora aplicando gelo e pressão direta, o ferimento ainda estava sangrando. Denise colocou-a de imediato em uma sala de exame desocupada.

Alan examinou a mão direita de Marla e descobriu uma laceração em forma de lua crescente, de aproximadamente 2,5 centímetros, no canto carnudo da palma abaixo do quinto dedo. O sangue jorrava de modo lento, mas constante, por baixo da aba da pele cortada. Ele notou que a mão estava fria. Olhou para a jovem e notou a palidez e a tensão em seu rosto, e o lábio inferior preso entre os dentes.

– Dói muito, Marla?

Ela balançou a cabeça.

– Não. Mas não para de sangrar!

– Claro que vai parar... assim que eu terminar com isto. – Alan pôde sentir um alívio na tensão de Marla quando ela percebeu que não iria sangrar até morrer. Resolveu brincar um pouco para que ela sentisse mais confiança. – E talvez você possa usar isso como desculpa para convencer seu marido a comprar uma lavadora de louça. Se não isto, pelo menos uma esponja com cabo.

– O que você quer dizer?

– Quero dizer que é isto que lhe acontece por tentar deixar o fundo do copo imaculado.

Marla arregalou os olhos.

– Como sabe?

Alan piscou para ela.

– Karnak sabe de tudo, vê tudo.

O que ele omitiu foi que já vira dezenas de ferimentos semelhantes no decorrer dos anos, todos provocados pela mesma causa: excesso de vigor ao lavar o interior de copos fazendo com que eles se espatifassem e cortassem ou o dedo indicador ou a palma.

Quando ele a fez deitar-se e relaxar, Alan percebeu que fora presenteado com uma oportunidade perfeita para testar o poder. Ele funcionara em uma laceração bem maior na noite de sábado; não deveria haver problema com um corte pequeno como aquele. Ele olhou para o relógio: 9h36 da manhã. Queria documentar tudo da maneira mais acurada possível.

Pressionou com força as bordas da pele e desejou-esperou-rezou que o ferimento cicatrizasse. Ficou segurando por uns bons 20 segundos, mas não sentiu nenhum choque, nenhuma torrente de êxtase. Relaxou a pressão e examinou a ferida.

Os cantos do corte estavam bem fechados em uma fina linha carmesim, sem qualquer sinal de mais hemorragia.

Alan sentiu a exultação expandir-se dentro de si ao ponto da explosão...

...e então os cantos da ferida se abriram e o sangue fresco recomeçou a jorrar.

Ele não havia feito nada.

– Você vai usar uma injeção para anestesiar? – perguntou Marla Springer.

– Estava me preparando para fazer isso – disse Alan, engolindo o amargo desapontamento enquanto esticava o braço para pegar o frasco de anestésicos ao lado do equipamento de sutura.

Outro fracasso.

Mas ele não estava desistindo. Tão logo terminasse ali, iria para a sala de consulta, registraria o fracasso e passaria para o paciente seguinte.

(Transcrito da gravação)

Segunda-feira, 12 de abril
10h18 da manhã
MARIE EMMETT: 58 anos, branca, hipertensa, com Inderide 40/25 BID. Ps = 136/84. Disse: "Acho que peguei herpes." Está certa. Típica erupção vesiculosa no flanco esquerdo ao longo dermatoma T-10. Coloquei a mão sobre a erupção e desejei que desaparecesse. Tentei 3x. Nenhuma mudança. Erupção ainda presente. Nenhuma redução da dor.

10h47 da manhã
AMY BRISCO: 11 anos, asmática. Mãe afirma que criança ofega a noite inteira. Auscultação revela firme chiado expiratório em todo o pulmão. Coloquei a mão direita na frente do peito, a esquerda nas costas, e apertei desejando que os pulmões relaxassem e clareassem.

Nenhuma mudança, a não ser na expressão no rosto da mãe – provavelmente estranhou minha atitude. Bronco-espasmo soa tão firme quanto antes. Iniciada terapia de hábito – O,2cc de adrenalina aquosa subcutânea etc.

*11h02 da manhã
CHANDLER DEKKS: 66 anos, branco, sexo masculino, com membros inferiores bilaterais escuros e varicosidade superficial; grave dermatite associada a estase. Apresenta-se com ulceração de 2×2 cm no aspecto posterior da perna esquerda, parte inferior, com aproximadamente uma semana de duração. Examinado cuidadosamente, todo o tempo desejando e querendo curar/preencher/desaparecer. Nenhuma mudança. Prescrito tratamento habitual.*

*11h15 da manhã
JOY LEIBOV: 16 anos, sexo feminino, branca. Consulta não marcada. Entrou apoiada pelo pai e pelo irmão após ferimento no tornozelo direito durante jogo de futebol intramuros na escola secundária. Típica inversão do ferimento com inchação, brandura e equimose na região do maléolo direito. Cobri o tornozelo com as mãos em concha – suavemente e desejei que a maldita coisa curasse. Nenhuma mudança. Nada!
Isto é uma idiotice.*

(fim da transcrição)

Alan procurou esquecer todos os pensamentos sobre poderes curativos mágicos, enquanto se esforçava para atender a grande quantidade de pacientes pelo resto da manhã. Não foi tão mal assim. Ele entrou na sala com seu último paciente, marcado para o meio-dia, às 12h30.

Ele notou que Stuart Thompson, sentado no canto da mesa de exame, parecia preocupado. Soube de imediato que algo estava errado. Stu era um operário de construção de 42 anos, com tatuagens em ambos os braços e moderada hipertensão essencial. Era do tipo machão, que jamais deixava seus sentimentos transparecerem e nunca admitia uma fraqueza. Se não fosse por sua mulher, que praticamente colocava o comprimido de Tenormin em sua boca a cada manhã e o chantageava para fazer checkups, sua pressão arterial não teria sido tratada durante todos esses anos.

Se Stuart Thompson externalizava o mínimo de medo, isso significava que ele devia estar absolutamente aterrorizado por dentro.

– Não sou nenhum medroso, doutor, mas alguém disse que isto que tenho nas costas parece câncer, e fiquei apavorado. Dê uma olhada e me diga que está tudo bem.

– Está certo. Deite-se de barriga para baixo e veremos.

Alan mordeu os lábios quando viu a coisa sobre a qual Stu falara. Não parecia nada boa: uma lesão negra azulada na escápula esquerda, medindo cerca de 2 centímetros, com margem irregular e superfície desigual.

Os pensamentos de Alan corriam em todas as direções quando ele se inclinou mais perto das costas de Stu. Aquilo teria de ser removido, provavelmente com uma excisão larga, e o mais depressa possível. Ele estava tentando pensar em uma forma de externar sua suspeita, sem mandar para o teto a pressão arterial de Stu, quando tocou de leve a região escura com a ponta de um dos dedos.

A sensação agora familiar subiu por seu braço, enquanto Stu arqueava as costas.

– *Merda*, doutor!

– Perdão – disse Alan rapidamente. – Só estava vendo quanto era sensível.

Alan olhou para as costas do homem. A lesão havia desaparecido! Não havia o menor vestígio de pigmento na área.

Olhou para a própria mão. Tantas perguntas sem resposta, mas que perderam terreno para a exultação de saber que ele ainda tinha o poder.

– Bem, agora que você já sabe – disse Stu –, o que vai fazer... amputar minhas costas?

O tom foi sarcástico, mas Alan notou o medo implícito.

– Não – disse Alan, pensando depressa. – Só vou cauterizar essa verruga feia que você tem aí, e depois você poderá treinar para Mr. Universo.

– Uma verruga? Isso é tudo?

Havia um profundo alívio em sua voz.

– Não é nada – disse Alan, percebendo que estava literalmente dizendo a verdade. – Vou pegar o bisturi elétrico de alta frequência e faremos isso em um minuto.

Alan saiu da sala e respirou fundo. Tudo o que tinha a fazer era anestesiar a região, fazer uma pequena queimadura no lugar onde estava a lesão e mandar para casa o inocente Stuart Thompson, curado de um melanoma maligno. Dessa maneira poderia se livrar de quaisquer perguntas difíceis.

Em seguida ouviu a voz de Stu do outro lado da porta.

– Ei! Desapareceu! Ei, doutor! A coisa *desapareceu*!

Alan enfiou a cabeça sala adentro e viu Stu examinando as costas no espelho.

– O que você é? Algum tipo de milagreiro?

– Necas – disse Alan, engolindo em seco e tentando sorrir. – Deve ter caído. É assim que acontece com as verrugas às vezes... elas apenas... caem.

Alan refutou as perguntas seguintes, minimizando o tempo todo o que acontecera, e conduziu o homem intrigado, mas contente para fora da sala de exame.

Correu até a outra sala de exame – estava vazia! A luz estava apagada e a sala estava limpa e preparada para os pacientes da tarde.

Mas à tarde seria tarde demais! Precisava de alguém *agora*, não mais tarde. Estava *quente*! O poder estava ativo e ele queria usá-lo antes que desaparecesse de novo! Denise e Connie estavam se aprontando para ir almoçar. Ambas gozavam de excelente saúde. Não havia nada que Alan pudesse fazer por elas.

Voltou em um lento círculo, querendo rir, querendo gritar sua frustração. Sentia-se como um milionário decidido a doar sua fortuna aos necessitados, mas que só conseguia encontrar milionários.

Por falta de algo melhor a fazer, Alan correu ao consultório e pegou o gravador. Precisava registrar todos os detalhes enquanto estavam frescos. Apertou o botão de gravar com o polegar, abriu a boca... e parou.

Engraçado... não conseguia lembrar-se do nome do paciente. Podia imaginar seu rosto com toda a perfeição, mas o nome se perdera. Baixou os olhos para a folha de anotações. Lá estava na última linha: Stuart Thompson. Claro. Surpreendente a maneira como um pouco de excitação conseguia desnortear a mente.

Alan começou a registrar – hora, idade e condição do paciente, seus próprios sentimentos no momento. Tudo.

Ele iria confinar esse poder, aprender tudo o que pudesse a respeito dele, treiná-lo, dobrá-lo à sua vontade e fazer um excelente uso dele.

No fundo de sua mente, Alan ouviu Tony Williams, da banda The Platters, cantando: "Vooocêêê conseguiu o toque mááááágico!"

Maio

Main

11
Charles Axford

McCready convidara-o para o escritório de cima para mais uma sessão daquilo que o senador gostava de chamar de "bate-papo informal". Charles chamava de sessões de sondagem. O que eram na verdade. Como homônimo da Fundação, McCready parecia achar que era sua prerrogativa sentar-se com o diretor de pesquisas neurológicas e lhe fazer um exame oral sobre os últimos desenvolvimentos no campo. Talvez fosse. Mas Charles sabia que a Fundação era o que menos contava para o senador quando este fazia perguntas sobre enfermidades neurológicas. O interesse era estritamente pessoal.

Enquanto esperava o senador, caminhou até as imensas janelas que formavam as paredes externas do escritório do canto. Se encostasse a cabeça na vidraça da parede da esquerda, poderia ver a Park Avenue e suas ilhas em floração, vinte andares abaixo.

A porta se abriu e McCready entrou mancando. Desabou em cima da imensa cadeira estofada atrás de sua mesa. Naqueles dias, não andava com boa aparência. Suas feições estavam mais caídas que de hábito e ele era obrigado a jogar a cabeça para trás a fim de conseguir enxergar através das pálpebras superiores. Charles fez um rápido cálculo mental: "Mais seis meses e ele estará em uma cadeira de rodas."

Fazia anos que ele conhecia o homem; devia a ele sua atual segurança econômica e a posição de prestígio; no entanto, Charles achava que não poderia arrebanhar um maldito grama de piedade por James A. McCready. Gostaria de compreender o motivo. Talvez fosse por saber o que impelia o homem, que nascera com mais dinheiro do que seria capaz de gastar em duas vidas. Ele estivera presente em alguns dos momentos mais indefesos do senador e vira brilhar, sem disfarces, a ânsia de poder. Ali estava um homem que podia ser presidente, bastando para isso resolver concorrer. Entretanto, não podia concorrer, e Charles era uma das poucas pessoas do mundo que conheciam a razão.

Talvez fosse melhor assim. Homens como McCready haviam levado a Grã-Bretanha à beira da ruína econômica; talvez o país adotivo de Charles estivesse com sorte por aquele senador em particular sofrer de uma doença incurável.

Sentou-se e ouviu as perguntas – sempre as mesmas: algum desenvolvimento novo? Alguma linha de pesquisa promissora que possamos incentivar?

Charles deu a resposta de hábito: não. Usava os computadores da Fundação para manter registros sobre a literatura médica do mundo inteiro. Tão logo algo do mais leve interesse potencial para o senador aparecesse na revista médica mais obscura, no recanto mais remoto, era-lhe transmitida e chamava a sua atenção. O senador podia ter acesso às informações tão prontamente quanto ele – talvez mais rápido ainda; afinal de contas, aqueles eram os *seus* computadores –, mas preferia o "toque pessoal" de Charles.

Em outras palavras, queria que Charles pré-digerisse e lhe servisse de colher.

Tudo bem. De qualquer modo, Charles se mantinha no campo. Um pequeno preço a pagar pela liberdade que lhe era dada em sua pesquisa na Fundação.

A conversa seguiu seu curso costumeiro até o habitual beco sem saída, e Charles se preparava para sair quando o senador mudou para um novo tópico.

– O que você achou do Dr. Alan Bulmer quando o encontrou pessoalmente?

À medida que a tarde avançava, sua voz ia ficando mais fraca e mais estridente.

– Quem?

Por um segundo, Charles teve um branco completo quanto ao nome.

McCready lembrou-o:

– Você o conheceu na festa da Sra. Nash no mês passado.

– Ah, o clínico geral! Eu não... – E então ocorreu a Charles: – Como sabe que eu o conheci?

– Tem havido umas conversas sobre ele.

– Que tipo de conversa? Não tem nada a ver com o testemunho perante a comissão, não?

Charles sabia que não seria bom pegar o lado mau do senador James McCready.

– De jeito nenhum, de jeito nenhum. Isso está pronto e acabado, desaparecido e esquecido. A conversa tem a ver com curas. Curas. Esse tipo de coisa.

Charles grunhiu mentalmente: "Lá vamos nós de novo: outra tentativa de uma maldita cura milagrosa."

McCready sorriu. A expressão pareceu exigir-lhe um bocado de esforço.

– Ora, ora, meu estimado Dr. Axford... não ostente esse ar cínico no rosto. Você sabe que eu gosto de investigar cada um desses curandeiros. Um dia desses...

– Bulmer não é nenhum curandeiro. Ele é um maldito médico de família absolutamente comum. E eu destaco a palavra *comum*. Se continuar procurando um milagre, vai acabar nos deixando malucos!

McCready riu.

– Eu seria capaz de ouvi-lo o dia inteiro, Charles. Gostaria de ter um sotaque britânico.

Charles nunca deixava de se sentir impressionado com a facilidade com *que* os americanos se impressionavam com o sotaque britânico. Sempre lhes parecia "elegante". Mas sabia que em Londres seu sotaque seria reconhecido de imediato como sendo de Paddington, e sua classe identificada como a operária.

– No entanto – disse o senador, voltando ao assunto –, os comentários estão por aí.

– O que você chama de "comentários"?

– Você sabe como o mundo dá voltas. Os comentários pingaram aqui e ali nas lavanderias automáticas e nas caixas de supermercados e, num dado momento, chegaram ao conhecimento de um *frila* ou repórter que trabalha para um de meus jornais. Depois chegou a mim.

– Ótimo. Mas conversas sobre o quê?

– Sobre pessoas com doenças de longo prazo, problemas crônicos, desordens progressivas, enfermidades agudas, todos os tipos de coisa, curadas depois que ele as tocou de determinada maneira.

– Mas isso é uma maldita loucura!

McCready tornou a sorrir.

– "Maldita." Bem a propósito. Eu estava prestes a lhe perguntar sobre uma ferida bem maldita sofrida por um certo Sr. Cunningham no mês passado.

– Maldito! Deus meu!

– Aí está a palavra de novo.

– Você tinha algum espião naquela festa?

– Claro que não. Mas eu seria bem tolo se possuísse uma cadeia de jornais, com todos esses diretores e repórteres sob meu comando, e não me aproveitasse dos seus talentos quando ele devem estar presentes, você não acha?

Charles assentiu em silêncio. Não gostava da ideia de alguém bisbilhotando suas horas de folga, mas não viu como protestar. McCready pareceu ter lido sua mente.

– Não se preocupe, Charles. Não era você o objeto da investigação. Só mandei alguém olhar o incidente entre meu estimado colega, o deputado Switzer, e o chefe da empresa de transportes desta linda cidade. Descobri que se pode lidar de maneira mais efetiva com os colegas se se está a par de suas impropriedades e indiscrições.

Charles tornou a assentir. "Procurando a sujeira de Switzer", pensou. Mas disse:

– Também funciona desse jeito nas fundações de pesquisa.

– Certo. Infelizmente, a única impropriedade da parte do deputado foi não ter apresentado a outra face, pois que respondeu tão bem, ou talvez melhor, do que recebeu de Cunningham no terreno físico. E para muitos de seus eleitores isso pareceria mais uma virtude do que uma falha. Assim, a sindicância foi deixada de lado.

Ele fez uma pausa por alguns momentos. Estava evidente que o extenso monólogo o estava deixando cansado.

– Mas algo de interessante veio à luz por acaso. Uma das convidadas, que viu a briga, mencionou durante a entrevista que ela pensou que Cunningham havia sofrido terrível ferimento na nuca. Ela falou do sangue jorrando qual... "qual um gêiser, creio", disse ela. No entanto, depois que esse desconhecido, mais tarde identificado como o Dr. Alan Bulmer, colocou a mão em cima da ferida, esta parou de sangrar e se fechou.

Charles riu.

– É provável que ela estivesse mais bêbada do que Cunningham!

– Talvez. Foi isso que esse repórter pensou. Mas, não faz muito tempo, ele ouviu uma conversa esquisita sobre "curas milagrosas" no consultório de um médico em Long Island. O nome Bulmer deu-lhe um clique e ele contou ao editor, que contou a mim. – Seus olhos trespassaram Charles por baixo das pálpebras semicerradas. – Você estava lá. O que foi que *você* viu?

Charles pensou durante alguns instantes. Fora de fato uma terrível quantidade de sangue. Podia vê-lo nesse momento, jorrando sobre a cornija e a parede. Mas quando viu o ferimento, este não passava de um arranhão. Podia... ?

– Eu vi grande quantidade de sangue, mas isso não significa nada. Os ferimentos no couro cabeludo sangram bem além do que seria proporcional ao seu tamanho e profundidade. Já vi cabeças literalmente *cobertas* de sangue a partir de uma laceração de 2 centímetros por menos de 1 centímetro de profundidade. Não perca o seu tempo procurando uma cura milagrosa com o Dr. Alan Bulmer.

– Eu nunca perco o meu tempo, Charles – disse o senador. – Nunca.

12
O senador

"Ah, Charles", pensou McCready depois que Axford foi embora. "Charles, o cético."

Recostou-se em sua cadeira e, como fazia com frequência, pensou em seu médico-chefe predileto. E por que não? Suas vidas estavam estreitamente entrelaçadas e assim ficariam enquanto ele continuasse doente.

Apesar do fato de Charles ser um médico sacana e arrogante até a medula, McCready admitia para si mesmo que tinha um ponto fraco por seu chefe de pesquisa. Talvez isso ocorresse por Charles não ter nenhum fingimento. Ele não hesitava em assumir sua condição de ateu devoto e materialista convicto, constitucionalmente incapaz de aceitar qualquer coisa que não se submetesse ao método científico. Quando não podia observar, qualificar e quantificar, a coisa não existia. Refrescantemente livre de babaquices, o seu Charles. Para ele, os seres humanos não passavam de um conglomerado de células e reações químicas. Uma vez ele disse a McCready que seu sonho era reduzir a mente humana às suas reações neuro-químicas básicas.

Tudo bem quando se goza de boa saúde. Mas quando não, e quando a medicina moderna falha... aí fica-se procurando algo mais. Reza-se, mesmo que não se acredite nas orações. Procuram-se curandeiros, mesmo que não se tenha fé alguma. O escárnio e as observações depreciadoras já não ocorrem com tanta facilidade. Procura-se debaixo de cada pedra e segue-se cada pista até seu inevitável final falso. E, em seguida, fareja-se outra para seguir.

A desesperança era uma puta.

Ele desistira de ter esperança na atual pesquisa das doenças neuromusculares... não conseguia acreditar que ela seguiria na direção de que necessitava. Desse modo, nascera a Fundação, com Charles Axford como parte central. Ele fizera Axford chefe por achar que este lhe devia algo.

Porque o dia em que conhecera Axford fora o mais traumático de sua vida. Alterara o curso de sua vida, alterara sua percepção da vida, do mundo, do futuro. Pois Charles Axford fora o primeiro a saber o que havia de errado com ele.

Todos os outros médicos antes de Charles haviam errado. Todos, sem exceção, haviam responsabilizado o "trabalho excessivo" e o "estresse" por seu cansaço episódico. Essa era a nova palavra de ordem na medicina: se não dá para descobrir o que é, o problema é o estresse.

McCready engolira isso por algum tempo. Havia trabalhado duro – sempre trabalhava duro –, mas jamais se sentira tão cansado. Levantava-se pela manhã em ponto de bala e no meio da tarde era uma pessoa inútil. Havia parado de comer bife, pois dava muito trabalho mastigar. Seus braços cansavam-se ao fazer a barba. "Trabalho em excesso e estresse." Havia se conformado com o diagnóstico, pois várias e várias vezes o exame físico, os reflexos, os testes sanguíneos, o raio X e os cardiogramas tinham dado resultados completamente normais. "Você é a imagem da saúde!", dissera-lhe um respeitado especialista em doenças internas.

Seu primeiro episódio de visão dupla mandara-o em pânico ao neurologista, que lhe marcara a consulta mais rapidamente. Fora Charles Axford. Mais tarde ele ficara sabendo que Axford o encaixara no horário do dia não por preocupação de médico em relação a um paciente em situação aflitiva, mas porque o livro de consultas estava praticamente vazio para aquela tarde.

McCready vira-se sentado diante de um frio e reservado inglês de sotaque carregado, jaleco branco, que fumava um cigarro atrás do outro em sua cadeira na extremidade oposta de uma mesa antiga, enquanto ouvia os sintomas de McCready. Ele fez algumas perguntas, depois disse:

– Você está com miastenia grave, um caso de rápida progressão, e sua vida vai ser um inferno.

McCready ainda se lembrava da lenta onda de choque que o atravessara às polegadas, da frente para trás, qual uma frente de tempestade. Tudo o que conseguiu ver foi Aristóteles Onassis desvanecendo-se mês após mês, ano após ano. Conseguiu dizer:

– Não vai me examinar?

– Você quer dizer, dar pancadinhas em seus joelhos e iluminar seus olhos e toda essa porcaria? Não se eu puder deixar de fazer essa droga.

– Eu insisto! Estou pagando por um exame e exijo que seja feito!

Axford suspirou.

– Muito bem. – Deu a volta e se sentou diante dele, na parte da frente da mesa. Estendeu ambas as mãos para McCready e disse: – Aperte. Com força. – Depois que McCready as segurou e apertou, Axford disse: – De novo! – E depois: – De novo!

E a cada apertão sucessivo, McCready sentiu seu agarrão ir ficando mais fraco.

– Agora descanse um pouco – disse Axford. Após fumar mais um cigarro pelo meio, tornando a contaminar o ar do consultório, ele voltou a estender as mãos. – Agora mais uma vez.

McCready apertou com toda a força que possuía e, com muita satisfação, viu Axford estremecer. Sua força retornara após um breve descanso. – Está vendo? – disse Axford esfregando as mãos no jaleco de laboratório. – Miastenia grave. Mas só para termos certeza absoluta, faremos uma eletromiografia.

– O que é isso?

– Exame de condutividade dos nervos. No seu caso, mostrará o clássico padrão de redução.

– Onde é que mando fazer isso?

De repente, McCready ficou desesperado por ter o diagnóstico confirmado ou negado.

– Num monte de lugares. Mas minha brincadeira aqui neste consultório proporciona o maior valor nutritivo.

McCready ficou desconcertado com aquele inglês.

– Não estou entendendo.

– O preço da consulta que vou lhe cobrar – disse Axford sem o menor vestígio de sorriso – vai ajudar a manter minha mesa cheia de comida.

McCready abandonou o consultório de Axford plenamente convencido de que aquele homem era um lunático. Mas uma segunda e uma terceira opiniões, junto com exames exaustivos, provaram que o inglês estava certo. O senador James McCready sofria de um caso muito virulento de miastenia grave, a qual, pelo que ficou sabendo, era uma doença neuromuscular incurável causada por uma deficiência de acetilcolina, a substância que transmite as mensagens das células nervosas para as células musculares em suas junções.

Por uma questão de senso de lealdade, retornara a Axford para fazer o tratamento. E, como aprendera havia muito tempo sobre os supostos impulsos nobres, aquela foi uma decisão errada. O comportamento delicado de Axford corporificava toda a preocupação e o calor humano das lajes de cimento. Axford não parecia se preocupar com a maneira como as medicações estavam afetando seu paciente – as cãibras musculares, as contrações, a ansiedade e a insônia. Preocupava-se apenas com o modo como os remédios melhoravam as respostas no seu maldito aparelho de eletromiografia.

E McCready percorreu a rota – a rota *inteira*. Teve o timo removido, vivia acelerado por drogas como a neostigmina e o Mestinon, depois inchara com a cortisona. Passara pela plasmaférese. E tudo em vão. Seu caso progredia de modo lento, mas implacável, não importava o que fizesse Axford ou qualquer outra pessoa.

Mas ele jamais aceitara sua doença por completo, nem mesmo até aquele dia. Lutara contra ela desde o começo e continuaria lutando. McCready tinha planos, para a sua vida e a sua carreira, que iam além do Senado. A miastenia grave ameaçava detê-lo. Mas não iria detê-lo; ele descobriria uma saída – por cima, dando a volta ou atravessando a doença.

E com esse fim começara a investigar a vida de Charles Axford desde anos antes. Descobrira que o médico nascera em uma família da classe operária em Londres e que vira os pais e o lar destruídos durante a *blitz*, quando o bairro de Paddington sofrera um pesado bombardeio. Demonstrara-se um aluno brilhante em seus estudos, formando-se entre os primeiros de sua classe na escola de medicina, na Inglaterra; também era considerado brilhante por todos que o haviam conhecido durante a sua residência em neurologia ali em Manhattan – admirado por todos, mas considerado abrasivo demais para o conforto de qualquer um. Após incontáveis recusas às propostas de concessão de bolsas para pesquisa e de sociedade, montara com relutância um consultório particular e estava simplesmente morrendo de fome. Por mais que fosse brilhante na ciência médica, Axford era um idiota na arte de lidar com as pessoas.

Para aumentar seus problemas, sua mulher fugira para se "descobrir", deixando-lhe a filha com uma doença crônica.

Charles, é claro, jamais dissera ao senador uma palavra que fosse sobre seus problemas pessoais. McCready desentocara-os pelos contatos que ainda mantinha com os chefões de suas publicações.

Ficou evidente para McCready que os dois haviam sido feitos um para o outro: Axford era um cobra em neurologia e McCready tinha uma doença neuromuscular considerada incurável no estágio de conhecimento da medicina do momento; Axford estava procurando um posto de pesquisa e McCready possuía mais dinheiro do que poderia gastar em muitas vidas – no último balanço, sua fortuna pessoal totalizara algo em torno de 200 milhões de dólares.

Então nasceram duas ideias. A primeira foi a semente do projeto de lei sobre o procedimento médico. Os médicos lhe haviam explicado várias e várias vezes que a miastenia grave era uma doença sutil e de diagnóstico difícil nos estágios iniciais. Ele não se importava. Ela deveria ter sido descoberta anos antes de ele ir até Axford. Esses médicos precisavam de uma ou duas lições em matéria de humildade. Se não podiam fazer seu trabalho direito, ele lhes mostraria como fazer.

A segunda ideia tornou-se realidade bem antes da legislação: fora montada a Fundação McCready para Pesquisas Médicas, tendo como diretor o Dr. Charles Axford. A organização era dedutível do imposto de renda e permitia que McCready dirigisse o curso de toda a pesquisa realizada. Axford parecia encantado – era bem pago e podia seguir seus interesses sem ter de lidar muito com os pacientes.

McCready tinha seu primeiro médico de estimação. Ele também achava a situação encantadora.

Com um influxo de doações e subsídios, a Fundação crescera até que, no presente momento, proporcionava seus serviços tanto aos pacientes internos quanto aos externos, ocupando sua própria sede na Park Avenue, em Manhattan; um antigo prédio de escritórios construído nos anos 1930, que parecia uma versão menor do Rockefeller Center. McCready começara com um único médico de estimação; agora era proprietário de um curral inteiro deles. Essa era a única maneira de se manter os médicos na linha: ser dono deles. Faça-os dependentes de você para o pão de cada dia e, em pouco tempo, eles perdem os ares de gado selvagem. Aprendem a andar na linha como qualquer outra pessoa.

Axford ainda apresentava um bocado de tendências características do gado não marcado, mas McCready imputava isso ao fato de ele ter dado muito espaço ao seu chefe de pesquisa. Um dia desses iria puxar uns fios e ver como o inglês dançava. Mas não por enquanto. Não enquanto necessitasse do conhecimento de pesquisa de Axford.

Entretanto, talvez não faltasse muito tempo para isso. Não se *um décimo* do que ele ouvira a respeito desse tal Bulmer fosse verdade. Após vários anos de pistas falsas, quase seria demais ter esperanças. Mas todas essas histórias...

Sua boca ficou seca. Se pelo menos a metade daquelas histórias fosse verdade...

E pensar que esse Bulmer estivera na sala de seu comitê apenas um mês antes. Nessa época ele não se demonstrara um entusiasta... tudo menos isso. Mas seria possível que ele estivesse sentado a poucos metros de distância de uma cura sem saber disso?

McCready precisava descobrir. *Tinha* de saber. Não dispunha de muito tempo!

13
Charles

— Vamos, papai – disse Julie, com a voz demonstrando um choro iminente. – Hoje é noite de diálise. – Ela ficou ali parada com seus jeans cortados, blusa de mangas compridas do Opus the Penguin, estendendo o copo na direção dele. – Deixe eu beber um pouco mais. Estou com sede.

– Quantas canecas você já tomou? – perguntou Charles.

– Seis.

– Só mais duas.

– Quatro! *Por favor!* – ela pôs a língua para fora e fez um barulho de quem se asfixiava.

– Tudo bem! Tudo bem!

Ele encheu até a metade o copo de vidro, mas segurou o braço de Julie para ajudá-la a levantá-lo.

– Use-o para engolir as três últimas Amphojels.

Ela fez uma careta, mas jogou as pílulas na boca e começou a mastigá-las. Das 28 pílulas que Julie era obrigada a tomar por dia – a de cálcio, a de vitamina D ativada, a de ferro, as vitaminas solúveis em água –, as que ela mais odiava eram os comprimidos de hidróxido de alumínio.

Quando ela terminou de engolir o suco, ele apontou na direção dos fundos do apartamento.

Julie deixou cair os ombros e fez beicinho.

– Não pode esperar?

– Vá logo, chega de perder tempo à toa. Já passa das seis.

Acompanhou-a até o quarto dos fundos, onde ela se estatelou na cadeira reclinável, arregaçou a camisa e colocou o antebraço desnudo no braço da cadeira.

Charles já havia aquecido o aparelho de diálise e o preparara para entrar em funcionamento. Sentou-se ao lado da filha e lhe examinou o antebraço. A fístula ainda estava em perfeito estado após cinco anos. As veias grossas e pegajosas em volta, tão grandes quanto seu dedo mínimo, estavam inchadas sob a pele. Alguns anos antes, um dos garotos da escola havia visto sua fístula e lhe dera o nome de "braços bichados". Desde então ela passara a usar mangas compridas – mesmo durante o verão.

Após limpar o local com Betadine e álcool, Charles introduziu as cânulas das extremidades arterial e venosa. Conectou-se ao aparelho de diálise e observou o sangue começar a fluir em direção à máquina.

– Quer a tevê?

Ela balançou a cabeça.

– Talvez mais tarde. Primeiro quero ler isto.

Levantou o último número da coleção de *Bloom County*, A revista em quadrinhos era sua favorita do momento, e Opus the Penguin, seu personagem predileto.

Charles colocou o controle remoto da tevê no assento próximo a ela, depois se levantou acima do aparelho de diálise – que chegava à altura de seu peito – e observou o seu trabalho, separando o sangue vermelho e o sangue limpo e dialisado em diferentes lados da membrana, depois enviando o sangue filtrado, livre da maior parte das toxinas, de volta à veia de Julie, enquanto armazenava o inutilizado. Charles estava satisfeito com esse dialisador especial de fibra côncava. Raramente havia problema com as pressões na transmembrana e, até então, Julie só tivera dois choques nesse ano – um índice muito bom.

Charles desabou em cima do sofá no lado oposto do quarto. "Como ela consegue fazer isso?", perguntou-se pela milésima vez, enquanto a observava sorrir e, de vez em quando, dar risadinhas ao folhear a revista. "Como ela consegue não ficar maluca?"

Quanto tempo mais aquilo teria de continuar? Logo, alguma coisa haveria de acontecer. Charles não conseguia ver como ela iria tolerar aquilo pelo resto da vida. Era viver no inferno...

...três horas na máquina, três vezes por semana. Ele sempre marcava a diálise como a última atividade do dia, pois Julie ficava esgotada. Todos aqueles comprimidos... as que não lhe causavam náuseas deixavam-na constipada. Julie precisava medir cada maldito miligrama de líquido que lhe passava pelos lábios, de forma a não sobrecarregar seu sistema vascular. E a dieta – rigidamente restrita a sódio, proteínas e fósforo, o que significava nenhuma pizza, nada de milk-shake, nenhum sorvete, nada de conserva, de frios ou qualquer outra guloseima de que as crianças gostavam. Julie vivia cansada e com anemia, de modo que não podia participar de nenhuma atividade da escola que exigisse esforço.

Aquela não era vida para uma criança.

Mas aquilo não era o pior de tudo. Como era típico de uma criança que tinha de se submeter a hemodiálise a longo prazo, Julie não estava crescendo nem se desenvolvendo à taxa normal. Quando eles chegavam à adolescência, não... se tornavam adolescentes. Continuavam pequenos; não se desenvolviam muito em relação às características sexuais secundárias e, depois de algum tempo, isso tinha seu terrível preço emocional. Julie ainda não chegara a esse estágio, mas não levaria muito tempo. E já era pequena para a idade.

Charles observou Julie com os imensos olhos castanhos e os cabelos negros. Tão linda. Igual à mãe. Sorte dela ter herdado apenas isso daquela maldita puta. Charles sentiu os dentes trincarem e baniu da mente a ex-esposa. Todas as vezes em que pensava nela, ou quando alguém mencionava seu nome, sentia-se impulsionado à violência.

Ela não precisava ter ido embora. Era difícil viver com uma criança com deficiência renal crônica, mas grande quantidade de pais lidava com situações bem piores. E, Cristo, vejam só Sylvia – ela fora adotar logo uma droga de um garoto autista! Se ao menos sua ex-esposa fosse como Sylvia, que vida poderiam ter tido!

Mas de nada adiantava ficar se atormentando com o assunto. Ele havia ruminado aquilo durante anos. Naquele momento, havia preocupações mais importantes.

Como o telefonema do nefrologista de Julie há uma hora. Os níveis de circulação de anticorpos citotóxicos ainda estavam altos, anos após seu corpo ter rejeitado o rim que Charles lhe doara. Para começar, ela não era uma boa candidata ao transplante e, até esses níveis de anticorpos baixarem, não seria candidata a nada.

Assim, ela continuava, dia após dia, produzindo mais ou menos 30 gramas de urina por semana, sentindo-se cansada na maior parte do tempo, e com os tratamentos de hemodiálise três vezes por semana, ali naquele quarto. Uma existência inimaginável para Charles, mas a única vida que Julie conhecia.

Ele assistiu à tevê durante algum tempo e, quando olhou na direção dela, às 20h30, Julie estava dormindo. Charles esperou até terminar a diálise, depois desligou-a da máquina, enfaixou-lhe o braço e a levou ao quarto, onde lhe vestiu o pijama e a deslizou para baixo do lençol.

Ele ficou sentado ali por algum momento, acariciando-lhe os cabelos e olhando para aquele rostinho inocente. Julie mexeu-se e levantou a cabeça.

– Esqueci de fazer minhas orações.

– Está tudo bem, amorzinho – disse Charles com voz suave, e ela voltou a dormir na mesma hora.

"De qualquer modo, não há ninguém ouvindo."

Charles nunca deixava de se surpreender pela maneira como as pessoas conseguiam acreditar em um Deus providente quando tantas crianças no mundo sofriam desde o dia do nascimento.

Para ele não existia Deus algum. Existiam apenas Julie e este mundo e o dia de hoje... e, esperava, o de amanhã.

Beijou-a na testa e apagou a luz.

14
Alan

O paciente estava deitado.

Um novo paciente. A ficha dizia que ele era Joe Metzger, 32 anos, e se queixava de dores crônicas na parte inferior das costas. Disse que queria uma cura para sua dor nas costas.

A cura por tração o derrubou. Alan imaginara que o havia flagrado como um viciado em drogas à procura de um pouco de Dilaudid ou Percodan. Ele lançara-se à sua quota desses remédios – sempre um estado doloroso crônico, sempre "alérgico" aos analgésicos não narcóticos, sempre com uma história sobre como "nada dá resultado, a não ser um tipo de pílula... não tenho muita certeza como é o nome, mas é amarela e tem algo parecido a 'Endo' no nome".

Certo...

Talvez Alan não tivesse suspeitado se não tivesse olhado por acaso pela janela no exato momento em que Joe Metzger, o homem da terrível dor nas costas, saltava bem à vontade de seu pequeno Fiat de dois lugares no estacionamento.

– O que você quer dizer com "cura"? – Ele relatara um extenso exame médico, com mielogramas e exames de TC, e consultas com ortopedistas de renome. – O que você espera de mim que não lhe tenha sido oferecido em outro lugar?

Joe Metzger sorriu. Foi uma expressão mecânica, como algo que Alan esperaria ver em Jerry Mahoney ou Charlie McCarthy. Seu corpo magro estava nu até a cintura, com o cinto da calça aberto. Os cabelos espessos saíam por todos os lados e um bigode grosso caía em ambos os lados da boca; óculos do tipo vovô, de armação metálica, completavam a imagem, fazendo-o parecer um refugiado dos anos 1960.

– Uma cura. Como a que você fez na ciática de Lucy Burns há algumas semanas.

"Oh, merda!", pensou Alan. "Agora isso começou". Ele não conseguiu identificar direito o nome Lucy Burms, mas sabia que algo assim aconteceria mais cedo ou mais tarde. Não podia esperar que fosse continuar realizando seus pequenos milagres sem que o boato se espalhasse.

Por enquanto ainda não havia feito exatamente um cego enxergar embora a catarata da velha Sra. Binghamton houvesse desaparecido após ele tê-la examinado, mas fizera um surdo ouvir e realizara muitos outros... Alan não conseguiu imaginar palavra melhor do que *milagres*.

Ainda não conseguia controlar o poder e duvidava de que viesse a controlá-lo um dia. Mas aprendera um bocado de coisas sobre ele nas semanas anteriores. Alan tinha o poder duas vezes por dia, durante cerca de uma hora. Esses períodos eram separados por mais ou menos 12 horas, mas não exatamente. Ele tinha o poder em horas diferentes a cada dia, em algum momento de 40 a 60 minutos mais tarde que no dia anterior. Dia após dia, a "Hora do Poder", como ele a chamava agora, seguia seu lento caminho em volta do relógio. Ela ocorria sem conjunção com qualquer biorritmo conhecido da ciência médica. Alan desistira de tentar encontrar uma explicação; simplesmente usava o poder.

Ele fora criterioso em relação ao uso do poder, não apenas por discrição, mas também por segurança. Por exemplo, não poderia tentar curar um diabético dependente da insulina sem informar o paciente sobre a cura; caso contrário, o doente tomaria a dose habitual de insulina no dia seguinte e, por volta do meio-dia, terminaria com um choque hipoglicêmico. Quando usava o poder, jamais prometia resultados, nem ao menos jamais fazia qualquer *alusão* de que o possuía. Fazia tudo o que podia para que a cura parecesse pura coincidência, pura casualidade, ignorando qualquer relação de causa e efeito.

Não sabia o que ia acontecer se começasse o rumor sobre seus pequenos milagres, e não queria descobrir.

Mas se esse Joe Metzger sentado ali diante dele ouvira a respeito, outros também já teriam ouvido. O que significava que era hora de dar uma parada, de se abster de usar o poder até que cessasse a boataria. Entretanto, seria uma pena desperdiçar todas as curas que poderia fazer nesses momentos. O poder viera de repente e sem qualquer aviso prévio... poderia ir embora da mesma forma.

Mas, por enquanto, Alan iria fazer o que planejara: bloqueá-lo. Hoje, a Hora do Poder estava marcada para começar por volta das 17 horas; o que significava que ainda faltavam três horas.

Não que isso fizesse diferença para Joe Metzger, caso fosse esse de fato seu verdadeiro nome.

– Sr. Metzger, farei o que puder pelo senhor, mas não posso prometer nada... certamente não quanto a uma "cura" de qualquer tipo. Agora, deixe-me examiná-lo e ver o que está havendo.

Alan cumpriu a rotina de examinar a variação de movimento na espinha, mas depois parou. Ficou aborrecido com o fato de aquele impostor, por alguma razão qualquer, estar tomando seu tempo. E se sentia cansado também. E, para ser franco consigo mesmo, não conseguiu imaginar qual seria o passo seguinte do exame de rotina das costas.

Isso vinha acontecendo com frequência nos últimos tempos. Ele não estava dormindo bem e, por conseguinte, não conseguia pensar direito. Esse poder, ou seja lá o que fosse, tinha virado todas as suas crenças de cabeça para baixo. Parecia ser impossível. Ia contra tudo o que ele havia aprendido na vida, na escola de medicina e em uma década de prática. No entanto, *funcionava*. Não havia como se defender da realidade do poder, de modo que Alan se entregara a ele e o aceitara.

– Quanto vai me custar uma cura? – perguntou Metzger.

– Se eu pudesse realizar uma "cura", ela custaria o mesmo que uma consulta: 25 dólares. Mas não posso: suas costas estão em melhor forma do que as minhas.

Os olhos de Joe Metzger se arregalaram por trás de seus óculos de vovô.

– Como pode dizer isso? Eu tenho uma...

– O que você quer *de fato*? – perguntou Alan, decidindo-se por uma abordagem franca. – Tenho coisas melhores a fazer do que perder meu tempo com palhaços que procuram remédios para problemas inexistentes – apontou para a porta. – Dê o fora.

Quando Alan pousou a mão na maçaneta da porta, Joe Metzger enfiou a mão no bolso.

– Dr. Bulmer... espere! – Ele tirou uma identidade da carteira e a estendeu na direção de Alan. – Sou repórter.

"Oh, Deus."

– Sou do *The Light*.

Alan deu uma olhada na identidade. Uma foto do rosto de Metzger correspondia a ele. Seu nome era de fato Joe Metzger e ele realmente trabalhava para a infame publicação escandalosa.

– *The Light*? Você quer dizer que trabalha para eles mesmo?

– Olha, não é um jornal tão mau assim.

Apanhara a camisa e a estava vestindo.

– Andei ouvindo opiniões diferentes.

– Apenas de pessoas que têm algo a esconder... políticos desonestos e celebridades que adoram a luz dos holofotes, mas detestam que alguém saiba o que fizeram para chegar lá. Alguma vez o senhor já leu uma edição, doutor, ou essa sua opinião contra o jornal o senhor ouviu de outros?

Alan balançou a cabeça.

– Os pacientes trazem exemplares o tempo todo. Eles me mostram artigos sobre o DMSO, o Laetril, a cura da psoríase com B-12, a prevenção do câncer com alface ou como perder 5 quilos em uma semana comendo bolo de chocolate.

– Parece que o feitiço virou contra o feiticeiro, Dr. Bulmer – disse Metzger com seu sorriso de marionete. – Nos últimos tempos seus pacientes têm vindo a *nós* com histórias sobre *o senhor*.

Alan se sentiu arrasado. Jamais imaginara que a situação chegaria àquele ponto, saindo de seu controle tão depressa.

– E *que* histórias! – continuou Metzger. – Curas milagrosas! Restabelecimentos instantâneos! Se o senhor me perdoa o clichê: O que está havendo, doutor?

Alan manteve uma expressão gentil.

– O que está havendo? Não tenho a mínima ideia. Provavelmente algumas coincidências. Talvez algum efeito placebo.

– Quer dizer então que o senhor nega ter tido algo a ver com essas curas sobre as quais seus pacientes estão falando?

– Acho que já perdi bastante tempo hoje. – Alan abriu a porta para o repórter. – Se você não consegue lembrar onde fica a saída, ficarei contente em lhe mostrar.

A expressão de Metzger endureceu quando ele se afastou da mesa em um pulo em direção a Alan.

– Sabe, vim aqui imaginando que iria encontrar ou um curandeiro que daria pulos diante da oportunidade de ter alguma publicidade, ou um charlatão sem muita importância roubando velhas senhoras crédulas e doentes.

Alan pôs a mão nas costas de Metzger e o empurrou suavemente em direção aos fundos do prédio.

– Em vez disso, encontro alguém que nega ter qualquer poder e que só iria cobrar-me 25 mangos se pudesse me curar.

– Certo – disse Alan. – Você não encontrou nada.

Metzger virou-se na porta dos fundos e olhou para ele.

– Não é bem assim. Encontrei algo que quero investigar. Se puder apresentar provas de curas genuínas, talvez tenha encontrado a verdadeira coisa.

Alan se sentiu ainda mais arrasado.

– Você não está preocupado com a possibilidade de arruinar essa verdadeira coisa, se ela existir?

– Se alguém é capaz de fazer o que andei ouvindo, todos devem saber. Elas devem ser divulgadas como um recurso natural. – Ele tornou a ostentar aquele sorriso mecânico. – Além disso... essa podia ser a matéria do século.

Alan fechou a porta atrás do repórter e se recostou nela. Aquilo não era bom.

Ele ouviu o telefone tocar em seu consultório e foi atender.

– O Sr. DeMarco no 92 – disse Connie.

Ele apertou o botão.

– Alan! – disse Tony. – Ainda está interessado em Walter Erskine?

– Em quem?

– O vagabundo da emergência que você queria que eu investigasse.

– Ah, sim. Certo. – Agora se lembrava. – Claro.

– Bem, sei tudo sobre ele. Quer ouvir?

Alan deu uma olhada no horário de consultas. Quis correr para a porta naquele exato momento, mas ainda precisava atender mais três pacientes.

– Estarei aí às 17h30 – disse.

Até que enfim!

15
Ba

— Mas o que afinal você usou para fertilizar este pessegueiro novo, Ba? – indagou a senhora ao olhar pela janela da biblioteca. – Ele está crescendo como um louco.

A senhora repassando seus conhecimentos, sobre as matérias do teste de naturalização. Ele havia preenchido os formulários. Depois que eles fossem revistos, Ba ouviria de um examinador se estava capacitado ou não para a cidadania. Nesse momento, os dois faziam uma pausa.

A senhora estava perturbada. Ba sabia: ela estava escondendo seus problemas com aquela conversa trivial. Com o decorrer dos anos, Ba passara a reconhecer os sinais – os ombros elevados, a rigidez das costas, o andar. Nessas raras ocasiões em que a senhora dava o mais leve indício de perturbação pela expressão do rosto, ela sempre ficava andando. E fumava. Era o único momento em que fumava. O sol da tarde entrava inclinado através das janelas altas da biblioteca de dois andares, iluminando a névoa que seu cigarro provocava no ar, marcando-lhe a silhueta enquanto ela andava para trás e para a frente através da luz, dando tragadas no cigarro enquanto batia um jornal dobrado contra a coxa.

– Há algo que Ba possa fazer, senhora?

– Não... sim. – Ela atirou o jornal em cima da mesa de café. – Você pode me dizer por que as pessoas gastam dinheiro num lixo como este?

Ba pegou o jornal. *The Light*. Ele o vira muitas vezes no corredor de caixas do supermercado. Aquele exemplar estava dobrado, exibindo um artigo sobre um médico de Long Island chamado Alan Bulmer cujos pacientes estavam afirmando terem sofrido curas milagrosas em suas mãos.

Ba tinha visto no dia anterior a manchete AS CURAS MILAGROSAS DE LONG ISLAND na primeira página e comprara o exemplar. Ele sabia que, num dado momento, a senhora iria tomar conhecimento do fato e ficaria intrigada. Queria estar preparado para ajudá-la, de modo que fora até a Biblioteca Pública de Nova York e encontrara o livro *O mar está em nós*, de Arthur Keitzer. Ba lembrava-se de que o autor havia passado por sua aldeia durante a guerra e fizera muitas perguntas. Lembrava-se de que o autor anotara a música do *Dat-tay-vao*. Para imenso alívio de Ba, ele descobriu que Keitzer incluíra uma tradução em seu livro. Ba não confiaria na própria tradução. Então, tirou fotocópia da página e retornou a Monroe.

– Sabe o que vai acontecer agora? – a senhora estava dizendo, ainda dando baforadas e andando. – Todos os malucos, daqui até Kalamazoo, baterão na porta dele procurando um milagre! Não posso *acreditar* que alguém tenha publicado uma matéria dessas sobre ele! Se existe um médico do tipo conservador, precavido e que verifica todas as bases, esse médico é Alan. Não consigo entender! Onde foram desenterrar esse absurdo?

– Talvez seja verdade, senhora – disse Ba.

A senhora se virou e o fitou.

– Mas por que diabos você está dizendo isso?

– Eu vi.

– Quando? Onde?

– Na festa.

– Você deve ter bebericado muito champanhe.

Ba não se recuou, embora aquelas palavras o tivessem cortado como uma faca. Se a senhora queria falar dessa maneira com ele, Ba permitiria. Mas apenas ela.

A senhora aproximou-se e lhe tocou o braço.

– Desculpe, Ba. O que eu disse foi cruel, porque não é verdade. É só que... – Ela bateu com um dedo no jornal que ainda segurava. – Isto aqui me deixou furiosa.

Ba não disse nada.

Em seguida, a senhora se sentou no sofá e indicou-lhe a cadeira oposta a ela.

– Sente-se e me conte o que você viu.

Ba continuou de pé e falou devagar enquanto repassava a cena em sua cabeça.

– Aquele homem, o Sr. Cunningham, estava sangrando de maneira terrível. Eu vi quando o virei para o doutor. – Ele abriu o polegar e o indicador uns 5 centímetros. – A ferida era deste tamanho... – Em seguida reduziu a abertura para cerca de 1 centímetro – ...esta largura. O doutor pôs a mão em cima da ferida e, de repente, o sangramento parou e o homem acordou. Quando olhei de novo, o ferimento estava fechado.

A senhora esmagou o cigarro e desviou o olhar por um longo momento.

– Você sabe que eu confio na sua palavra, Ba – ela disse sem olhar para ele. – Mas não posso acreditar nisso. Você deve estar enganado.

– Eu já vi isso antes.

A cabeça de Sylvia se virou bruscamente.

– O quê?

– Em casa. Quando eu era garoto, um homem chegou em nossa aldeia e lá permaneceu durante algum tempo. Ele podia fazer o mesmo que o Dr. Bulmer. Era capaz de pôr a mão em um bebê doente, ou em uma pessoa com um tumor, ou em uma velha ferida que não cicatrizava, ou em um dente inflamado, e deixá-los bem. O homem tinha o que chamamos de *Dat-tay-vao*... O Toque. – Ba lhe passou a fotocópia do livro de Keitzer. – Aqui está a letra de uma música sobre o *Dat-tay-vao*.

A senhora pegou e leu em voz alta:

> Ele procura, mas não será procurado.
> Ele encontra, mas não será encontrado,
> Ele agarra aquele que irá tocar,
> Que irá cortar a dor e o mal.
> Mas sua lâmina corta de duas maneiras
> E não será revertida.
> Se você dá valor ao seu bem-estar,
> Não impeça o seu curso.
> Trate o Tocador duplamente bem,
> Pois ele traz o peso
> Da balança que precisa ser usada.

– Soava bem melhor na língua da minha aldeia – disse-lhe Ba.

– Parece uma lenda popular, Ba.

– Eu também sempre pensei assim. Até que vi. E tornei a ver na festa.

– Desculpe, Ba. Só não consigo acreditar que uma coisa assim possa acontecer.

– O artigo relaciona muitos de seus pacientes que dizem que ele tem.

– Sim, mas... – Um ar de alarme atravessou-lhe o rosto. – Se for verdade... Meu Deus, eles vão comê-lo vivo!

– Acho que pode haver outro perigo, senhora. – Ba ficou em silêncio durante algum momento, enquanto se recordava do rosto do homem com o *Dat-tay-vao*, dele havia uns trinta anos: os olhos vazios, a confusão, o ar assombrado que ostentava. – Uma vez eu conversei com um sacerdote budista sobre o homem com o Toque. Ele me disse que é difícil dizer se o homem possui o *Dat-tay-vao* ou se o *Dat-tay-vao* possui o homem.

A senhora levantou-se. Por sua expressão, Ba podia dizer que ela ainda não estava acreditando. Mas estava profundamente preocupada.

– Você estaria disposto a contar ao Dr. Bulmer o que acabou de me contar?

– Se a senhora quiser, claro.

– Ótimo.

Ela andou até o telefone e discou um número.

– Alô? O doutor está? Não, não importa. Eu ligo amanhã. Obrigada.

Tornou a se virar para Ba.

– Ele já saiu do consultório e não quero perturbá-lo em casa. Nós o encontraremos amanhã. – Ela balançou a cabeça bem devagar. – Não consigo acreditar que eu esteja entrando nesse jogo. Simplesmente não entendo como pode ser verdade.

Perdida em seus pensamentos, Sylvia saiu do aposento com passos lentos.

"É verdade, senhora", pensou Ba enquanto a observava ir embora. Ele sabia, sem qualquer sombra de dúvida. Pois havia sido tocado pelo *Dat-tay-vao* em sua juventude e seu terrível tumor, que o esticara a uma altura muito acima de seus companheiros de aldeia, fora curado.

16
Alan

Ginny recebeu-o na porta quando ele retornou do consultório.

– Alan, o que está acontecendo?

Seus lábios estavam ligeiramente abertos, o que tendia a acontecer quando Ginny estava incomodada. E ela havia retirado as lentes de contato, deixando os olhos com seu azul natural. Naquela noite eles ostentavam uma tonalidade de azul de preocupação.

– Não sei. – Fora um longo dia e ele estava exausto. Não sentia a menor atração pelo Jogo das Vinte Perguntas. – Diga-me você.

Ela levantou um jornal.

– Josie deixou isto aqui.

Alan pegou o jornal e suspirou quando viu o logotipo: *The Light*. Em seguida, viu a manchete no topo da primeira página: CURAS MILAGROSAS EM LONG ISLAND! (VEJA PÁG. 3)

Estava tudo lá: cinco de seus pacientes – Henrietta Westin, Lucy Burns e outros –, todos declarando suas antigas doenças crônicas ou incuráveis, agora curadas após uma visita ao Dr. Alan Bulmer. Não havia malícia neles. Muito ao contrário. Eles teciam elogios a Alan. Qualquer pessoa que lesse seus comentários sairia convencido de que ele também podia caminhar sobre as águas.

Alan levantou a vista e encontrou o olhar de Ginny fixo nele.

– Como foi que isso começou?

Alan encolheu os ombros, mal conseguindo ouvi-la. Estava abalado demais para pensar direito.

– Não sei. As pessoas falam...

– Mas aqui elas estão falando sobre *milagres*! Trata-se de curas pela fé!

Alan tornou a esquadrinhar o artigo. Da segunda vez foi pior.

– Esse repórter diz que conversou com você. Chega a citá-lo. Como pode ser?

– Ele foi ao consultório, fingindo-se de paciente. Eu o expulsei.

– Mas como foi que você não me falou sobre isso?

– Não me pareceu que valesse a pena – disse Alan. Na verdade, esquecera-se de contar a Ginny. Talvez simplesmente tivesse apagado aquilo de sua mente. – Pensei que fosse terminar aí.

– Ele citou-o direito? – ela puxou o jornal e leu o artigo. – "Provavelmente algumas coincidências. Talvez algum efeito placebo"?

Alan assentiu.

– É isso aí. Acredito que tenha sido mais ou menos isso o que eu disse.

– Isso foi tudo? – O rosto de Ginny estava ficando vermelho. – E quanto a: "Isto é babaquice"?, ou "Você é maluco"?!

– Ora, vamos, Ginny. Você sabe que ele jamais publicaria isso. Iria arruinar a matéria.

– Talvez sim – disse ela. – Mas posso lhe dizer uma coisa que ele vai publicar: uma retratação!

Alan sentiu uma pontada de desespero.

– Isso só iria aumentar o problema e daria mais publicidade à história, que é justamente o que o *The Light* adoraria. Se apenas nos recusarmos a dignificar a história com uma réplica, aos poucos o interesse vai desaparecer.

– E o que devemos fazer nesse meio-tempo? Nada?

– Calma, calma – disse Alan, levantando-se e se aproximando de Ginny.

Ela estava tornando-se agitada em um de seus acessos de raiva. Alan tentou envolvê-la com os braços, mas Ginny o rejeitou.

– Não! Não quero ser conhecida como a mulher do feiticeiro local! Quero que esse lixo seja varrido, e rápido! Você só precisa me dizer por que...!

Sua voz estava atingindo um nível estridente que destruía os nervos de Alan.

– Ginny...

– Você só precisa me dizer por que não pode telefonar para Tony e mandá-lo processar esse pasquim por difamação, calúnia ou qualquer que seja o nome, e mandar publicar uma retratação!

– Ginny... – Alan sentiu a própria paciência chegando ao fim.

– Só precisa me dizer.

– *Porque é verdade, droga!*

Na mesma hora Alan se arrependeu da explosão. Não queria dizer aquilo. Ginny retrocedeu como se tivesse levado uma bofetada no rosto. Sua voz saiu fraca quando ela falou:

– O quê?

– É verdade – disse Alan. – Tentei contar-lhe no mês passado, mas sabia que você não iria acreditar.

Ginny esticou a mão trêmula para trás, achou uma cadeira e se sentou.

– Alan, você só pode estar brincando!

Alan sentou-se no sofá diante dela.

– Às vezes, Ginny, quase desejo que fosse brincadeira. Mas é verdade. Essas pessoas não estão mentindo nem são loucas. Elas realmente foram curadas. E fui eu quem as curei.

Ele viu a boca de Ginny formar uma pergunta que não encontrou nenhuma voz. Alan fez a pergunta por ela:

– Como? Não sei. – Ele não mencionou o incidente com o mendigo. Tudo aquilo já era bastante difícil de acreditar, sem que fosse preciso acrescentar *isso* e o que Tony acabara de lhe contar acerca do homem. – Tudo o que sei é que em alguns momentos do dia sou capaz de curar pessoas de qualquer mal que estejam sofrendo.

Ginny nada disse. Tampouco Alan. Ginny olhou para as próprias mãos. Alan olhou para ela.

Em seguida, Ginny falou, gaguejando:

– Se for verdade... e realmente não consigo acreditar que esteja sentada aqui conversando sobre isso... mas se for verdade, então você tem que parar com isso.

Alan continuou sentado em perturbado silêncio. Ele não poderia parar. Não permanentemente. Poderia reduzir ou evitar aquilo durante algum tempo, mas não poderia parar.

– Isso é *cura*, Ginny – disse ele, tentando atrair o seu olhar. Ela não o encarou. – Não sei durante quanto tempo mais terei esse poder. Mas, enquanto o tiver, tenho de usá-lo. É isso que estou fazendo. Como posso parar?

Por fim, Ginny levantou a vista. Havia lágrimas em seus olhos.

– Isso vai destruir tudo aquilo por que você trabalhou. Será que isso não significa nada para você?

– Ginny, você tem de entender...

Ela pôs-se de pé e se virou.

– Vejo que não entende.

Alan virou-a com um gesto suave e puxou-a contra o seu corpo. Ginny agarrou-se a ele como se estivesse prestes a cair. Os dois ficaram em silêncio, os braços entrelaçados em volta do outro.

– O que aconteceu conosco? – perguntou ele no fim.

– Não sei – disse Ginny. – Mas não gosto do jeito como as coisas vão indo.

– Nem eu.

Enquanto se mantinham abraçados, Alan pensou: "Era desse jeito que costumava ser. Esta costumava ser a resposta simples para tudo. Eu segurava Ginny e ela me segurava e isso bastava. Ficava tudo bem."

– Não vamos mais conversar sobre isso hoje à noite – disse Ginny depois de algum tempo, afastando-se. – Vamos deixar para amanhã.

– Devíamos conversar, Ginny. É importante.

– Sei que é importante. Mas neste exato momento não consigo enfrentar este assunto. É demais. Você está falando como alguém digno de um hospício, e eu estou cansada e quero ir para a cama.

Enquanto Alan a observava subir a escada, lembrou-se de que o dia seguinte era 27. Sua recepcionista recordara-lhe que o horário do consultório começaria tarde da manhã por causa disso. Ele sempre começava tarde no 27 de maio. Aquele não era o melhor momento para perguntar, mas talvez Ginny fosse neste ano.

– Ginny? Você vai comigo?

Ela virou-se no topo da escada e o olhou com um ar de interrogação.

– É o 27 – disse ele.

De repente o rosto de Ginny ficou branco, destituído de qualquer expressão. Ela balançou um não com a cabeça, em silêncio, e se afastou.

Alan andou sem destino pelo andar térreo durante algum tempo. Sentia-se perdido, completamente sozinho. Se ao menos pudesse conversar com alguém sobre isso! A pressão estava assumindo proporções explosivas dentro dele. Se não se soltasse logo, *realmente* ficaria maluco.

Foi à cozinha, fez uma xícara de café solúvel e a levou de volta à sala de estar. Parou e arregalou os olhos com surpresa ao ver outra xícara já pronta ali.

Quando havia feito aquele café?

Balançando a cabeça, derramou o café de ambas as xícaras na pia da cozinha. Retornou à sala de estar e se deitou na cadeira reclinável, pensando no poder.

Como algo que parecia uma bênção milagrosa podia tornar-se tamanha maldição?

Alan fechou os olhos e tentou dormir.

17
Sylvia

— Lá está ele agora – disse Sylvia ao enxergar o Eagle de Alan.

Inclinou-se para a frente e apontou por sobre o ombro de Ba.

– Estou vendo, senhora.

– Vamos segui-lo até o consultório e alcançá-lo antes que ele entre.

Ela deixara Jeffy na Escola Stanton e estava a caminho do consultório de Alan, determinada a falar com ele antes que ele falasse com seu primeiro paciente.

Ela se recostou no assento traseiro, meditando sobre como puxaria o assunto com Alan. Na noite anterior, Sylvia quase fora capaz de aceitar o que Ba lhe dissera sobre o toque curador, esse *Dat-tay-vao*, como ele o chamava. Agora, com o sol tremeluzindo e se infiltrando através dos carvalhos ao longo da estrada, em uma bela manhã de primavera, aquilo parecia ilógico. Mas ela decidira seguir sua decisão de conversar com Alan a esse respeito e lhe transmitir a advertência de Ba. Pelo menos, ela lhe devia isso.

Naquele momento eles estavam se aproximando do consultório. Mas Alan não entrou no estacionamento. Sylvia viu o carro de Alan diminuir a velocidade por um momento, enquanto passava pelo estacionamento, depois aumentar a velocidade de novo. Havia dois carros e um furgão no estacionamento, e um homem sentado nos degraus da frente.

– Devo segui-lo, senhora? – perguntou Ba, reduzindo a velocidade do carro.

Sylvia hesitou. Alan não estava se dirigindo ao hospital – este situava-se na outra direção.

– Sim, vamos ver aonde ele está indo. Talvez ainda tenhamos uma chance de falar com ele.

Não tiveram de ir muito longe. Alan entrou no cemitério Tall Oaks.

Ba parou o carro no portão e ficou esperando.

Sylvia ficou sentada, tensa e quieta, enquanto invisíveis dedos de gelo envolviam seu estômago e o apertavam.

– Vá em frente – disse ela por fim.

Ba virou o Graham, entrou pelo portão e seguiu a sinuosa faixa de asfalto por entre as árvores. Encontraram o carro de Alan estacionado a cerca de um terço do caminho. Sylvia localizou-o a uns 50 metros à esquerda, ajoelhado em uma suave elevação.

Intrigada, ela o observou durante algum momento. Não sabia muito sobre seu passado, mas sabia que Alan não era dos arredores e que não tinha família na região. Num impulso, saltou do carro e caminhou em sua direção.

Sylvia conhecia bem Tall Oaks. Bem demais. Era um desses cemitérios modernos que não permitiam monumentos sobre o solo. Todas as lápides tinham de ser pequenas lajes achatadas grudadas no chão, em fileiras bem-feitas, para facilitar a manutenção do terreno. Desaparecera o velho cemitério arrepiador, com seus mausoléus e suas lápides abertas e cobertas. Em seu lugar surgira esse campo aberto e gramado, cercado de árvores.

Ao se aproximar por trás dele, Sylvia viu que o solo à sua volta estava coberto de cartolinas coloridas e embalagens claras de plástico, tudo rasgado em pedaços. Quando viu o que ele estava fazendo, Sylvia parou, chocada.

Ele estava arrumando os pequenos personagens de *Guerra nas estrelas* ao longo dos cantos de uma placa de lápide. Os três personagens humanos estavam lá, mais uma variedade de bizarros extraterrestres, dos quais Jabba the Hutt era o único que ela conhecia pelo nome.

Sylvia aproximou-se mais para dar uma olhada na inscrição da lápide:

THOMAS WARREN BULMER
Tommy, nós mal o conhecemos.

Ela ficou com um nó na garganta. Deu mais um passo para ver as datas na parte de baixo da placa metálica. A data de nascimento era oito anos antes deste dia. Sem querer, prendeu a respiração ao ver que a data da morte era apenas três meses depois.

"Oh, Deus! Eu não sabia!"

Cheia de culpa e embaraço por invadir a privacidade de Alan em um momento como aquele, Sylvia se virou e começou a descer apressada a elevação.

– Não vá embora – disse ele.

Sylvia parou, fez a volta. Ele ainda estava agachado, mas olhava em sua direção. Seus olhos estavam secos e ele sorria.

– Venha dizer feliz aniversário para Tommy.

Ela avançou e parou ao seu lado, enquanto ele recolhia as embalagens dos brinquedos.

– Eu não sabia.

– Não havia razão nenhuma para você saber.

Alan se levantou e observou os brinquedos que havia arrumado na lápide.

– Está bom assim?

– Está ótimo.

Ela não encontrou nada diferente para dizer.

– Bem, não vai durar muito tempo. Algum dos jardineiros vai tirá-los para seus filhos. Mas tudo bem. Melhor do que serem triturados pelas segadeiras. Pelo menos alguém estará tirando proveito deles. Sabe, Tommy teria adorado *Guerra nas estrelas*. Especialmente Jabba, The Hutt. Maltrapilho do jeito que era, o gorducho Jabba faria Tommy morrer de rir.

– Como ele...? – ela se conteve.

A pergunta insistira em sua mente desde o instante em que lera a placa, mas Sylvia não teve a intenção de perguntar.

Alan não pareceu importar-se.

– Tommy tinha um defeito congênito no coração: fibro-elastose endocardial. Para simplificar, digamos apenas que o coração não era adequado para a função. Nós o levamos para a cidade. Ele foi examinado por todos os especialistas de Manhattan. Eles tentaram tudo o que podiam. Mas ninguém pôde salvá-lo. – Sua voz ficou áspera. – E então ele morreu. Acabara de aprender a sorrir quando faleceu.

Levou a mão aos olhos enquanto um soluço o sacudia, depois outro. Deixou cair os pacotes e cobriu o rosto com ambas as mãos.

Sylvia ficou sem saber o que fazer. Nunca antes vira um homem chorar, e a aflição de Alan era tão profunda que ela também estava com vontade de chorar. Pousou o braço em volta de seus ombros curvados. Tocá-lo e sentir seus tremores fizeram com que sua dor se tornasse física. Sylvia queria dizer algo reconfortante... mas o que poderia dizer?

De repente Alan recuperou o controle e enxugou o rosto nas mangas da camisa.

– Desculpe – disse ele, desviando o olhar com óbvio embaraço. – Não sou um bebê chorão. Venho aqui todo 27 de maio e não chorei nas últimas cinco ou seis vezes. – Alan fungou. – Não sei qual é o problema que está ocorrendo comigo hoje.

Um pensamento golpeou Sylvia com a força de uma explosão.

– Não é porque talvez você esteja pensando que se ele tivesse nascido este ano você poderia salvá-lo?

Alan arregalou os olhos e se virou para ela.

– Ba me contou – disse ela.

– Ba?

Quase pareceu que Alan não havia reconhecido o nome.

– Sabe... aquele altão vietnamita. Ele disse que o viu fazer alguma coisa na festa.

– Na festa – disse Alan com voz insípida e vazia. – Parece que foi há tanto tempo. – E então seus olhos se iluminaram. – A festa! A cabeça daquele cara da MTA! Claro... Ba pode ter visto.

Houve um breve silêncio. Em seguida, Alan respirou fundo.

– É verdade, sabe. Eu posso... fazer coisas das quais teria rido por achá-las extremamente impossíveis dois meses atrás. Eu... eu posso curar qualquer doença quando chega o momento certo. *Qualquer coisa.* Mas isso de nada adianta para Tommy, adianta? Quero dizer, que droga de dom é esse se não posso usá-lo em Tommy, que foi o doente mais importante da minha vida?

Mordendo os lábios, virou-se e se afastou alguns passos, depois retornou.

– Quer saber de uma coisa? – perguntou ele, um pouco mais composto. – Antes da sua chegada, eu estava aqui sentado pensando de verdade em desenterrar o caixão e ver se podia trazê-lo de volta.

Com um tremor de medo, Sylvia lembrou-se do velho conto "A pata do macaco".

– Às vezes, acho que estou ficando louco – disse ele, balançando a cabeça com força.

Sylvia sorriu e tentou melhorar o clima.

– Por que você haveria de ser diferente do restante de nós?

Alan conseguiu responder ao sorriso.

– Você veio aqui para ver alguém?

Sylvia pensou em Greg, cujo túmulo ficava no outro lado do campo. Preferira enterrá-lo perto de casa e não em Arlington, mas jamais retornara ao local.

– Apenas você. – Alan lançou-lhe um olhar intrigado. – Ba tem algo para lhe contar.

Alan encolheu os ombros.

– Vamos.

18
Alan

– E você diz que esse homem simplesmente o tocou?

Ba assentiu em resposta à pergunta.

Alan estava com Sylvia no assento traseiro do Graham; era a primeira vez que entrava no carro e estava maravilhado com o interior de pelúcia. Ba estava sentado na frente, virado na direção dos dois. O carro ainda estava estacionado no cemitério.

Ba contara-lhes sobre o estranho tumor da adolescência e como sua mãe receara que ele fosse ficar alto demais para conviver com os outros. Quando o homem que possuía o que Ba chamava de *Dat-tay-vao* chegou à sua aldeia, a mãe o levou para ser curado.

– O que foi que você sentiu? – perguntou Alan, mal conseguindo conter a excitação.

Os aspectos míticos e lendários da história de Ba eram fantasiosos, mas isso não importava. Ali estava a prova! A corroboração de uma testemunha ocular de que tal poder existia!

– Senti uma dor no fundo da cabeça e quase caí no chão. Mas depois disso parei de crescer.

– Isso endossa a conexão vietnamita. Tudo se encaixa!

– Que conexão vietnamita? – perguntou Sylvia.

Alan concluiu que seria melhor começar do princípio, de forma que lhe contou sobre o indigente, Walter Erskine, e o incidente na emergência.

– As curas começaram pouco depois disso. Eu sempre tive certeza de que esse mendigo me transmitira o poder... como e por que, não sei, mas mandei meu advogado, Tony DeMarco, investigar o passado de Erskine. Tony descobriu que ele havia sido médico no Vietnã. Voltou para casa maluco, embora pudesse curar pessoas. Diagnosticado como esquizofrênico paranoide pela Veteran Affairs, juntou-se a um circo de curandeiros de fé no Sul, mas foi expulso, pois não estava curando ninguém e jamais ficava sóbrio.

– O álcool adormece o *Dat-tay-vao* – disse Ba.

Alan perguntou-se se esse podia ter sido o motivo pelo qual Erskine se tornara um bêbado... para reprimir o poder.

– Evidentemente, ele viveu em Bowery durante anos, e, por uma razão qualquer, veio aqui em Monroe e me encontrou, deu-me uma espécie de choque elétrico e morreu. É dessa forma que se transmite o *Dat-tay-vao*? – perguntou Alan.

– Sinto muito, doutor, mas isso eu não sei. Dizem que foi o próprio Buda quem levou o *Dat-tay-vao* para o nosso país. – disse Ba.

– Mas por que *eu*, Ba?

Alan queria desesperadamente saber a resposta a essa pergunta.

– Não posso dizer, doutor. Mas, como diz a canção: "Ele procura aquele que irá tocar, / que cortará a dor e o mal."

– Procura? – Alan ficou perturbado com a ideia de ter sido procurado pelo poder. Lembrou-se das palavras do mendigo: *"Você! É você mesmo!"* – Por que me procurar?

170

Ba falou com simplicidade e convicção:

– O senhor é um curador, doutor. O *Dat-tay-vao* conhece todos os curadores.

Alan viu Sylvia estremecer.

– Você ainda está com aquele poema, Ba? – perguntou ela.

– Aqui.

O motorista entregou-lhe uma folha de papel dobrada e Sylvia passou-a para Alan.

Alan leu o poema. Era confuso e soava mais como ciranda do que como canção. Achou um verso especialmente perturbador. Disse:

– Não estou conseguindo entender essa parte da balança. O que significa?

– Sinto muito, doutor – disse Ba. – Não sei. Mas receio que signifique que há um preço a ser pago.

– Não estou gostando disso – disse Sylvia.

– Nem eu – disse Alan com uma crescente intranquilidade. – Mas até aqui venho conservando a saúde. E não tenho nenhum retrato apodrecendo no sótão. Assim, penso que continuarei a fazer o que venho fazendo... só que de uma forma um pouco mais discreta.

– *Bem* mais discreta, espero – disse Sylvia. – Mas o que você vem fazendo?

Alan deu uma olhada no relógio. Ainda dispunha de uma boa hora e meia até que seu primeiro paciente aparecesse. E havia algo muito importante que ele queria discutir com Sylvia.

– Eu lhe contarei durante o café da manhã.

Sylvia sorriu.

– Combinado.

19
Sylvia

Alan estava sentado diante dela, sorvendo sua quarta xícara de café, finalmente em silêncio. Haviam deixado Ba, de modo que o vietnamita pudesse desincumbir-se de algumas tarefas, e Alan a levara de carro até o restaurante Glen Cove, onde ele jurava que faziam o melhor picadinho da Costa Norte.

Enquanto terminava rapidamente o prato de ovos mexidos, bacon, uma porção dupla do famoso picadinho e uma grande quantidade de café em um reservado dos fundos, Alan falou sem parar sobre o que havia realizado desde que o *Dat-tay-vao* o encontrara.

Sylvia ouviu com admiração e pavor. Se tudo aquilo fosse realmente verdade... pensou em Jeffy por algum momento, mas depois refreou o pensamento. Se se permitisse ter esperança por um único minuto...

Além disso, por mais que respeitasse e admirasse Alan, simplesmente não conseguia acreditar que todas as curas que ele descrevera tivessem de fato ocorrido. Este era o mundo verdadeiro. O *seu* mundo. Milagres não aconteciam no seu mundo.

– Meu Deus, que bom poder conversar com alguém sobre isso – disse ele ao se curvar sobre a xícara.

– Sua mulher não... ?

Ele balançou a cabeça. Havia dor em seus olhos.

– Ela não quer ouvir falar nisso. Está com medo da publicidade.

– Deveria estar mesmo. Aliás, vocês dois deveriam.

– Posso administrar isso.

– E você devia estar preocupado com o que Ba lhe contou sobre quem domina o Toque.

– Também posso administrar isso. Vou restringir em que, como e quando usá-lo. Não se preocupe. Posso controlá-lo. – Alan riu. – Pareço um bêbado, não é mesmo? – De repente, passou a falar com o autêntico sotaque do Brooklyn. – Não se grile, cara. Posso virar umas canas de vez em quando, mas não sou bebum, tá sabendo? Sei como lidar com a coisa.

Sylvia riu.

– Isso é engraçado. De onde foi que você tirou isso?

– Da vida. Cresci no Brooklyn. Minha família era tipicamente protestante, entre vizinhos judeus e italianos. Nós vivíamos na... – Sua testa franziu-se. – Não me lembro; o nome da rua me fugiu da mente. Não importa. Acho que a única razão pela qual eles nos toleravam era por sermos mais pobres do que eles.

Os dois ficaram em silêncio durante algum momento, depois Alan disse:

– Ginny e eu temos tido nossos problemas desde que Tommy morreu. Ela mudou. Talvez fosse diferente se ele já tivesse nascido morto ou se morresse logo nos primeiros dias. Mas Tommy resistiu. – Sylvia viu um sorriso ondulante levantar os cantos da boca de Alan. – Deus, como ele era um pequeno lutador! Não desistia. Não podia ter durado tanto quanto durou. E acho que esse foi o verdadeiro problema. Um sacerdote nos disse que havia sido melhor tê-lo por pouco tempo e depois perdê-lo do que não tê-lo nunca. Não tenho certeza disso. Não se pode sentir dor por algo que jamais se conheceu. – Suas mãos fecharam-se em punhos. – Se ao menos Tommy não tivesse se tornado uma pessoa de verdade para nós, um menino que agarrava o seu dedo e sorria e que chegava a dar risadinhas quando fazíamos cócegas no lugar certo. Mas tê-lo, amá-lo e ter esperança por ele naqueles três meses... 88 dias para ser exato, e depois perdê-lo, ver a vida esvair-se de seu rosto e a luz desaparecer de seus olhos. Foi cruel. Ginny não merecia isso. Algo coisa dentro dela morreu junto com Tommy, e, desde então, nada mais foi o mesmo. Ela...

Alan deixou a palavra no ar enquanto se recostava no reservado. Sylvia continuou à espera de que ele prosseguisse, cheia de vontade de saber o que acontecera com seu casamento.

– Eu não devia estar falando sobre ela – disse ele em seguida. – Mas o fato permanece. Não posso falar com Ginny sobre essa... essa *coisa* que eu tenho. Não posso conversar com nenhum outro médico a esse respeito, pois sei que todos eles vão querer que eu veja um certo tipo de especiali... dade.

– Um tratador de pirados.

– Certo. De forma que me desculpe por abrir a boca, mas essa droga tem acontecido durante um maldito tempo.

– Fico contente por estar a seu dispor.

Seu olhar iluminou-se para ela.

– Você acredita em mim?

Sylvia hesitou, perplexa com a pergunta direta.

– Não sei. Acredito em *você* como pessoa, mas o que você me contou é tão... tão...

– É isso aí, sei o que você quer dizer. Levei algum tempo para aceitar, mesmo com as curas acontecendo diante dos meus olhos. Mas agora que aceitei e aprendi a usar, é simplesmente... – esticou as mãos. – É maravilhoso!

Sylvia observou-lhe o rosto, sentindo o brilho de seu entusiasmo.

– Não posso contar-lhe o que significa ser realmente capaz de fazer algo! A maior parte da medicina está apenas poupando tempo, retardando o inevitável. Mas agora posso fazer uma diferença verdadeira.

– Você sempre fez – disse Sylvia. – Não devia se subestimar.

– Por que não? Eu era como um sujeito tentando atravessar o canal a nado com ambos os braços amarrados às costas. Deus! Há tanta coisa que eu poderia ter feito! Tantas vidas...

Seus olhos ostentaram um ar distante, como se ele tivesse penetrado em um mundo particular e não conseguisse encon-

174

trar o caminho de saída. O que foi ótimo para Sylvia. Ela ficava indignada ao ouvi-lo depreciar sua capacidade antes do Toque.

– Você *sempre* teve algo de especial! – disse ela quando os olhos de Alan tornaram a focar. – Você tinha compaixão e empatia. Ainda me lembro da segunda ou terceira vez em que o vi com Jeffy e lhe disse que você era o único médico que não me fazia sentir curiosa por fazer algumas perguntas.

– Ótimo. Então, deixe-me fazer uma pergunta.

– Tudo bem. – A intensidade do olhar de Alan deixou-a desconfortável. – O quê?

– Jeffy.

O estômago de Sylvia deu uma volta. Ela pressentiu o que estava por vir.

– O que há com ele?

– Tenho pensado nele desde que descobri que realmente tinha esse poder, esse Toque, ou seja lá o que for. Mas não sabia como abordar isso com você. E você não o trouxe desde que ele teve aquela dor abdominal e, quero dizer, bem, eu não podia simplesmente bater à sua porta. – Alan parecia tentear à procura das palavras. Respirou fundo. – Olhe, quero experimentar o Toque em Jeffy.

– Não! – disse Sylvia num impulso automático. – Absolutamente não!

Alan piscou.

– Por que não?

Sylvia não sabia exatamente por quê. Recusara-se por reflexo. A ideia de colocar Jeffy à mercê de um poder em que não conseguia acreditar direito deixava-a assustada. Era místico demais, assustador demais. Mas era mais profundo do que o simples medo. Um temor inominável, infundado e sem forma nascera dentro dela enquanto Alan falava. Sylvia não compreendia, mas sabia que estava desamparada diante dele. Quem poderia saber o que o *Dat-tay-vao* faria com Jeffy? Já seria bem ruim se ela tivesse as esperanças renascidas e aquilo não funcionasse. Mas e se o tiro saísse pela culatra de alguma forma, deixando-o ainda pior? Ela não podia correr o risco de deixar algo acontecer com ele.

– Eeeeeu não sei – as palavras saíram aos tropeções. – Por enquanto não. Não agora. Quero dizer, você mesmo disse que não sabe como isso funciona ou exatamente quando vai funcionar. Existem muitos aspectos desconhecidos. E, além disso, todas essas curas sobre as quais me contou foram de doenças físicas. O problema de Jeffy não é puramente físico.

Alan a estava observando detalhadamente. Acabou concordando.

– Talvez você tenha razão. Talvez devêssemos esperar. É você quem decide. Mas lembre-se: estarei à disposição de Jeffy na hora em que você quiser.

– Obrigada, Alan – disse ela, sentindo que se desvanecia o temor, o quase pânico.

Alan olhou para o relógio.

– Está ficando tarde. Mandarei Ba levá-la de volta.

Sylvia sentiu uma pontada de preocupação. Alan parecia estar esquecendo um bocado de coisas. No passado, sempre se surpreendera com a precisão de sua memória.

Ela encolheu os ombros com indiferença e riu quando o lembrou de que Ba havia ido embora e que ele próprio devia levá-la de carro para casa. Com a tensão sob a qual ele devia estar vivendo – agarrando-se a esse poder milagroso e agora brigando com a imprensa –, já era um milagre que pudesse concentrar-se em alguma coisa.

– E obrigada por ter pensado em Jeffy.

– Oh, penso nele um bocado. Tommy seria da mesma idade de Jeffy se fosse vivo.

20
Alan

Alan dirigiu-se ao consultório em um estado de espírito quase alegre. Finalmente encontrara alguém com quem discutir a Hora do Poder. Isso equivalia a ter um enorme peso arrancado dos ombros; agora, havia alguém com quem partilhar aquilo.

Uma pena que não fosse Ginny. Gostara mesmo de ter conversado com Sylvia. Gostara demais, talvez. Nesse dia ele revelara mais a seu respeito do que desejava. Talvez o fato de ela o ter visto chorando tivesse aberto a porta. Sempre preferira que Sylvia não soubesse muito de seus sentimentos, mas podia antever a chegada do dia em que teria de expô-los. Estava nascendo uma intimidade entre eles, em proporção quase direta ao aumento da distância entre ele e Ginny. Alan gostaria que não fosse assim, mas de nada adiantava negar o óbvio.

Sabia quando começara. Quase deixara escapar para Sylvia nesse dia, mas se controlara. Era um assunto privado, entre marido e mulher, e Alan não teria achado certo falar sobre Ginny assim, pelas costas.

Dizer que algo morrera em Ginny junto com Tommy fora verdade. Mas era apenas parte da história. Havia a culpa e a autoflagelação que tinham envenenado parte de Ginny para sempre.

Ginny tinha fumado durante a gravidez. Apenas um cigarro de vez em quando – durante anos, ela fumara um maço e meio por dia, mas parara ostensivamente ao ficar grávida. Ostensivamente. Quando estava sozinha, ela fumava às escondidas. Apenas um ou dois por dia, com filtro potente.

O defeito cardíaco de Tommy nada tivera a ver com seu tabagismo. A nicotina tinha péssimos efeitos sobre o feto, mas esse tipo de problema cardíaco não tinha a menor relação com o cigarro. Pediatras e cardiologistas asseguraram-na disso, seu obstetra reforçara a afirmação e Alan a repetira como uma ladainha.

Mas para Ginny isso não importava. Decidira que era a responsável e ninguém conseguia convencê-la do contrário. Com o passar dos anos, envenenara-se aos poucos com o sentimento de culpa e a autoaversão. Ginny trancara para sempre uma parte de si e se recusava até mesmo a considerar a possibilidade de outra gravidez. Concluíra que não estava qualificada para educar uma criança, e isso bastava. E também bloqueara definitivamente a lembrança de Tommy. Jamais o mencionava, nunca visitava o túmulo. Era como se ele jamais tivesse existido.

Alan suspirou enquanto dirigia. Quase desejou poder fazer o mesmo. Talvez isso mitigasse a dor da ferida, que parecia jamais cicatrizar; a ferida que se abria a cada 27 de maio.

O ESTACIONAMENTO ESTAVA lotado, assim como a entrada da frente. Alan não reconheceu qualquer daqueles rostos. E a maneira como todas aquelas pessoas estranhas o olhavam enquanto ele se encaminhava para os fundos do prédio deixou-o contente por ter desistido de usar as placas de médico anos antes. Ter o carro arrombado e pilhado duas vezes bastou para convencê-lo de que os poucos privilégios garantidas às placas de médico não valiam os atritos com os viciados em drogas que estouravam a fechadura de seu porta-malas.

Sua enfermeira, Denise, encontrou-o na porta dos fundos.

– Graças a Deus você chegou! – disse ela, ofegante e de rosto vermelho. – A sala de espera está cheia de pacientes novos! Não sei o que fazer! Todos eles querem ser atendidos hoje... agora!

– Por acaso não viram o cartaz: "Os Pacientes só Serão Atendidos com Consulta Marcada"?

– Não entendo como puderam deixar de ver. Mas todos leram esse jornal, *The Light*. A maioria deles traz um exemplar e pergunta se você é o Dr. Bulmer do artigo, e mesmo quando eu digo que não sei, eles dizem que têm de vê-lo... *têm* de vê-lo e me pedem e suplicam que lhes marque uma consulta. Não sei o que dizer a eles. Alguns estão sujos e fedorentos e impedem a entrada dos nossos pacientes regulares.

Alan amaldiçoou o *The Light* e Joe Metzger, mas acima de tudo amaldiçoou-se a si mesmo por ter deixado que as coisas chegassem àquele ponto. Devia ter sabido, devia ter previsto...

Mas o que fazer então? Aquela era uma situação impossível; e ele receava a decisão que ela exigia.

Devia dizer *não* para aquelas pessoas. Elas tinham vindo a ele com a esperança de serem curadas, e qualquer coisa diferente as deixaria desapontadas. Seria uma irresponsabilidade concordar em atendê-las e depois deter o poder.

O problema era que elas estavam à procura de milagres. E, se ele os realizasse, elas iriam falar. Deus, como iriam falar! E então o *National Enquirer* e o *Star* e todo o restante viriam bater à sua porta. Logo seguidos pela *Time* e a *Newsweek*.

Para proteger a si mesmo e à sua capacidade de exercer qualquer tipo de medicina, Alan teria de se manter discreto durante algum tempo. Sem nada de novo para servir de combustível, a controvérsia desapareceria e, num dado momento, seria esquecida. Então ele poderia recomeçar a usar o poder.

Até lá, seria apenas mais um clínico geral, o bom e velho Dr. Bulmer.

Não tinha outra escolha. Fora acuado em um canto e não conseguia ver qualquer outra saída.

– Diga-lhes que não estou atendendo nenhum paciente novo – disse ele a Denise.

A enfermeira virou os olhos para cima.

– Graças a Deus!

– Por que você diz isso?

– Bem – disse ela, subitamente hesitante e pouco à vontade –, você sabe como é esse negócio de despachar pessoas.

– Isto é diferente. É o caos. Não poderei *atender* ninguém com essa turba aí fora. Eles devem ir embora.

– Ótimo. Direi a Connie, e nós os expulsaremos.

Alan dirigiu-se ao consultório enquanto Denise se alvoroçava em direção à sala de espera. Enquanto folheava parte do jornal matutino, Alan ouviu a voz de Connie elevar-se para fazer o anúncio. Foi respondida por uma algaravia de vozes excitadas, algumas furiosas, outras desoladas. E depois ouviu Denise gritar:

– Senhor! Senhor! Não pode entrar no consultório!

Uma voz estranha respondeu:

– Uma droga que não posso! Minha mulher está doente, precisa dele, e vou pegá-lo!

Alarmado com o tumulto, Alan saiu para o corredor. Viu um homem magro, calvo e de aparência descorada, com um terno desbotado, descendo o corredor em sua direção.

– Aonde é que você pensa que vai? – disse Alan em voz baixa, sentindo-se ferver de raiva por dentro.

Essa raiva devia estar estampada em seu rosto, pois o homem parou abruptamente.

– O senhor é o Dr. Bulmer? Esse do jornal?

Alan enfiou o dedo no peito do homem.

– Eu lhe perguntei aonde você estava indo!

– Ver... ver o doutor.

– Não, você não vai ver o doutor! Você vai embora! Agora!

– Olhe, espere aí. Minha mulher...

– Fora! Todos vocês!

– Ei! – alguém gritou. – Você não pode pôr a gente no olho da rua!

– Ah, não? Veja só! Connie! – O rosto preocupado da recepcionista apareceu atrás da multidão. – Chame a polícia. Diga que temos invasores no prédio interferindo no atendimento aos pacientes.

– Mas *nós* precisamos de atendimento! – disse uma voz.

– E o que significa isso? Que você é o meu dono? Que você pode entrar aqui e ocupar o consultório? De jeito nenhum!

Sou eu quem decide a quem atender e quando. E não decidi tratar nenhum de vocês. Agora, tratem de ir embora, todos vocês. *Fora!*

Deu-lhes as costas e retornou ao consultório. Atirou-se na cadeira atrás da escrivaninha e ficou sentado, olhando suas mãos trêmulas. Sua adrenalina estava fluindo. Sua raiva era genuína e fora eficaz no confronto com a multidão.

Finalmente, seu coração reduziu a velocidade, que vinha em ritmo de corrida; as mãos ficaram firmes de novo. Alan levantou-se e foi até a janela.

Os desconhecidos estavam indo embora. Sozinhos ou aos pares – andando, mancando, em cadeiras de rodas –, estavam retornando aos seus carros. Alguns com a testa franzida e murmurando coisas irascíveis, mas em sua maior parte ostentando um rosto retraído, tentando esconder em vão o desapontamento esmagador de mais uma esperança perdida.

Alan virou-se, evitando olhar. Eles não tinham o direito de ocupar seu consultório, e ele próprio tinha todo o direito de mandá-los embora. Era uma questão de autopreservação.

Então por que se sentia tão mal?

As pessoas não deveriam se sentir daquela maneira. Sempre haveria esperança.

Não haveria?

As expressões desamparadas martelaram-no enquanto Alan permaneceu sentado ali, assaltando-o, bombardeando suas defesas até que ele as sentisse desintegrar. Abriu a porta do consultório e saiu pelo corredor. Não podia deixá-los ir embora desse jeito, não quando dispunha do poder de ajudá-los.

"Vou me arrepender disto."

Odiava a estupidez. E decidira fazer algo bem estúpido. Estava indo lá fora, no estacionamento, para dizer àquelas pessoas que, se fossem para casa, telefonassem e dissessem que haviam estado ali naquela manhã, a recepcionista marcaria uma consulta para elas.

"Eu posso fazer", disse ele a si mesmo.

Se conseguisse fazer com que cada um deles jurasse segredo, talvez pudesse fazer aquilo funcionar, sem que ele próprio se prejudicasse.

Seria o mesmo que andar na corda bamba. Como estava seu equilíbrio?

Junho

Junho

21
Alan

— Eu sabia que ia chegar a esse ponto! – disse Ginny por trás do jornal, quando tomavam o café da manhã.

– Chegar a quê? – perguntou Alan.

Estava servindo-se de uma segunda xícara de café.

– Como se as coisas já não estivessem más o suficiente... agora isto!

Ela empurrou o jornal em cima da mesa para Alan.

Era o semanário local, o *Monroe Express*. Ginny dobrara-o, deixando exposta a página do editorial. No mesmo instante, o olhar de Alan foi atraído para a manchete do canto superior esquerdo:

A VERGONHA DO XAMANISMO

– Interessante – disse Alan.

– Você não vai pensar assim depois de ler – a voz de Ginny assumira o tom beligerante que se tornara por demais familiar durante as últimas semanas.

Alan percorreu o olhar pela coluna. Ela ocupava metade da página de editoriais. Localizou o próprio nome. Intranquilo, começou a ler.

Na primeira metade contava uma reedição da notoriedade que o cercara nas últimas semanas; depois o artigo ficava mais aguçado. Falava do esforço de levantamento de fundos para o programa de expansão do Monroe Community Hospital, do desespero com que a região necessitava de camas extras, de como o hospital era obrigado a manter mais ou menos uma dúzia de pacientes em catres nos corredores o tempo todo em virtude da necessidade crônica de leitos novos.

Os últimos parágrafos deixaram Alan gelado:

E assim, nós do *Express* gostaríamos de saber o que fará o Conselho de Curadores do Monroe Community Hospital. Vai esperar até que a notoriedade de mau gosto de um único membro da equipe arruíne a credibilidade da instituição enquanto serviço de assistência à saúde, pondo em risco seu certificado de necessidade? Ou vai tomar as rédeas da liderança com os dentes, confrontando-se com o Dr. Bulmer nesta questão?

É certo que não se deve responsabilizar apenas o Dr. Bulmer pela ruidosa discussão que o cerca, mas permanece o fato de que ele nada fez para estancar a maré crescente de especulação e histeria. Em circunstâncias normais, nós respeitaríamos seu direito de declinar de comentar as frenéticas histórias a seu respeito. Mas quando esse silêncio age apenas no sentido de atirar lenha na fogueira, fogueira essa que ameaça a expansão de um serviço tão vital para os cuidados médicos de nossa comunidade, então devemos exigir que ele se pronuncie e refute essas histórias sensacionalistas. E, caso não o faça, vemos como dever do Conselho de Curadores reconsiderar sua posição na equipe do Monroe Community Hospital.

– Eles só podem estar brincando! – disse Alan, com um nó de inquietação apertando-lhe o estômago. – Estão me identificando com o hospital. Isso é ridículo! Eu poderia entender se fosse um membro do Conselho, mas sou...

– Você é um médico da equipe! – disse Ginny. – Se parece esquisito, então eles parecem mais esquisitos ainda por conservá-lo. É bem simples.

– Por que não podem simplesmente esquecer isso? – disse Alan, mais para si mesmo do que para Ginny.

– Por que *você* não pode? Eis a questão! Por que você não pode dar uma entrevista ou algo do estilo, dizendo que tudo isso é um absurdo?

– Não posso fazer isso.

Ele não lhe contou que a revista *People* telefonara três vezes na semana anterior, apenas com esse propósito, e que ele rejeitara a oferta. Ou teria sido nessa semana? Ultimamente, o tempo parecia algo muito desordenado.

– Pelo amor de Deus, por que não?

– Porque, como eu lhe disse... não se trata de um absurdo!

– Não quero ouvir isso, Alan. Não quero ouvir esse tipo de conversa de sua parte.

Alan sabia que ela fechara sua mente para a possibilidade de que aquilo fosse verdade.

– Então, tudo bem; deixe-me fazer-lhe uma pergunta hipotética.

– Não estou interessada em hipó...

– Ouça-me apenas. Digamos, apenas para argumentar, que eu seja capaz de curar pessoas.

– Eu não quero ouvir isso, Alan!

– Ginny...!

– Você precisa de ajuda, Alan!

– Apenas acompanhe meu raciocínio. O que eu deveria fazer? Negar?

– Claro.

– Mesmo sendo verdade?

– Óbvio.

– E continuar usando o poder em segredo?

– Não! – Ela revirou os olhos em desespero. – Você não poderia esconder uma coisas dessas! Só teria de esquecer qualquer poder sobrenatural e voltar à medicina regular. Não vê que está se tornando uma espécie de leproso por aqui?

– Não.

– Claro que não vê! Nos últimos tempos você só tem andado como se estivesse drogado. Mas *eu* vejo! Portanto, trate de pôr um fim nisso de uma vez por todas. Diga a todo mundo que isso é uma asneira. Por favor!

Teria ela razão? Alan esperava que tudo aquilo cessasse, mas isso não acontecera. Agora ele compreendia que, enquanto usasse o *Dat-tay-vao* e cada vez mais curasse os incuráveis, tudo aquilo jamais cessaria. Só ficaria pior.

– Talvez você tenha razão. Talvez eu devesse pôr um fim nisso de uma vez por todas.

Ginny sorriu. O primeiro sorriso genuíno que ele via em seu rosto em semanas.

– Genial! Quando?

– Logo. Logo mesmo.

– DR. BULMER!

Ele ouviu Connie vindo apressada pelo corredor. Ela irrompeu no consultório e empurrou uma revista para baixo de seu nariz.

– Olhe!

Era o exemplar da sala de espera do último número da *People.* Connie a abrira em um artigo intitulado "Os milagres em Monroe". Havia fotos e histórias de casos de uma série de seus pacientes. No fim do artigo havia uma foto granulosa, tirada a longa distância, que mostrava Alan saindo pela porta privada do prédio de seu consultório.

Na legenda, lia-se: "O reticente Dr. Bulmer, que se recusou a fazer qualquer comentário."

– Maravilhoso! – disse ele, sentindo-se enjoado.

Isso coroava tudo. Não havia possibilidade de as coisas ficarem piores.

DOIS DIAS DEPOIS, Connie levou-lhe uma carta registrada.

O endereço do remetente era o Monroe Community Hospital. A carta dizia que ele fora "convidado" a comparecer perante o Conselho de Curadores "para explicar e esclarecer os boatos e histórias sensacionalistas" que lhe diziam respeito e que estavam tendo "um efeito deletério sobre a reputação do hospital". Esperavam-no na sexta-feira – dali a três dias.

"Aí vem", pensou Alan. Compreendera o tempo todo, em algum canto de sua mente, que mais cedo ou mais tarde acabaria tendo dificuldades com o sistema médico. Não tanto com os próprios médicos que exerciam a profissão, mas com os sujeitos da administração, que viviam da doença e do trauma, sem jamais tratar ou mesmo se aproximar de um paciente.

– Comece a cancelar todas as minhas consultas para o resto da semana. E veja se o Sr. DeMarco se encontra em seu escritório aqui ao lado. Diga-lhe que preciso falar com ele agora mesmo.

Algum momento depois ela ligou de volta.

– O Sr. DeMarco está no tribunal e não voltará até a tarde. Ele vai ligar quando voltar. E há uma certa Sra. Toad no telefone. Diz que precisa falar com o senhor imediatamente.

22
Sylvia

— Acho que você está metido em encrenca.

– Então, o que há de novo?

Alan sorriu para ela do outro lado da mesa. Foi um leve sorriso, mas pareceu autêntico. Ele parecia mais extenuado e mais magro do que da última vez em que ela o vira, quando os dois se haviam sentado a essa mesma mesa após o encontro no cemitério. Sylvia ficara chocada com o fato de o Conselho chegar a pensar em repreender Alan e se apressou a lhe dar todo o apoio que pudesse.

– Acabei de tomar conhecimento dessa sua audiência perante o Conselho de Curadores.

– As más notícias viajam rápido.

– Não tão rápido quanto você pensa. Sou uma grande contribuinte dos fundos daquele prédio e tomo conhecimento dos fatos antes da maioria das pessoas. De forma que dei alguns telefonemas...

Ela não queria dizer, mas Alan tinha de ser avisado. Ele precisava estar preparado.

– E?

– A situação não está boa.

Ele deu de ombros.

– Não encare com tanto desdém, Alan. Os quatro membros do Conselho com quem falei estão realmente perturbados com o editorial do *Express* e estão levando suas implicações muito a sério. Estão começando a vê-lo como uma ameaça real ao projeto de expansão do hospital.

– Com quem você falou?

– Com meu sogro, claro. Ele vende todos os seguros do hospital... e a expansão do hospital significa a expansão dos prêmios para ele. Dois outros fizeram-me prometer não mencionar seus nomes para ninguém, mas posso lhe dizer que um deles dirige o banco onde tenho minhas contas e o outro avalia alguns imóveis para mim de vez em quando.

Ela esperou pela luz de reconhecimento nos olhos de Alan e pelo sorriso conspirador que refletisse seus próprios olhos. Não houve qualquer das duas coisas.

– Desculpe... – disse ele com um perplexo balançar de cabeça. – Eu não...

Como podia esquecer quem eram os membros do Conselho? Seria possível fazer parte da equipe todos esses anos e não saber os nomes do Conselho de Curadores?

– Não importa – disse Sylvia rapidamente para ocultar o próprio e óbvio embaraço. – Seus nomes não são importantes.

190

O que conta é o que eles pensam, e eles pensam que você é indesejável.

– Puxa, você está fazendo o meu dia – disse ele retorcendo a boca. – Quem foi o quarto?

– Meu tio, claro... seu estimado ex-sócio.

– Tenho certeza de que ele fará um agitado discurso em minha defesa.

– Claro... quando a água correr morro acima. Portanto, dá para você ver por que estou preocupada. São quatro entre dez. Não conheço os outros, mas duvido de que tenham outra opinião.

Alan recostou-se e ficou em silêncio. Ela observou-lhe o rosto preocupado, partilhou sua angústia.

– Você não merece isso – disse ela. – Não feriu ninguém. Você...

– Talvez eu devesse apenas renunciar ao cargo na equipe – disse ele, como se não a tivesse escutado. – De qualquer modo, nos últimos tempos quase não uso o hospital.

– Tenho certeza de que eles adorariam. Se você tomasse a decisão por eles, isso lhes pouparia um bocado de encrencas.

– Vou dizer-lhe uma coisa com toda a franqueza, Sylvia: só a ideia de comparecer perante esse Conselho me deixa amedrontado. Não quero ter que me explicar para eles ou para qualquer outra pessoa.

– Mas o seu não comparecimento lhes dará mais munição contra você.

– Bem, não quero facilitar as coisas para eles e tampouco quero colocar outra bala em seu revólver – disse Alan, endireitando-se. – Portanto, resta-me a alternativa de aparecer e resistir.

– Penso o mesmo.

"Mas você vai se machucar", pensou ela com um aperto no peito.

– Eles não vão me expulsar – disse Alan, tomado de súbita determinação.

Ele dirigiu um pequena sorriso a Sylvia, que lhe retribuiu com outro pequeno sorriso nos lábios. Sabia que Alan estava se mantendo calmo apenas na aparência e não se deixou enganar. Ele estava com medo.

E era bom que estivesse mesmo.

23
Alan

Alan desviou em direção ao meio-fio quando viu Tony, acenando-lhe.

– O que você está fazendo aqui? – perguntou quando Tony entrou. – Devíamos nos encontrar no consultório.

– Você não vai conseguir entrar naquela droga de estacionamento – disse Tony, acendendo um cigarro tão logo se instalou no assento. – Está abarrotado de aleijados.

– Portadores de deficiência – disse Alan.

– Você fala a nova língua, eu falo a velha. Seja lá o que forem, eles ocuparam toda a porra do estacionamento. Calculei que haveria um tumulto se você aparecesse por lá, de forma que andei alguns quarteirões para interceptá-lo na passagem.

Deu uma tragada no cigarro, abriu a janela alguns centímetros e deixou a fumaça fluir pela abertura.

– Sabe, falei com alguns deles. A maioria está aqui por causa do artigo da *People*. Assim como já estiveram no santuário de Lourdes, no Vaticano e em Belém, com a esperança de obterem alguma cura. Mas outros conhecem alguém que já veio vê-lo e foi curado de algo incurável.

Em seguida eles passaram pelo consultório. Alan ficou assustado com a quantidade de carros, furgões e pessoas que abarrotavam o estacionamento e transbordavam até a rua e se alinhavam no meio-fio. Havia dias que ele não aparecia no consultório, não tinha percebido...

Encheu-se de culpa. Fazia vários dias que não usava o Toque. Desperdiçara horas e horas do poder.

– E assim, agora eles estão aí... procurando você. Al, levei alguns dias, mas vou lhe dizer, sou um crente. Você tem *alguma coisa*.

Alan simulou uma expressão de mágoa.

– Está dizendo que duvidou de mim?

– Merda; duvidei sim. Você me deixou bem encucado. Pensei que talvez você precisasse fazer um exame do pescoço para cima, se sabe o que quero dizer.

Alan sorriu.

– No início eu também pensava assim. Mas depois percebi que, se estava tendo alucinações, uma tremenda quantidade de pessoas antes enfermas as estava compartilhando.

Quando pedira a ajuda de Tony, Alan contara a verdade sobre o *Dat-tay-vao*. Achou necessário abrir tudo para o homem que o estaria aconselhando na audiência. Contou-lhe sobre o incidente na emergência, sobre seu novo poder encaixado com a história da vida do indigente que Tony investigara.

Tony fora cético, mas não externaliza isso. Agora Alan estava contente por ele parecer convencido.

– Sem mentiras, Al. Ainda me é muito difícil engolir essa história, mesmo depois de ter conversado com os peregrinos nos degraus da sua porta. Mas o que não podemos fazer é contar para os sacanas do Conselho que você tem de fato esse poder.

Com a menção do Conselho, as palmas das mãos de Alan ficaram escorregadias no volante e seu estômago começou a ter espasmos. Dentro de 15 minutos mais ou menos, estaria sentado perante ele, qual um delinquente juvenil. Odiava essa ideia. Ela o enraivecia, mas o amedrontava ainda mais.

– Olhe, por que não abrir de uma vez por todas? – perguntou Alan. – Superar isso.

– *Não!* – Tony manuseou desajeitadamente o cigarro, deixou-o cair no chão do carro e, com um movimento rápido o recuperou. – Cristo, nem pense nisso! Isso ia abrir uma lata de vermes com os quais nem quero *pensar* em lidar!

– Porém, mais cedo ou mais tarde...

– Al, meu chapa, deixe isso por minha conta. Andei dando uma olhada no regimento interno da equipe médica, e não há nada que o ameace. Você nem ao menos precisava aparecer hoje... e eu o aconselhei a não aparecer, mas você preferiu ignorar meu conselho. Assim seja. Mas permanece o fato: eles não podem fazer nada contra você. Deixe que eles fiquem com os joguinhos de cuca em cima de você quanto quiserem. Trate de ficar sentado e relaxar. Se você ainda não foi sentenciado por crime nem foi considerado culpado de depravação moral ou grande negligência para com seus deveres enquanto médico-atendente do Departamento de Medicina, eles não poderão encostar-lhe um dedo. Só estão soltando fumaça, cara. Pois deixe que soltem.

– Bem, se você diz assim, Tony. Eu só...

– Só coisa nenhuma, Al. Você não vai tirar nada daqueles prestamistas, camelôs de imóveis e vendedores de carros usados. Só vai ficar de boca fechada, com aparência bem casta e asseada, enquanto eu faço o trabalho sujo.

Alan pôde ver que Tony estava quebrando a cabeça com os preparativos da audiência. Deixou que o outro seguisse em frente.

– Se esses paspalhos estão pensando que podem enforcá-lo por causa do jornalismo barato da imprensa marrom, podem se preparar que há uma outra cabeça chegando! Deixe que tentem. Deixe mesmo que tentem!

Alan sentiu que o medo e a intranquilidade desapareciam na esteira da beligerante confiança de Tony.

– AGORA, CAVALHEIROS – disse Tony –, tenho certeza de que todos os senhores são conscientes de quanto é embaraçoso para o Dr. Bulmer ser convocado perante o Conselho de Curadores, qual aluno diante do diretor, por causa de pichações a respeito dele na parede do pátio da escola.

Alan estava admirado, observando Tony andar de um lado para o outro diante dos membros do Conselho. Ele era eloquente, respeitoso e deferente, jamais subserviente. Contudo, Tony fazia parecer como se Alan lhes tivesse concedido uma audiência por sua extrema bondade de coração.

Lá estavam eles, os 12 – os dez curadores, mais Alan e Tony –, sentados em volta da mesa oblonga, naquela pequena sala de reuniões retangular do primeiro andar do hospital. Uma cafeteira fora colocada num canto e sua luz vermelha estava acesa; marinas de artistas locais mostrando a Costa Norte quebravam o mudo bege das paredes. Todos se encontravam na mesma mesa; no entanto, sem sombra de dúvida, estavam separados em dois grupos: Alan e Tony estavam num lado, os membros do Conselho – dois médicos e oito homens de negócios do local, que dedicavam o tempo livre ao "serviço da comunidade" – aglomeravam-se ao longo do outro. Ele conhecia muito bem os dois médicos – Lou, claro, era seu exsócio, e o velho Bud Reardon praticamente dirigira sozinho o Departamento de Cirurgia nos primeiros dias do hospital. Nos últimos tempos, Bud vinha aparentando sua idade. Alan notara que, ao entrar, ele mostrara um caminhar hesitante.

Alan de fato não conhecia os outros pessoalmente. Não tinha negócios com eles, não se envolvia na política do hospital e, embora fosse do mesmo clube que a maioria deles, não passava tempo suficiente por lá para ter com eles um conhecimento que ultrapassasse o acenar de cabeça.

Embora na verdade nenhum deles o encarasse, todos olhavam para Alan e desviavam o olhar como se ele fosse um estranho, como se estivessem tentando colocar alguma distância mental entre si e o médico que talvez precisassem disciplinar. Mas agora não o amedrontavam. Tony tinha razão.

Ele não violara nenhuma lei, nem civil nem criminal, nada fizera que o pusesse fora do regimento. Eles não podiam tocar nele. Alan estava a salvo.

– O que eu gostaria de saber, Sr. DeMarco – disse o negociante de carros, interrompendo Tony –, é por que o Dr. Bulmer acha que precisa de um advogado aqui hoje. Como o senhor sabe, isto aqui não é um julgamento.

– Precisamente. Estou consciente disso, assim como o Dr. Bulmer. E fico animado por ouvir que *o senhor* também está consciente desse fato. Na verdade, tive que convencer o Dr. Bulmer a me permitir falar por ele hoje. Ele não me queria aqui, mas eu insisti em vir a fim de me assegurar de que nenhum dos senhores tente transformar esta pequena reunião informal *em* julgamento.

O grisalho Dr. Reardon pigarreou.

– Tudo o que queremos é discutir essa publicidade bem peculiar que o Dr. Bulmer vem tendo nos últimos tempos e lhe perguntar como isso começou, por que continua e por que ele nada fez para desencorajá-la.

– O Dr. Bulmer não tem qualquer obrigação de responder. Essa "publicidade peculiar" que o senhor menciona não é de natureza criminosa. Não se pode esperar que ele dê uma conferência de imprensa todas as vezes que algum...

– Eu preferiria ouvir a resposta da própria boca do Dr. Bulmer – disse o banqueiro.

Os outros membros do Conselho assentiram e murmuraram em concordância. Tony se virou para Alan e disse:

– Fica por sua conta.

Alan sentiu o coração bater mais depressa ao deixar que seus olhos esquadrinhassem os rostos dos membros do Conselho.

– O que os senhores gostariam de saber?

Lou pronunciou-se imediatamente. Suas palavras saíram em torrente, o tom da sua voz demonstrava francamente sua irritação.

– Por que, em nome de Deus, você não fez, ou disse algo, para silenciar essas ridículas histórias sobre as curas milagrosas supostamente realizadas por você?

Alan abriu a boca e depois a fechou. Esteve prestes a dar a resposta habitual de que não iria dignificar as histórias dando-se ao trabalho de negá-las, mas depois mudou de ideia. Por que não abrir tudo? Estava cansado das meias verdades, das curas sub-reptícias, da tensão constante. Por que não pôr um fim em tudo isso e sair limpo? Alan impeliu-se a falar rapidamente, antes que tivesse a oportunidade de voltar atrás.

– Não expressei qualquer negativa porque as histórias são verdadeiras.

"Aí está... falei."

Um profundo silêncio abateu-se sobre a sala, quebrado apenas num breve momento pelo murmúrio de Tony:

– Meu Deus do céu!

– Deixe-me entender direito, Alan – disse Lou com um incrédulo sorriso meio divertido, do tipo diga-me-que-estou-errado, estampado no rosto. – Você está querendo dizer que, de fato, pode curar enfermidades incuráveis com um toque?

– Sei que parece loucura – disse Alan com um aceno de cabeça –, mas sim... isso vem acontecendo há... – quanto tempo fazia? Alan não conseguiu lembrar-se de quando começara. – ...Há meses.

Os membros do Conselho trocaram olhares preocupados. Quando começaram, ao mesmo tempo, a inclinar a cabeça para conferenciar, Bud Reardon perguntou:

– Alan, você percebe o que está dizendo?

– Creia-me, eu percebo. E sei que, se estivesse na sua pele, estaria olhando para você da mesma forma como você me olha agora.

A afirmação de Alan pareceu ter um efeito desarmante sobre o Conselho, mas apenas por um momento. Permaneceu a consternação em seus rostos e todos pareciam estar insistindo para que os dois membros médicos emitissem uma opinião.

Alan desviou o olhar para Tony e o encontrou olhando na sua direção, com ar de frustração. O advogado fez um movimento de soco com o punho. Não estava encorajando Alan... estava furioso.

Finalmente houve silêncio. Lou falou:

– Nós não podemos mesmo aceitar o que você disse, Alan. Com isso você nos deixou numa situação terrível. Pensávamos que você simplesmente estivesse ignorando essas histórias com a esperança de que desaparecessem; alguns de nós chegaram a imaginar que você podia estar deixando as histórias continuarem por causa da tremenda publicidade dava ao seu consultório. Mas nenhum de nós jamais chegou a considerar a possibilidade de que você se inclinasse a propagar tal absurdo...

– Agora, espere um instante! – disse Tony, pondo-se de pé. – Só um maldito minuto! Ninguém vai chamar este homem de mentiroso enquanto eu estiver por perto. Isto aqui não é um tribunal e não preciso constranger-me por causa do decoro da corte. Qualquer um que chamá-lo de mentiroso vai ter que se ver comigo!

– Ora, ora – disse o negociante de carros. – Não existe nenhum nome para este tipo de...

– Bosta, não há! Quando este homem diz que uma coisa é assim, é *assim*!

Bud Reardon tornou a pigarrear.

– Eu tenderia a concordar com isso, Sr. DeMarco. Conheço o Dr. Bulmer desde que ele chegou a esta comunidade; na verdade, fui eu quem o entrevistou quando ele foi incluído na equipe. E, após observá-lo durante anos, posso dizer que seu nível de cuidado e sua ética médica estão além de qualquer crítica. O que nos deixa com uma pergunta básica e quase desconfortável: E se o Dr. Bulmer estiver de fato contando a verdade, *à maneira como ele a vê?*

Houve expressões intrigadas em toda a volta do Dr. Reardon, mas Alan sabia com exatidão aonde ele estava querendo chegar.

– Ele quer dizer – disse Alan para o grupo – que, embora eu possa estar dizendo a verdade, talvez venha tendo alucinações que me levem a acreditar honestamente que posso curar com um toque, apesar de não curar.

Reardon assentiu.

– Isso mesmo. O que o classificaria como psicótico.

– Posso mostrar-lhe a documentação, se você...

– Eu estava pensando em algo mais imediato e concreto – disse Reardon. Empurrou a cadeira para trás, retirou o mocassim e a meia do pé esquerdo e colocou o pé descalço em cima da mesa. – Isto vem me matando desde três da madrugada.

Alan viu a região inflamada, avermelhada e levemente inchada na base do polegar. Gota. Não havia dúvida quanto a isso.

Bud Reardon olhou-o nos olhos.

– Vamos ver o que você pode fazer com relação a isto.

Alan congelou. Não estava esperando essa reação. Não neste instante. Tinha certeza de que, num dado momento, seria chamado a provar sua fantástica afirmação, mas jamais sonhara que seria ali, na sala de conferências.

A Hora do Poder... quando estava marcada para começar neste dia? Alan não havia comparecido ao consultório durante alguns dias, de forma que perdera o rastro. Droga! Se ao menos pudesse se lembrar! Fez alguns rápidos cálculos. Na segunda-feira a hora fora... quando? No fim da tarde, por volta das 16 horas. Sua mente percorreu uma rápida série de cálculos. Seria obrigado a depender apenas desses cálculos, já que nada sentia quando a Hora do Poder o possuía.

Se seus cálculos estivessem corretos, nesse exato momento ele poderia contar com cerca de 30 minutos do Toque.

Mas estariam certos seus cálculos? Tudo dependia de a Hora do Poder ter ocorrido às 16 horas na segunda-feira. Fora isso? Fora de fato àquela hora? Nos últimos tempos, sua memória vinha funcionando tão ao acaso que Alan não podia confiar nela. Fez força para se lembrar. Sim. Lembrava-se de haver usado o Toque em seu último paciente da segunda-feira. Isso fora no fim da tarde. Certo. Fora às 16 horas, estava seguro disso.

A voz baixa de Tony atraiu-o de volta ao momento presente.

– Você não é obrigado a fazer isso, A!. Pode dizer a eles que não faz exibições e que prefere...

– Está tudo bem, Tony – disse Alan ao amigo de ar preocupado.

– Posso dar um jeito nisso.

Alan levantou-se e se aproximou da extremidade da mesa ocupada pelo Conselho. Os membros giraram, em silêncio, em seus assentos, enquanto Alan passava por trás deles, como que com medo de perderem-no de vista por uma fração de segundo. A mandíbula de Lou Albert caiu frouxa e aberta enquanto ele observava do lado distante da mesa. O sorriso de Bud Reardon ficou hesitante quando Alan se aproximou. Seu espanto era claro pelo fato de Alan haver aceitado o desafio.

Alan parou diante do lugar em que o pé de Reardon repousava em cima da mesa. Estava assumindo um terrível risco com isso. Se seus cálculos estivessem errados por uma única hora, seria rotulado de charlatão ou algo pior por aqueles homens. Mas *ia* dar certo, Alan tinha certeza disso. E num piscar de olhos se apagaria a franca descrença estampada naqueles rostos convencidos.

Alan esticou a mão à frente e tocou o dedo, desejando curá-lo, *rezando* para que ele fosse curado.

Nada aconteceu.

Com o sangue congelando-se nas veias, Alan insistiu, embora em seu íntimo soubesse que iria falhar. O Toque jamais demorava; quando estava funcionando, operava na mesma hora ou nunca. No entanto, Alan perseverou, apertando cada vez mais a junta com aparência de inflamada, até que Bud Reardon estremeceu de dor e afastou o pé.

– Você devia melhorar isso, Alan, não fazê-lo doer mais ainda!

Alan ficou sem fala. Enganara-se. Seus cálculos estavam errados! Maldita memória! Podia sentir os olhos deles trespassando-o. Podia ouvir seus pensamentos: "Charlatão! Impostor! Mentiroso! Louco!"

Quis arrastar-se para baixo da mesa e não mais sair.

O Dr. Reardon pigarreou mais uma vez.

– Supondo-se que estivéssemos em seu consultório e você tivesse tentado o que acabou de tentar, obtendo resultados similares, qual seria seu passo seguinte?

Alan abriu a boca para falar e tornou a fechá-la. Havia prescrito a medicação milhares de vezes; no entanto, o nome rastejara para o canto mais distante de sua memória, bem além de seu alcance. Alan sentiu-se como um náufrago em uma ilha deserta observando a fumaça das chaminés de um navio passando bem na linha do horizonte.

Reardon encarou a hesitação de Alan como sendo incerteza quanto ao que lhe fora perguntado e tentou esclarecer.

– O que estou dizendo é: que testes você pediria agora? Que medicação?

A mente de Alan estava completamente vazia. Tentou uma resposta:

– Um raio X e um exame de sangue.

– Oh, eu dificilmente pensaria que uma radiografia fosse necessária – disse Reardon em tom alegre, mas seu sorriso logo se dissipou quando ele encarou Alan. – Exame de sangue é um pouco vago, você não acha? O que, especificamente, você pediria?

Alan quebrou a cabeça. Deus, se ao menos conseguisse *pensar*! Procurou ganhar tempo:

– Um perfil. Você sabe... um SMAC-20.

Alan viu a preocupação e a suspeita crescerem no rosto de Reardon.

Elas refletiram-se nos outros rostos à sua volta.

– Isso não é muito específico, Alan. Olhe. Sei que isso é bem elementar, mas, só para o registro, diga-me a etiologia da gota.

Neste momento Tony intrometeu-se.

– Antes de mais nada, não há registro algum. E, em segundo lugar, o Dr. Bulmer não está aqui para ser examinado sobre a gota ou qualquer outra coisa que haja de errado no pé do Dr. Reardon!

– Tal não foi a intenção – disse Reardon –, mas parece que estamos diante de uma situação incrível. Eu fiz ao Dr. Bulmer uma pergunta que qualquer estudante do primeiro ano de medicina poderia responder e ainda estou esperando a resposta.

Alan sentiu a sala apertar-se à sua volta, enquanto mergulhava em uma névoa de humilhação. Por que não conseguia pensar? O que havia de errado com ele?

– Bem, não prendam a respiração! – disse Tony, enquanto Alan se sentia agarrado pelo braço e empurrado em direção à porta. – O Dr. Bulmer não precisava vir aqui e é certo como o diabo que ele não precisa ficar aqui!

Alan deixou-se ser levado para a porta. Ouviu a voz de Reardon atrás:

– Seria melhor que você ficasse. Pelo que vi hoje de manhã, o doutor parece estar mentalmente transtornado e o Conselho será obrigado a empreender uma ação adequada.

E depois eles saíram para o corredor e se dirigiram ao estacionamento.

– MERDA, ALAN! Merda, merda, *merda*!

Isso foi tudo o que Tony disse desde que haviam chegado ao carro.

– E o pior disso tudo é que você nem precisava *estar* aqui! Meu Deus! O que aconteceu lá dentro?!

Alan balançou a cabeça enquanto dirigia. Sentia-se um completo infeliz e Tony não estava ajudando em nada com seu palavreado.

– Não sei. Não consegui dar a resposta. Já diagnostiquei e tratei gota incontáveis vezes, mas a coisa não saiu. Foi como

202

se parte de minha memória tivesse sido bloqueada, como se a resposta estivesse ali, mas se escondendo. Ainda está.

– Se eles concluírem que você está transtornado, podem suspender seu registro... lembro-me de ter visto isso no regimento interno. Podem suspendê-lo até que você seja avaliado por um psiquiatra ou por um cara especializado em reabilitação de drogas...

– Drogas?! Você acha que eu uso *drogas*?

– Não. Eu o conheço muito bem. Mas, Al, nos últimos tempos você não tem sido a mesma pessoa. E hoje de manhã, quando ele começou a interrogá-lo, você parecia estar voando. Tenho certeza de que o Conselho pensa que você está usando algo ou pirou.

Alan não teve o que argumentar. Havia visto as expressões deles. Um rosto voltou-lhe à lembrança. Quando Tony o empurrou para fora da sala, Alan virou-se para trás e viu Lou Alberts seguindo-o com o olhar. Foi como se todos aqueles anos de mal-estar e competição entre eles se tivessem dissipado; o rosto de Lou era um modelo de choque, desalento e – o pior de tudo – piedade.

– E agora vem o pior, deixe-me dizer-lhe. O hospital é obrigado por lei a notificar o Conselho Estadual de Medicina quando algum membro da equipe é suspenso por suspeita de transtorno ou qualquer outra forma de incompetência.

Transtorno... incompetência... os termos doeram no cérebro de Alan. Após a luta constante para estar no topo da medicina clínica, ser julgado incompetente, enquanto tantos outros médicos tangenciam com conhecimentos e práticas superados...

Alan reduziu a velocidade, parou num cruzamento e ficou ali, de olho fixo na estrada à frente, enquanto uma cristalina bola de medo se formava e crescia no seu peito.

– Talvez eles tenham razão – disse ele. – Talvez eu precise mesmo de ajuda.

– Do que você está falando?

– Estou perdido, Tony. Não sei que caminho tomar.

– Não se preocupe, Al. Estou com você para o que der e vier. Vamos sentar e...

– Não! – disse Alan, ouvindo tom da própria voz elevar-se, enquanto o medo se espalhava pelos braços e pelas pernas, envolvendo-o por completo. – Estou querendo dizer agora. Aqui. Nesta rua! Sei que já estive aqui milhares de vezes, mas estou perdido! – Virou-se e olhou para os olhos chocados de Tony. – Como chego em casa daqui?

24
Sylvia

— Você não precisava vir junto – disse Alan ao entrar no carro e se sentar ao lado dela.

– Eu queria – disse Sylvia, forçando um sorriso.

Ele parecia muito magro e cansado; seus olhos ostentavam um brilho assombrado.

Quando Ba engrenou o carro e começou a dirigir, Alan disse:

– No entanto, estou contente por você ter vindo. Foi por isso que perguntei se podia me emprestar Ba, em vez de pegar um táxi. Preciso de uma amiga junto comigo, e você é amiga.

Suas palavras a animaram. Sylvia ficou contente por Alan considerá-la alguém a quem ele podia procurar numa hora de necessidade.

– Mas e quanto a... ? – ela não terminou a pergunta.

– Ginny? – suspirou ele. – Nós mal temos nos falado. Ela quer que eu procure um psiquiatra. Até o próprio Tony quer que eu procure um.

– É isso que você vai procurar no sul da cidade? Um psiquiatra? – Sylvia quis dizer-lhe que ele era o homem mais saudável que ela conhecia, mas mudou de ideia. Sua opinião era meramente pessoal.

– Não. Nada de psiquiatra... pelo menos por enquanto. Primeiro há uma possibilidade que eu quero excluir.

– Vai me contar o que é? – perguntou Sylvia após uma extensa pausa, durante a qual ele pareceu ter entrado em transe.

Mas, quando Alan falou, as palavras congelaram o sangue de Sylvia.

– Excluir a possibilidade de um tumor cerebral.

– Oh, Deus! Você não pode...

– Não posso mais ficar com a cabeça enterrada na areia, Sylvia. Minha memória foi para o inferno. Por que você acha que eu mesmo não estou dirigindo? Porque eu poderia me perder! Ou esquecer para onde estou indo! Droga, outro dia me perdi no caminho de volta do hospital!

– Será que isso não é apenas estresse? – perguntou Sylvia, torcendo para receber uma resposta simples.

– Pode ser, mas isso é um diagnóstico superficial. Pelo que eu sei, podia ter uma relação direta com o *Dat-tay-vao*. Mas devo encarar a possibilidade de um tumor estar por trás disso. Há alguns anos tive um paciente exatamente com os mesmos sintomas, só que ele era mais velho, de forma que eu os atribuí a uma síndrome orgânica cerebral, uma síndrome de Alzheimer ou algo do gênero. Mas a progressão dos sintomas foi rápida demais para o meu agrado, tão rápida quanto a minha, então pedi um exame do cérebro. Adivinhe o que aconteceu? O paciente tinha um enorme meningioma frontal da linha média. Benigno. Retiraram o tumor e em poucos meses sua memória voltou ao normal. Portanto, antes de tomar qualquer outra decisão – ele deu pancadinhas na testa com o dedo –, tenho de me assegurar de que não há nada crescendo aqui dentro.

A ideia de pensar em Alan com um tumor cerebral provocou em Sylvia um mal-estar quase físico.

– Posso entender por que você não gostaria que isso fosse feito no Monroe Community.

– Certo. Perto demais de casa. Muitos curadores intrometidos.

– Esses curadores! – disse ela. – Não consigo acreditar na detestável maneira como o trataram! Suspender seu registro e depois soltar a notícia na mesma hora para o *Express*.

– É isso aí – disse ele com voz suave. Sylvia sentiu sua dor e humilhação. – Eu não esperava uma execução pública antes de uma audiência. De qualquer modo, frequentei a faculdade com um dos radiologistas do sul da cidade. Ele me encaixou para uma radiografia do cérebro hoje de manhã.

– Você ouviu alguma opinião de outro médico sobre isso?

Alan sorriu.

– O médico que se trata a si mesmo tem um tolo por paciente. É isso que você está querendo dizer? Eu não estou me tratando, só estou fazendo um pequeno diagnóstico.

– Mas se você tivesse de consultar alguém, quem escolheria?

– Oh, existe uma grande quantidade de gente em quem confio. Um grupo de nossa classe tem sua rede não oficial de cobertura e informações intercaladas. Depois de algum tempo você aprende a sentir quais médicos não ligam a mínima para os pacientes e quais ligam. Considerando-se que a competência é quase igual, são a esses que recorro. É provável que Vic O'Leary fosse minha primeira escolha para uma consulta. Confio meu consultório a ele quando estou fora e lhe confiaria minha própria saúde. Mas no momento não estou querendo colocá-lo na berlinda.

Sylvia ficou em silêncio, sofrendo com medo de que talvez houvesse algo de seriamente errado com Alan, até perceber que, se ela estava aterrorizada, como é que *ele* devia estar se sentindo?

Sylvia segurou sua mão e a apertou.

– Assustado?

– Um pouco – disse ele com um encolher de ombros. Depois olhou para ela e sorriu. – Está bem... um bocado.

– Então, fico contente por estar junto. Ninguém deve ter que encarar isso sozinho.

As mãos de Sylvia continuaram pousadas nas dele pelo resto da viagem.

Enquanto esperava no andar de cima da garagem de vários níveis, próxima ao Hospital Universitário, Sylvia tentou ler o jornal, tentou as palavras cruzadas do *Times*, tentou um romance – mas nada parecia tirar Alan de sua mente. A não ser quando pensava na contínua regressão de Jeffy. Aquilo não era um alívio.

"Por favor, Deus. O Senhor não pode deixar que haja algo de errado com Alan. Ele é um bom sujeito. Deixe que um mau sujeito tenha um tumor no cérebro. Não Alan."

Sylvia recostou-se no assento e fechou os olhos, tanto para descansá-los quanto para se afastar do mundo. Por quê? Por que a mente, a doença e o infortúnio devoram todos aqueles com quem se preocupava? Primeiro a morte sem sentido de Greg, depois a regressão de Jeffy e agora Alan. Haveria alguma espécie de nuvem negra pairando sobre ela? Talvez todos ficassem bem melhor se ela colocasse um portão de ferro na entrada de carros e jamais saísse de Toad Hall.

Noventa minutos arrastaram-se. Sylvia estava ficando com dor de cabeça de tanta tensão e dores musculares em cada parte do corpo por ter ficado sentada tanto tempo no assento traseiro. Estava a ponto de sugerir a Ba que os dois saíssem e esticassem as pernas quando começou a chuviscar. Em seguida, ela viu Alan abrindo caminho entre os carros estacionados, na direção deles. Ele abriu a porta do outro lado e entrou.

– Então? – disse ela prendendo a respiração.

– Tenho um.

Sylvia ofegou.

– *Um tumor?*

– Não. Um cérebro... um cérebro perfeito. Nenhum problema.

Sem pensar, Sylvia atirou os braços em volta de Alan e o abraçou.

– Oh! Fico tão contente!

Alan correspondeu ao abraço.

– *Você* está contente! Vamos celebrar!

Ele retirou uma fita cassete do bolso e a passou para Ba. Em pouco tempo o interior do carro se encheu de "oooohs" em falsete e "booons" em baixo.

– Minha Nossa Senhora! – Sylvia riu. – O que é *isto*?

– "I Laughed", dos Jesters. Genial, hein?

– É medonho! Não posso acreditar que você ouça *be-bop*!

O rosto de Alan ficou sério.

– Você não gosta das antigas? Nem todos são *be-bop*. – Ele inclinou-se para a frente. – Direi a Ba para desligar.

– Não – disse ela colocando a mão em seu ombro; ela estava ansiosa por tocá-lo. – Gosto um pouco das músicas antigas, mas ouvi-las o tempo todo parece muito.

– Você poderia dizer o mesmo sobre a ópera... ou Vivaldi.

– *Touché.*

– Espere só até ouvir a próxima! – disse Alan.

Estava parecendo um adolescente.

– Esta é "Maybellene" com... como-é-mesmo-o-nome-dele?! – disse Sylvia, reconhecendo quase no mesmo instante.

– Chucker! O Berry!

– Chuck Berry! Certo. Eu não achava que alguém ainda o ouvisse.

– Ele é o melhor. Os Beatles, os Rolling Stones, os Beach Boys... todos eles o copiaram. E ele foi o sujeito que me levou para o *rock'n'roll*.

Alan inclinou a cabeça para trás ao se recostar no assento.

– Vejamos... isso remonta ao verão de 1955, e eu tinha duas paixões no mundo: os foguetes e os Brooklyn Dodgers. Nas noites de verão, eu adorava ouvir os Bums na cama, mas o barulho do rádio não deixava meu irmão mais novo dormir. Então meu pai me comprou um rádio japonês, com a forma de um foguete, é claro, que em vez de alto-falante tinha um plugue de ouvido; ajustava-se puxando a antena para cima ou para baixo na ponta cônica. E assim foi numa noite quente e abafada de agosto, quando eu estava tentando captar a Brooklyn Bums, que vim a dar com essa estranha música de som metálico e um cara cantando algo sobre correr em Cadillac e uma jovem chamada Maybellene. Eu havia ouvido falar de Elvis, mas na verdade ainda não o tinha ouvido. Naqueles dias, um garoto ouvia o que os pais ouviam. E meus velhos ouviam estações que tocavam coisas como "Mr. Sandman", "How Much Is That Doggie in the Window?", "The Tennessee Waltz", "Shrimp Boats Is a-Comin", e assim por diante. Sacou o quadro? Essas músicas não me diziam nada. Mas *esta!* Ela ia direto do rádio ao meu sistema nervoso central. E depois veio esse solo de guitarra maluco no meio... aí está. Ouça!

Sylvia ouviu. Sim, decerto que era maluco. Alan também. Quase podia ver a tensão saindo de dentro dele.

– De qualquer modo, fiquei ali no escuro, eletrizado com aquilo que estava sendo disparado pelo pequeno plugue de ouvido. Foi a minha epifania do *rock'n'roll*. E, para coroar aquilo, o radialista, cujo nome vim a saber mais tarde que era Alan Freed, disse algo como: "Tão bonito que vamos tocar duas vezes." E *tocou*. O sujeito tocou duas vezes seguidas a maldita música! E assim foi... fui convertido. Eu ainda gostava dos Dodgers, mas ficava com o rádio sintonizado no WINS a noite inteira, exceto durante os comerciais, quando eu dava uma checada no placar do jogo. Enquanto meus velhos supunham alegremente que eu estava acordado na cama ouvindo o esporte nacional, na verdade eu estava ouvindo o que algumas pessoas chamavam de música de negro.

"E eu que estava preocupada com a memória dele!", pensou Sylvia dando mentalmente uma balançada de cabeça.

– Você está mesmo ligado nisso, não? – disse ela.

Alan encolheu os ombros.

– Isso me faz sentir bem. E nestes dias ando precisando mesmo de algumas sensações boas. O que mais posso dizer?

– Mais nada. Isso é o que importa.

– Aí vem "Florence", com os Paragons – disse Alan.

Ele abriu um sorriso para ela e cantou acompanhando a abertura em falsete.

Sylvia estremeceu com suas notas desafinadas. Sentiu-se bem próxima dele neste momento e, com uma pontada agridoce, percebeu que estava muito apaixonada por um homem que jamais poderia ter.

25
Alan

— O que você está fazendo? – perguntou Alan ao entrar no quarto deles.

Ele subira correndo ao andar de cima para contar a ela sobre a radiografia.

A resposta de Ginny foi lapidar e ela não o olhou enquanto falava.

– Pensei que fosse bem óbvio.

Era. Ela estava tirando roupas do armário e das gavetas e as distribuía em três malas alinhadas em cima da cama, em ordem decrescente de tamanho.

– Para onde estamos indo?

Com uma sensação de enjoo na boca do estômago, Alan sabia que não havia "nós" envolvido na questão, mas de qualquer modo usou a palavra. O tamborilar da chuva contra as janelas invadiu o quarto enquanto ele esperava a resposta.

210

– Flórida. E apenas eu. Eu... preciso de algum tempo para mim, Alan. Preciso dar uma escapada e ficar pensando durante algum tempo.

– Você quer dizer com relação a nós?

Ginny suspirou e assentiu.

– É isso mesmo. Nós. O que restou de nós.

Alan se aproximou dela, mas Ginny levantou a mão.

– Não. Por favor, não. Quero ir embora por minha conta. Não posso mais ficar aqui.

– Vai ficar tudo bem, Ginny. Eu sei disso.

– Oh, *é mesmo*? – disse ela, atirando um par de calças largas na mala grande. – E quem é que vai fazer ficar tudo bem? Você? Você se fez de bobo perante o Conselho de Curadores! Perdeu seus privilégios do hospital! Nem ao menos pode ir até o consultório com todos aqueles sujeitos esquisitos por lá! E tudo que faz é perambular pela casa e ter conferências com Tony para saber o que fazer para impedir que lhe cassem de uma vez a licença de médico!

– Ginny...

– Ninguém mais quer saber de nós! – a voz de Ginny aumentava constantemente de diapasão e volume. – É como se estivéssemos vivendo em um vácuo. Quando eu telefono, todos os nossos amigos já têm alguma outra coisa para fazer ou nem ao menos se dão ao trabalho de responder minhas chamadas. Acham que estou casada com um pirado! E eu não tenho como discutir com eles!

– Muito obrigado pelo voto de confiança.

– E não sou só eu! Pode ser que o Tony esteja do seu lado, mas tenho certeza de que ele também acha que você está ficando maluco!

– Ah, é assim?

De repente Alan sentiu raiva... de Ginny e Tony por sua falta de fé e de si próprio por esperar que eles aceitassem algo tão bizarro quanto seu poder sem vê-lo com os próprios olhos.

Dirigiu-se ao telefone ao lado da cama.

– Tudo bem. Se eu puder provar que não sou maluco, você fica?

– Sem brincadeira, Alan. E sem acordos.

– Não vai me dar uma chance?

– Meu voo sai às 18 horas do aeroporto JFK. Se você conseguir mudar minha opinião até lá, ótimo. Mas espero que você não se importe que eu termine de fazer as malas.

Às dezoito horas! Isso lhe dava cinco horas. Ele não sabia se poderia...

Ele discou o número comercial de Tony e lhe disse para ir até seu consultório e pegar na mesa de trabalho o arquivo "horário", depois levá-lo até sua casa. Tony concordou, embora parecesse hesitar.

Alan ficou andando de um lado para o outro no térreo da casa, qual pai que espera o filho nascer, enquanto Ginny fazia as malas no andar de cima. Depois Tony apareceu na porta, encharcado pela chuva, trazendo a pasta. Alan tirou-a dele, disse-lhe para esperar e levou-a ao seu gabinete.

Examinou os números com atenção e a obscura consciência de que Ginny descera e de que ela e Tony trocavam olhares preocupados às suas costas. Alan percebeu no ato o erro que cometera no dia da audiência com o Conselho. Mais uma vez foi sua memória que havia falhado – equivocara-se em 40 minutos nos cálculos sobre a chegada da Hora do Poder. "Quarenta minutos! Quarenta detestáveis minutos!" Se a reunião tivesse começado uma hora mais tarde, teria sido feliz. Em vez disso...

Mas não podia demorar-se nisso agora. Ali, com todas as cifras em preto e branco à sua frente, não poderia se enganar. Chegou a fazer uma segunda averiguação com a calculadora de bolso. Não havia dúvida: a Hora do Poder desse dia começaria em cerca de 20 minutos.

Andou com passos largos até a sala de estar e balançou no ar as chaves do carro.

– Vamos... vocês dois.

– Espere um minuto... – começou a dizer Ginny.

– Nada de esperar. Vou provar que não sou maluco. Aceitem o desafio e me deem uma hora. Se você ainda não estiver convencida, eu mesmo a levarei ao aeroporto com sobra de tempo para o seu voo das seis.

Tony pareceu surpreso diante do comentário sobre o voo, mas disse apenas:

– Eu quero ver isso.

– Eu não sei... – disse Ginny.

Juntos, Alan e Tony conseguiram convencê-la a acompanhá-los. Logo depois eles estavam no carro, dirigindo-se sob a chuva para o consultório. Alan tinha um quadro bem claro da rota que tomaria e estava razoavelmente convencido de que não iria se perder. Planejava ir ao consultório, deixar entrar algumas pessoas e curá-las diante dos olhos de Tony e Ginny. Sabia que estava se arriscando a enfrentar um tumulto de multidão, mas se pudesse demonstrar a eles que realmente tinha o poder, passaria a ter dois fortes aliados. Talvez, se pudesse ancorar-se neles, não se sentisse tão sozinho e sem rumo.

Quando reduziu a velocidade para o semáforo das ruas Central e Howe, Annie Pé Torto saiu mancando do autosserviço Leon's. Seu habitual vestido esfarrapado estava protegido sob um guarda-chuva igualmente esfarrapado; uma bolsa de compras de plástico estava pendurada na outra mão. Alan checou o relógio; em seguida pisou no freio e saltou do carro, ignorando os gritos assustados de Ginny e Tony.

"Por que ir até o consultório?", pensou ele. Ali estava alguém que precisava de fato ser curado e que não reclamava isso. Alguém que lhe dilacerara o coração durante anos.

– Senhorita! – disse ele, pulando por cima de uma poça junto ao meio-fio. – Posso falar-lhe um minuto?

Ela girou, assustada. Seus olhos se arregalaram com medo.

– O que é? Não tenho dinheiro!

– Sei disso – disse Alan, aproximando-se com mais cuidado. – Só queria ajudá-la.

– Vá embora! Não quero ajuda nenhuma!

Ela virou-se e começou a se afastar, mancando.

– Senhorita! Eu só...

Ela mancou mais rápido, com o corpo sacudindo-se para a esquerda e para a direita, qual um martinete.

Alan podia sentir a chuva encharcando-lhe a camisa, emplastrando seus cabelos. Mas não podia deixá-la ir embora. Trotou atrás dela.

– Espere!

Ela olhou por cima do ombro, com os olhos cheios de medo. Seu coração disparou. Quantas vezes em sua vida as pessoas a haviam ridicularizado, perseguido, provocado, atormentado, empurrado para o lado, lhe dado rasteiras apenas por causa daquele pé?

– Não vou machucá-la!

Então ela tropeçou. Estava olhando para Alan e não para a calçada; o pé chocou-se contra uma parte sobressalta do chão e ela caiu em uma poça enlameada.

Estava chorando quando Alan a alcançou.

– Não me machuque! Não tenho dinheiro!

– Não quero nada de você! Eu só quero fazer *isto*.

Alan agarrou-lhe o pé e o tornozelo esquerdo deformados e os torceu para a posição fisiológica normal. Sentiu o formigamento, o ímpeto, ouviu-a gritar, e então se acabou. Tirou ambas as mãos.

– Levante-se.

Ela o encarou com uma expressão intrigada e ainda com medo, mas aceitou sua ajuda. Seus olhos quase saltaram das órbitas quando se pôs de pé e sentiu a sola pisar plana no solo pela primeira vez na vida. Ela ofegou, testou, depois andou em um lento círculo, boquiaberta, totalmente sem fala. Alan pegou o guarda-chuva e a bolsa de compras e os devolveu às mãos de Annie.

– Pegue isto, vá para casa e tire estas roupas molhadas.

– Quem... quem é você?

– Apenas alguém que gostaria de ter vindo ajudá-la há quarenta ou cinquenta anos.

Alan andou de volta ao carro envolto em uma nuvem de alegre euforia jubilosa. Ah, como aquilo foi bom!

Ginny e Tony estavam olhando pela janela do carro.

Os olhos de Tony moviam-se entre Alan e a mulher, que agora andava de um lado para o outro na calçada com o pé esquerdo normal.

– Que merda, Alan! – ele ficou dizendo. – Que *merda*!

Ginny nada disse. Apenas o olhou, com uma expressão rígida, impenetrável.

Alan abriu a porta do seu lado.

– Você se importaria de dirigir até em casa, querida? Fiquei um pouco abalado depois disso.

Na verdade, ele percebera de repente que não sabia o caminho de casa. Mas isso não o incomodou. Sentia-se muitíssimo *bem*!

Sem dizer palavra, Ginny deslizou para o lado e engrenou o carro.

– AGORA VOCÊ SABE – disse Alan, quando os dois acenavam, despedindo-se de Tony nos degraus da frente.

Ginny virou-se e entrou na casa.

– Ainda não consigo acreditar – disse ela. – Eu vi, mas...

– Assim, dá para você entender por que não posso sair por aí dizendo que essas histórias não são verdadeiras.

Ginny deixou-se cair no sofá e ficou de olhos fixos num canto afastado da sala.

– Meu Deus, Alan.

– Dá para entender, não dá?

Queria desesperadamente ouvi-la concordar. Ginny ficara muito quieta e pensativa desde a pequena demonstração na esquina de Central e Howe. Alan não tinha o menor indício do que se passava na mente de Ginny.

Ela balançou a cabeça.

– Não – disse ela. – Não posso entender de jeito nenhum. Você não tem apenas que negar... você tem de parar de usar isso.

Alan ficou perplexo.

– *O quê?*

– Foi o que eu disse, Alan. – Ela se levantou e começou a andar em volta do divã, cabisbaixa, os braços cruzados no peito. – Está arruinando nossa vida!

– Você quer dizer: esquecer que eu tenho isso? Ignorar? Fingir que não existe?

Ginny o encarou, face a face, com brilho nos olhos.

– Sim!

Alan fitou-a.

– Você está falando sério?

– Claro que estou! Olhe só o que está fazendo com você mesmo! Não vai poder mais exercer a medicina... o hospital não vai deixar que você receba pacientes e você não pode ir ao seu consultório sem ser assaltado por uma turba formada por todos os tipos estranhos que perambulam pelas ruas. Dá para você imaginar o que iria acontecer caso você admitisse de público que *pode* mesmo curar pessoas? Elas o fariam em pedaços!

Alan ficou estarrecido. "Negar o poder que existe? Não usar a Hora do Poder quando ela chegar?"

– Portanto... – Ginny hesitou, respirou fundo, depois recomeçou. – Portanto, quero uma decisão, Alan. Quero uma promessa. Quero que você dê uma espécie de conferência de imprensa, ou emita um press release, ou seja lá o que for que as pessoas façam num caso como esse, e diga ao mundo que tudo não passou de um punhado de mentiras. Quero que você volte a ser um médico comum e que eu volte a ser a sua esposa. Não consigo enfrentar o que vem acontecendo aqui!

Havia lágrimas em seus olhos.

– Oh, Ginny – disse ele, aproximando-se dela e lhe tomando as mãos. – Sei que tem sido duro para você.

Alan não soube mais o que dizer.

– Você não me respondeu, Alan.

Ele pensou em um futuro cheio de doentes e pessoas miseráveis passando em seu consultório, sem qualquer esperança, procurando ajuda, e imaginou a si mesmo deixando-os passar, mudo e quieto com as mãos nos bolsos.

– Não me peça isso, Ginny.

– Alan, quero as coisas como elas eram!

– Diga-me: você seria capaz de ficar em um embarcadouro, escondendo um salva-vidas nas costas, enquanto um afogado gritasse por socorro a 3 metros de distância?

– Não quero saber de situações hipotéticas! Isto aqui é a vida real... a *nossa* vida! E nós perdemos o controle dela! Quero a nossa velha vida de volta!

De repente, o pesar e a resignação o inundaram. Assim era. Aquilo era o fim.

– Essa vida acabou, Ginny. As coisas jamais voltarão a ser as mesmas. Não posso parar.

Ginny soltou-se dele com um arranco.

– Você quer dizer que não *vai* parar?

– Não vou parar.

– Eu sabia! – disse ela, com a feição endurecendo-se em uma máscara de raiva. – Eu sabia que você não faria isso por mim, por nós, mas eu me forcei a pedir. Você não me surpreendeu! Se não é outra coisa, pelo menos você é firme! Para você, eu jamais vim em primeiro lugar... jamais! Portanto, por que haveria de esperar alguma consideração especial desta vez? – Ginny girou e se dirigiu à escada. – Desculpe. Devo pegar meu avião.

Alan ficou parado, observando-a ir embora, incapaz de refutá-la. Teria ela razão? Teria ele posto a mulher em segundo plano durante todo o tempo de casados? De fato, nunca havia pensado nisso antes. Sempre tomara como garantido que ambos estavam levando a vida que queriam. Mas talvez este fosse o problema: tomar como garantido e viver vidas separadas. Os laços que os uniam antes já se haviam dissolvido e os dois não tinham formado um novo laço.

E depois aparecera o Toque.

Alan balançou a cabeça e foi até a janela para ver a chuva. O Toque... ele era capaz de pôr à prova o mais firme dos casamentos. Estava detonando o seu.

Mas eu não posso desistir! Não posso!

Alan não saberia quanto tempo ficou parado ali, meditando, pensando no passado e no futuro, observando a chuva cobrir o cenário, perguntando-se quanto tempo Ginny ficaria na Flórida para "pensar nas coisas". Mas ele ainda não havia desistido. Usaria o tempo que teriam juntos no carro durante a viagem até o aeroporto JFK para tentar convencê-la a mudar de ideia. Ele...

Um táxi entrou na passagem de carro e buzinou.

De repente, Ginny apareceu descendo a escada, conseguindo, sabe-se lá como, carregar as três malas ao mesmo tempo.

– Vou levá-la, Ginny – disse ele, furioso por ela ter pensado que ele a deixaria ir sozinha ao aeroporto.

Ginny vestiu a capa de chuva.

– Não; você não vai.

– Não seja ridícula. É claro que eu...

– Não, Alan. Estou indo embora para ficar sozinha. Não quero que você esteja comigo, Alan. Será que tenho como deixar isso mais claro?

Aquilo o feriu. Alan não havia percebido que as coisas tinham chegado àquele ponto. Ele balançou a cabeça e engoliu em seco.

– Acho que não.

Ele pegou as duas malas maiores e levou-as pelo aguaceiro até o táxi.

Ginny acomodou-se no assento traseiro e fechou a porta, enquanto ele e o motorista colocavam a carga no porta-malas.

Ela não acenou, não abriu a janela para dizer adeus. Acomodou-se no assento do táxi e deixou que este a levasse embora, deixando Alan parado na entrada de carros, na chuva, sentindo-se mais sozinho do que jamais sentira-se na vida.

Julho

Julho

26
Alan

Os papéis do divórcio chegaram na manhã de segunda-feira, uma semana depois. Alan lutou contra uma sensação de abatimento enquanto os desdobrava e, melancólico, balançou a cabeça ao ler que estava sendo acusado de crueldade mental. Tony apareceu pouco depois que o carteiro foi embora. Alan mostrou-lhe os papéis.

– Coisas assim não acontecem tão rápido – disse Tony, enquanto dobrava as folhas e as enfiava no bolso interior do paletó. – Quase posso lhe garantir que ela já estava pensando nisto antes de ir embora.

– Então ela estava indo para a casa dos pais "para pensar na vida". Estava indo para sempre. Ótimo.

Alan suspirou. Havia anos que o casamento se acabara, mas ele simplesmente não percebera. Queria ficar com raiva e sentir-se magoado. Tudo o que conseguiu fazer foi encolher os ombros com desdém. Queria sentir *alguma coisa*. Já não parecia conseguir sentir muito mais. Passava os dias perambulando pela casa, esperando para ver o que o Conselho Estadual de Medicina iria fazer. Sentia-se paralisado por não saber, de um dia para o outro, se manteria sua licença de médico. Não havia saído uma única vez desde o fim de semana de 4 de julho... os dias haviam-se tornado por demais parecido um com o outro.

– Já ouviu alguma notícia do Conselho de Medicina?

Tony sorriu.

– Foi por isso que passei aqui. O Conselho não vai fazer nada até depois do Dia do Trabalho. Conversei hoje com um dos membros e ele disse que, como não houve uma única queixa registrada contra você por nenhum paciente, assim como não se iniciou nenhum processo por tratamento inadequado, não há nenhuma acusação civil ou criminal e nenhuma intimação de que você tivesse causado danos a alguém e, como um par de membros do Conselho está passando férias fora do Estado, ele disse que não há motivo para uma audiência imediata.

Alan sentiu-se como se um enorme peso lhe tivesse sido tirado das costas.

– É mesmo?

– É. Isso nos dá dois meses inteiros para nos prepararmos para a audiência. E eu penso realmente que até lá seremos capazes de jogar a coisa em cima do Conselho do hospital. Eles não serão obrigados nem a cagar nem a sair da moita. E, depois do que vi na semana passada, sem ainda conseguir acreditar direito que tenha visto, tenho a sensação de que eles ficarão com uma aguda retenção anal, se é que você entende o que estou querendo dizer. E depois nós vamos poder arrancar-lhes o cu num processo.

– Só quero meu registro restituído.

– Não seja tolo, Al! Eles soltaram sua suspensão para o *Express* em menos de uma hora! Foi um maldito golpe baixo!

– Eles negam.

– Estão mentindo. Vamos botar esses palhaços contra a parede!

– Tudo bem, Tony – disse Alan, colocando a mão no ombro do amigo. – Tudo bem. Mas trate de se acalmar.

– Eu estou ótimo. Não me venha bancar o Sr. Perdão com aqueles sacanas. Tão logo você apresente seu pequeno show como fez para mim na semana passada, nós vamos...

– Nada de show, Tony.

– O quê? – a expressão no rosto de Tony desfez-se. – Que quer dizer com esse "nada de show"?

Alan deixou-se cair na cadeira reclinável.

– Tenho pensado nisso um bocado desde que Ginny foi embora. Vamos encarar a situação... não tenho tido muito o que fazer. Mas percebi que, se admitir de público o que posso fazer e se de fato fizer uma demonstração para provar que não estou louco, minha vida pessoal será destruída. Pior do que isso, eu me tornarei uma espécie de recurso natural a ser dado em doses. Porra, posso até me tornar objeto de um culto religioso. Eu ficaria na berlinda as 24 horas do dia. Não teria qualquer liberdade, nada. É bem provável que eu chegasse a me tornar o alvo favorito de assassinos. – Alan balançou a cabeça lentamente, para a frente e para trás. – Não há como.

Tony ficou em silêncio durante algum tempo, depois disse:

– Sim. Entendo o que quer dizer. Bem, tudo bem. Posso limpá-lo sem o show de mágica. – Apontou o dedo para Alan. – Mas não vá foder a coisa como fez diante do Conselho do hospital. Você não estaria neste estado se tivesse me dado atenção e ficado de boca fechada!

Alan juntou as mãos como que em oração e inclinou a cabeça.

– Amém, irmão.

Tony riu.

– Isso é que é atitude!

– Como anda a situação no consultório? – indagou Alan ao se levantar para levá-lo até a porta. – Acalmaram um pouco depois que se começou a falar sobre a suspensão dos meus privilégios do hospital?

– Pelo contrário. A multidão está maior do que nunca. Quero dizer, agora faz *semanas* que alguns deles estão por lá, esperando uma chance de vê-lo, e você nem ao menos fez a demonstração. Pensava que eles tinham desistido por enquanto?

– São o tipo de gente que não pode desistir – disse Alan. – Já estiveram em todos os lugares e tentaram com todos os outros. Já não têm mais nenhum lugar aonde ir.

Alan ficou parado à porta, olhando a passagem de carros sem ver Tony ir embora.

"Já não têm mais nenhum lugar aonde ir." Que sensação terrível deve ser essa, meu Deus. E depois esperar e esperar, sem que jamais ocorra o milagre pelo qual se rezou.

Foi até os gráficos sobre a Hora do Poder. Após fazer rápidos cálculos, pegou o telefone e chamou a recepcionista.

– Connie? Pode ir até o consultório agora mesmo? Ótimo! Nós vamos trabalhar!

27
Charles

Mais um "bate-papo informal" com o senador.

Charles reprimiu um bocejo. Tinha levado Julie a Montauk para o fim de semana prolongado – sexta-feira, sábado e domingo na praia. O genuíno feriado americano tinha um significado especial para ele, permitindo-lhe celebrar sua independência pessoal em relação à Inglaterra. As queimaduras de sol que tivera na praia – e merecia por ter ficado sem camisa a maior parte do dia anterior – mantiveram-no acordado metade da noite.

– Aliás – disse o senador quando Charles se levantou para ir embora –, ouvi uma história estranha no fim de semana. Parece que, em algum momento do mês passado, uma mulher de Monroe com um histórico da vida inteira de um pé esquerdo torto foi abordada por um sujeito que a perseguiu, derrubou-a no chão e lhe endireitou o pé, ali, à beira da rua.

Charles revirou os olhos. O homem jamais se cansava do assunto! Ele não queria perder mais tempo ali. Tinha de se encontrar com Sylvia pouco antes de ela partir com Jeffy para alguns dias de teste. Estava ansioso por vê-la.

– Uma história apócrifa como jamais ouvi. Qual dos santos foi? Antônio? Bartolomeu?

O senador sorriu.

– Não. Na verdade, a descrição que ela deu ajusta-se muito bem ao Dr. Alan Bulmer.

Bulmer de novo! O senador parecia estar desenvolvendo uma obsessão por esse homem! Nos últimos tempos parecia que qualquer conversa com Sylvia e o senador voltava-se para Alan Bulmer. Charles o havia encontrado apenas uma vez, mas já estava malditamente enjoado de ouvir falar a seu respeito.

– Deixe-me adivinhar – disse Charles, antes que o senador pudesse prosseguir. – O suposto pé deformado da mulher está agora malditamente perfeito. Certo?

O senador assentiu.

– Certo. Só que "suposto" não é lá bem adequado. Fiquei sabendo que a deformidade da mulher foi do conhecimento público durante muitos anos. Agora não há qualquer sinal dela.

Charles riu maliciosamente da credulidade do senador.

– Fizeram alguma radiografia antes e depois?

– Nenhuma que possa ser encontrada. Aparentemente a mulher sofria de uma infeliz combinação de pobreza e ignorância... jamais procurou ajuda para o pé.

– Puxa, que conveniente – disse Charles com uma risada. – Os raios X o convenceriam?

– É provável que não. Em especial se fossem velhos. Poderiam ser do pé de outra pessoa.

Foi a vez de o senador dar uma risada, e pelo som pareceu ser de autêntico bom humor.

– É disso que gosto em você, Charles! Você não aceita nada como tendo valor aparente. Não confia em ninguém! Fico muito confortado em saber que, se *você* acredita em algo, sinto-me seguro para fazer o mesmo.

– Eu já lhe disse antes, senador... não tenho crenças. Ou conheço algo, ou não conheço. Crença é um eufemismo para ignorância combinada com um modo de pensar sentimental.

– Você terá de acreditar em alguma coisa algum dia.

– O senador é livre para acreditar nisso se quiser. Mas, droga, garanto que não.

"Livrai-nos de todos dos homens que 'acreditam'", pensou Charles ao sair pelo corredor.

Marnie, sua secretária, estendeu-lhe uma tira de papel amarelo quando ele entrou em seu escritório.

– A Sra. Nash está na mesa da frente.

O humor de Charles desanuviou-se. Sylvia tinha andado tão malditamente preocupada nos últimos dias que parecia não ter nenhum tempo de sobra para ele. Charles sabia que ela estava preocupada com Jeffy, mas parecia haver algo mais.

Bem, ela estava ali agora, e isso oferecia uma oportunidade para fazer reviver o relacionamento. Talvez esta não fosse ser uma segunda-feira cinzenta.

28
Alan

A princípio pareceu que se tornaria uma multidão tumultuada. As pessoas no estacionamento reconheceram-no de imediato e cercaram seu carro, pressionando-o com tanta força que ele não conseguiu abrir a porta. Depois de ele ter apertado a buzina um minuto inteiro, elas recuaram o bastante para deixá-lo sair.

E em seguida foi um mar de mãos e rostos aproximando-se, tocando-o, agarrando-lhe as mãos e as colocando em suas cabeças ou sobre as dos doentes que haviam trazido consigo. Alan lutou contra o pânico de que estava sendo tomado e mal conseguia respirar naquele sufoco.

Aquele bando era marcadamente diferente das multidões anteriores. Aquelas pessoas eram as obstinadas, os mais determinados dos peregrinos, aqueles que lá haviam permanecido apesar da notícia sobre a suspensão do registro de Alan e dos boatos de que ele teria perdido seu poder ou, no fim, se teria provado que era uma fraude. Como grupo, eram mais desmazelados, mais sujos do que qualquer outro de que Alan pudesse se lembrar. Todas as mulheres pareciam ter cabelos pegajosos; todos os homens, uma barba por fazer de dois dias. A aparência era bem piorada pelas roupas, e eles pareciam bem mais pobres por causa das doenças. O mais impressionante, porém, era o ar de extremo desespero em seus olhos.

Alan gritou-lhes que o deixassem passar, mas ninguém pareceu ter ouvido. Continuaram estendendo as mãos, tocando, gritando o seu nome...

Alan conseguiu rastejar para cima do teto do carro, onde formou uma concha com as mãos em volta da boca e gritou. Em dado momento, eles acalmaram-se o bastante para ouvi-lo.

– Vocês terão de recuar e me deixar entrar no consultório – disse ele. – Atenderei um de cada vez lá dentro e farei o que puder por vocês. Aqueles que não forem atendidos hoje, o serão amanhã, e assim por diante. Mas todos vocês serão atendidos em algum momento. Não briguem, não empurrem e não se atropelem. Sei que vocês vêm esperando aqui por muito tempo. Mas tenham um pouco mais de paciência, e eu os verei a todos. Prometo.

Eles se afastaram e o deixaram passar. Connie já estava lá dentro, após ter passado discretamente enquanto a atenção da multidão estava voltada para ele. Ela abriu a porta e, rapidamente, trancou-a atrás dele.

– Não gosto disto – disse a Alan. – Esse grupo tem algo de feio.

– Estão esperando há muito tempo. Você também ficaria desgrenhada e de pavio curto se estivesse morando em um estacionamento por duas semanas.

Ela esboçou um sorriso indefinido.

– Acho que sim. No entanto...

– Se eles a deixam nervosa, eis o que vamos fazer: vamos deixá-los entrar dois de cada vez. Enquanto eu estiver atendendo um, você pode ir preenchendo a ficha do seguinte. Dessa maneira, fluirá.

"Pois tenho apenas uma hora mais ou menos para fazer aquilo que essas pessoas vieram procurar."

Quando Alan abriu a porta para começar a atender, deparou-se com uma desagradável cena: uma onda de empurrões, atropelos e brigas corpo a corpo. Alan foi obrigado a gritar e ameaçar de não atender ninguém, a menos que houvesse ordem. Eles se acalmaram. Foram admitidos um homem de meia-idade e uma mãe com a filha. Tanto o homem quanto a criança estavam mancando. Mais ou menos 5 minutos depois, Connie levou a mãe e a criança de volta à sala de exame. Quando Alan entrou na sala, a mãe – trajando um manchado robe caseiro, com meias soquete dobradas nos tornozelos – puxou os cabelos da criança, arrancando-os. Uma peruca. Ela era totalmente calva. Alan notou suas faces pálidas e encovadas. Parecia não ter mais que 10 anos.

– Quimioterapia?

A mãe assentiu.

– Ela teve leucemia. Pelo menos foi isso que os médicos nos disseram. Não importa o que deem a ela, Laurie continua definhando.

O sotaque, sem dúvida alguma, era sulino, mas Alan não conseguiu identificá-lo.

– De onde vocês são?

– Da Virgínia Ocidental.

– E percorreram todo esse caminho... ?

– Li no *The Light*. Nada mais funcionou. Imaginei que não tinha nada a perder.

Alan virou-se para a criança. Seus enormes olhos azuis ostentavam um brilho intenso no fundo das órbitas.

– Como está se sentindo, Laurie?

– Bem, acho eu – disse ela com uma vozinha miúda.

– Ela sempre diz isso! – disse a mãe. – Mas à noite eu a ouço chorar. Ela sente dor todas as horas do dia, mas não diz nada. É a pequena mais corajosa que o senhor já viu. Conte a verdade a este homem, Laurie. Onde é que dói?

Laurie encolheu os ombros.

– Dói tudo. – Apertou as mãos sobre as coxas terrivelmente magras. – Especialmente os ossos. Eles doem muito.

"Dor nos ossos", pensou Alan. Típico da leucemia. Notou as cicatrizes no couro cabeludo, no lugar onde lhe haviam aplicado a quimioterapia intratecal. Não havia dúvida, essa fora a via de administração do remédio.

– Deixe-me dar uma olhada em você, Laurie.

Colocou as mãos em ambos os lados da cabeça da menina e desejou que todos aqueles pequenos centros malignos e podres de sua medula óssea murchassem e morressem.

Nada aconteceu. Alan não sentiu nada e, aparentemente, tampouco Laurie.

Alan vivenciou um instante de pânico. Teria calculado errado de novo?

– Desculpe-me – ele disse à mãe, e entrou no consultório contíguo. Checou seus números. Todos os cálculos pareciam corretos. A Hora do Poder devia ter começado às 16 horas da tarde e já eram 16h05. Em que teria se enganado? Ou não teria? Jamais fora capaz de avaliar o minuto exato. O poder jamais deixara de aparecer, mas Alan já havia se enganado antes em 15 minutos. Esperando que o fracasso de momentos antes se devesse a um ardiloso erro marginal em seus gráficos, Alan retornou à sala de exame. Tornou a colocar as mãos na cabeça de Laurie.

Veio a carga de êxtase e, com ela, o grito de surpresa de Laurie.

– Qual é o problema, minha doçura? – disse a mãe, correndo para a filha e a arrancando de Alan.

– Nada, mãe. Só senti um choque, foi tudo. E... – ela correu as mãos pelas pernas. – E meus ossos já não doem mais!

– É verdade? – A mãe arregalou os olhos. – É verdade? Graças a Deus! O Senhor seja louvado! – Virou-se para Alan. – Mas a leucemia dela está curada? Como podemos saber?

– Leve-a de volta ao hematologista e faça uma contagem sanguínea. Isso lhe dirá com certeza.

Laurie o estava olhando com olhos de admiração.

– Não dói mais!

– Mas como... ? – começou a mãe.

Com um rápido aceno, Alan saiu com passos apressados e atravessou o corredor até a sala contígua. Sentia-se exultante, forte, *bem*. Estava funcionando! Ainda estava presente. A Hora do Poder não era perfeitamente previsível, pelo menos não por ele, mas ainda tinha esse poder e não dispunha de tempo a perder procurando explicações.

Havia trabalho a ser feito.

HORA DE PARAR.

Alan acabara de efetuar uma de suas curas mais satisfatórias. Um homem de 45 anos, com um longo histórico de espondilite anquilosante, entrara com a típica coluna vertebral rígida curvada em ângulo quase reto na parte superior das costas e no pescoço, de tal modo que o queixo era empurrado para baixo, contra o peito.

Soluçando seu agradecimento, o homem saiu com a espinha reta e a cabeça erguida.

– Aquele homem! – disse Connie ao chegar aos fundos. – Estava todo inclinado quando entrou.

Alan assentiu.

– Eu sei.

– Então é verdade mesmo? – Seus olhos arregalaram-se cada vez mais no rosto redondo.

Alan tornou a assentir.

Connie ficou parada à sua frente, boquiaberta, fazendo-o sentir-se incomodado.

– O próximo paciente está pronto? – perguntou ele a seguir.

Connie acenou negativamente.

– Não. O senhor me disse para parar de trazê-los às 17 horas. Agora são 17h10. – Terminara a Hora do Poder.

– Então, diga-lhes que acabou por hoje. Começaremos de novo amanhã às 17 horas.

– Eles não vão gostar disso – disse ela, apressando-se adiante.

Alan espreguiçou-se. Fora uma hora satisfatória... mas na verdade ele não estava exercendo a medicina. Colocar as mãos em alguém não exigia nenhuma habilidade, nenhum conhecimento especial. O *Dat-tay-vao* fazia o trabalho; ele era apenas o portador, o recipiente, o instrumento.

Com um sobressalto, Alan percebeu que se tornara uma ferramenta. A ideia perturbou-o. Toda aquela situação era emocionalmente satisfatória, mas intelectualmente embrutecedora. Ele não precisava vir a conhecer os pacientes ou construir um relacionamento. Tudo o que tinha a fazer era tocá-los em uma certa hora do dia e *pronto!* – estavam curados. Não era seu tipo de medicina. Havia o clímax de ver o alívio, a alegria e a admiração em seus rostos, mas ele não estava usando nenhuma de suas habilidades.

Depois, nenhuma de suas habilidades tivera nada a ver com o que ele realizara nesse dia. Seus colegas médicos encontrariam maneiras de creditar a maior parte dos resultados ao "efeito placebo" e à "remissão espontânea". E por que não? Em seu lugar, Alan faria o mesmo. Fora instruído a não acreditar em milagres.

Milagres – com que facilidade passara a aceitá-los após haver testemunhado alguns. Após *causá-los*. Se ao menos encontrasse um modo de fazer com que Sylvia o deixasse experimentar o Toque em Jeffy. Ela parecia temer e Alan não

231

conseguia entender o motivo. Mesmo que o Toque fosse inútil contra o autismo de Jeffy, ele não podia entender que mal haveria em tentar.

Se pudesse deixar o pequeno Jeffy normal, valeria a pena ter passado por todos os julgamentos por causa do Toque. Se ao menos Sylvia lhe desse...

Alan ouviu gritos vindos da frente e foi investigar. Um grande número de pessoas do estacionamento abrira caminho até a sala de espera. Quando o viram, começaram a gritar, pedindo, suplicando que as atendesse.

Alan ergueu a mão no ar e assim ficou, sem nada dizer, até que eles se acalmaram.

– Direi uma vez e apenas uma vez. Sei que todos vocês são doentes e sentem dor. Prometo que atenderei cada um de vocês e que farei tudo que puder, mas meu poder dura apenas uma hora por dia, não mais. Não tenho nenhum controle sobre ele. Somente uma hora por dia. Compreenderam? Essa hora já acabou e passou por hoje. Voltarei amanhã para mais uma hora, às 17 horas.

Houve alguma algazarra nos fundos da sala.

– Isso é tudo o que tenho a dizer. Voltarei amanhã, prometo.

– Foi isso que você disse há duas semanas e nós não o vimos até hoje! – gritou uma voz. – Não brinque conosco!

– Talvez nós apenas fiquemos aqui dentro até você *voltar*! – disse outra voz.

– Se vocês me ameaçarem, não voltarei de jeito nenhum.

Houve um súbito silêncio.

– Eu os verei aqui amanhã, às 17 horas.

Alan ficou observando enquanto eles, relutantes, saíam de má vontade. Connie recostou o corpo roliço na porta, após tê-la trancado a chave, e suspirou aliviada.

– Não gosto dessa gente, doutor. É o que lhe digo, eles têm algo de feio e mau. Me assustam.

– Cada um deles é gente boa.

– Talvez, mas não juntos. À medida que cada paciente curado ia saindo, o restante ia ficando cada vez pior, os maiores e mais fortes empurravam os menores e mais fracos, tirando-os do caminho.

– Grande parte deles esperou por muito tempo e eles estão cansados de se sentir doentes. Estão cansados e com dor. Quando o alívio está à vista, outra noite pode parecer um ano inteiro.

Connie balançou a cabeça.

– Acho que o senhor tem razão. Oh, Dr. Bulmer – disse ela quando Alan se virou para ir embora –, minha mãe tem um sofrimento terrível por causa da artrite nos quadris. Eu estava pensando se...

– Claro – disse Alan. – Traga-a com você amanhã.

Fecharam o consultório e Alan a acompanhou até o carro e esperou que ela se pusesse a caminho, antes de ir para o próprio carro. A multidão aglomerara-se a uma distância segura e lá ficara, encarando-o qual horda faminta que olha o dono de um supermercado abarrotado de alimentos.

Mas sua fome era de um tipo diferente, e Alan sabia que nada teria nas prateleiras para eles até o dia seguinte.

Alan partiu sentindo-se tenso e intranquilo, sem saber se haviam acreditado nele.

29
Sylvia

Ela odiava a ideia de deixar Jeffy ali por uma noite, que diria três; mas Charles convenceu-a de que essa era a melhor e mais rápida maneira de se fazer uma avaliação dele.

– Vamos examiná-lo dos pés à cabeça – disse ele por tras de sua mesa. – Vamos monitorá-lo e registrá-lo acordado e dormindo, colheremos a urina durante o dia e você poderá tê-lo de volta em 72 horas. Até lá saberemos tudo o que há para saber a respeito dele. Se fizéssemos isso gradativamente, levaríamos uma eternidade.

– Eu sei – disse ela, sentada com Jeffy em seu colo, com os braços firmes em volta do menino. – Só que há anos que ele não passa uma noite fora. E se precisar de mim?

– Sylvia, querida – disse Charles, com um tom de voz –, se ele chamá-la durante a noite, eu mandarei pessoalmente o helicóptero da Fundação buscá-la e trazê-la aqui. Será um acontecimento sem precedentes.

Sylvia não disse nada. Charles tinha razão. Nesse momento Jeffy não reagia com ninguém. Nem mesmo com os animais da casa, nem mesmo consigo próprio. Sylvia perguntou-se se ele ao menos notaria que ela havia ido embora.

– O que mais há de errado? – perguntou Charles. Sylvia levantou a vista para vê-lo observando-lhe o rosto. – Nunca a vi tão deprimida.

– Oh, é uma porção de problemas. Pequenas coisas, grandes coisas... desde o meu bonsai favorito, que está ficando com raízes podres, até Alan, que teve suspensos seus privilégios no hospital e que corre todos os riscos de perder sua licença. Tudo estava indo tão bem durante tanto tempo; agora parece que tudo vai dar errado de uma só vez.

– Os problemas de Bulmer não são seus.

– Eu sei.

Sylvia não vira Charles muitas vezes desde a festa; portanto, ele não poderia saber quanto se haviam intensificado os sentimentos dela em relação a Alan.

– Não é como se você fosse malditamente casada com ele. – Havia um traço de ciúme na voz de Charles? – E, pelo que andei ouvindo, a maior parte dos problemas de Alan é obra de sua própria ação. Parece-me que é como se ele tivesse passado a acreditar no que a imprensa marrom andou dizendo a seu respeito.

– Segundo Alan, as histórias são verdadeiras. E Ba me contou ter visto algo parecido quando era criança no Vietnã.

Charles bufou com desprezo.

– Nesse caso, a licença de Bulmer *deveria* ser revogada por ele estar exercendo a medicina sem nenhum cuidado!

Sylvia ressentiu-se dessa afirmação e, na mesma hora, defendeu Alan.

– Ele é um homem bom, decente, gentil, que está sendo crucificado! – Mas sua raiva esfriou na mesma hora, pois o que Charles dissera refletia as minúsculas dúvidas que, naquele momento, fazia semanas que vinham arranhando as paredes de sua mente. – Você o conheceu. Ele pareceu-lhe desequilibrado?

– Os paranoicos têm um tremendo jeito para parecerem pessoas perfeitamente normais, até que você entre em seu terreno proibido. Então, eles podem ser malditamente perigosos.

– Mas Ba...

– Com todo o respeito devido ao seu empregado, Sylvia, ele é um pescador inculto de uma cultura que venera os ancestrais. – Charles deu a volta na mesa e, de pé, se recostou nela, olhando para Sylvia, os braços cruzados. – Diga-me, você alguma vez o viu realizar uma dessas curas milagrosas?

– Não.

– Você conheceu pessoalmente alguém com uma doença incurável que tenha retornado com perfeita saúde após uma visita a ele?

– Não, mas...

– Então, tenha cuidado com ele! Se alguma coisa quebra todas as regras conhecidas e não pode ser vista, ouvida ou tocada, então essa coisa não existe! Só existe na cabeça de alguém. E esse alguém rompeu com a realidade e representa um perigo potencial!

Sylvia não queria ouvir aquilo. Não podia imaginar Alan sendo perigoso para alguém. Charles estava apenas dando coices numa pessoa que passara a ver como rival.

No entanto, e se ele tivesse razão?

30
Alan

Alan serviu-se de um uísque tão logo entrou na casa. *Afinal, era de uísque que ele gostava.* Bebeu e decidiu que gostava do sabor. Deixou-se cair no divã e jogou a cabeça para trás.

A viagem fora uma provação. Se não tivesse tido presença de espírito para, antes de sair dali mais cedo, anotar o caminho da casa até o consultório, e também da volta, ainda estaria andando de carro de um lado para o outro. Sua memória estava liquidada. Não conseguia *pensar*! Mesmo no consultório, quando entrara aquele homem com espinha de bambu, ele tivera de dar uma olhada num livro técnico para descobrir o nome da moléstia – doença de Strümpell Marie, também conhecida como espondilite anquilosante.

Deus, que estava acontecendo com ele? Por que já não conseguia lembrar-se mais das coisas do dia a dia? Estaria isso relacionado com o *Dat-tay-vao,* ou estaria ele ficando senil? Havia um nome para essa condição, mas Alan não conseguia pensar nele nesse momento. Pelo menos não estava com um tumor cerebral – comprovara isso nas letras negras do papel amarelo do Departamento de Radiologia do Hospital Universitário.

Fechou os olhos. Estava cansado.

Quando tornou a abri-los, estava escuro. Levantou-se em uma sobressalto. Não podia ter cochilado tanto tempo assim.

Uma olhada no relógio revelou que se havia passado apenas uma hora e meia. Em seguida ouviu o estrondo de trovões e compreendeu: estava se formando uma tempestade de verão.

A campainha da porta da frente tocou. Teria sido isso que o acordara? Alan acendeu as luzes, depois abriu a porta e encontrou um homem parado lá fora. Era baixo e magro, usava uma jaqueta dos Miami Dolphins e girava nervosamente um boné de beisebol nas mãos, enquanto olhava para Alan.

– Dr. Bulmer, posso falar-lhe um minuto?

Ele estava com aquele ar, aquele ar *faminto*. Alan engoliu em seco.

– Claro. O que posso fazer por você?

– É a minha mulher, doutor. Ela...

Alan teve uma rápida sensação de enjoo.

– Você esteve em meu consultório?

– Estive sim. Mas não me deixaram entrar para vê-lo. Entenda, minha...

– Como descobriu onde eu moro?

– Eu o segui desde o consultório.

"Meu Deus!", ele nem sequer pensara nisso!

Alan olhou para a rua, desviando o olhar. A luz estava sendo rapidamente devorada pela tempestade, mas o bruxulear dos relâmpagos revelou uma caravana de carros, furgões e *trailers* encostados no meio-fio.

– Vejo que não veio sozinho.

O homem olhou em volta demonstrando aborrecimento.

– Alguns outros sujeitos também o seguiram. Devem ter contado para o resto. Eu ia esperar até que o senhor saísse, mas quando os vi chegando imaginei que seria melhor alcançá-lo primeiro.

– Não posso fazer nada por vocês agora – disse Alan. Será que passaria a ser assim? As pessoas tocando sua campainha, acampando em seu gramado? – Eu lhes disse, amanhã às 17 horas.

– Eu sei. Mas entenda, nós moramos em Stuart... é um longo caminho ao norte de Palm Beach, na Flórida, e minha mulher está doente demais para ser transportada, de modo que estava pensando se o senhor não poderia ir até lá para vê-la. – Ele deu uma risada nervosa. – Uma visita doméstica de longa distância, se é que o senhor entende o que estou dizendo.

Apesar da intranquilidade que crescia rapidamente em seu íntimo, Alan não pôde deixar de se sentir comovido com aquele homenzinho que percorrera todo o trajeto costa acima por causa da esposa doente.

– Acho que não – disse Alan, sem conseguir tirar os olhos da multidão que crescia lá fora. – Pelo menos não agora.

– Eu o levarei de carro. Não se preocupe com isso. É só que... – sua voz contraiu-se – ela está morrendo e parece que ninguém pode fazer nada por ela

– Eu realmente não posso sair daqui – disse Alan do modo mais gentil possível. – Tenho pessoas demais aqui para cuidar...

– Você é a única esperança dela! Vi o que você fez hoje e, se pôde ajudar aquelas pessoas, pode ajudá-la também, eu sei disso.

Algumas pessoas atravessavam o gramado na direção deles. Os trovões chocalhavam as janelas. O céu desabaria a qualquer momento. Alan começou a fechar a porta.

– Sinto muito, mas...

– Sente uma droga! – disse o homem, dando um passo à frente e bloqueando a porta. – Você vem comigo!

– Mas será que você não entende que eu....

– Você terá de vir, cara! Eu lhe pagarei o que quiser!

– O dinheiro não tem nada a ver com isto. – Havia pessoas na calçada, quase nos degraus da frente da casa. – Sinto muito – disse Alan, enquanto tentava fechar a porta.

– *Não!* – disseram em coro o homem e os outros logo atrás dele, enquanto todos se aproximavam e abriam a porta aos empurrões, fazendo com que Alan cambaleasse para trás sem equilíbrio.

Mas eles não pararam na porta. Em um ímpeto cego e frenético, espremendo-se através da porta aberta, dois e três de cada vez, olhos selvagens, rostos desesperados, as mãos esticadas para a frente, agarrando, eles foram buscá-lo. Não para feri-lo, Alan não viu maldade em seus olhos, mas isso não lhe diminuiu o terror. Não havia nada que os detivesse. Eles queriam tocá-lo, agarrá-lo, puxá-lo em direção às suas amadas pessoas doentes, ou em direção aos seus carros e caminhonetes para levá-lo até aqueles que dele necessitavam, para usá-lo, possuí-lo por um minuto, apenas uns poucos segundos, o tempo suficiente para que ele realizasse seus milagres, e depois Alan poderia recuperar a liberdade e ir tratar de seus assuntos, com agradecimentos eternos.

Era isso que o assustava mais... ele tornara-se uma *coisa* para eles.

Havia muitos deles e, enquanto puxavam e se empurravam para pegá-lo, Alan cambaleou e tropeçou, caindo no chão. E, então, alguns dos outros à sua volta também tropeçaram e caíram em cima dele, esmagando-o, sufocando-o. Caíram mais pessoas em cima dele. Alan sentiu o pelo áspero do capacho ferir-lhe a face esquerda, enquanto a barriga de alguém se amoldava em sua face direita. Um cotovelo chocou-se contra seu estômago. Frenético, Alan tentou gritar sua dor, seu medo, mas não conseguiu respirar.

Se não saíssem de cima dele e lhe dessem um pouco de ar, Alan iria sufocar!

Então, tudo ficou escuro.

31
Ba

A senhora ficara em silêncio durante todo o trajeto desde a cidade. Nos últimos dias ela passara grande parte de seu tempo no carro, sabatinando-o para o exame de naturalização. Ba ficou contente por não haver perguntas neste dia; vinha tendo outra ideia acerca da cidadania. Não por deixar de amar este novo país, de fato o amava, mas porque a naturalização lhe parecia tão definitiva, uma espécie de golpe de morte em sua terra natal, uma derradeira bofetada no rosto, dizendo: *Você morreu e acabou e é inútil para mim, de forma que encontrei um novo lugar e venho por meio desta renunciar a você para sempre.* Seria ele capaz de fazer isso?

E, no entanto, sua aldeia desaparecera, seus amigos já não se encontravam mais no país, e aqueles que governavam sua pátria com toda a probabilidade o executariam caso retornasse.

Ba desejava que houvesse uma resposta mais fácil.

A senhora observou, em silêncio, o céu ameaçador e o bruxulear dos relâmpagos. Quando passaram pelo consultório do Dr. Bulmer, ela finalmente falou:

– Ora, dê só uma olhada... o estacionamento está vazio.

Ba diminuiu a velocidade e olhou à sua esquerda, na penumbra que precede a tempestade. O estacionamento não estava de todo vazio, ainda havia carros ali, mas era uma bela diferença em relação ao congestionamento das 24 horas do dia nas últimas semanas.

– Gostaria de saber o que aconteceu.

– Talvez tenham desistido e ido embora, senhora.

– Duvido disso. Eles esperaram tanto tempo... é difícil acreditar que todos tenham perdido a paciência de uma só vez.

– Talvez a polícia os tenha enxotado.

– Talvez. Finalmente Tony deve ter-se enchido com o tumulto da multidão em volta de seu escritório e chamado a polícia. Mas tenho certeza de que ele não faria isso sem perguntar a Alan, e não consigo ver Alan concordando com isso. Talvez...

Sua voz sumiu. Embora a patroa pensasse que os escondia do mundo, Ba sabia de seus profundos sentimentos em relação ao Dr. Bulmer. As lendas preveniam para não se amar aqueles que tivessem o *Dat-tay-vao*. Mas o que Ba poderia lhe dizer? Como se poderia prevenir alguém contra os sentimentos? Além disso, os dados já haviam sido lançados. O *Dat-tay-vao* procurava aqueles cujas vidas já estavam apontadas em certa direção. Ba sabia que o doutor iria seguir nessa direção, custasse o que custasse. Era o seu carma.

No entanto, por alguma razão inexplicável, o estacionamento quase deserto despertou nele certa intranquilidade.

Ba acelerou e estava prestes a dobrar à direita em direção a Toad Hall, na encruzilhada da estrada, quando a senhora falou:

– Passe pela residência do Dr. Bulmer antes de irmos para casa.

– Sim, senhora – disse Ba com um secreto sorriso de aprovação.

A senhora também achava que algo estava errado.

Os relâmpagos ficaram mais claros, o céu mais escuro, e agora os trovões podiam ser ouvidos através do carro. Quando a chuva começou a cair em súbita torrente, Ba acendeu os faróis e ouviu a senhora ofegar quando eles notaram a rua à frente, alinhada em ambos os lados por uma mistura heterogênea de tipos de veículos. Ou alguém estava dando uma bela festa ou...

– Eles descobriram a casa dele!

– A voz da senhora saiu num sussurro rouco por trás do ouvido direito de Ba, enquanto ela se inclinava à frente e olhava fixo.

Ba parou no meio da rua, em frente à casa do doutor. Apesar dos lençóis de chuva, pôde ver uma multidão abrindo caminho através da porta da frente, aos empurrões e apertos.

– Oh, Ba! Eles estão lá dentro!

A angústia em sua voz foi tudo o que Ba precisava ouvir. Ele pôs o Graham em ponto morto, puxou o freio de mão, tirou o chapéu de chofer e saltou na chuva que caía a cântaros. Não correu, mas o passo rápido das pernas compridas movimenta-va-o quase tão depressa quanto a corrida de um outro homem. Alcançou a multidão e começou a abrir caminho através dela. Aqueles que não saíam ou desviavam, Ba agarrava pelas costas da camisa ou da blusa, ou pelo pescoço, e os puxava para abrir caminho atrás dele, um após o outro, em um ritmado movimento natatório.

Em pouco tempo chegou à casa. Embora não pudesse ver o doutor, Ba soube de imediato onde ele estava – no nó entrelaçado de pessoas amontoadas no meio da sala de estar. Estariam aquelas pessoas loucas? Estariam tentando esmagar o doutor até a morte? Quanto tempo ele teria ficado debaixo delas? Ba tinha de pegá-lo!

Passou pela multidão, empurrando rudemente para o lado qualquer um que estivesse em seu caminho, até chegar ao nó.

As luzes bruxulearam, depois se apagaram. Isso não importou para Ba. Ele simplesmente esticou as mãos até o nó e puxou todos aqueles que pegou, usando os clarões esporádicos dos relâmpagos que entravam pelas janelas para ajustar o curso. Trabalhou duro, sabendo que não teria muito tempo. As pessoas ali estavam mais determinadas – algumas ferozmente determinadas. Respondiam a seus golpes mirando os punhos em seu rosto e chutando-lhe a virilha. Ba era mais rude com estas, atirando-as literalmente para o lado. A sala encheu-se de sons; gritos de dor e de raiva romperam o rugido quase constante dos trovões.

De repente as luzes se acenderam de novo e Ba se viu sobre a forma do Dr. Bulmer, de rosto lívido, ofegante, desgrenhado.

Esticou a mão para ele. Quando o doutor a agarrou e se pôs de pé, Ba ouviu a algaravia à sua volta desvanecer-se ao ponto em que pôde compreender pedaços de frases aqui e ali.

– ...mas que droga, quem é ele?... de onde saiu?

– ...puxa, como ele é grande!

– ...parece mais doente do que você, cara!

As pessoas recuaram, deixando Ba e o doutor em um tosco círculo do chão limpo. Ba sabia que sua aparência era repulsiva, com água pingando pelos cabelos finos, emplastrados na cabeça e caídos na testa. Talvez isso bastasse para que eles fossem para os seus carros lá fora sem usar mais violência.

– A senhora o espera no carro – disse ele ao Dr. Bulmer.

O doutor assentiu.

– Obrigado, mas eu vou ficar bem.

Ba sabia que essa seria uma escassa possibilidade.

– Talvez, mas o senhor faria o favor de ir falar com ela para lhe assegurar que está a salvo?

– Claro.

Alan começou a andar em direção à porta.

Um homem pôs-se no caminho dele.

– Você não vai a lugar nenhum até ver minha irmã, companheiro. – Ba avançou, mas pelo visto o homem estava preparado para ele; sem qualquer aviso, deu um tremendo direto no queixo de Ba, que bloqueou o soco com a palma da mão e envolveu o punho do homem com seus dedos compridos. Teria de usar aquele homem para dar um exemplo aos outros. Segurou a mão presa do homem, de forma a que todos pudessem ver a força que possuía, e em seguida girou-a para trás com um movimento cortante. Houve um estalido forte, o homem berrou e se ajoelhou.

– Meu Deus! – disse Alan. – Não os machuque!

– A senhora está à sua espera.

– Tudo bem – disse o doutor. Virou-se para a multidão. – Quero que todos vocês tenham saído daqui quando eu voltar.

243

Por entre murmúrios de raiva, Ba seguiu-o através da chuva até o carro. Quando o doutor abriu a porta do Graham e se inclinou para dentro, as pessoas começaram a gritar:

– ...claro! Ele tem tempo de sobra para os ricos, mas nenhum tempo para nós!

– ...é isso que eu tinha de fazer para pegá-lo, comprar um carro clássico?

Por cima do bramido dos trovões, Ba ouviu um vidro quebrar-se às suas costas quando chegou no meio-fio. Virou-se e viu um abajur aterrissar no gramado após espatifar uma janela da frente. Mais barulhos de objetos se espatifando: algumas pessoas estavam arrancando tijolos de uma beirada do jardim e os atirando nas janelas. Outras viravam-se na direção de Ba. O vietnamita pôs-se em movimento, antes mesmo que os tijolos começassem a voar na direção dele e do carro. Empurrou o Dr. Bulmer no assento traseiro e fechou a porta às suas costas. Em seguida saltou sobre o assento do motorista, engrenou o carro e saiu em disparada.

– Mas em nome de Deus o que... – disse o doutor no assento de trás, e então um tijolo bateu violentamente no porta-malas com um alto *tum*.

– Meu carro! – gritou a senhora, virando-se para olhar pela minúscula janela traseira. – Por que eles haveriam de querer machucar o meu Graham?

– Estão furiosos, frustrados e com medo – disse o doutor.

Sylvia deu uma risada.

– Qualquer outra pessoa que dissesse algo assim, eu chamaria de palerma. Mas você, Alan, você está realmente com a maldição.

– Que maldição?

– Empatia.

Olhando a chuva enquanto dirigia o carro para Toad Hall, Ba compreendeu que a sua resposta ao doutor teria sido: "A maldição do *Dat-tay-vao*."

32
Em Toad Hall

Sylvia parou na porta da biblioteca e observou Alan, enquanto ele olhava os relâmpagos pelas janelas altas. Gostaria que as cortinas estivessem fechadas. Os relâmpagos a aterrorizavam desde que a Sylvia Avery de 5 anos vira em Durham, Connecticut, um raio rachar uma árvore e incendiá-la a menos de 6 metros da janela do seu quarto. Jamais esquecera o terror daquele momento. Mesmo agora, já adulta, não conseguia ver uma tempestade.

Alan deve ter sentido sua presença, pois se virou e sorriu para ela.

– Bom talhe – disse ele, puxando as lapelas do roupão azul que estava usando. – Quase perfeito. Você devia saber que eu viria.

– Na verdade ele pertence a Charles – disse Sylvia, prestando atenção em sua reação.

O sorriso dele oscilou.

– Ele deve ser uma visita bem regular.

– Não tanto quanto costumava ser. – Foi alívio o que apareceu em seus olhos? – Daqui a pouco suas roupas sairão da secadora.

Alan tornou a se virar para as janelas.

– Minha memória continua me traindo... eu poderia jurar que você me havia dito que o novo pessegueiro ficava à direita.

– Eu disse. Só que ele cresceu como um louco. Agora está maior do que o mais velho.

O telefone tocou e Sylvia o atendeu ao primeiro toque.

Era o tenente Sears, do Departamento de Polícia de Monroe, perguntando pelo Dr. Bulmer.

– Para você – disse Sylvia, estendendo-lhe o aparelho.

A primeira providência de Alan ao chegar a Toad Hall fora telefonar para a polícia, avisando da perturbação em sua casa. Dissera que não queria fazer acusações, só queria que todos saíssem de sua propriedade. Provavelmente o tenente estava ligando para avisar que a missão fora cumprida.

Sylvia observou-o dizer algumas palavras, depois viu a expressão de seu rosto mudar. Alan disse algo como: "*O quê? Tudo? Completamente?*" Depois escutou um pouco mais e desligou. Estava pálido quando terminou.

– Minha casa – disse ele com voz baixa. – Foi toda queimada. – O corpo de Sylvia contraiu-se em choque.

– Oh, não!

– Isso mesmo. – Ele assentiu com um lento movimento de cabeça.

– Meu Deus. Não sabem se foi a turba, um relâmpago ou o quê. Mas ela desapareceu. Queimou até os alicerces.

Sylvia sentiu um ímpeto de tomá-lo nos braços e lhe dizer que tudo ficaria bem. Mas apenas permaneceu onde estava, observando-o voltar para a janela e olhar para a tormenta. Deixou-o se recuperar.

– Sabe o que fica passando pela minha cabeça? – disse ele por fim, com uma risada irreal. – Isto é uma loucura. Não a perda das minhas roupas ou todos aqueles móveis, ou mesmo a própria casa. Meus discos! Meus mofados, velhos e dourados 45 discos desapareceram, reduzidos a pequenas bolas enegrecidas de vinil fundido. Eram meu passado, sabe. Sinto-me como se alguém tivesse acabado de passar uma borracha em uma parte de mim. – Alan encolheu os ombros e se virou para Sylvia. – Bem, pelo menos ainda tenho as fitas com cópias dos discos. Levei-os para o consultório, e para meu carro. Mas não é a mesma coisa.

Algo na voz de Alan a vinha incomodando desde que ele se inclinara para falar com ela no carro sob a tempestade. Agora ela identificava: um traço do sotaque de Brooklyn. Alan o usara antes brincando; agora parecia fazer parte de sua fala.

Provavelmente por causa da tremenda tensão sob a qual estava passando.

– Talvez seja melhor você telefonar para sua mulher – disse Sylvia. – Ela ficará preocupada se ligar e souber que o telefone está quebrado.

Sylvia sabia que a mulher de Alan se encontrava na Flórida. Não sabia exatamente o motivo, mas supunha que a outra achara mais fácil enfrentar a tempestade que cercava o marido a mais ou menos 1.500 quilômetros de distância.

– Não se preocupe com isso – disse Alan, enquanto perambulava pelo aposento inspecionando os títulos nas prateleiras. – Hoje em dia Ginny não tem muito o que me dizer. Deixa que seu advogado fale por ela. Sua última mensagem foi um pacote que chegou hoje contendo os papéis do divórcio.

"Oh, pobre homem!", pensou Sylvia, enquanto o observava examinando as prateleiras de livros com estudada indiferença. Ele perdeu tudo. A mulher o abandonou, a casa foi queimada até os alicerces, ele nem sequer pode ir até o consultório e está diante de grande risco de perder a licença para exercer a medicina. Seu passado, seu presente e seu futuro... tudo desapareceu! Deus! Como pode ficar parado ali sem gritar aos céus que lhe deem um descanso?

Sylvia não queria sentir piedade dele. Era óbvio que Alan não estava chafurdando em nenhum sentimento de autocomiseração, e ela tinha certeza de que ele ficaria magoado com qualquer piedade de sua parte.

No entanto, esse era o único sentimento que lhe era permitido ter por ele.

Ela o desejava muito agora. Muito mais do que se lembrava de jamais ter desejado outro homem. E ali estava ele, em sua casa, sozinho... Gladys fora passar a noite fora, após ter colocado as roupas molhadas de Alan na secadora, e Ba empreendera uma rápida retirada para seus alojamentos em cima da garagem. Alan não tinha qualquer outro lugar aonde ir e agora haviam desaparecido todas as limitações morais que os separavam.

Por que ela estava tão assustada? Não era pela tempestade. Sylvia forçou-se a ir até o bar.

– Conhaque? – indagou ela. – Vai aquecê-lo.

– Claro. Por que não?

Alan aproximou-se.

Ela verteu mais ou menos uns 2 centímetros em cada um dos dois copos grandes e lhe entregou um deles; em seguida, com um movimento rápido, acomodou-se no canto distante do sofá de couro, encolhendo as pernas e as escondendo nas dobras do robe. Por que, em nome de Deus, ela tirara a roupa e vestira aquele roupão? Apenas para fazê-lo sentir-se mais confortável no de Charles? Que estava havendo com ela? Em que estivera pensando?

Era óbvio que não estivera pensando em nada. Suas mãos tremiam quando ela virou o copo nos lábios e deixou que o líquido ardente lhe descesse goela abaixo.

Ela não queria isso. Não queria isso de maneira alguma. Se ela e Alan se aproximassem, não seria mais um caso ocasional. Seria para sempre. Algo verdadeiro... de novo. E ela não poderia suportar mais algo verdadeiro; não após o que acontecera com Greg. Não podia arriscar-se a esse tipo de perda de novo.

E ela *perderia* Alan. Ele tinha uma aura de condenação. Era um desses homens que iria fazer o que devia fazer, sem se importar com nada. E ela podia ver o que lhe aconteceria!

Não. Não podia deixar que isso acontecesse. Não de novo. Não importava o que sentisse por Alan. Manteria a distância, o ajudaria e o trataria como um amigo querido, e assim seria. Nada de complicação.

Assim, Sylvia ostentou seu rosto de apenas-bons-amigos e o observou andar de um lado para o outro no aposento.

Mas, enquanto o observava, sentiu uma chama crescer em seu íntimo tentando aumentar ainda mais e aquecê-la, tentando acender sua necessidade de tocá-lo e ser tocada por ele. Essa chama sufocou-a.

Não iria queimar-se outra vez.

ALAN OBSERVAVA SYLVIA discretamente, enquanto fingia examinar os títulos nas prateleiras da biblioteca. Mal via os livros. Como na canção: só tinha olhos para ela.

Nossa, como estava bonita, sentada ali em seu roupão cor de vinho, o cabelo solto caindo em volta do rosto. Alan sempre se sentira atraído por ela, mas agora... o destino parecia ter-lhes atirado nos braços um do outro. Ela estava sentada lá no sofá, com o roupão castamente enrolado à sua volta, mas Alan vislumbrara a extensão de uma comprida coxa branca antes que Sylvia se ajeitasse, e fora como se um daqueles raios lá fora o tivesse atingido na virilha.

Que loucura! Sua esposa desaparecerá completamente – ele nem ao menos tinha mais uma casa, Deus do céu! –, e ele só conseguia pensar na mulher que estava naquele cômodo.

No entanto, onde estavam todas as suas brincadeiras, onde estavam seus gracejos quando Alan deles precisava? Não sabia como lidar com a situação, o que fazer, o que dizer.

"Oi, você mora por aqui? Vem aqui com frequência? Qual o seu signo?"

Tomou um gole do conhaque e sentiu os vapores queimarem-lhe a nasofaringe.

Mas pelo menos conseguiu admitir para si mesmo que desejava Sylvia, que a desejava há longa data. E agora lá estavam eles, sozinhos, sem nenhum impedimento. Mas, em vez de bancar Mae West, de repente Sylvia passou a ser Mary Tyler Moore.

Não poderia desperdiçar o momento. Desejava-a demais, *precisava* demais dela, especialmente agora. Especialmente nesta noite. Precisava de uma pessoa que ficasse ao seu lado, e queria que Sylvia fosse essa pessoa. Ela tinha força para fazê-lo.

Ele poderia passar por aquilo sozinho, mas seria bem melhor se Sylvia estivesse ao seu lado.

Alan caminhou ao longo da parede, olhando as lombadas dos livros, mas sem ver os títulos. Depois se aproximou por trás do sofá onde ela estava sentada e parou bem às suas costas. Sylvia não se voltou para ele. Não disse nada. Apenas ficou sentada ali, qual estátua em expectativa. Alan estendeu a mão na direção de seus cabelos e hesitou.

"E se ela me mandar embora? E se eu a interpretei mal durante todos esses anos?"

Forçou a mão à frente para lhe tocar o cabelo, pousando suavemente os dedos e a palma aberta nos fios sedosos e os acariciando ao longo de seu comprimento, pelo centro. A sensação de cócegas na palma da mão fez com que um arrepio agradável lhe subisse pelo braço. Alan sabia que Sylvia também sentira, pois pôde ver a pele da parte descoberta de seu antebraço ficar arrepiada.

– Sylvia...

De repente ela pôs-se de pé e se virou.

– Precisa de reabastecimento? – Tomou-lhe o copo. – Eu também.

Seguiu-a até o bar e parou ao seu lado, procurando desesperadamente o que dizer, enquanto Sylvia vertia mais conhaque nos copos. Notou a mão dela tremendo. De repente houve um estrondo ensurdecedor de trovão e as luzes se apagaram. Ouviu-a gemer, ouviu a garrafa de conhaque cair; em seguida, Sylvia lançou-se aos seus braços, abraçando-o com medo, tremendo contra o seu corpo.

Ele a envolveu com os braços. Deus, como ela estava tremendo! Não era fingimento. Sylvia estava realmente assustada.

– Ei, está tudo bem – disse ele com voz suave. – Foi apenas um apagão. Daqui a pouco as luzes vão acender.

Ela nada disse, mas em pouco tempo cessaram os tremores.

– Odeio tempestades com trovões – disse ela.

– Eu adoro! – disse Alan, estreitando-a mais ainda. – Especialmente agora. Pois eu estava quebrando a cabeça para encontrar uma forma de tê-la em meus braços.

Sylvia ergueu a vista para ele. Embora Alan não pudesse ver sua expressão na penumbra, sentiu uma mudança ocorrendo nela.

– Pare com isso! – disse ela.

Sua voz saiu cansada.

– Parar o quê?

Ela ainda estava encostada nele, mas foi como se se tivesse afastado um ou dois passos.

– Trate de parar com isso!

– Sylvia, eu não sei o que...

– Você sabe e não finja que não sabe!

Golpeou-lhe o peito com o punho direito, depois com o esquerdo, depois passou a socá-lo com ambos ao mesmo tempo.

– Você não vai fazer isso comigo! Não vai acontecer de novo! Não vou deixar! Não vou! Não vou!

Alan puxou-a firmemente contra o seu corpo, tanto para confortar a dor que sentia dentro dela como para se proteger.

– Sylvia! O que há de errado?

Ela empreendeu uma luta feroz por alguns momentos, depois afundou em Alan. Ele sentiu e ouviu seus soluços.

– Não faça isso comigo! – gritou ela.

– Fazer o quê?

Alan ficou confuso e comovido com sua explosão.

– Não me faça precisar de você e depender de sua presença aqui. Não posso passar por isso de novo. Não posso perder mais uma pessoa, simplesmente não posso!

E então Alan compreendeu e estreitou os braços em volta dela.

– Não irei a parte alguma.

– Era isso que Greg pensava.

– Ninguém pode dar garantias contra esse tipo de tragédia.

– Talvez não. Mas às vezes parece que você está cortejando a tragédia.

– Acho que aprendi uma bela lição hoje à noite.

– Espero que sim. Podia ter sido morto.

– Mas não fui. Estou aqui. Quero estar com você, Sylvia. E, se você quiser, *estarei* com você... hoje e todas as noites. Mas especialmente hoje à noite.

Após longa pausa, Alan sentiu os braços de Sylvia esquivarem-se por entre os seus e deslizarem em suas costas.

– Especialmente hoje à noite? – disse ela, com voz baixa.

– Isso mesmo. Demorou um longo tempo para acontecer e acho que não posso voltar atrás agora.

Ele esperou com toda a paciência durante outra longa pausa. Até que, Sylvia levantou o rosto para ele.

– Nem eu.

Então ele a beijou e Sylvia correspondeu, levando as mãos ao seu rosto e em seguida fechando os dedos em sua nuca. Alan pressionou-lhe o rosto contra o seu corpo, quase dominado pelos sentimentos que lhe nasciam no íntimo; velhos sentimentos que haviam ficado adormecidos durante tanto tempo que ele quase se esquecera de sua existência. Abriu a frente do roupão de Sylvia e ela abriu o dele, e em seguida a pele dela ficou quente contra o corpo de Alan. Em pouco tempo os roupões caíram no chão e ele a levou ao sofá, onde explorou cada centímetro de seu corpo com os dedos e os lábios, enquanto ela o explorava. Então os dois se juntaram, grudando-se um no outro, iluminados pelo estroboscópio dos relâmpagos, enquanto os trovões e a chuva que caía só não conseguiram sufocar os sons que eles fizeram ao atingir o clímax com a tormenta.

– DEUS! ENTÃO É ASSIM? – ela o ouviu dizer depois que eles recuperaram o fôlego e ficaram deitados lado a lado no sofá.

– Você quer dizer que faz tanto tempo que já se esqueceu? – perguntou Sylvia, dando uma risada.

Quase pôde vê-lo sorrir na escuridão.

– Isso mesmo. Parece que já faz uma eternidade desde que fora assim. Faz tanto tempo que venho fazendo isso burocraticamente que já havia esquecido como era a paixão. Quero dizer, uma *verdadeira* paixão. É genial. É como ter passado pela fase de torcer a roupa da máquina de lavar e depois ser colocado para secar.

As luzes continuaram apagadas. Os relâmpagos ainda bruxuleavam, mas não tão brilhantes, e a intervalos cada vez mais longos entre clarões e estrondos.

Alan afastou-se e foi até a janela. Parecia adorar a tempestade.

– Sabe que você é a segunda mulher com quem já fiz amor na minha vida?

Sylvia ficou espantada.

– Na sua vida?

– É.

– Você deve ter tido um monte de oportunidades.

– Acho que sim. De qualquer modo, um bocado de ofertas. Não sei quantas foram a sério. – Sylvia viu a silhueta da cabeça de Alan virar-se em sua direção. – Somente uma ofertante sempre me atraiu.

– Mas você nunca se interessou por ela.

– Não que ela não me atraísse.

– Mas porque você era casado.

– Isso mesmo. O marido fiel. Que cometia adultério todos os dias.

A afirmação intrigou-a.

– Não estou entendendo.

– Minha amante era meu consultório – disse ele em voz baixa, como que falando para si mesmo. – Ele vinha em primeiro lugar. Ginny devia contentar-se com as sobras. Para ser o tipo de marido de que ela precisava, eu teria de passar a ser menos o tipo de médico que queria ser. Fiz minha escolha. Não foi uma decisão consciente. E na verdade nunca antes vi isso desta maneira, mas agora que Ginny foi embora e a clínica acabou, ficou tudo bem claro. Muitas vezes minha mente estava em outra parte. Eu a enganava a cada hora do dia.

"Ele está tentando me afugentar?"

– E agora que ambos desapareceram, sinto-me livre para ficar com você e, neste momento, essa é a coisa mais importante do mundo.

Sylvia sentiu um rubor ao ouvir essas palavras.

– Vem cá – disse ela, mas Alan pareceu não ouvir.

Sylvia decidiu deixá-lo falar. Sentiu que isso lhe fazia bem. Ademais, queria ouvir o que Alan tinha a dizer.

– E estou falando sobre como me *sinto*. Não seria capaz de lhe dizer quando foi a última vez que me abri com alguém. Com *qualquer* pessoa. O problema é que me sinto perdido. Quero dizer, que vou fazer de mim? Pela primeira vez na vida, não sei o que quero fazer. Desde que era criança, eu queria ser médico. E sabe por quê? Por dinheiro e prestígio.

– Não acredito nisso!

– Na verdade, eu queria ser um astro do rock, mas achei que não tinha talento musical. Assim, me decidi pela medicina. – Ele riu. – Entretanto, sério... por dinheiro e prestígio. Isso é que tinha importância para o garoto do Brooklyn durante todo o curso pré-médico e a maior parte do tempo de faculdade.

– O que foi que o mudou?

– Nada em especial. Não renunciei a todas as coisas materiais e passei a vestir sacos de aniagem e cinzas. Apenas mudei. Aos poucos. Começou durante minha especialização clínica, quando tive o primeiro contato com pacientes e percebi que eles eram mais do que apenas históricos de casos... eram gente de carne e osso. De qualquer modo, atingi meus dois objetivos. O prestígio veio de modo automático, com o status, e o dinheiro também. Como um dos meus professores nos disse: "Cuidem de seus pacientes e vocês não terão de se preocupar em fazer balanço nos livros." Ele tinha razão. Assim, saí decidido a ser o melhor médico do mundo. E depois que entrei na clínica, tentar ser esse tipo de médico passou a ser um trabalho que me tomava o dia inteiro. Mas agora não sou *nenhum* tipo de médico. Sou uma ferramenta. Tornei-me uma espécie de máquina orgânica curativa. Talvez seja hora de parar. – Ele deu uma risada. – Sabe, Tony e eu costumávamos dizer que, quando a selva jurídica ficasse densa demais e os políticos tornassem necessários 20 minutos de trabalho burocrático para cada paciente de 10 minutos, nós nos livraríamos disso tudo e abriríamos uma pizzaria.

Enfim, Alan se afastou da janela.

– Por falar em pizza, estou morto de fome. Tem alguma coisa para comer, senhora?

Sylvia deslizou para sua voz de Mae West.

– Mas é claro, querido. Não se lembra? Você acabou de...

– *Comida*, senhora. Comida!

– Oh, *essa* coisa. Vamos.

Procuraram os roupões às apalpadelas e os vestiram; em seguida ela o levou pela mão até a cozinha. Sylvia estava revirando uma gaveta em busca de uma lanterna quando a luz voltou.

– O que tem aí? – perguntou Alan, apoiando-se no seu ombro enquanto ela olhava a geladeira.

As prateleiras estavam quase vazias. Por ter levado Jeffy à Fundação, Sylvia não saíra às compras nesse dia.

– Nada, a não ser cachorro-quente.

– Oh, meu Deus! – disse Alan. – O que o Dr. Freud diria disso?

– Diria para você comer ou ficar com fome.

– Não pode ser pior do que o pão com carne que comi ontem à noite. Eu mesmo fiz... com todo o sabor e a consistência de um pedaço de lareira. – Alan botou a língua para fora em uma careta de desgosto. – Argh!

Sylvia encostou-se nele e começou a rir. Eis um lado de Alan que ela jamais conhecera. Um menininho que ela jamais sonhara existir. Quem poderia supor que o belo e dedicado Dr. Bulmer fosse charmoso, engraçado e espirituoso? *Divertido!*

Sylvia esticou-se na ponta dos pés e o beijou. Alan correspondeu ao beijo. Sem tirar os lábios dos dele, Sylvia atirou o pacote de cachorro-quente na geladeira e fechou a porta. Quando pôs os braços em volta do pescoço de Alan, ele a levantou e a levou de volta à biblioteca.

Mais tarde, quando estavam deitados no sofá, exaustos, Sylvia disse:

– Um dia vamos ter de experimentar isto na cama.

Alan levantou o rosto dos seios de Sylvia.

– Que tal agora?

– Você só pode estar brincando!

– Talvez esteja – disse ele com um sorriso. – Talvez não. Só sei que me sinto como se minha vida tivesse começado somente hoje à noite. Sinto-me numa vertigem, como se pudesse fazer qualquer coisa. E é por sua causa.

– Oh, agora...

– É verdade! Veja o que me aconteceu nas últimas semanas. Agora que estou com você, nada disso importa mais. Não consigo acreditar, mas ao tocá-la, ao amá-la, todos esses problemas se reduzem à dimensão do nada. Pela primeira vez na vida, não sei o que vou fazer amanhã e... *não... me importo!*

Ele se levantou e tornou a vestir o roupão de Charles. Agora, ao vê-lo na luz, Sylvia notou como ele estava magro. Não devia estar comendo bem desde que a sua mulher o deixara.

– Talvez você devesse abrir aquela pizzaria sozinho. Se não por outra coisa, para pôr um pouco de carne em cima de seus ossos.

– Talvez – disse ele voltando à janela.

Ela vestiu seu robe e o acompanhou.

– Talvez, como um inferno – disse ela serpenteando os braços em volta de Alan e se aconchegando em suas costas. Nesse momento, a tormenta dissipara-se por completo. No entanto, Alan continuava olhando para o céu. – Você jamais deixará a medicina, e sabe muito bem disso.

– De qualquer modo, não voluntariamente. Mas parece que a medicina está me deixando.

– Ainda tem o Toque, não tem?

Ele assentiu.

– Ainda está presente.

Sylvia ainda não aceitara cem por cento a existência do *Dat-tay-vao*. Acreditava em Alan e acreditava em Ba, mas ainda não *testemunhara*, e a ideia estava tão além de sua experiência que o júri ainda se encontrava ausente em uma pequena parte de sua mente.

– Talvez você devesse aposentá-lo por algum tempo.

Sylvia sentiu que ele se enrijecia.

– Você fala como Ginny. Ela queria que eu negasse a existência do Toque e jamais o usasse de novo.

– Eu não disse isso! – Sylvia ficou magoada por ser comparada com a esposa. – Apenas acho que você devia recuar um pouco. Veja o que lhe aconteceu desde que começou a usá-lo.

– É provável que você tenha razão. É provável que eu devesse deixar a situação esfriar. Mas, Sylvia...

Ela adorava ouvi-lo dizer seu nome.

– ...não sei como explicar, mas posso *senti-las* lá fora. Todas aquelas pessoas doentes e com dor. É como se cada uma delas estivesse transmitindo pequenos sinais de aflição e como se, em alguma parte no centro do meu cérebro, houvesse um pequeno receptor que captasse cada uma delas. Elas estão lá fora. E estão esperando. Não sei se poderia parar... mesmo que quisesse.

Ela o abraçou com mais força. Lembrou-se do dia do jantar, depois que os dois tinham estado no cemitério, quando Alan lhe contou pela primeira vez sobre o Toque. Antes parecia um dom. Agora, uma maldição.

De repente Alan se virou para encará-la.

– Agora que estou aqui, não acha que já é hora de eu usar o Toque em Jeffy?

– Não, Alan, você não pode!

– Ora, vamos. Quero fazer isso tanto por você quanto por ele! – Alan começou a puxá-la em direção à escada. – Vamos dar uma olhada nele.

– Alan – disse ela, com a voz alarmada –, ele não está aqui. Eu lhe disse antes... ele vai ficar na Fundação McCready até quinta-feira.

– Oh, isso mesmo – disse ele depressa. Talvez com excessiva rapidez. – Escapou da minha memória.

Apertou-a em seus braços.

– Posso passar a noite aqui? Se me permite citar Clarence Frogman Henry – sua voz mudou para um profundo coaxo –, "não tenho lar nenhum".

– Melhor para você! – ela riu.

Mas a risada soou-lhe oca. Como Alan pudera esquecer que Jeffy estava fora? Sylvia não sabia o que era, mas havia algo de errado com ele.

33
Charles

Charles ergueu a vista e ficou surpreso ao ver Sylvia se aproximando por entre as mesas da cantina dos funcionários. Com o vestido estampado em vermelho-claro e branco apertado na cintura, deixando-lhe os ombros desnudos, ela era uma excitante miragem que flutuava através de um deserto de jalecos brancos de laboratório. Seu sorriso era radiante, mas não para ele apenas... era disponível para o mundo inteiro.

– Você chegou cedo – disse ele, levantando-se quando ela chegou à sua mesa.

Sylvia só era esperada para dali a duas horas.

– Eu sei. – Ela puxou a cadeira diante dele e se sentou. Ela disparou as palavras seguintes. – Mas já faz três dias; eu estava com saudades de Jeffy e não podia esperar mais. Sua secretária me disse que você estaria aqui, disse-me como chegar aqui quando lhe pedi para não chamá-lo. O que está bebendo?

– Chá. Quer um?

Ela assentiu e fez uma careta na direção da sua xícara.

– Mas não tão quente e com tanto leite como este. Gelado, se não se importa. É claro.

Charles saiu, foi pegar o chá para ela e um reabastecimento do quente para si próprio, consciente de todos os olhos voltados em sua direção, que, sem dúvida alguma, se perguntavam onde Charles Axford estava escondendo aquela mulher encantadora.

Sylvia bebeu com vontade.

– Está ótimo. – Olhou em volta, um sorriso travesso brincando nos lábios. – Nunca pensei que você fosse o tipo que frequentasse a cantina dos funcionários.

– Muito de vez em quando – disse ele com seu melhor ar inexpressivo –, quando sinto a aproximação de uma pontada de dúvida em mim mesmo, acho muito terapêutico misturar-me aos meus semelhantes inferiores. Isso restaura a fé em mim mesmo.

Sylvia concedeu-lhe um sorriso.

– E quanto a Jeffy?

Ela lhe fizera essa pergunta todos os dias desde que o deixara ali, na segunda-feira, e Charles conseguira se esquivar. Este dia era quinta-feira e ele tinha de lhe dar uma resposta. Charles iria expor-lhe a situação abertamente.

– Nada bom. Ele se retirou definitivamente. As avaliações clínicas confirmam isso em toda a extensão, quando comparadas com seu último desenvolvimento. Fizemos os trabalhos nele, exames de TC, TEP e de feixes de luz, MRI acordado e dormindo, EEG e análise espectral gerada por computador desses EEGs. Tudo normal. Nada há de errado em seu cérebro do ponto de vista elétrico ou estrutural.

– O que significa que não há nada que você possa fazer por ele.

– Provavelmente não.

Qualquer outra pessoa que estivesse olhando para o rosto de Sylvia o teria achado calmo, impassível. Charles viu o fugaz torcer de seus lábios, o único piscar de olhos prolongado, e soube como ela ficara desapontada.

– Existe uma nova medicação que podemos experimentar.

– Nenhuma das outras funcionou, nem mesmo aquela última, seja lá qual foi.

– FPA... fenilpropanolamina. Dá certo em alguns autistas. Infelizmente, não deu em Jeffy.

– E essa outra?

Ele encolheu os ombros. O medicamento tinha uma estrutura análoga ao FPA – com toda a probabilidade, inútil no que dizia respeito a Jeffy. Mas Charles queria dar-lhe alguma esperança.

– Talvez ajude, talvez não. Pelo menos não vai causar-lhe nenhum dano.

– Como posso recusar? – disse Sylvia, com um suspiro.

– Não pode. Mais tarde vou telefonar para você e dar uma passada por lá. Deixarei um pouco do remédio.

Sylvia desviou o olhar.

– Talvez você devesse saber... tenho um hóspede em casa.

– Quem?

Charles não poderia imaginar aonde ela chegaria.

– Alan.

– Bulmer? – Sangue de Jesus! Aonde quer que ele fosse... Bulmer, Bulmer, Bulmer! – O que aconteceu? A mulher o chutou ou algo do estilo?

– Não. Ela o abandonou.

Charles prendeu a respiração.

– Por sua causa?

Sylvia pareceu intrigada, depois disse:

– Oh, não. Por causa de todo esse negócio de cura.

– Ele então apareceu batendo na sua porta com um açucareiro vazio na mão?

– Ora, Charles – disse ela com um sorriso sem qualquer humor. – Acho que você está com ciúme! O que aconteceu com toda aquela conversa de "nada de vínculos" e "nada de exclusividade"? Pensei que você havia prometido não ficar possessivo e, acima de tudo, jamais se envolver.

– Prometi e não estou envolvido! – disse ele, sentindo-se agitado e tentando esconder a agitação. Charles *estava* com ciúme. – Mas conheço suas fraquezas como qualquer outro.

– Talvez. Mas ele não acampou no degrau da minha porta de nenhum modo, forma ou jeito. – Seu rosto cobriu-se de sombras. – Foi terrível.

Contou a Charles sobre a multidão do lado de fora da casa de Bulmer, na noite da segunda-feira, forçando sua entrada, a maneira como ele fora ferido e espancado e tivera as roupas quase arrancadas do corpo.

Charles estremeceu com a ideia de estar naquela situação. Todas aquelas pessoas estendendo as mãos, tocando-o.

E depois Sylvia lhe contou sobre como Alan recebera a notícia de que sua casa fora queimada.

– Fomos lá na terça-feira – disse ela com voz suave. – Não sobrou nada, Charles! Tinha caído uma chuva maluca na noite anterior; no entanto, as cinzas ainda estavam em brasas. Devia tê-lo visto... cambaleando como um bêbado pelos alicerces. Acho que na verdade ele não acreditara que o lugar tivesse ardido até ir lá e ver. Antes disso, fora apenas uma história contada por uma voz ao telefone na noite anterior. Mas, quando ele parou diante do pátio, oh, você devia ter visto seu rosto...

Uma lágrima rolou pela face de Sylvia, e essa cena, causada por um outro homem, foi como uma gota de ácido nítrico descendo pela parede externa do coração de Charles.

– Devia ter visto o rosto dele! – repetiu ela, o volume de sua voz erguendo-se com a raiva. – Como puderam fazer isso com ele?

– Bem – disse Charles com o máximo de cautela possível –, quando se brinca com fogo...

– Mas que droga, você tem plena certeza de que ele é um charlatão, não tem?

– Tenho certeza absoluta. – Charles não podia lembrar-se de haver tido tanta certeza de algo em sua vida. – As doenças não desaparecem com o toque da mão de uma pessoa, mesmo que essa pessoa seja o maravilhoso Dr. Bulmer. Ele teve um bocado de publicidade grátis, uma porção de pacientes novos e agora o tiro saiu pela culatra.

– Seu *idiota*!

– Meu Deus! – disse ele, dando-lhe em seguida um pouco de seu próprio remédio. – É essa a mulher que jurou que nunca mais se envolveria emocionalmente com ninguém?

– Ele é um bom sujeito e não precisava de nenhum paciente novo! Já tinha um número suficiente!

– Nesse caso ele é pirado!

Charles esperava uma rápida resposta, mas em vez disso deparou-se com uma muda hesitação. O que significava que ele atingira um ponto fraco. A própria Sylvia questionava-se sobre a condição mental de Bulmer. No entanto, o levara para a sua casa. Com certa angústia, Charles percebeu que não desejava tomar conhecimento de que os sentimentos de Sylvia em relação a Bulmer deviam ser profundos. Bem mais profundos do que os que tinha em relação a ele. Não conseguiu evitar o sentimento de mágoa.

– Você o ama? Ou é apenas mais um vagabundo que você levou para casa?

– Não – disse ela com um súbito sorriso etéreo que o incomodou mais que qualquer outra coisa desde que Sylvia se sentara ali. – Ele não é apenas um outro vagabundo.

Charles achou toda aquela conversa desagradável e quis liquidar o assunto.

– Por que não subimos até o meu...

Parou no meio da sentença, pois de repente notou que a cantina ficara em silêncio. Olhou em volta e viu que todos no salão estavam de olhos fixos em um ponto atrás dele. Virou-se para olhar.

O senador McCready entrara na cantina e estava se dirigindo à sua mesa. Seu avanço era lento por caminhar apoiado na bengala, mas não havia dúvida de que a mesa de Charles era seu destino.

Quando ele chegou à mesa, Charles levantou-se e lhe apertou a mão – um gesto formal por causa do restante das pessoas no salão. Trocaram algumas palavras banais de saudação, em seguida McCready se virou para Sylvia, com o brilho de político estampado nos olhos.

– E quem é esta jovem?

Charles apresentou-os e depois o senador perguntou se podia juntar-se a eles por alguns minutos. Depois que se sentou, retornou o burburinho normal da cantina, mas em um volume mais alto que de hábito.

Charles quase ficou mudo com o aparecimento de McCready. Desde que a Fundação comprara aquele prédio, o senador nunca – *nunca!* – havia mostrado seu rosto na cantina dos funcionários. E era inaudito ele aparecer em público à tarde, quando suas forças se dissipavam! Charles sabia o custo físico que isso lhe estava cobrando. Mas que maldita droga ele estaria aprontando?

– De onde a senhora vem, Sra. Nash? – perguntou ele, agindo como se aquela fosse apenas mais uma de suas rotineiras visitas diárias à cantina.

– Sou um de seus eleitores, senador – disse Sylvia com seu meio sorriso, que Charles sabia significar que ela estava apreciando, mas não estava impressionada, com a presença de McCready. – Moro em Monroe. Já ouviu falar do lugar?

– Mas é claro! Na verdade, lembro-me de ter lido uma notícia de jornal de terça-feira sobre um incêndio em uma casa em Monroe. Dizia que o lugar pertencia ao Dr. Alan Bulmer. Gostaria de saber se é o mesmo Dr. Bulmer que conheço.

Evaporaram-se o sorriso e a maneira despreocupada de Sylvia.

– O senhor conhece Alan?

– Bem, não tenho muita certeza. Um certo Dr. Bulmer testemunhou perante uma de minhas comissões alguns meses atrás.

– É ele! É ele mesmo!

McCready balançou a cabeça negativamente.

– Uma desgraça. Os raios são um grande problema.

– Oh, mas não foi um raio – disse Sylvia, e disparou sua história sobre a multidão.

Quando McCready confessou nada saber a respeito da publicidade de Bulmer como curandeiro, Sylvia confiou-lhe os fatos que a imprensa vinha publicando.

Charles cruzou os braços no peito, tentando manter no rosto um sorriso de autossatisfação. Agora, tudo estava claro. McCready estava ali para sondar Sylvia acerca de Bulmer. Charles foi obrigado a admirar a maneira como o senador abordara tão graciosamente o tema, sem perder um segundo sequer. O homem era astuto.

– Mas isso é realmente péssimo – disse McCready com um lento e simpático balançar de cabeça. – Estamos em lados opostos do muro político nas audiências da comissão, mas tenho um profundo respeito por sua integridade e óbvia sinceridade.

De repente voltou o meio sorriso voltou ao rosto de Sylvia.

– Oh, tenho certeza que sim.

O senador deu uma pancadinha no tampo da mesa com os nós dos dedos, como se acabasse de ter uma ideia.

– Vou lhe dizer algo – falou. – Se o Dr. Bulmer estiver de acordo, colocarei à sua disposição os recursos da Fundação para que ele investigue o poder que supõe ter.

Charles notou a expressão de surpresa de Sylvia.

– O senhor colocará?

Entretanto, Charles não ficou nem um pouco surpreso. Com toda a certeza, aquele era o objetivo do senador o tempo todo: levar aquele tal de Bulmer para lá e ver se ele era de verdade. E agora que Charles sabia para onde ia a jogada, recostou-se na cadeira e desfrutou do jogo.

– Mas é claro! A *raison d'être* da Fundação é a pesquisa. E se o Dr. Bulmer realmente tiver um poder de cura que ainda seja desconhecido à ciência médica? Estaríamos sendo negligentes com o próprio objetivo da instituição se pelo menos não tentássemos submeter seu suposto poder ao método científico. Se ele tiver alguma coisa, se tiver *realmente* alguma coisa, então colocarei minha reputação e todo o peso do prestígio da Fundação em favor de sua defesa perante o mundo.

– Senador – disse Sylvia, com brilho nos olhos brilhando –, isso seria maravilhoso!

"Ela de fato está louca por Bulmer", pensou Charles. "Caso contrário, jamais engoliria esse prato de bucho sem valor."

– Mas tenha cuidado – disse o senador, em um tom severo e estentório. – Se determinarmos que ele é um embusteiro, nós o exporemos de público como tal e aconselharemos a todos que estejam enfermos, mesmo que sofram apenas de nariz escorrendo, a não o procurarem de forma alguma. Jamais!

Sylvia ficou quieta durante um momento, depois assentiu.

– Bem justo. Transmitirei isso a ele nesses mesmos termos. E nós lhe daremos notícias.

Charles sentiu o maxilar contrair-se. "Nós lhe daremos notícias." Os dois já formavam uma equipe.

"Eu a perdi", pensou. Esse reconhecimento provocou uma penetrante pontada de dor, surpreendendo-o pela intensidade.

Não queria deixá-la ir embora. O relacionamento dos dois atrofiara-se, mas não morrera. Ainda podia revivê-lo.

– E designarei o Dr. Axford para supervisionar a investigação. – O senador apontou para Charles. – Desde que ele concorde, é claro.

Nada poderia fazer Charles recusar. Teria o maior prazer em expor Alan Bulmer como uma fraude. *Depois,* o que Sylvia pensaria dele?

– Mas é claro – disse ele sem perder a calma. – Terei grande prazer.

– Esplêndido! Vejamos... hoje é quinta-feira. Passou-se a maior parte da semana. Mas, se ele puder vir aqui hoje à noite, poderemos começar o planejamento agora mesmo. Certo, Charles?

– O que o senhor quiser, senador.

– Há algo mais – disse Sylvia lentamente, como que medindo as palavras. – Esse poder de Alan está fazendo *alguma coisa* com ele.

"O poder corrompe, minha cara", Charles gostaria de dizer. "Dê só uma olhada no senador."

– Se ele concordar em vir, vocês verificarão sua memória?

– Memória? – de repente foi despertado o interesse de Charles. – Como assim?

– Bem, ele consegue lembrar-se dos fatos da infância de maneira clara como o dia. Mas na hora do almoço ele já se esqueceu do que comeu no desjejum.

– Interessante – disse ele, imaginando que talvez aquilo nada significasse, ou que poderia ser algo bem sério, bem sério mesmo.

266

34
O senador

— O segurança da frente acabou de ligar, senhor – disse sua secretária através do alto-falante do interfone. – Ele acaba de chegar.

– Muito bom.

"Finalmente!"

McCready estivera nervoso por horas, perguntando-se se de fato Bulmer iria aparecer. Agora poderia permitir-se relaxar.

Ou não poderia?

Afundou ainda mais na cadeira de estofamento espesso à mesa e permitiu que seus músculos quase inúteis descansassem. Mas a mente não conseguia descansar, não com a possibilidade de uma cura tão próxima à mão. Recuperar a força de um homem normal, caminhar pelo estacionamento do Capitólio, galgar um único lance de escada, conquistar uma mulher, novamente tomar parte das inúmeras atividades diárias que a média das pessoas tinha como garantidas. Essa perspectiva fez com que a adrenalina fluísse e seu coração martelasse.

E depois havia as ambições que estavam acima da média – mais uma vez ver a possibilidade de ganhar a nomeação do partido e concorrer à Casa Branca como algo mais que uma ideia vazia e impraticável.

Havia tantas portas esperando para serem abertas a ele, caso o poder de Bulmer provasse ser verdadeiro.

E Bulmer estava ali, finalmente.

"Mas a que preço?", disse uma pequena voz em um canto sombrio e trancado de sua mente. Teriam sido necessárias todas as manobras e maquinações para trazê-lo para baixo de seu teto? Será que você simplesmente não poderia ter combinado um encontro com ele e lhe perguntado diretamente se eram verdadeiras aquelas histórias incríveis?

McCready fechou os olhos e mandou a voz de volta para o lugar onde estivera adormecida.

Parecia tão fácil nesses termos simplistas. Mas como poderia chegar àquele homem como um crente humilde e submisso e se colocar à sua mercê? Todo o seu ser tremeu diante da ideia de assumir o papel de súplice diante de qualquer homem. Especialmente diante de um médico. Muito mais diante do Dr. Alan Bulmer.

Como poderia pedir um favor àquele homem?

E o que Bulmer pediria em troca?

E o pior de tudo: e se Bulmer o ignorasse?

McCready quase teve ânsias de vômito com esse pensamento.

Não. Dessa maneira era melhor. Dessa maneira *ele* daria as cartas. A Fundação era *seu* território, não de Bulmer. Quando todos os dados estivessem estabelecidos, teria certeza, de um modo ou de outro. Se Bulmer fosse uma fraude, seria apenas mais um de uma longa série de becos sem saída.

Mas se os dados corroborassem as histórias, Bulmer lhe seria grato.

Então McCready poderia ir até Bulmer de cabeça erguida. E cobrar.

35
Alan

— Não posso fazer isso agora – disse Alan, erguendo a vista para Charles Axford, que mal conseguia dissimular a contrariedade.

– Bem, quando você *poderá* fazer? – indagou Axford.

Alan consultou suas anotações. Graças a Deus tinha as anotações. Alan não conseguia lembrar-se de droga nenhuma sem elas. A Hora do Poder ocorrera entre 16 e 17 horas da segunda-feira, e agora era terça, o que significava que ela viria entre 19 e 20 horas desta noite. Deu uma olhada no relógio.

– Estarei pronto em cerca de uma hora.

– Genial. – Ele pronunciou a palavra como *gê-NI-au*. – Sinta-se em casa até lá. – Charles se levantou. – Enquanto isso, tenho algumas averiguações a fazer.

Assim, Alan se viu sozinho no gabinete de Charles Axford. Não queria estar ali, nem ao menos quisera ir à Fundação McCready. Mas Sylvia insistira. Ela voltara para casa, vinda da Fundação, trazendo Jeffy e a proposta de McCready, e passara a tarde inteira tentando convencê-lo, dizendo-lhe que jamais teria paz, jamais seria capaz de voltar a exercer qualquer tipo de medicina respeitável, que devia isso a si mesmo, aos seus pacientes regulares, àqueles especiais que apenas ele seria capaz de ajudar, e insistiu até que Alan capitulou por puro cansaço.

Muito persistente, aquela mulher.

Mas ele a amava. Não tinha dúvida quanto a isso. Ela o fazia sentir-se bem consigo mesmo, com relação a ela, com relação a toda a droga deste mundo. Odiava ter que se afastar dela, mesmo durante os poucos dias que levariam para proceder ao seu exame clínico na Fundação. Alan concordara em ir tanto por ela quanto por si próprio. Isso *tinha* que ser amor.

Pois ele odiava estar ali.

Era um lugar muito bonito. Na verdade, muito impressionante com seu exterior de aço e granito e aquele gigantesco saguão em art déco. Mas, com exceção do saguão, todos os vinte andares tinham sido renovados e mobiliados com o que havia de mais moderno em equipamentos médicos.

Contudo, a decoração não o fazia sentir-se nem um pouco à vontade. Alan odiava ser testado, avaliado, observado e tratado como uma cobaia de laboratório. Nada disso havia acontecido por enquanto, mas estava a caminho. Podia sentir sua proximidade. Assinara um documento de responsabilidade e concordara em dormir ali e permanecer dentro dos limites do prédio da Fundação durante a realização de seus testes, a fim de minimizar as variáveis que de outra maneira poderiam influenciar o processo.

Suspirou. Que outra escolha tinha? Continuar como vinha fazendo e perder a licença e a reputação como médico confiável e consciencioso, condenado a exercer a medicina de milagres nas periferias, na condição de um curandeiro ou charlatão de circo de espetáculos; ou deixar que alguém como Axford realizasse um trabalho médico obstinado, que fosse ao âmago da questão, sob condições controladas, obtivesse dados sólidos, tirasse cópias dos resultados e, primeiro, documentasse a existência e, em seguida, os porquês e as razões do Toque.

Alan queria saber – por Sylvia, pelo mundo, mas antes de mais nada por si mesmo. Pois o Toque estava fazendo alguma coisa com ele. Não sabia com exatidão o que, mas sabia que não era a mesma pessoa do início daquilo, na primavera. Talvez as conclusões de Axford não fossem boas notícias, mas pelo menos ele saberia, e talvez o conhecimento o ajudasse a recuperar um mínimo de controle sobre a própria vida. Era mais do que certo que, nos últimos tempos, ele não vinha tendo muito controle sobre ela.

O VISOR DO relógio digital da mesa mostrava 19h12 quando Axford retornou.

– Está preparado agora? – perguntou ele com ar de arrogância.

– Não terei certeza até experimentar.

– Então vamos experimentar, não? Segurei minha secretária e alguns outros depois do expediente por sua causa. Tenho certeza de que não vai nos desapontar.

Axford e ele desceram de elevador e depois foram para a outra ala do prédio, conversando o tempo todo.

– Um homem que você conhecerá apenas como Sr. K concordou em permitir que você o "examine". Ele nada sabe a seu respeito... nunca ouviu falar de você, nunca viu sua foto nos jornais, nada sabe sobre você, fora o fato de que você é um outro médico que vai examiná-lo e que possivelmente levará com alguma contribuição para a sua terapia.

– Bem verdade, hein?

Axford assentiu.

– Não minto para as pessoas que vêm tratar-se aqui.

– Mas você também está tentando evitar qualquer possibilidade de efeito placebo.

– Malditamente certo. E teremos microfones na sala e você estará no videoteipe para nos assegurarmos de que não tentará enganá-lo acerca de um milagre.

Alan não pôde deixar de sorrir.

– Fico contente por você não estar assumindo riscos. Qual é o diagnóstico?

– Adenocarcinoma do pulmão com metástase no cérebro.

Alan estremeceu.

– O que tentaram até aqui?

– É uma história muito complicada... e cá estamos. – Ele pousou a mão na maçaneta da porta. – Vou apresentá-lo e deixá-lo a sós com ele. A partir de então vocês ficarão sozinhos. Mas lembre-se... estaremos vendo e ouvindo através do monitor.

Alan curvou-se reverentemente.

– Sim, Grande Irmão.

O Sr. K era alto, muito magro e estava com uma cor horrível. Mas seus olhos brilhavam. Estava sentado na mesa de exame, sem camisa e de ombros arriados, e quando sorriu mostrou mais espaços vazios do que dentes. Havia uma cicatriz de um ou dois meses, com uns 2 centímetros de comprimento, na base da garganta, acima do entalhe esternal – mediastinoscopia, sem dúvida. Alan também notou protuberâncias nodosas acima da clavícula direita – nódulos linfáticos inchados com o câncer metastático. O Sr. K ofegava às vezes quando falava e tossia intermitentemente.

– Que tipo de médico é você?

– Uma espécie de terapeuta. Como se sente?

– Até que não mal para um morto.

A resposta assustou Alan. Tão informal e tão acurada.

– O quê?

– Eles não lhe disseram? Tenho câncer no pulmão, que passou para a cabeça.

– Mas temos a radioterapia, a quimioterapia...

– Babaquice! Nada de raios mortais, nada de veneno! Vou morrer como um homem e não um lençol vomitado.

– Então, o que está fazendo aqui na Fundação?

– Fiz um acordo com eles. – Tirou do bolso um maço de Camel – Importa-se se eu fumar?

– Depois que eu examiná-lo, se não se importa.

– Não me importo. – O homem pôs o maço de lado. – De qualquer modo, fiz um acordo: mantenham-me confortável e sem dor. – Baixou o tom da voz. – E, quando o momento chegar, lubrifiquem os canos, se sabe o que estou dizendo. Façam isso e deixarei que estudem em mim os efeitos de todos esses cânceres. Assim, eles ficam me fazendo testes para ver o que acontece com minhas funções mentais, meus humores, minhas... como é que chamam mesmo? Ah, claro... capacidades motoras. Toda essa merda. Nestes últimos 52 anos, não fiz muita coisa da minha vida. Imagino que se possa fazer algo coisa na saída. O homem tem de ser bom para alguma coisa em algum momento da vida, não tem?

Alan olhou fixamente para o Sr. K. Ou era um dos homens mais corajosos que jamais conhecera ou um completo idiota.

– Mas você já sabe de tudo isso – disse o Sr. K. – Não sabe?

– Gosto de fazer descobertas por minha própria conta. Mas diga-me: se por alguma razão seus tumores desaparecessem e você saísse daqui curado, qual seria a primeira coisa que você faria?

O Sr. K piscou para ele.

– Parar de fumar!

Alan riu.

– Muito bom. Deixe-me dar-lhe uma olhada.

Colocou uma mão em cada lado da cabeça do Sr. K. Não houve espera. O êxtase semelhante a um choque subiu por seu corpo. Alan viu o Sr. K arregalar os olhos, depois virá-los para cima enquanto tinha um rápido ataque com convulsões e inconsciência.

Axford entrou apressado na sala.

– Mas que droga você fez com ele?

– Curei-o – disse Alan. – Não era isso que você queria? – Já era hora de apagar aquele ar convencido e superior do rosto de Axford.

– Seu filho da puta.

– Ele está bem.

– Estou ótimo – disse o Sr. K, do chão. – O que aconteceu?

– Você teve um ataque epilético – disse Axford.

– Bem, se você diz isso. – Ele rejeitou a tentativa de Axford fazê-lo ficar quieto e se pôs de pé. – Não sinto nada.

– Examine-o amanhã – disse Alan, sentindo-se mais confiante no Toque do que nunca antes. – Ele está curado

– Amanhã uma droga! – disse Axford, levando o Sr. K até a porta. – Vou chamar os técnicos agora mesmo! Veremos o que uma radiografia do tórax, um EEG e um exame de TC nos têm a dizer hoje à noite!

36
Charles

"É um engano! Tem que ser!"

Charles estava sentado diante dos quadros luminosos olhando as radiografias do tórax. A tomada de PA, à sua esquerda, de dois meses antes, mostrava uma massa irregular na área do hilo direito, uma massa de tecido canceroso. A tomada do centro fora tirada uma semana antes – a massa era maior, com raízes que saíam no tecido não comprometido do pulmão, o hilo inchado com nódulos linfáticos aumentados. O terceiro filme, à direita, ainda estava quente do revelador.

Estava normal. Completamente limpo. Até mesmo o enfisema e a fibrose haviam desaparecido.

"Eles estão me gozando!", disse Charles a si mesmo. "Sentiram-se sacaneados por terem sido chamados à noite, de forma que pegaram um substituto para me dar um susto!"

Verificou o nome e a data no terceiro filme: Jake Knopf – conhecido por Bulmer como o Sr. K –, e a data estava impressa no canto superior direito. Em seguida Charles tornou a verificar o filme e notou uma irregularidade na clavícula esquerda do terceiro filme – uma velha fratura que se soldara em ângulo mais agudo que o normal. Uma olhada nos dois outros exames quase congelou o seu sangue – a mesma anormalidade da clavícula estava presente nas três radiografias!

– Bem, espere um minuto – disse ele a si mesmo com um tom de voz suave. – Espere só um minuto. Não adianta ficar tirando as calças pelo pescoço. Tem de haver uma explicação.

– Disse algo, doutor? – indagou uma voz atrás dele.

Charles girou a cadeira. Dois homens, um louro, o outro de cabelos escuros, ambos com jaleco branco de laboratório apertado em volta do ombro, haviam entrada na sala.

– Quem são vocês?

– Seus novos assistentes.

"Assistentes é o caralho!" Esses dois são leões de chácara. Charles reconheceu um deles como membro da equipe de segurança pessoal do senador.

– Uma droga que são. Não preciso de nenhum assistente e não pedi ninguém.

O sujeito louro encolheu os ombros.

– Bem, foi para isso que nos designaram. É aqui que vamos ficar. Pessoalmente, preferia estar lá na cidade, mas as ordens vieram direto do gabinete do senador.

– Veremos. – Bateu num botão do interfone. Lá estava ele, diante do enigma mais surpreendente de sua carreira médica e tendo de lidar com a interferência de McCready. – Marnie... ponha-me em contato com o senador. Agora.

Charles ficou contente por tê-la feito permanecer naquela noite; isso o pouparia do trabalho de tentar encontrar McCready.

– Dr. Axford? – disse ela com insegurança. – Ele já está na linha. Ligou mais ou menos um minuto atrás e disse que o senhor o procuraria em pouco tempo e que ele ia esperar até o senhor chamar.

Apesar da raiva, Charles teve de rir. Aquele bastardo dissimulado!

– Ele está na 06, doutor – disse Marnie.

– Certo.

Charles ergueu o fone.

– Estava esperando sua chamada – disse McCready sem preâmbulos. – Aqui está a razão pela qual devo insistir para que Henly e Rossi fiquem ao seu lado: sem dúvida você está consciente da propensão do Dr. Bulmer à publicidade. Quero assegurar-me de que nenhum dos resultados de seus testes vaze até que você tenha terminado por completo. Não deixarei que ele use a Fundação e alguns dados não conclusivos como trampolim para maiores alturas em matéria de notoriedade.

E não quero que um membro do pessoal seja tentado a vazar parte desses resultados. Por conseguinte, Henly e Rossi estarão à mão para fazer com que todos, e estou dizendo *todos*, os registros do Dr. Bulmer fiquem trancados nas pastas de seu gabinete até que você e a Fundação estejam prontos para emitir uma declaração.

– O senhor acha mesmo que tudo isso seja necessário?

– Acho. E peço que você coopere comigo.

Charles pensou durante algum momento. Seria um chute nos colhões ter aqueles dois sujeitos andando atrás dele, mas se todos os dados seriam confinados em seu gabinete, onde ele teria acesso a eles a qualquer hora, como poderia objetar?

– Tudo bem. Desde que eles não se metam no meu caminho.

– Obrigado, Charles. Sabia que podia contar com você. Algum resultado por enquanto?

– Claro que não! Acabei de começar!

– Muito bem. Mantenha-me informado.

Charles resmungou e desligou. Tirou Henly e Rossi da mente e deu outra examinada nas radiografias. Tinha de haver algum engano ali. Em alguma parte do processo, alguém distorcera tudo ou estava tentando fazê-lo de bobo.

Descobriria quem, e cabeças iam rolar.

Charles desencontrou-se com o Sr. Knopf no laboratório de eletroencefalograma.

– Ele está a caminho da radiologia – disse-lhe o técnico.

Charles pegou o grosso registro do eletroencefalograma dobrado em leque e abriu parte dele em cima da escrivaninha. Sentiu a boca secar na medida em que ia abrindo mais partes dele em cima da mesa.

Estava normal. Nenhuma das irregularidades típicas de existência de uma massa subjacente, nenhum sinal de ataque epilético recente.

Mandou o técnico pegar um exame anterior. Sim, todos os costumeiros sinais de tumor cerebral estavam presentes. Agora todos haviam desaparecido.

Charles desceu apressado à radiologia, notando, sem nada fazer, que Henly e Rossi haviam entrado no laboratório de eletroencefalograma depois dele e recolhido todos os exames que ele tinha estudado.

Knopf já estava no seletor eletrônico da tomografia computadorizada. Charles ficou andando de um lado para o outro diante do revelador. Estava suando, sem saber se por causa do calor irradiado pela máquina ou se pela tensão. O radiologista só chegaria no dia seguinte, mas isso não importava. O próprio Charles poderia interpretar as tomografias computadorizadas. Quando os filmes rolaram para fora do revelador, cada qual com quatro tomadas radiografadas do cérebro de Knopf, ele agarrou-os um a um e os encaixou nos visores.

Normais. Um após o outro: *normais!*

Nesse momento, Charles estava quase frenético. Aquilo era um pesadelo! Fatos como aqueles não aconteciam no mundo real! Tudo tinha uma explicação, uma causa e um efeito! Os tumores primários e suas metástases não desaparecem simplesmente porque algum curandeiro pirado colocou as mãos em uma cabeça!

Viu que a luz vermelha em cima da porta estava apagada e correu até a sala do tomógrafo. Jake Knopf estava sentado na borda da mesa do cilindro.

– O que está havendo, doutor? – perguntou ele. – O senhor está com cara de quem precisa de uma transfusão.

"E preciso mesmo!", pensou Charles. "De vodca pura!"

– Só queria checar seu pescoço, Jake.

– Claro. Cheque à vontade.

Charles pressionou os dedos em cima da clavícula direita de Knopf, onde antes os nódulos linfáticos estavam inchados e nodosos. Agora haviam desaparecido. A região estava limpa.

A náusea cresceu em uma onda. Charles sentiu como se o mundo estivesse dividindo-se ao meio. Saiu cambaleando e se apressou em direção ao alojamento de Bulmer.

Era verdade! Knopf estava curado! E Alan Bulmer fizera isso! Mas como? Puta que pariu, maldição...!

Charles parou e deu uma risada amarga. Se o poder de Bulmer era possível, então qualquer coisa também seria. Até mesmo Jesus Cristo era possível. Melhor vigiar a própria língua. Ele podia estar ali perto. Ou lá fora. Ou em alguma parte. Ouvindo.

– NECAS – DISSE BULMER com um lento e deliberado balançar de cabeça, sentado, junto à janela de seu quarto. – Não posso fazê-lo.

– Mas por que droga não pode?

– Tarde demais. A coisa dura apenas uma hora e depois desaparece.

– Muito conveniente.

– Não tenho nenhum controle sobre ela.

– Então, quando voltará?

Bulmer olhou para o relógio.

– É provável que em algum momento amanhã de manhã, mas com certeza em alguma hora por volta das 20 horas de amanhã.

Axford sentou-se na cama. De repente se sentiu exausto.

– Tem tanta certeza assim?

– Acompanhei o processo durante meses.

Ele indicou um envelope de papel manilha.

– Registros? – indagou Charles, sentindo a letargia diminuir um pouco. – Você manteve registros?

– Esporádicos a princípio, porém mais tarde de forma bem consistente. Se quiser usá-los, pode ficar com eles. Quero dizer, pode pegar *emprestado*. Eu os quero de volta.

– Mas é claro.

Axford examinou o conteúdo – havia fichas de arquivos, folhas de borrador decoradas com os logotipos de várias companhias farmacêuticas e inclusive blocos de receituário com anotações no verso. Havia também alguns microcassetes.

– O que é tudo isso aqui?

– Nomes, datas, horários. Quem, o quê, onde, quando... quando começou a Hora do Poder e quando terminou.

A Hora do Poder – soava como um desses sermões do Evangelho da manhã de domingo. Charles sentia a própria excitação aumentar. Ali estava algo com que sabia lidar – datas, horários, *dados*! Poderia trabalhar com aquilo. Poderia compreender, cogitar e analisar. Mas Jake Knopf... Como poderia lidar com o que acontecera com Jake Knopf neste dia?

– Você ainda não perguntou pelo Sr. K – disse ele a Bulmer.

– Quem?

Bulmer demonstrou uma perplexidade genuína.

– O cara com a metástase no cérebro. Você esteve com ele algumas horas atrás.

– Oh, sim. Claro – Bulmer sorriu. – Ele está bem, tenho certeza. Uma notável "remissão espontânea", não?

– Você também lê mentes? – Charles deixou escapar, surpreso.

Era exatamente isso que ele estava pensando.

O sorriso de Bulmer foi lacônico.

– Já ouvi isso algumas vezes antes.

– Certo. Aposto que sim.

Fitou os olhos de Bulmer e hesitou antes de fazer a pergunta. *A pergunta.* Pois tinha medo da resposta.

– Tudo isto é de verdade?

Bulmer olhou para ele.

– Sim, Charles. É de verdade.

– Mas como, droga?

Bulmer prosseguiu contando-lhe sobre um ex-médico do Vietnã que num dado momento acabou parando no Monroe Community Hospital, onde o tocou e morreu.

Uma história fantástica, mas com certeza não mais fantástica do que a remissão de Jake Knopf. Charles olhou para

Bulmer com atenção. Sua conduta, seu comportamento reservados, a pilha de anotações no envelope: tudo indicava um homem sincero.

"Mas não pode ser!"

Charles levantou-se e pegou o envelope.

– Vou peneirar isso pelo computador e ver se resulta alguma correlação.

– Existe um ritmo definitivo no Toque, mas não fui capaz de calculá-lo.

– Se houver, vamos descobrir.

– Ótimo. Esse é o motivo de minha presença aqui. Você vai fazer exames de acompanhamento em mim, não vai?

– Começarão cedo amanhã.

– Faça bem feito. Uma operação completa.

– É o que pretendo – Ele notou a expressão sombria de Bulmer. – Mas por que diz isso?

– Porque há algo de errado comigo. Não sei se é estresse ou algum outro problema, mas parece que não consigo me lembrar das coisas como antes. Nem sequer me lembro da metade das pessoas que curei. Mas eu curei, disso tenho certeza.

– Memória de curto ou longo prazo?

– Acho que, na maior parte, de curto prazo. É bem borrado, mas definitivamente há algo errado.

Charles não gostou de ouvir aquelas palavras, mas reservou o julgamento para depois de ter alguns dados com que trabalhar.

– Descanse hoje à noite, pois amanhã e depois de amanhã você será testado como nunca antes.

Quando Charles se virou para ir embora, Bulmer disse:

– Você acredita um pouco em mim agora, não?

Nesse momento Charles viu algo em seus olhos, uma terrível solidão que o comoveu, apesar de seu desejo de provar que Alan Bulmer não passava de uma fraude barata.

– Não acredito em acreditar. Ou sei ou não sei. Nesse exato momento, não sei.

– Muito justo, acho.

Charles saiu apressado.

JÁ ERA BEM TARDE, mas Charles fez as ligações assim mesmo.

Ele dera uma olhada nas anotações de Bulmer e não podia acreditar que este tivesse anotado tudo aquilo tão detalhadamente. Relacionara datas e horários. Citara nomes! Chegara a relacionar outros médicos que cuidavam de um paciente. Se fosse um charlatão, ou seria muito ingênuo ou muito estúpido. Seria muito fácil localizar aquelas pessoas e checar seus registros médicos.

Mas, claro, se Bulmer estivesse completamente metido em um esquema paranoico, poder-se-ia esperar que registrasse os seus dados imaginados com todo o rigor.

Charles não saberia dizer com exatidão o motivo pelo qual dera uma olhada no envelope de papel manilha de Bulmer antes de enviá-lo para o processamento de dados, mas, agora que o fizera, estava compelido a pelo menos telefonar para um dos médicos mencionados naquela confusão a fim de checar uma "cura" descrita por Bulmer.

Escolheu uma ao acaso: Ruth Sanders. Leucemia linfática aguda. Telefonou para a informação, descobriu o número do hematologista que Bulmer relacionara e ligou para ele. Após abrir caminho, vociferar com o serviço de resposta, Charles teve na linha o Dr. Nicholls.

No mesmo instante o hematologista ficou desconfiado e de guarda fechada. E com toda a razão. Não queria dar uma informação privilegiada pelo telefone para uma voz que não conhecia. Charles decidiu pôr as cartas na mesa.

– Olhe. Eu sou da Fundação McCready. Tenho alguém aqui que afirma haver curado a leucemia de Ruth Sanders há três semanas. Estou procurando provas de que ele é maluco. Vou desligar. O senhor liga para mim aqui na Fundação, dessa maneira saberá que de fato estou telefonando daqui, e pergunta pelo Dr. Charles Axford. Em seguida, dê-me algumas respostas diretas. Prometo-lhe que elas não serão passadas adiante.

Charles desligou e ficou esperando. O telefone tocou três minutos depois. Era o Dr. Nicholls.

– A leucemia de Ruth Sanders está em completa remissão neste momento – disse ele de imediato.

– Qual protocolo o senhor está usando?

– Nenhum. Ela recusou-se a seguir o tratamento por causa dos efeitos colaterais.

– E de repente sua cultura periférica ficou normal?

– É o que está acontecendo.

– E quanto à medula óssea?

O Dr. Nicholls hesitou antes de responder.

– Normal.

Charles sentiu a garganta seca.

– Como o senhor explica isso?

– Remissão espontânea.

– Claro. Muito obrigado.

Desligou e revirou o envelope à procura de mais "curas" que registrassem os consulentes. Encontrou uma sobre a qual, aparentemente, Bulmer não tinha certeza: uma adolescente com *alopecia universalis* – calva como uma bola de bilhar quando chegou e saiu do consultório. Telefonou para o seu dermatologista. Após passar por um processo igualmente complicado, acabou fazendo com que o homem do outro lado da linha admitisse, embora relutante:

– Isso mesmo. Os cabelos dela voltaram a crescer. Uniformemente. Em todo o couro cabeludo.

– Ela lhe contou sobre um certo Dr. Bulmer?

– Claro que sim. Segundo Laurie e a mãe dela, esse curandeiro está levantando os mortos.

– Então o senhor acha que ele pode ser um artista explorador?

– Mas claro que é! Esses sujeitos fazem sua reputação à custa do efeito placebo e das remissões espontâneas. A única coisa nesse tal de Bulmer que não se ajusta ao modelo habitual são seus honorários.

– Oh, é mesmo? – Charles não pensara em quanto Bulmer devia estar arrumando com essas "curas". – Quanto ele tomava deles?

– Vinte e cinco mangos. Não consegui acreditar nisso, mas a mãe jurou que essa foi a quantia que ele cobrou. Penso que o senhor tem um verdadeiro pirado nas mãos. Acho que ele pensa de fato que pode efetuar essas curas.

– Pode ser – disse Charles, sentindo-se muito cansado. – Obrigado.

Cada vez mais alarmado, ele fez outras cinco ligações que lhe renderam mais três contatos. A história era sempre a mesma: completa remissão espontânea.

Enfim, não conseguiu forçar-se a discar mais nenhum número. Cada médico com quem falou tivera apenas um encontro com um paciente "bulmerizado" e, facilmente, imputara o incidente a um acaso feliz. Mas Charles tinha um feixe de nomes e endereços e, até ali, Bulmer estava vencendo de mil a zero.

Charles repeliu um súbito desejo de atirar o envelope no cesto de papel e jogar em seguida um palito de fósforo. Se fosse verdade o que Bulmer dissera sobre sua falha de memória, não seria capaz de se recordar de muitos dados. Eles desapareceriam para sempre. E então Charles se sentiria a salvo.

Ele ostentou um sorriso malicioso ao pensar em Charles Axford, o infatigável pesquisador e perseguidor da verdade científica, destruindo dados para se poupar de encarar o colapso de todos os seus preconceitos, o repúdio de sua preciosa *Weltanschauung*.

Era uma ideia absolutamente horrenda, porém, oh, muito atraente.

Pois os acontecimentos do dia – primeiro Knopf e agora esses telefonemas com a ininterrupta trilha de "remissões espontâneas" que revelaram – estavam deixando Charles fisicamente mal. Estava com náuseas pela vertigem mental que aquilo lhe causava.

Se pudesse destruir os dados, tinha certeza de que ele próprio poderia se esquecer de que haviam existido um dia. E depois seria capaz de fazer sua mente retornar a um horizonte intelectual e filosófico.

Ou talvez não fosse capaz. Talvez nunca mais se recuperasse daquilo de que tomara conhecimento nesse dia.

Nesse caso, o melhor a fazer seria seguir com a pesquisa até o fim.

Deu mais uma olhada na cesta de lixo, em seguida enfiou os papéis de Bulmer no envelope. Estava a trancá-los no cofre de seu gabinete quando a secretária pôs a cabeça porta adentro.

– Posso ir agora?

– Claro, Marnie.

Ela estava com uma aparência tão cansada quanto a dele.

– Precisa de algo mais antes de eu ir embora?

– Você está com meu Mylanta?

– O estômago o está incomodando? – indagou ela, com as sobrancelhas franzidas de preocupação. – Você está bem pálido.

– Estou bem. Foi alguma coisa que comi. Nunca me dei bem com os corvos.

– Como?

– Nada, Marnie. Vá para casa. Obrigado por ter ficado.

Como poderia dizer a ela ou a qualquer pessoa o que estava sentindo? Era como se ele fosse o primeiro astronauta no espaço e, ao olhar para baixo, visse que a Terra era chata.

37
Sylvia

— Qual o problema, Jeffy?

Ela o ouvira chorar durante o sonho. Ao ir dar uma olhada, viu Jeffy esfregando o pijama e o pescoço. Foi até a cama verificar. Nunca antes ele apresentara tendências de autodestruição ou automutilação, mas Sylvia ouvira falar de crianças autistas que tinham desenvolvido essas tendências. Pela maneira com que ele estava regredindo, ela receava que cada mudança fosse para pior.

Sylvia afastou-lhe as mãos e viu os vergões inchados na pele do pescoço. Ao levantar a camisa do pijama, viu outros nas costas dele.

Urticária.

Nada havia de novo em sua dieta e Sylvia não trocara de detergente ou amaciante de tecido. Só conseguiu pensar em uma coisa recentemente acrescentada – o novo medicamento da Fundação.

Sylvia desabou na cama ao lado de Jeffy. Estava com vontade de chorar. Será que nada iria ajudar aquela criança? Jeffy estava desvanecendo aos poucos e parecia não haver coisa alguma que ela pudesse fazer, a não ser ficar sentada assistindo enquanto ele ia embora. Sylvia sentia um terrível desamparo! Sentia-se tão impotente! Era o mesmo que estar paralisada. Queria *fazer* alguma coisa, qualquer coisa, menos chorar.

Respirou fundo e se acalmou. O choro nunca resolveu nada – ela aprendeu isso depois da morte de Greg.

Telefonou para a casa de Charles. A governanta disse que ele ainda não havia retornado da Fundação. Ela telefonou para lá.

– Você terá de parar com a medicação – disse ele. – Estava vendo algum resultado?

– Não. Cedo demais para ver alguma mudança, você não acha?

– Suponho que sim. Mas agora isso é um tema para discussão. Ele poderia ter uma reação mais severa com a próxima dose, portanto, jogue o resto na privada. E você tem algum Benadryl por aí?

Sylvia fez um inventário mental da caixa de remédios.

– Acho que sim. O líquido.

– Ótimo. Dê-lhe duas colheres de chá. Vai parar a coceira.

– Obrigada, Charles. Farei isso. – Ela fez uma pausa e acrescentou: – Como está Alan?

A voz de Charles ficou agitada.

– Seu precioso Dr. Bulmer vai indo bem. Melhor do que eu, no que diz respeito a este assunto.

Algo estranho em sua voz... estava tensa... Charles raramente demonstrava qualquer emoção. Isso a deixou intranquila.

– Algo de errado?

– Não. – Ele deu um suspiro de cansaço. – Está tudo bem. Começaremos a fazer os testes com ele pela manhã.

– Você não vai machucá-lo, vai?

– Meu Deus, Sylvia, ele estará bem. Só não me venha com malditas perguntas estúpidas, está bem?

– Tudo bem. Desculpe por ter perguntado.

– Perdão, amor. Estou um bocado apressado aqui. Telefono depois para perguntar como vai indo o garoto.

Charles deu uma desculpa dizendo que ia checar informes e se despediu, deixando Sylvia com o telefone na mão. Algo estava perturbando Charles, e isso não era bom. Mas ele também pareceu indeciso... quase inseguro de si. Isso era inquietante.

Ela desligou e foi pegar o Benadryl. A casa pareceu muito vazia quando Sylvia seguiu pelo corredor em direção ao armário de medicamentos. Alan estivera ali por apenas três dias e três noites, mas para Sylvia ele enchera a Toad Hall de uma forma que ela não conhecia desde que comprara a velha casa. Agora parecia mais vazia ainda.

Após todos esses anos, era muito estranho sentir a falta de alguém.

Acabara de dar a Jeffy as colheres de anti-histamínico quando o telefone tocou. Seu coração deu algumas batidas mais fortes quando Sylvia reconheceu a voz.

– Uma rã solitária chamando a Sra. Toad.

– Alan!

Contou-lhe sobre o Sr. K, a maneira como curara o homem e a reação de Charles.

– Não é de admirar que Charles estivesse agindo de modo tão estranho!

– Você também não parece estar bem hoje à noite.

Ele não queria sobrecarregá-lo com seus próprios problemas, mas teve de lhe contar.

– É Jeffy. Ele é alérgico à nova droga.

– Oh, sinto muito ouvir isso. Mas ouça – disse Alan, e ela pôde ouvir sua voz avivar-se –, quando eu sair daqui, saberemos tudo sobre o Toque. Você me deixará então experimentar em Jeffy?

De repente, Sylvia sentiu cada músculo de seu corpo enrijecer-se involuntariamente. Seria possível?

– Alan... vai dar certo?

– Não sei. Parece que funciona em todas as outras coisas. Por que não no autismo?

"Deus, se ao menos eu pudesse acreditar por um minuto, por um segundo."

– Sylvia? Você ainda está aí?

Ela respirou fundo.

– Sim, Alan. Ainda estou aqui. Volte depressa para casa, viu? Por favor!

– Já estou indo!

Ela riu e isso a relaxou um pouco.

– Espere até eles terminarem seus exames.

– Boa noite, Sra. Toad.

– Boa noite, Alan.

Ela desligou e foi até Jeffy. Recolheu-o nos braços e o abraçou com força, ignorando seus esforços para se libertar, esforços tão impessoais como os de alguém em sono profundo tentando desenredar-se dos lençóis.

– Oh, Jeffy. Tudo vai acabar bem. Posso sentir isso.

E podia mesmo. Havia desaparecido o amargo desânimo de momentos antes. Sylvia não se deixaria arrebatar, mas sentia que em algum ponto depois da curva podia vislumbrar a luz que se espera encontrar no fim de cada túnel.

38
Alan

"Então é assim que um paciente se sente."

Alan estava em seu segundo dia completo de testes e não estava gostando.

Começaram às 6 horas do dia anterior, eles haviam coloca-do eletrodos em seu couro cabeludo e prendido uma caixa em seu cinto para um eletroencefalograma de 24 horas por teleme-tria. Alan fora furado e revirado durante o restante do dia. E tudo isso sem qualquer palavra de explicação. Essa manhã co-meçara com hora após hora de testes psicológicos por escrito.

Pelo menos, Alan sabia o que estava acontecendo. Mas como devia sentir-se um paciente quando tudo à sua volta era estranho, misterioso e vagamente ameaçador?

E ele estava se sentindo sozinho. Sentia uma saudade de-sesperada de Sylvia. Apenas uns poucos dias com ela e Alan se sentia um novo homem. Estar longe dela agora era quase uma dor física. Mas Alan estava fazendo aquilo tanto por ela quanto por si próprio. Se havia algum futuro para o seu relacionamento, ele tinha de saber para o que a estava levando.

E, assim, ele teria de ser um paciente durante algum tempo. E, como qualquer paciente, receava o que os testes iriam mostrar. Para Axford, aquilo podia ser apenas mais um trabalho de rotina, mas nada havia de rotineiro naquela provação para Alan. Ele estava seriamente preocupado com a memória irregular, as lacunas em sua memória, em especial a recente. Isso sugeria um diagnóstico terrível demais para não criar qualquer preocupação.

Era melhor ter um tumor no cérebro do que a doença de Alzheimer. Alan sabia que não se enquadrava na faixa etária habitual, mas os sinais existiam.

Neste momento ele estava deitado em uma mesa de superfície dura do Departamento de Radiologia da Fundação, esperando para ser rolado para dentro do estômago de uma máquina com aparência de tomógrafo computadorizado. Uma jovem técnica, usando cerca de 2 quilos de maquiagem nos olhos, aproximou-se com uma seringa.

– Este lugar aqui também funciona a todo vapor aos sábados? – indagou ele, enquanto ela lhe esfregava o braço com álcool.

– Todos os dias – disse ela por trás de uma enorme bola de chiclete.

– A propósito, fiz uma tomografia computadorizada algumas semanas atrás.

Alan lembrou-se da onda de calor quando o material de contraste foi introduzido em suas veias.

– Este aqui é similar, mas diferente – disse a jovem com ar de indiferença. – Este aqui é um exame de TEP.

– Ah, sim – disse Alan, assumindo um tom pedante. – Tomografia de Emissão de Pósitrons.

Ficou contente por se haver lembrado do significado da sigla. Talvez sua memória não estivesse assim tão má.

A técnica levantou a cabeça ao olhar para ele.

– Ei, muito bem. Como sabe disso?

– Li na *Newsweek*. O que você vai injetar em mim?

– Apenas açúcar.

Era mais do que apenas açúcar, Alan sabia. FDG – açúcar *radioativo*, que mostraria as áreas mais ativas e as menos ativas de seu cérebro. Lembrou-se de que alguns artigos que lera nas publicações médicas diziam que os exames de TEP haviam demonstrado anormalidades no metabolismo cerebral de esquizofrênicos. Então era isso que Axford estava procurando... provas de que ele era um pássaro pirado de quarto grau...

– O Dr. Axford quer que o senhor caminhe um pouco antes de fazer o exame – disse ela, retirando a agulha de sua veia.

Era evidente que Axford queria ver a atividade global de seu cérebro.

E se ele descobrisse um padrão esquizofrênico pelo TEP? E se tudo o que Alan vira e fizera nos últimos tempos jamais tivesse acontecido? E se tudo fizesse parte de um intrincado sistema de alucinações?

Não, ele não iria cair nessa armadilha. "Eu NÃO sou maluco", pensou, e então se lembrou de que todos eles também diziam o mesmo, não diziam?

FINALMENTE OS TESTES foram concluídos, e Alan estava sentado naquele quartinho sem mobília do sétimo andar quando deram uma batida na porta.

Era o Sr. K. Alan não o reconheceu a princípio – sua cor estava bem melhor. Uma mala de viagem repousava no chão ao seu lado.

– Só vim dizer adeus – disse ele esticando a mão.

Alan a apertou.

– Está indo embora?

– Isso mesmo. Saindo para dar um passeio de sábado à tarde, e não vou voltar. Disseram que já não podem mais me usar, pois já não sou um doente.

– Eles disseram como seu câncer desapareceu?

Alan estava curioso em saber como Axford & Cia. teriam explicado o que acontecera.

– Disseram que desapareceu sozinho. Emissão noturna ou algo parecido – disse ele com um arreganhar de sorriso e um piscar de olhos. – Mas eu sei o que foi e você também.

– O que foi?

Ele espetou o dedo no peito de Alan.

– Foi você. Você fez isso. Não sei como, mas foi você quem fez. A única explicação que consigo encontrar é que você é um anjo ou algo parecido, enviado por Deus para me dar outra oportunidade. Bem, vou aceitar! Andei estragando tudo da primeira vez, mas não vou estragar de novo!

De repente apareceram lágrimas nos olhos do Sr. K. Com óbvio embaraço, ele tirou algo amassado do bolso e atirou na mão de Alan.

– Tome. Fique com eles. Não vou precisar disso.

Pensando que fosse dinheiro, Alan começou a protestar. Depois viu que se tratava de um maço de Camel semivazio.

– Adeus – disse o Sr. K desviando o rosto, enquanto pegava a mala e saía apressado.

Alan foi atirar os cigarros na cesta de lixo, mas antes olhou para o maço amarrotado. Decidiu ficar com ele. Todas as vezes em que tivesse dúvidas quanto à realidade daquilo que estava vivendo, tiraria o maço do bolso e o usaria como lembrança da "emissão noturna" do Sr. K.

39
Charles

— Isso é tudo?

Henly assentiu enquanto colocava os últimos dados impressos pelo computador em cima da mesa de Charles.

– Até a última gota.

– Tem certeza?

– Somos pagos para sermos perfeitos.

Charles teve de admitir que os dois leões de chácara de McCready eram de uma perfeição extrema. Haviam seguido o progresso de Bulmer de departamento em departamento durante os últimos dois dias, recolhendo cada fragmento dos dados que eram produzidos e os guardando apenas para os olhos de Charles.

Agora fazia dois dias que ele reprimira o corrosivo desejo de esquadrinhar o resultado de cada teste à medida que iam chegando, com medo de se prejudicar formando um diagnóstico apressado. Charles queria ver o quadro todo de uma só vez.

– Estão esperando algo? – perguntou a Henly e Rossi, enquanto os dois permaneciam em frente à mesa.

– Isso mesmo – disse Rossi. – Estamos esperando que você ponha isso no cofre.

– Quero dar uma olhada antes.

– Está tudo no computador, doutor. Programado no seu código de acesso. Não devemos sair daqui antes de tudo isso ser trancado.

– Esqueça – disse Charles com crescente aborrecimento. – Gosto de ver os originais.

– Dê um descanso a gente, doutor – disse Henly, passando a mão agitada pelos cabelos louros. – É noite de sábado e as mulheres estão esperando. Tranque o cofre e nós vamos embora. O que fizer depois disso não será problema nosso.

Charles suspirou.

– Faço qualquer coisa que os leve correndo para fora daqui.
– Foi até o cofre da parede, bateu o código e empurrou todos os papéis para dentro. Após fechá-lo e apertar o botão *desimpedido,* virou-se para os dois homens da segurança. – Satisfeitos?

– Boa noite, doutor – disseram os dois em uníssono e foram embora.

Charles sentou-se diante de seu computador e encontrou uma ficha de arquivo presa na tela com fita adesiva, onde leu:

Todos os dados das anotações e áudios de Bulmer entraram na memória como "Hora do Poder", acesso apenas ao senhor.

Charles encarou a superfície inerte e insípida do computador, quase com medo de ligar, com medo de não poder descobrir qualquer explicação para o incrível fenômeno que Bulmer deixara em seu rastro nos últimos meses.

Mas tinha de começar em algum momento, em algum lugar, e as anotações de Bulmer pareciam tão boas quanto qualquer outra. Apertou o botão de ligar e, em pouco tempo, apareceu o pequeno cursor quadrado, piscando uma cor verde-clara no escuro vazio da tela. Digitou o código de acesso, depois fez o computador relacionar em sequência os dados que Alan lhe fornecera.

Era muito confuso. Ele seguiu adiante, notando que as datas eram registradas em três dias consecutivos, depois vinha uma lacuna de dois dias sem dado algum, em seguida quatro dias com horários, depois três sem. Não conseguiu ver padrão algum. O registro parecia completamente caótico, ao acaso. Ele digitou:

CORRELACIONE COM TODOS OS BIORRITMOS
HUMANOS CONHECIDOS

Viu o cursor parar de piscar por alguns segundos, em seguida a resposta brilhou na tela com um bip:

NENHUMA CORRELAÇÃO

Charles digitou:

CORRELACIONE COM A MEMÓRIA

Isso daria início a uma busca através de todo o banco de memória do computador, um dos bancos de dados mais completos do mundo em termos de biociência. Houve uma longa espera, mas enfim surgiu o bip:

NENHUMA CORRELAÇÃO

Aquilo estava parecendo um beco sem saída, mas, pela encrenca que isso representava, Charles decidiu fazer o computador procurar nos bancos de dados dos outros computadores do mundo inteiro:

CORRELACIONE RITMO COM OUTROS BANCOS DE DADOS ACESSÍVEIS

O processamento brilhou na tela.

Essa busca levaria um tempo considerável; assim, enquanto ela se processava, Charles limpou a tela e se preparou para descobrir o que havia para se saber acerca do Dr. Alan Bulmer. Decidiu começar pelo básico e fez uma busca do perfil sanguíneo de Bulmer.

TESTE	ANORMAL	NORMAL	UNIDADES	REF. ÂMBITO
Cálcio	9,6		mg/dl	8,5-10,5
Cálcio Livre	4,2		mg/dl	3,5-5,8
Fósforo Inorgânico	3,4		mg/dl	2,5-4,5
Bilirrubina Total	0,6		mg/dl	0,2-1,2
Bilirrubina Direta	0,2		mg/dl	0,0-0,3

Bilirrubina Indireta	0,4	mg/dl	0,3-0,9
Proteína Total	7,2	gm/dl	6,0-8,0
Albumina	4,6	gm/dl	3,0-5,5
Globulina	2,6	gm/dl	1,5-3,6
Alb. Proporção Glob.	1,8		1,1-2,2
Fosfatase Alcalina	60	ui/l	30-115
Sgot	27	ui/l	0-50
Sgpt	29	ui/l	0-45
Ldh	193	ui/l	100-225
Bun	19	mg/dl	10-20
Creatinina	1,1	mg/dl	0,7-1,5
Proporção Bun/ Creatinina	20,0		7,0-29,0
Glicose	94	mg/dl	60-115
Ácido Úrico	1,9	mg/dl	2,0-9,0
Sódio	142	meq/l	135-145
Potássio	4,1	meq/l	3,5-5,5
Cloreto	106	meq/l	96-106
Dióxido de Carbono	26	meq/l	24-30
Colesterol	187	mg/dl	135-300
Triglicerídeos	92	mg/dl	10-150
T4 Ria	8,2	mcg/dl	5,0-13,0

HEMOGRAMA

Wbc	5,3	k	4,5-11,0
Rbc	5,12	m	3,5-5,9
Hemoglobina	15,2	gm%	10,0-18,0
Hematócrito	44,6	%	36-54
Mcv	87		80-100
Mch	30		22-35
Mchc	34		27-37

WBC DIFERENCIAL

Neutrófilos	56	%	46-79
Linfócitos	36	%	15-44

Monócitos	4	%	0-9
Eosinófilos	3	%	0-5
Basófilos	1	%	0-2

Mas que droga, ele havia feito busca para exame de drogas.

TESTE	ANORMAL NORMAL	UNIDADES	
Álcool Etílico	0	mg/dl	
	10-50	mg/dl	Nenhuma influência
	50-100	mg/dl	Ligeira influência
	100-150	mg/dl	Influência moderada
	150-200	mg/dl	Envenenamento moderado
	200-250	mg/dl	Envenenamento grave
	350-400	mg/dl	Coma profundo
Anfetamina			Nenhuma detectada
Metanfetamina			Nenhuma detectada
Fenobarbital			Nenhum detectado
Secobarbital			Nenhum detectado
Doriden			Nenhum detectado
Quinino			Nenhum detectado
Morfina			Nenhuma detectada
Metadona			Nenhuma detectada

Fenotiazina	Nenhuma detectada
Codeína	Nenhuma detectada
Cocaína	Nenhuma detectada
Dilaudid	Nenhum detectado
Amobarbital	Nenhum detectado
Darvon	Nenhum detectado
Dilantin	Nenhum detectado

Como era esperado, nenhuma substância suscetível de causar vício fluía em seu sangue ou em sua urina.

Por enquanto, estava tudo bem. O cardiograma e a radiografia do tórax também estavam normais. Em seguida ele pegou o exame de tomografia que Bulmer fizera na parte sul da cidade e reviu a série de tomadas radiográficas do cérebro em vários níveis, com e sem contraste: nenhum enfarte nem massas evidentes em parte alguma. Os exames de ressonância magnética feitos ali também eram negativos.

Bulmer então não tinha nenhum tumor no cérebro e, anteriormente, não tivera qualquer ataque. Nenhuma surpresa. Charles avançou na tela para ver como andavam as ondas cerebrais.

Uma versão condensada do eletroencefalograma de 24 horas de Bulmer, feito na véspera, rolou horizontalmente na tela. O computador apresentou uma boa amostra de seis zigue-zagues paralelos, que formavam o padrão elétrico básico de seu cérebro, em seguida truncou esse padrão particular, separando-o do resto do registro e deixando apenas as irregularidades e variações significativas para a revisão.

Charles notou de imediato que o padrão básico apresentava uma anomalia difusa. Nada terrivelmente específico, mas a atividade do segundo plano estava desorganizada, apresentando generalizada redução de velocidade.

Isso deixou Charles intrigado. Esse não era o tipo de eletroencefalograma que ele associaria a um profissional ativo entrando na casa dos 40. Aquele era o eletroencefalograma de um velho senil.

Continua. A primeira variação apareceu por volta das 7h15, quando começou a se mostrar um padrão ondulante, quase imperceptível a princípio, mas ficando cada vez mais pronunciado com o passar dos minutos. Não estava confinada a uma seção do cérebro, senão que afetava todos os condutos, fazendo com que as linhas deslizassem para cima e para baixo. A ondulação ficava mais pronunciada às 7h45, depois do que a magnitude de cada onda começava a diminuir, desaparecendo finalmente às 8h16.

Charles recostou-se na cadeira e mordeu o lábio. Estranho. Não conseguiu lembrar-se de haver visto algo como aquilo antes. Encolheu os ombros. Provavelmente alguma perturbação elétrica transitória na telemetria. Seguiu rodando; nada encontrado até as 19h37 da noite anterior, quando se repetiu o mesmo padrão, atingindo o clímax pouco depois das 20h e desaparecendo por volta das 20h35.

Duplamente estranho. Duas ocorrências aparentes, ambas idênticas, com uma separação de cerca de 12 horas e meia, cada qual durando uma hora.

"A Hora do Poder!"

Um formigamento percorreu as costas de Charles.

Ele estremeceu. Isso era ridículo. Era apenas uma ocorrência... única, ele garantia, mas apesar disso apenas uma ocorrência.

Charles limpou a tela, digitou o exame de TEP de Bulmer e ofegou. O eletroencefalograma fora perturbador, mas aquilo ali era totalmente chocante. Correu através de uma série de tomadas de TEP, em seguida voltou rapidamente ao exame da tomografia computadorizada e da ressonância magnética. Estes estavam definitivamente normais, com ventrículos e sulcos normais e nenhum sinal de circulação obstruída em qualquer área do cérebro. De volta ao exame de TEP – inteiramente anormal. O FDG injetado em Bulmer não fora absorvido pelas células do cérebro da maneira habitual. O resultado da tomografia mostrava que nada estava impedindo a glicose de chegar lá, mas no TEP as áreas amarelas e alaranjadas do cérebro ativo apresentavam marcada redução, ao passo que outras áreas do exame estavam escuras, mostrando não ter havido absorção da glicose. Os neurônios ali não estavam trabalhando.

O que significava que determinadas áreas do cérebro de Bulmer não funcionavam.

A mente de Charles estava confusa. Já tinha visto antes exames de TEP com anormalidades semelhantes, mas não em um cérebro perfeitamente normal em anatomia e vascularidade.

Soou o bip do computador e brilhou no canto esquerdo inferior da tela:

BUSCA CONCLUÍDA – ENCONTRADA
CORRELAÇÃO 0,95

Charles limpou rapidamente a tela e digitou:

RELACIONE CORRELAÇÃO

Soou o bip e o computador escreveu:

FONTE: SERVIÇO METEOROLÓGICO NACIONAL
BANCO DE DADOS. CORRELAÇÃO: TEMPO
INTRODUZIDAS COORDENADAS DE TODOS OS DADOS

HORA APROXIMADA DA MARÉ ALTA NO CANAL DE
LONG ISLAND
AO LADO DE GLEN COVE, NY.
COMEÇANDO APROXIMADAMENTE 30 MINUTOS
ANTES MARÉ ALTA E TERMINANDO
APROXIMADAMENTE 30 MINUTOS DEPOIS.

Charles afundou na cadeira. Bem, ele queria identificar o ritmo da chamada Hora do Poder de Bulmer e ali estava. O ritmo mais antigo do mundo.

A maré.

Isso deixou-o arrepiado.

Charles se levantou, deu uma volta em sua mesa e voltou para aliviar a tensão que começara a se apoderar de seus músculos. Lembrou-se das duas ocorrências de ondas senoidais que haviam subido e descido com uma separação de cerca de 12 horas. Por acaso a maré não subia e baixava duas vezes por dia, com uma separação de mais ou menos 12 horas? Tornou a averiguar os traçados na tela e fez uma rápida anotação da hora em que cada artefato aparecia e desaparecia – das 7h15h até as 8h16 da manhã e das 7h37 até as 20h35 da noite. Se aquelas ocorrências representavam a Hora do Poder de Bulmer e se estivessem relacionadas com o subir e descer da maré, então a maré alta devia ocorrer bem no maldito meio desses dois períodos. Charles calculou os pontos centrais, em seguida tornou a se sentar ao terminal.

CORRELACIONE COM MARÉ ALTA NO CANAL
DE LONG ISLAND AO LADO DE GLEN COVE, 11
JULHO:
7H45 E 20H06
RECORRER
AO BANCO DE DADOS DO SMN

O bip do computador soou quase que de imediato.

NENHUMA CORRELAÇÃO SIGNIFICATIVA

"Droga!" Se tivesse havido uma correlação, Charles teria algo concreto para poder continuar.

Espere! Bulmer não estava perto do canal de Long Island quando o exame fora feito. Estava ali, na Park Avenue, em Manhattan. O East River era o curso d'água mais próximo.

Charles avançou para o teclado.

CORRELACIONE COM MARÉ ALTA NO
EAST RIVER, 11 JULHO:
7H45 E 20H06 DA NOITE
RECORRER AO BANCO DE DADOS DO SMN.

Um bip instantâneo:

CORRELAÇÃO 0,97

"Consegui!"
Mas o *que* exatamente Charles tinha?

40
Alan

Alan sentiu o coração acelerar prematuramente quando respondeu às batidas na porta e viu Axford parado ali.

"Aí está", pensou.

Axford trazia uma garrafa na mão e um feixe de papéis debaixo do outro braço. Estava com cara de quem já havia provado a garrafa algumas vezes antes de chegar ali.

– É uma festa? – perguntou Alan, recuando para deixá-lo entrar. – Ou uma vigília?

– Pegue uns copos – disse Charles rudemente. – Isto aqui é uma coisa boa, mesmo que você não goste de bourbon.

Verteu mais ou menos uma polegada em cada um dos dois copos de plástico que Alan pegou no banheiro e os dois viraram ao mesmo tempo.

– Suave. Que marca é esta?

– Maker's Mark – disse Axford. – Tome um pouco mais.

Ele serviu rapidamente uma outra dose, mas Alan não bebeu.

– Bem? – disse Alan, forçando-se a fazer a pergunta que havia transformado os dois últimos dias em um pesadelo vivo. Ele se visualizara deteriorando-se aos poucos no decorrer dos anos seguintes, até se tornar um vegetal baboso sentado em cima de uma poça dos próprios excrementos. – Estou com a doença de Alzheimer, não estou?

Axford esvaziou o copo e caminhou até a janela.

– Quer saber de uma coisa, Bulmer? Às vezes sou obrigado a ficar admirado comigo mesmo. Eu acharia bem mais fácil dizer-lhe que você está com a doença de Alzheimer do que aquilo que realmente tenho a lhe contar. Uma espécie de maldito iditota, não?

– Vou lhe dizer uma coisa – disse Alan, deixando transparecer seu rancor. – Você tem o comportamento delicado de Átila, o Huno. O *que foi que descobriu*?

– Não sei.

– Você não *sabe*? – Alan sabia que estava gritando, mas não conseguiu evitar. – Todos esses testes...

– ...revelam algo que eu não posso explicar. – Alan sentou-se na cama e bebericou o bourbon.

– Então, afinal de contas, *existe* alguma coisa.

– Suas mudanças de memória são similares ao padrão de Alzheimer, mas, como você bem sabe, do jeito que as coisas estão agora, a única maneira de se fazer um diagnóstico definitivo é uma autópsia.

Alan não pôde evitar um sorriso.

– Olha aqui, eu assinei um bocado de permissões, mas não me lembro de ter concordado com isso.

O rosto de Axford ostentou uma inexpressividade completa quando ele olhou para Alan.

– Você concordou. Só que não se lembra. Está marcada para amanhã às nove.

– Sem brincadeira.

– Mas, falando sério, podemos fazer um diagnóstico presumível muito bom da doença de Alzheimer, clínica e radiograficamente, sem cortar o seu cérebro para descobrir alguma massa neurofibrilar.

Alan percebeu que Axford estava falando com ele como falaria com um leigo, provavelmente sem ter ideia de quanto Alan conservara na memória sobre a doença. O próprio Alan não sabia o que sabia e o que esquecera, de modo que deixou Axford continuar.

– Do ponto de vista clínico, você seria suspeito de ter um caso, mas seus exames de tomografia não mostram qualquer das máculas habituais... nada de atrofia cerebral ou dilatação ventricular, nenhum alargamento dos sulcos.

– Fico aliviado.

– Seu exame de TEP, por outro lado, apresenta uma anormalidade marcante. Algumas áreas do córtex e do hipocampo fecharam-se, não apresentando metabolismo algum... outro clássico de um cérebro com Alzheimer avançado.

As entranhas de Alan deram um nó.

– Bem, é ou não é?

– Não posso dizer. Se você estiver com a doença de Alzheimer, não está com nenhuma forma que eu já tenha visto.

Alan estendeu o copo para mais uma dose de bourbon. Não sabia se ria ou se chorava.

– Você acha que é o Toque que está fazendo isso comigo?

Axford encolheu os ombros.

– Não sei.

– Você não sabe muita coisa, não é mesmo? – vociferou Alan.

– Sabemos que ritmo segue essa sua "Hora do Poder".

Alan sentiu a espinha enrijecer-se.

– Estou ouvindo.

– Ela vem e vai com a maré alta.

Foi como um soco no intestino.

– Maré alta?

Axford assentiu.

Sentindo-se trôpego, Alan foi ter seu turno junto à janela, olhando a Park Avenue lá embaixo, quase sem ouvir Axford falar sobre uma perturbação periódica em seu eletroencefalograma.

"Maré alta!" Deus! Por que ele não vira isso? As indicações estavam todas lá – a maneira como o poder dava a volta no relógio, aparecendo mais ou menos uma hora mais tarde a cada dia. Era tão óbvio depois de assinalado. Se ao menos ele soubesse disso! E teria sido tão fácil trabalhar com aquilo. Só precisaria de uma carta das marés. Se tivesse uma em seu bolso na audiência do Conselho de Curadores, não estaria metido naquela enrascada.

Mas *a maré* controlava o aumento e a diminuição do Toque. Havia uma sensação muito elementar nisso, aludindo a algo incrivelmente antigo em funcionamento.

Virou-se para Axford como se lhe acabasse de ocorrer.

– Você percebe, não é mesmo, que acabou de admitir que o Toque existe?

Axford havia dispensado o copo e, nesse momento, tomava tragos diretos do gargalo.

Sua voz saiu pastosa.

– Não admito porcaria de maldita droga nenhuma. Ainda não. Mas quero repetir um exame de TEP em você amanhã. Para confirmar essas áreas mortas.

Alan também queria confirmar essas áreas.

– Ótimo. Estarei lá. – Observou enquanto Axford caminhava até a porta com passos inseguros. – Você não vai dirigir, vai?

– Não, droga. Apenas um maldito idiota teria um maldito carro nesta maldita cidade!

Bateu a porta às suas costas, deixando Alan sozinho com a perspectiva de tentar pegar no sono enquanto pensava nas áreas mortas de seu cérebro.

41
Charles

— Sou um maldito! – disse ele em voz alta ao olhar para a análise feita pelo computador da repetição do exame de TEP.

Ainda apresentava uma enorme anormalidade, mas o computador dizia que a absorção de glicose aumentara nas últimas 24 horas, comparada com o exame de sábado. A melhora não era visível a olho nu, mas o computador a viu, e isso bastava para Charles.

E eram boas notícias para Bulmer, embora não aproximassem Charles de um diagnóstico.

Nesse momento ele espalhou as duas últimas horas do eletroencefalograma em cima da mesa. Apesar do gosto de cabo de guarda-chuva na boca e da latejante dor de cabeça provocados pelo excesso de bourbon da noite anterior, conseguira lembrar-se de pegar uma carta das marés do East River, em seu caminho para a Fundação, naquela manhã. Quando viu que a maré alta era esperada para as 9h17 da manhã, Charles ordenou o início do eletroencefalograma de Bulmer para as 8h30.

E ali, no papel à sua frente, estava a mesma configuração de onda senoidal que aparecera no eletroencefalograma de 24 horas de dois dias antes, elevando-se aproximadamente trinta minutos antes da maré alta, às 8h46, e terminando às 9h46.

Charles teve certa satisfação perversa com sua recém-descoberta capacidade de prever uma ocorrência, a qual ele tinha certeza absoluta de que não existia.

Sua linha particular tocou. Ele ergueu o fone, perguntando-se quem estaria ligando para lá numa manhã de domingo.

Reconheceu de imediato a voz roufenha do senador.

– Por que ainda não recebi um informe?

– E muito bom dia para o senhor também, senador. Terminarei os testes hoje.

– Você já fez testes suficientes! Para mim, o caso Knopf já é prova suficiente.

– Talvez seja, mas não explica nada.

– Não me importo com as explicações. Você pode negar que ele tem um poder de cura? Pode?

– Não.

Matava-o admitir isso.

– Então, aí esta. Eu quero...

– Senador – interrompeu-o Charles. Precisava pôr McCready de lado por mais algum tempo. Não poderia deixar que Bulmer fosse embora por enquanto. – Esse poder, ou seja lá o que for que ele tem, funciona esporadicamente. Até hoje à noite eu terei confirmado o padrão exato de sua ocorrência. Com isso revelado, poderemos prever com uma exatidão de minutos quando ele vai funcionar. Até fazermos isso, estaremos sondando no escuro. Só mais um dia. É tudo. Prometo.

– Muito bem – disse McCready com evidente relutância. – Mas já esperei muito tempo.

– Eu sei. Amanhã de manhã, com certeza.

Charles desligou e olhou para o eletroencefalograma de Bulmer sem vê-lo. O informe que McCready estava procurando já fora ditado e, no dia seguinte, Marnie o digitaria no processador de palavras do computador principal. Mas Charles não mencionara esse fato, pois sabia que o senador não estava realmente atrás de um informe.

Estava atrás de uma cura.

McCready queria que Alan Bulmer o tocasse, fazendo desaparecer sua *miastenia grave*. Assim, estava ficando mais ansioso, mais impaciente e mais exigente que de hábito. E por que não haveria de ficar? Se iria restaurar a reputação e a credibilidade de Bulmer como médico, tinha todo o direito a um Toque.

Mas para devolver a credibilidade de Bulmer, o senador necessitava da assinatura de Charles Axford no informe, afirmando que, de fato, o Dr. Alan Bulmer podia, na hora certa do dia, curar os incuráveis com um simples toque de sua mão. Charles, entretanto, precisava de um pouco mais de prova, o fragmento final de uma evidência irrefutável, antes de assinar.

Pretendia obter tal prova naquela noite, em algum momento após as 21h. Mas antes queria um *tête-à-tête* com Bulmer.

– ENTÃO ESTA É A Hora do Poder, hein? – disse Bulmer, olhando para as ondas senoidais fluindo através do eletroencefalograma depositado sobre sua cama.

– Se é assim que você quer chamar.

Bulmer olhou para ele.

– Você não desiste nunca, não é mesmo?

– Não com frequência.

– E você disse que meu exame de TEP está melhor?

– Um mínimo, sim.

– Então eu podia muito bem sair daqui.

– Não! – disse Charles, um pouco mais rápido e mais alto do que gostaria. – Ainda não. Quero colocá-lo no eletroencefalograma hoje à noite e fazer com que você use seu chamado poder em um paciente enquanto estivermos registrando.

Bulmer franziu a testa, obviamente nada contente com a ideia.

– Este lugar está me atacando os nervos. Estou louco de tédio.

– Você veio até aqui. Que diferença podem fazer outras 24 horas?

Alan riu.

– Sabe quantas vezes eu disse a mesma coisa para pacientes internados com hospitalite? Milhares! – Balançou a cabeça. – Tudo bem. Mais um dia e depois eu saio daqui.

– Certo. – Charles virou-se para a porta. Não queria fazer essa pergunta, mas precisava de uma resposta. – A propósito, como você faz esse maldito poder funcionar?

– Que poder? – disse Bulmer com um sorriso. – Esse que não existe?

– Sim. Esse mesmo.

Alan coçou a cabeça.

– Olhe, eu não sei mesmo. Quando chega a hora, apenas coloco a mão na pessoa e uma espécie de... *desejar a coisa.*

– Não basta tocá-la de passagem?

– Não. Muitas vezes fiz um exame físico em alguém. Ouvido, nariz e garganta, coração, pulmões, pressão arterial e assim por diante, e nada aconteceu. Depois eu encontrava algo, desejava que desaparecesse e – ele encolheu os ombros com desdém – ele desaparecia.

Charles viu o brilho nos olhos de Bulmer e, pela primeira vez, percebeu que aquele homem era um verdadeiro curador, com ou sem poder. Charles conhecia grande quantidade de médicos que adoravam o exercício da medicina – esquadrinhando a causa de um problema e depois eliminando-o. Bulmer também era desse tipo, mas Charles viera a saber que ele tinha outra dimensão, quase mística. Alan queria *curar.*

Não apenas aniquilando a doença, mas fazendo a pessoa ficar *inteira* de novo, e ficava malditamente exultante quando conseguia. Qualquer um podia ser ensinado a fazer cura do primeiro tipo; mas para o segundo, era preciso um dom inato.

E maldição se ele não começara a gostar daquele homem.

– Você precisa conhecer o diagnóstico?

– Não sei. Em geral eu conheço, pois converso com eles e os examino. – Bulmer levantou uma das sobrancelhas na direção de Charles. – Como um médico *de verdade*.

– Você sente alguma coisa quando acontece?

– Sinto, sim. – Seus olhos ostentaram um ar distante. – Eu nunca tomei um pico nem cheirei cocaína, mas deve ser algo parecido.

– Tão bom assim?

– Muito bom!

– E os pacientes? Todos eles têm ataques epilépticos?

– Não. É provável que o Sr. K. tenha tido um porque a metástase de seu cérebro desapareceu muito depressa e isso provocou algum disparo. Grande quantidade deles parece sentir uma breve dor no órgão-alvo, mas ele foi o único que teve um ataque epiléptico comigo. Por que esse interesse tão repentino?

Charles começou a andar de novo em direção à porta, sem olhar para trás.

– Só curiosidade.

COMO ERA NOITE de domingo e não havia nenhum técnico à disposição, ele levou o equipamento de telemetria do eletroencefalograma ao quarto de Bulmer e o conectou a ele. Tudo certo. Agora os fios estavam presos em seu couro cabeludo e o aparelho de telemetria, preso em seu cinto. Charles ligou o interruptor e começou a transmissão.

Ele olhou o relógio: 21h05. A maré alta estava marcada para as 21h32. A Hora do Poder começara e era chegado o momento de Charles realizar a tarefa mais difícil de sua vida.

– Quero que você conheça uma pessoa – disse ele a Bulmer. Ele foi até a porta, onde Julie esperava e a fez entrar.

– Dr. Bulmer – disse ele quando a menina entrou no quarto –, gostaria que conhecesse minha filha, Julie.

Um ar de perplexidade passou pelo rosto de Bulmer; em seguida, ele andou até Julie, sorriu e lhe apertou a mão.

– Olá, Srta. Axford! – disse ele fazendo uma reverência. – Entre. – Julie olhou com insegurança para Charles, mas este sorriu e a conduziu adiante. Ele a prevenira de que o homem estaria com fios na cabeça, mas nada mais dissera além do fato de que os dois iriam encontrar-se com uma pessoa que ele conhecia. Charles não conseguiu forçar-se a dizer mais nada além disso; não gostaria de criar o mais leve brilho de esperança em Julie quando ele mesmo não ousava ter esperanças.

Bulmer brincou com a menina; sentou-a em sua cadeira, pegou uma Pepsi na geladeira para ela.

– Só posso beber meio copo – disse Julie. Bulmer fez uma pausa, depois assentiu.

– Então, isso será tudo o que você vai beber.

Ligou a tevê para ela e, enquanto Julie voltava a atenção para um seriado humorístico, Alan dirigiu-se a Charles.

– Quando é a próxima diálise dela?

Charles ficou mudo durante alguns segundos.

– Sylvia lhe contou?

Alan balançou a cabeça em negativa.

– Nem ao menos sabia que você era pai. Vi a palidez dela, o inchaço em volta de seus olhos e depois vi a fístula quando a manga subiu. Importa-se de me contar sobre isso?

Charles resumiu a longa história – pielonefrite atrófica crônica em consequência de uma atresia uretral congênita, bexiga contraída, rejeição a transplante, alta concentração de anticorpos citotóxicos.

– Pobre menina – disse Bulmer, e seus olhos ostentaram um sentimento autêntico.

Mas nada disso pareceu ter sido por Julie.

– Por que está me olhando assim? – perguntou Charles.

Bulmer deu um tapinha na testa.

– Posso imaginar quanto lhe custou trazê-la a mim.

E foi conversar com Julie, desviando-lhe aos poucos a atenção da tevê. Ela lhe respondeu e, em pouco tempo, estava falando pelos cotovelos sobre os tratamentos de diálise e a maneira como media seus fluidos diários e tomava dezenas de pílulas. Charles se viu respondendo a Bulmer, quase desejando ter aptidão para lidar com as pessoas, apesar de sua aversão à própria ideia de praticar clínica médica em um consultório particular.

De repente Bulmer segurou ambos os ombros de Julie e fechou os olhos por alguns segundos. Ele estremeceu e a menina soltou um grito de dor.

Charles saltou na direção dela.

– Que há de errado?

– Minhas costas!

Charles pôde sentir os dentes à mostra ao se voltar para Bulmer.

– O que foi que fez com ela?

– Acho que ela ficará bem agora.

– Estou bem, papai – disse Julie. – Ele não tocou nas minhas costas. Elas apenas começaram a doer.

Sem saber o que dizer, Charles abraçou Julie.

– Você tem muita sorte com seus horários! – disse Bulmer.

– O que você quer dizer?

– Por poder trazê-la aqui durante a Hora do Poder.

– Não foi sorte. Usei uma carta das marés.

Bulmer encarou-o como se ele fosse um louco.

– Carta das marés? O que ela tem a ver com isto?

– Agora é hora da maré alta. É isso que ocasiona a sua chamada Hora do Poder.

– É mesmo? Quando você descobriu? Por que não me disse?

Charles sentiu uma fria massa de medo instalar-se em sua nuca.

– Você não se lembra de eu ter-lhe contado?

– Mas é claro que não! Você nunca me disse!

Charles não tinha a menor intenção de discutir com ele. Telefonou para a radiologia e solicitou uma repetição do exame TEP para a manhã, com prioridade máxima. Estava com uma terrível suspeita quanto à causa das deficiências cognitivas e dos exames anormais de Bulmer.

Mas naquele exato momento ele queria levar Julie para casa. Estava na hora da sua diálise.

Os dois se despediram de um Alan Bulmer ligeiramente confuso e se dirigiram ao elevador. Charles deixou que Julie apertasse todos os botões, e ela parecia triste até a metade do caminho para o térreo. De repente, Julie inclinou-se à frente e se dobrou nos joelhos, apertando as coxas.

– Oh, papai, está doendo!

Alarmado, Charles ajoelhou-se ao seu lado.

– Onde?

– Aqui embaixo!

Ela chorou, apontando em direção à região pubiana. Em seguida se pôs a soluçar.

– E está tudo *molhado*!

Charles olhou e viu a mancha úmida espalhar-se por suas coxas, transformando a cor de seu jeans em uma tonalidade mais escura de azul. O ar dentro da cabine do elevador encheu-se com o inconfundível odor de amônia da urina, a qual vertia de uma criança que durante anos não havia produzido mais que 30 ml por semana, brotando em uma bexiga que se esquecera de como segurá-la.

Charles apertou a filha contra o seu corpo, enquanto seu peito ameaçava explodir. Fechou os olhos em uma inútil tentativa de amortecer os soluços que lhe sacudiam o corpo dos pés à cabeça e de conter as lágrimas que lhe corriam pelas faces.

42
Alan

— Para quando podemos esperá-lo? – disse a voz de Sylvia ao telefone.

Era uma ensolarada manhã de segunda-feira e Alan ansiava estar ao seu lado. Agora que sua estada na Fundação estava quase chegando ao fim, cada minuto a mais ali parecia uma eternidade. Ele desejava que ela estivesse estendida na cama ao seu lado naquele momento.

– Dentro de algumas horas – disse ele.

– A tempo para o jantar?

– Certamente que é isso que espero. A comida aqui não é má, mas comida de instituição é comida de instituição. Depois do jantar verei o que posso fazer por Jeffy.

Houve uma pausa no outro lado, depois:

– Você tem certeza de que ele ficará bem?

– Será que ele pode piorar?

– Não muito. – A voz de Sylvia animou-se. – De qualquer modo, vai ser bom ter um médico aqui em casa de novo.

– Não por muito tempo. Mudarei para um hotel, começarei a providenciar o seguro da casa e a construção de uma nova.

– Alan Bulmer! Você vai ficar aqui comigo e ponto final!

Essas palavras o eterneceram. Era isso que Alan queria que ela dissesse, mas ainda se sentiu compelido a demonstrar alguma resistência.

– O que dirão os vizinhos?

– E quem se importa? O que será que qualquer um de nós dois pode fazer para piorar ainda mais as nossas reputações?

– Boa lembrança, Sra. Toad. Vejo-a mais tarde.

"Se conseguir lembrar o caminho de volta para Monroe."

Quando Alan se sentou na cama e desligou o telefone, Axford entrou no quarto sem bater na porta. Deu três passos além do vão da porta e parou ali, olhando fixamente para Alan. Seu rosto estava pálido, enrugado e perturbado. Parecia estar física e mentalmente exausto.

– O BUN de Julie desceu para 26 – disse ele com voz insípida. – A creatinina desceu para 2,7. Ambas continuam caindo. Passamos a maior parte da noite correndo ao banheiro e voltando, até mais ou menos as 4 horas da manhã, quando o esfíncter dela começou a aumentar e a bexiga, a se esticar. – Sua voz tremeu e Alan notou os movimentos dos músculos de sua garganta. – A sonografia renal mostra que ambos os rins aumentaram desde o último exame, e o exame do fluxo renal mostra uma função normal.

Alan ficou totalmente perplexo.

– Charles, há algo de errado?

Charles fechou os olhos e, trêmulo, respirou fundo. Ele tirou um lenço do bolso e enxugou os olhos. Em seguida, tornou a olhar para Alan.

– O que você quiser, que eu tenha ou possa obter, será seu. Só precisa dizer. Minha mão direita? Eu a corto. Meus ovos? Basta dizer.

Alan riu.

– Trate apenas de me tirar daqui! E me diga sobre que droga você está falando!

Axford arregalou os olhos.

– Você não sabe mesmo?

– Saber o quê?

– Oh, Cristo! Eu... – Olhou para a cadeira. – Posso me sentar?

Após ter-se sentado, Charles encarou Alan profundamente e se inclinou à frente. Nesse momento, parecia ter recuperado um pouco mais do controle sobre si mesmo e começou a falar em tom baixo e controlado.

Charles contou a Alan que na noite anterior ele havia curado Julie, sua filha, de seu problema renal crônico. E a cada palavra Alan sentia uma terrível sensação de enjoo aumentar em seu íntimo, pois não se lembrava de ter visto Charles desde a tarde do dia anterior e não se recordava sequer de saber que o outro tinha uma filha.

– Tudo isso leva ao que estou prestes a lhe dizer, que vai ser bem duro para você ouvir. Mas você tem de saber e terá de fazer algo quanto a isso.

Charles fez uma pausa, depois disse:

– Você tem de parar de usar o Toque.

– *O quê?*

– Ele pode matá-lo.

A mente de Alan rodopiou. Como poderia matá-lo uma coisa que curava?

– Não compreendo.

– Esse exame de TEP que você fez hoje de manhã... ele mostra um aumento significativo nas áreas não funcionais de seu cérebro.

– E você pensa que existe uma relação?

– Tenho certeza disso. Olhe: você disse que sua memória se deteriorou nos últimos meses. O Toque começou alguns meses atrás. A linha-base de seu TEP estava normal e compatível com a doença de Alzheimer. Após alguns dias sem usar o poder, seu exame de TEP melhorou, assim como sua função mental. Depois você usou o Toque ontem à noite e, de repente, esqueceu que a Hora do Poder coincide com a maré alta.

– Coincide?

Aquilo era novidade para Alan. Charles passou as mãos nos olhos.

– É pior do que eu pensava. Nós falamos sobre isso no sábado e tornamos a falar ontem à noite. Cheguei a lhe mostrar um eletroencefalograma seu que demonstrava isso.

– Meu Deus!

Alan sentiu-se mal.

– Certo. Droga maldita mesmo. Assim, com a sua memória de curto prazo mandada para o maldito inferno e seu TEP desta manhã bem pior que o de ontem de manhã, só há uma conclusão que posso tirar. E quanto a você?

Alan ficou em um entorpecido silêncio durante alguns momentos e depois disse:

– Meu cérebro está se fechando.

– Não sozinho, não é mesmo, meu chapa? Pouco a pouco, um pedacinho de quem e do que você é vai sendo comido por esse poder, a cada vez que você o usa.

– Mas você acabou de me dizer que meu segundo exame estava melhor.

– Certo. Não usando o poder, sua função cerebral melhorou um grau infinitesimal. Ao usar o poder *uma vez*, e, lembre-se você ou não, você curou a pessoa mais preciosa do mundo para mim ontem à noite, você eliminou uma área bem apreciável do seu cérebro.

Alan pôs-se de pé e andou de um lado para o outro, com o coração martelando e com um nó no estômago. Não queria acreditar no que ouvira.

– Tem certeza disso?

– Está tudo nos exames. Ele muda à proporção de 1 centímetro durante um período de dois dias para 1 metro em um instante.

– Mas se eu for realmente cuidadoso, posso descansar, digamos assim, e usar o Toque de modo sensato.

Alan estava se agarrando a qualquer coisa, sabia disso, mas estava desesperado. E pensava nas pessoas que precisavam desse poder para viver. Pensou em Jeffy. Não havia como dizer não após a promessa que fizera a Sylvia.

– Você alguma vez jogou roleta-russa?

– Claro que não!

– Bem, é a mesma coisa. Você já causou danos em grande quantidade de partes não vitais do seu cérebro. Mas o que acontecerá se eliminar os gânglios basais ou o córtex motor, ou o sistema límbico, ou o centro respiratório? Onde vai parar?

Alan não respondeu. Ambos sabiam a resposta: parkinsonismo, paralisia, psicose ou morte. Era só escolher.

– Há uma outra coisa sobre a qual devo preveni-lo – disse Axford. – O senador McCready estará esperando para uma reunião com você hoje à noite.

– Hoje à noite? Por que hoje à noite? Até lá espero já ter ido embora.

– Ele tem *miastenia grave*, se é que você entende o que isso pode significar.

Alan entendeu.

– Oh.

– Pois é. É uma decisão que você terá de tomar quando chegar o momento. Mas quero ter certeza de que você conhece todos os riscos.

– Obrigado por isso. – Alan sorriu com um pensamento sombrio. – Talvez eu devesse anotar tudo isso. Pode ser que não me lembre daqui a uma hora. Mas, não importa qual seja o risco, há uma pessoa que *tem* de receber uma dose do Toque.

– Quem?

– Jeffy.

Charles assentiu.

– Seria maravilhoso, não seria?

Ele se levantou e estendeu a mão.

– Mandarei para você uma cópia do meu informe. Mas caso não o veja antes de você ir embora, lembre-se: você tem um amigo para o resto da vida, Alan Bulmer.

Quando Charles saiu, Alan se deitou na cama e repassou tudo o que o outro lhe contara. Ainda lhe parecia claro. Sua retenção parecia boa neste momento. Mas saber que havia peças de sua memória desaparecidas talvez para sempre aterrorizava-o. Pois o que era qualquer pessoa além de uma soma de suas lembranças? Onde havia estado, as coisas que fizera, por que as fizera: tudo isso fazia dele Alan Bulmer. Sem elas, ele era uma cifra, uma *tabula rasa*, um recém-nascido.

Alan estremeceu. Cometera uma boa quota de erros, mas gostava de ser quem era. Não queria ser apagado. Queria continuar sendo Alan Bulmer.

Mas e quanto ao senador? Se McCready pudesse salvar-lhe a reputação e dizer ao mundo que o Dr. Alan Bulmer não era um charlatão nem um pirado, então Alan ficaria lhe devendo. E pagaria essa dívida.

Mas Jeffy vinha em primeiro lugar. Nada o impediria de fazer o Toque funcionar em Jeffy. E se o senador quisesse fazer uma tentativa depois disso, ótimo. Mas Jeffy vinha primeiro.

Depois que tudo isso se ajeitasse, talvez fosse hora de ele viajar com Sylvia e Jeffy por algum tempo, para recarregar as baterias. Quando voltasse, poria a vida em ordem, teria uma perspectiva de tudo e tentaria voltar à clínica regular. E talvez salvasse o *Dat-tay-vao* para os raros casos de necessidade extrema.

Uma coisa era certa: não iria permitir-se cair na mesma armadilha que tinha posto uma distância tão grande entre ele e Ginny.

Não, senhor. Alan Bulmer logo aprenderia a dizer *não*.

43
Charles

— Dr. Axford! – disse Marnie, correndo em sua direção, quando ele entrou no corredor. – Andei procurando-o em toda parte!

Ela parecia bastante exausta.

– O que há, meu amor?

– Aqueles seus dois novos assistentes vieram ao seu gabinete e acabaram de esvaziar o cofre!

– O quê? Você chamou a segurança?

– Eles estavam usando uniformes da segurança!

Perplexo e alarmado, Charles apressou-se em direção ao gabinete. Encontrou o cofre fechado e trancado.

– Eles tinham a combinação – disse Marnie em resposta ao seu olhar. – E foram hábeis. Pareciam saber exatamente o que queriam.

– Eu não tinha nenhum dinheiro ali dentro – disse Charles para si mesmo, enquanto digitava a combinação. -- Mas que droga, eles...

Ele obteve a resposta tão logo abriu a porta. Todos os dados sobre Bulmer haviam desaparecido. Aquilo não fazia sentido.

Chame o senador para mim.

– Eu estava prestes a sugerir isso, pois foi ele quem os mandou para cá.

Um choque percorreu o corpo de Charles.

– O senador?

– Claro. Ele telefonou logo que cheguei hoje de manhã.

– Quando eu lhe informei que o senhor ainda não havia chegado, ele disse que estava bem e que iria enviar Henly e Rossi aqui embaixo para pegarem alguns papéis em seu gabinete. Eu não tinha a menor ideia de que ele queria dizer do seu cofre. Sinto muito quanto a isso... eu não soube como detê-los.

– Está tudo bem, Marnie.

– Oh, e tem algo mais – disse ela enquanto teclava no telefone. – O senador mandou cumprimentá-lo por seu informe. Mas eu só o digitei hoje de manhã.

Charles sentiu um nó nos intestinos. Num movimento rápido, tirou o telefone da mão de Marnie.

– Digite-o para mim – disse ele, mandando-a ao terminal de computador. – Como você o arquivou?

– Dei o nome de Bulmerinf.

Por mais que tentasse, Marnie não conseguia achar qualquer vestígio do informe.

– Foi apagado – disse ela. – Juro que o digitei.

– Não se preocupe, meu anjo – disse Charles, pousando a mão confortadora no ombro de Marnie e disfarçando a própria perplexidade. – Nada é perfeito. Nem mesmo um computador. A propósito, você viu para onde Henly e Rossi foram?

– Na verdade, vi sim. Eu os segui por todo o trajeto até os elevadores para descobrir o que estava acontecendo, e notei que eles *desceram*. Fiquei um pouco intrigada, pois imaginava que fossem dirigir-se ao escritório do senador.

– Por acaso você notou onde eles pararam?

– Sim. Um lance abaixo... no nono andar.

– Certo. Fique firme aqui que eu vou ter uma conversa com o senador.

Charles seguiu apressado em direção à escada de incêndio. Mas desceu, não foi para cima. De repente, os acontecimentos da manhã assumiam uma coloração sinistra, mas ele tinha certeza de que era apenas sua própria mente criando melodramas a partir de uma série de incidentes que, sem dúvida alguma, teriam uma explicação simples, racional. Não podia imaginar que explicação seria essa, mas sabia que queria seus dados de volta. O nono andar era a Central de Registros. Se Henly e Rossi estivessem armazenando os dados ali, Charles ia ver o que poderia fazer para tomá-los de volta e, em seguida, ir fazer uma visitinha a McCready e descobrir que maldita droga estava acontecendo!

Estava descendo furioso o corredor principal do nono andar quando notou um perfil familiar através da janela de vidro de uma porta. Retrocedeu e olhou lá dentro.

Henly e Rossi estavam calmamente enfiando uma pilha de papéis em uma retalhadora – grande parte eram cópias de eletroencefalograma, que ele reconheceu como sendo de Alan Bulmer. O primeiro impulso de Charles foi invadir a sala, mas ele recuou e se forçou a seguir de volta pelo corredor. Havia pouco a ganhar confrontando-se com os dois homens da segurança, e, de qualquer modo, a maior parte dos dados já tinha virado confete; mas poderia muito bem descobrir muita coisa se fingisse não saber nada além do que Marnie lhe contara.

Nesse momento, teve certeza de que não era sua imaginação. Algo de sórdido estava acontecendo.

Compreendia a ansiedade do senador em ler o informe, e nada viu de errado no fato de ele investigar os arquivos da impressora do computador para uma prévia e rápida olhada às escondidas. Mas o senador não estava apenas recolhendo os dados... ele os estava destruindo.

Por quê?

Pelo menos todos os dados ainda estavam disponíveis para Charles no computador central.

Ou não estariam?

Resoluto, correu de volta ao seu gabinete e digitou o código de acesso para recuperar os dados de Bulmer.

NÃO ARQUIVADO NA MEMÓRIA

Um calafrio encrespou-lhe o corpo. Era quase como se alguém estivesse tentando erradicar cada vestígio de Alan Bulmer nos registros da Fundação.

De novo... por quê?

Somente um homem poderia responder a essa pergunta.

Charles dirigiu-se ao elevador.

– CHARLES! – o senador falou com estridência, sentado à mesa quando Charles entrou em seu gabinete. – Eu estava à sua espera.

– Tenho certeza de que estava.

– Sente-se.

– Prefiro ficar de pé.

Charles achou que a melhor maneira de ocultar a intranquilidade causada pelos acontecimentos da última hora seria agir com a raiva adequada.

– Ora, ora – disse o senador com uma risada amigável. – Sei que você está perturbado, e com boa razão. Mas eu tinha de levar aqueles papéis para um lugar mais seguro. Você perdoará minha pequena paranoia, não?

Charles ficou frio com a mentira.

– Eles estão em um lugar mais seguro do que o meu cofre?

– Oh, estão! Estou com eles em meu próprio esconderijo ultrassecreto, onde guardo todos os documentos delicados. Os dados sobre Bulmer estão ali.

– Entendo.

Charles quase admirou a tranquilidade na atitude do senador. Bem delineada, ainda que de forma tão obscura.

Mas estava ainda era atormentado pela maldita droga do *porquê* daquilo tudo. Reprimiu a urgência de desmascarar as mentiras do senador e de lhe arrancar a verdade. Seria inútil. Além disso, Charles acabara de imaginar outra via de aproximação.

– E então – disse McCready em tom conciliatório –, ainda somos amigos?

– Nunca fomos amigos, senador. E deixe-me preveni-lo: vou mudar a combinação do meu cofre, e se um dia ele for sequer *tocado* por um de seus fantoches, o senhor terá de procurar um novo diretor.

Com isso, saiu do gabinete do senador e se dirigiu ao seu próprio.

Charles se sentou em seu gabinete trancado a chave e digitou o código de acesso do senador McCready em seu terminal de computador.

Vira o senador usá-lo numa ocasião em que tinham precisado recorrer ao seu arquivo médico pessoal. Por alguma razão – talvez porque o senador soubesse o código de todos e ninguém soubesse o seu –, Charles memorizou-o.

Neste momento, ele passou por todos os arquivos acessíveis exclusivamente ao código do senador.

Encontrou os dados desaparecidos de Bulmer; tudo relacionado a Bulmer, que tinha sido digitado no acesso de Charles, fora transferido para o acesso exclusivo do senador. A maior parte restante era puro refugo – os mais recentes resultados de testes médicos em McCready, anotações, memorandos. Charles deparou-se com uma pesquisa de opinião pública feita pelo computador, e ele estava prestes a seguir adiante quando localizou a palavra "curado" no centro de um parágrafo. Ele leu.

A pesquisa cobria exaustivamente o efeito de uma doença e de sua cura sobre a reação do público quanto a um candidato à presidência.

De acordo com ela, um candidato com uma doença grave tinha poucas chances de nomeação e, praticamente, nenhuma chance de vitória.

Franklin Delano Roosevelt, pelo contrário, um candidato que sofrera de uma doença grave, mas que de alguma forma tivera uma cura milagrosa, foi perseguido pelo espectro da dúvida quanto a se e/ou quando a doença poderia voltar e ficou seriamente prejudicado em relação a um oponente saudável.

Mas muito pior fora o caso de um candidato que escondera do público uma doença grave, da qual fora curado. Uma pergunta mais importante na mente de muitos eleitores relacionava-se ao que mais ele poderia estar escondendo.

De repente, tudo ficou claro para Charles. À exceção de um ponto: o "de alguma forma teve uma cura milagrosa" do segundo personagem referia-se obviamente a Bulmer, mas a data do informe era 1º de junho – quase seis semanas antes.

Charles não tinha tempo para pensar naquilo nesse momento; tinha de ir até Bulmer imediatamente.

44
Alan

— Assim, esse é o plano dele – disse Charles em um tom de voz furioso e sussurrado. – Ele vai jogá-lo na rua!

Alan esforçou-se para não acreditar em tudo o que o outro acabara de lhe dizer.

– Charles, nunca tive uma impressão muito boa desse homem, mas... isso... *isso*!

Ele gelou.

– É verdade. Eu lhe devo muito para ficar brincando com você. Mas você não sabe o que eu sei. Ele vai fazer com que você faça sua mágica em sua miastenia grave e depois dirá que nunca o viu mais gordo. E eu vou lhe dizer diretamente, meu chapa: se eu tivesse que provar que um dia fizemos um simples exame de urina em você, não teria como.

– Mas você disse que a projeção do computador estava datada de quase um mês e meio atrás. Isso significa que ele estava planejando desde maio. Isso é uma loucura! Em maio passado, ninguém no mundo poderia ter previsto que eu acabaria nesta situação. Tudo parecia bem na época.

Alan sentiu que tinha um problema e, pelo visto, Charles achava o mesmo.

Sua voz perdeu parte da intensidade.

– Não havia nenhum indício de que a situação iria ficar ruim para o seu lado?

– Nem o mais leve. Houve algum fogo cerrado quando saiu o artigo no *The Light*, mas poucas pessoas o levaram a sério. – Alan fechou os olhos e esfregou a testa, tentando lembrar-se. – Não. Pelo que posso dizer, tudo começou a desabar quando o jornal local tratou do meu caso. Isso levou as pessoas ao hospital e, a partir daí, houve uma escalada.

Charles levantou a cabeça.

– Jornal local? Jesus Cristo, maldição! Como é o nome dele?

– É *Monroe Express*. Por quê?

– Vou saber em um segundo.

Tirou o fone do gancho e começou a teclar os números. Alan voltou-se para a janela, lutando contra a sensação de traição que ameaçava dominá-lo.

Virou-se ao ouvir Charles desligar o telefone e viu a relutante excitação em seus olhos. Pelo visto, Charles confirmara sua dedução, mas não parecia contente.

– Quando se menciona o nome McCready, todo mundo pensa na política ou na pesquisa médica. Todos nos esquecemos de onde vem o dinheiro: de uma rede de jornais! E o jornal de sua terra natal faz parte da rede de McCready.

Alan desabou em uma cadeira.

– O *Express*! Jamais imaginaria!

Ele se admirou e recuou com a sutileza e a perspicácia da conspiração que McCready engendrara. Aqueles editoriais de aparente espírito público pedindo a remoção de Alan e o trombetear imediato da notícia de que ele fora suspenso da equipe médica do hospital haviam cumprido seu propósito: Alan ficara sem nenhum lugar aonde ir e agarrara de cara a oferta de ajuda de McCready.

– Aquele sacana! – gritou, sentindo a raiva invadir-lhe. Seu casamento, sua clínica, sua reputação, tudo ainda poderia estar intacto se não fosse McCready. – Aquele filho da puta! Ainda não consigo acreditar.

– Então vamos tentar algo mais, está bem? – disse Charles enquanto pegava o telefone e o colocava no colo de Alan. – Não averiguei isto, mas tente você. Disque para a telefonista e lhe peça que ligue para o quarto de Alan Bulmer.

Alan tirou o fone do gancho, apertou "O" e perguntou por seu próprio nome.

– Sinto muito – disse a voz. – Não temos ninguém com esse nome na lista de pacientes da Fundação.

Apesar da sensação de um peso de chumbo caindo em seu estômago, Alan disse para si mesmo que isso não confirmava necessariamente a teoria de Charles. Aquele era seu último dia ali; talvez tivessem apenas tirado seu nome da lista de pacientes internos um pouco antes da hora.

– Quando ele teve alta? – perguntou Alan.

– Sinto muito, senhor, mas nossos registros não relacionam esse nome como tendo sido paciente aqui no último ano.

Lutando contra uma sensação de enjoo, Alan jogou o fone no gancho.

– Vamos sair daqui – disse ele.

– Eu ia sugerir isso.

– Mas antes – disse Alan, sentindo os músculos do maxilar se contraírem enquanto falava por entre os dentes trincados –, quero fazer uma visitinha ao senador para lhe dizer o que penso dele e deste esqueminha podre.

– Talvez isso cause mais problemas do que podemos resolver – disse Charles.

Alan teve a estranha sensação de que Charles estava com medo.

– Como o quê?

– Como você ser detido aqui por mais tempo do que desejaria.

– Ora, Charles! – disse Alan dando uma risada. – Você está deixando isso torná-lo paranoico. Eu entrei aqui de livre e espontânea vontade e posso sair quando quiser.

– Não conte com isso, meu chapa. E não chame a *mim* de paranoico. É você o sujeito cujo perfil psicológico apresenta atividades alucinatórias.

– Do que você está falando?

Alan sentiu nesse momento as primeiras pontadas de alarme.

– O teste de padrão de personalidade e todos aqueles testes de múltipla escolha que lhe fizeram no segundo dia aqui...

eles retratam-no como um cara que se vê como possuindo um poder igual ao de Deus. Aguente firme agora! – disse ele rapidamente quando Alan abriu a boca para protestar. – Sou um crente. Esses testes são preparados para desentocar tipos esquizoides. São invalidados por um cara como você, que *realmente* faz as coisas que você consegue fazer. Assim, tanto eu quanto você sabemos que você não rompeu com a realidade. Mas deixe-me dizer, amigo: a avaliação dos seus testes estava repleta de bandeirinhas vermelhas.

– Então você está dizendo que, se eles quiserem, podem justificar a minha detenção aqui?

– Certo. Não sei quanto você está lembrado das leis de confinamento do estado de Nova York, mas creia-me: você poderia ficar fora de circulação durante um tempo malditamente longo.

Custou-lhe um bocado de esforço, mas Alan conseguiu sorrir.

– Talvez eu apenas vá embora e mande um telegrama ao senador. Amanhã.

– Ótimo. E, só para garantir, eu lhe darei um jaleco de laboratório para usar na saída. Todos que trabalham aqui usam um. É a melhor forma de se ficar invisível. Tenho um extra em meu gabinete. Fique na cama até eu voltar.

Alan recolheu rapidamente os poucos pertences que pôde enfiar nos bolsos. De qualquer modo, não tinha muita coisa. Havia perdido todas as roupas, exceto as que estava usando quando a casa se incendiara. Checou e se assegurou de estar com a carteira e as chaves do carro, depois se sentou para esperar.

Através da porta fechada, Alan podia ouvir um movimento quase constante no corredor lá fora – passos para um lado e para o outro, carrinhos sendo empurrados. Não se lembrava de tanta atividade assim nos últimos dias, mas então não estava esperando ansioso pela chegada de alguém que o fosse tirar dali.

No começo, estava nervoso. Após uma hora e meia, era um só nó de tensão. Que droga, onde estava Charles?

Alan pretendia ficar fora de vista até a volta de Charles, mas já não podia permanecer sentado. Por falta do que fazer, decidiu ir olhar para averiguar se Charles estava à vista em alguma parte.

O corredor estava sinistramente silencioso. Alan notou de imediato que a porta que levava para o átrio do elevador estava fechada. Isso lhe pareceu estranho. Sempre fora mantida aberta durante o dia e só era fechada depois das 22 horas. Correu em direção a ela e pressionou a maçaneta.

Esta não se mexeu.

Do outro lado do pequeno painel de vidro reforçado com arame, a área do elevador estava vazia. Quando Alan brandiu a maçaneta e socou a porta, um rosto apareceu no vidro. Ele era moreno, usava um quepe de segurança e parecia vagamente familiar.

– A porta está emperrada! – disse Alan.

– Não está não, senhor – disse o guarda. A voz saiu levemente abafada pela porta. – Está trancada.

– Bem, então destranque-a!

O guarda balançou a cabeça num gesto de desculpa.

– É para a sua própria proteção, senhor. Um paciente violento escapou da ala de segurança. Temos quase certeza de que o prendemos entre o quarto e o sexto andar, mas, até o agarrarmos, manteremos trancadas todas as alas e áreas da administração.

Alan sacudiu a maçaneta.

– Eu assumo o risco. Abra.

– Sinto muito, senhor. Não posso fazer isso. São ordens. Mas assim que esse lunático for agarrado, virei aqui para abri-la.

Ele afastou-se da porta e, apesar dos gritos e socos repetidos de Alan, não reapareceu.

Mesclaram-se a raiva e o medo. Alan ficou tentado a correr até a sala mais próxima, agarrar uma cadeira e usá-la para arrebentar a janelinha de vidro da porta. Não que isso fosse tirá-lo dali, mas com toda certeza o faria sentir-se melhor. Claro, o ato poderia ser usado mais tarde como prova de que ele não apenas estava louco, mas também era violento. Por que jogar isso nas mãos deles? Por que facilitar-lhes as coisas?

Alan deu um último pontapé frustrado na porta e depois se dirigiu à enfermaria para ver se a história do guarda era verdadeira. Ao andar pelo corredor, notou que todos os quartos estavam vazios. A ala não estivera perto de lotar em nenhum momento, mas agora não havia ninguém em nenhum dos quartos.

Ele aumentou a velocidade de seus passos. No momento em que chegou à enfermaria, não ficou nem um pouco surpreso por encontrá-la deserta.

Não precisava procurar mais. Pelo silêncio mortal da ala, percebeu que era a única pessoa ali.

Voltou apressado ao quarto e tirou o fone do gancho. Morto. Não se surpreendeu.

Alan respirou fundo e se sentou. Não estava com medo; estava furioso. Mas, enquanto ficou sentado ali, sentiu sua raiva acalmar, passando do tipo de dar socos na parede e atirar abajures para um ódio cortante e frio que lhe deixou os dentes trincados e os dedos tamborilando.

Sabia o que estava acontecendo. Seria mantido ali pelo resto da tarde e parte do início da noite, sob o pretexto de estar sendo protegido de um paciente enlouquecido. E depois às, digamos, mais ou menos 21h45, cerca de uma hora antes da maré alta, o fugitivo da ala de segurança seria capturado e a porta da ala de Alan, destrancada. Ele estaria livre para ir embora, mas antes o bom senador gostaria de ter uma ou duas palavras amigáveis com ele para lhe explicar as coisas maravilhosas que a Fundação planejava fazer por ele, agora que sua capacidade de cura fora provada.

E a propósito, enquanto você está aqui, e posto que por acaso é maré alta neste momento, você se importaria de dar um jeito nesta velha doencinha neuromuscular que eu tenho?

Era óbvio que o senador McCready não sabia que Alan estava ciente de suas intenções. Do contrário, por que montar essa intrincada charada?

Assim, Alan esperou com paciência, trincando os dentes e tamborilando os dedos na coxa, enquanto olhava a silhueta de Manhattan pela janela. Chegara àquele ponto sendo empurrado de um lado para o outro. Havia perdido o controle sobre a própria vida em algum ponto do trajeto. Tornara-se um títere, movido de um lado para outro várias vezes, segundo as circunstâncias, pelo Conselho de Curadores do hospital, pelo *Dat-tay-vao* e agora pelo senador James McCready.

Bem, aquilo ia parar ali e agora. Alan Bulmer voltaria a tomar a direção. Estava reivindicando sua vida e, a partir daquele momento, iria tomar suas próprias decisões.

E, na verdade, ele ansiava pelo momento de ver o senador. Tinha uma surpresa para ele.

45
Sylvia

— Charles!

Sylvia ficou chocada por vê-lo em sua porta da frente. Olhou por cima de seus ombros.

– Alan não está com você?

Charles balançou a cabeça e passou por ela. Ainda estava com o jaleco branco do laboratório e ostentava óbvia agitação. Sua cor, em geral viva, estava mais forte que de hábito.

– Devia estar, mas eles o estão retendo lá.

– Retendo? – O coração dela tropeçou em uma batida, parou para se recuperar e depois voltou ao ritmo. – Quanto tempo?

– Até depois da maré alta, imagino. *Caso* ele coopere.

– Charles, do que você está falando? Por que ele não está aqui com você?

– Eles me botaram no olho da rua! Só isso! – Charles estalou os dedos e seguiu falando em uma velocidade frenética. – "Aqui está o pagamento de sua indenização e, por favor, saia agora do local, muito-obrigado-ao-senhor." Devem ter descoberto que eu estava bisbilhotando os arquivos de seu acesso pessoal.

– *Charles!*

Sylvia ficou assustada e perplexa, e o que Charles dizia não estava fazendo sentido.

– Tudo bem! Tudo bem! Vou contar tudo a você em um minuto! – disse ele, dirigindo-se à biblioteca. – Deixe-me apenas tomar um maldito uísque!

Por fim, Charles lhe contou. Sylvia ficou sentada no braço do sofá de couro, enquanto ele andava para a frente e para trás na extensão da biblioteca, girando e bebendo no copo de Glenlivet que segurava, enquanto lhe contava coisas incríveis – sobre um homem com metástase de câncer no cérebro que, de repente, não tinha mais nenhuma célula de tumor no corpo, sobre exames anormais e resultados artificiais nas ondas senoidais do eletroencefalograma coincidindo com a maré alta e a Hora do Poder de Alan, e sobre a síndrome semelhante a doença de Alzheimer que parecia estar sendo causada pelo uso que Alan fazia do *Dat-tay-vao*.

– Você quer dizer que isso está causando danos no cérebro dele? – Sylvia sentiu-se mal. Alan... senil aos 40 anos. Era terrível demais para se imaginar.

– Receio que sim.

– Mas isso se ajusta ao poema que Ba me mostrou. Algo sobre "manter o equilíbrio". Se ao menos eu pudesse ter pensado nisso.

Ela foi até o interfone e chamou Ba na garagem, pedindo-lhe que levasse o poema sobre o *Dat-tay-vao*. Em seguida, perambulou pelo aposento, esfregando tensamente as palmas das mãos.

Tudo era assustador e desconcertante para Sylvia; no entanto, sua pergunta ainda não fora respondida.

– Por que ele ainda está lá?

– Porque nosso grande e maravilhoso amigo, o senador James McCready, que nos usou a todos com tanta habilidade, também quer usar Alan e depois atirá-lo aos lobos.

Seguiu-se outra explicação, essa mais fantástica do que a primeira, relacionada com a manipulação que McCready fizera nos acontecimentos a fim de levar Alan à Fundação e à subsequente destruição de todos os dados.

– Então é verdade? – disse Sylvia depois de, finalmente, recuperar a voz. – Ele realmente pode... curar? Com um toque? E dentre todas as pessoas, é você quem me diz isso?

Ela observou Charles assentir, viu seus lábios tremerem.

– Sim. – A voz de Charles foi apenas um sussurro. – Eu acredito.

– O que aconteceu?

– Julie...

Sua voz falhou. Charles virou-se e ficou de frente para a parede.

O coração de Sylvia deu saltos. Ela foi para trás dele e pôs ambas as mãos em seus ombros.

– Julie está curada?

Ele assentiu, mas continuou de rosto virado.

– Oh, Charles! – gritou Sylvia, envolvendo-o com os braços. A explosão de alegria em seu íntimo trouxe-lhe lágrimas aos olhos. – Mas isso é maravilhoso! Absolutamente maravilhoso!

Sylvia só vira Julie umas poucas vezes, mas ficara profundamente comovida com a tranquila coragem da criança. Entretanto, havia mais uma razão pessoal pela alegria: se Julie tinha sido curada, então havia uma esperança real para Jeffy.

Charles pareceu ter lido sua mente. Virou-se e a recolheu em seus braços.

– Ele disse que Jeffy é seu próximo paciente.

– Mas você não disse que o *Dat-tay-vao* estava causando danos ao cérebro dele?

Essa informação fora como uma nuvem escurecendo o sol.

Teria Alan que abdicar de parte de sua mente para romper o autismo de Jeffy? Ela não sabia se seria capaz de permitir tal coisa.

Ela não sabia se poderia recusar.

Guardou todas aquelas questões no fundo da mente, a fim de enfrentar tudo quando chegasse o momento. Agora devia concentrar-se em trazer Alan de volta a Toad Hall.

Mas havia algo de diferente em Charles. Ela notou uma mudança nele. Ele amadurecera nos últimos dias. Sua fachada dura e lustrosa descascara-se em alguns lugares, deixando expostas áreas suaves, vulneráveis.

– Ele também o tocou, não? – disse ela após observá-lo durante um longo momento.

– Bobagem! Eu não tinha coisa alguma que precisasse ser curada.

– Não. Quero dizer de outra maneira, com o toque pessoal dele, esse que ele sempre teve. A empatia, a atenção.

– Ele realmente é atento, não? – disse Charles. – Pensei que fosse fingimento, parte do dedicado e aplicado papel de médico de família que ele interpretava. Sabe, o soldado da infantaria nas linhas do *front*, na batalha interminável contra a morte e a doença e todo esse tipo de asneira. Mas ele é de verdade. E eu sempre pensei que alguém como ele fosse um carola que arrastasse sua devoção à clínica como uma cruz. Mas ele é um *homem!* – Charles mordeu o lábio inferior. – Meu Deus! Tudo o que pensei sobre ele! O que eu *disse* a seu respeito!

Sylvia deu-lhe um abraço.

– Agora você talvez possa compreender por que ele está morando aqui.

Charles a encarou. Sylvia viu dor em seus olhos, mas distante e se dissipando.

– Ouso dizer que sim. E espero que vocês dois sejam muito felizes juntos.

– A senhora me chamou, patroa? – Ba disse do vão da porta.

– Oh, sim, Ba. Você trouxe aquele poema... aquele sobre o *Dat-tay-vao?*

Ba o entregou e Sylvia leu para Charles:

> *"Ele procura, mas não será procurado.*
> *Ele encontra, mas não será encontrado.*
> *Ele agarra aquele que irá tocar,*
> *Que irá cortar a dor e o mal.*
> *Mas sua lâmina corta de duas maneiras*
> *E não será revertida.*
> *Se você dá valor ao seu bem-estar,*
> *Não impeça o seu curso.*
> *Trate o Tocador duplamente bem,*
> *Pois ele traz o peso*
> *Da balança que precisa ser usada."*

Sylvia virou-se para Charles.

– Entende? "Ele traz o peso da balança que precisa ser usada." Isso soa como o que está acontecendo com Alan: toda vez que ele usa o Toque, este toma algo dele. Pois a cada coisa dada, alguma coisa é tomada.

– Parece uma variação do velho "nada é de graça". Em algum lugar do trajeto, alguém paga a conta. Mas não é isso que está me preocupando mais agora. Não devíamos perder tempo; temos que pôr as engrenagens em movimento para tirar Alan da Fundação.

– Ele não vai sair hoje à noite? Usará o *Dat-tay-vao* no senador e depois se porá a caminho.

– Penso que não – disse Charles com um lento balançar de cabeça.

– Alan ficou louco, realmente furioso, quando lhe contei da intenção de McCready.

– Você não está achando que Alan vai se recusar a curá-lo, está? – disse Sylvia, alarmada novamente. – Não é típico de Alan.

– Você não viu os olhos dele. E se McCready não obtiver o que quer, não vai deixar Alan sair.

– Mas não pode prendê-lo!

– Pode, por algum tempo. Pensei que ele tivesse destruído todos os originais dos resultados dos testes de Alan, mas agora, pensando melhor, aposto que guardou os originais dos perfis psicológicos.

– Por quê?

– Porque a avaliação de Alan mostra um maldito esquizofrênico paranoico. Eles poderiam prendê-lo argumentando que é perigoso para si mesmo e para os outros.

– Vou telefonar para Tony – disse Sylvia, agora igualmente furiosa e amedrontada. – Ele vai virar aquele lugar de cabeça para baixo.

– Não conte com isso, Sylvia. Aqueles perfis, junto com a reputação da Fundação e a influência pessoal do senador... bem, poderia levar um longo tempo até soltarmos Alan.

– Perdoem-me – disse Ba, que não se afastara do vão da porta. – Mas a patroa quer que o doutor volte da Fundação?

– Sim, Ba – disse ela, notando ânsia na voz dele. Sabia quanto Ba admirava Alan. – Tem alguma ideia?

– Irei lá e o trarei de volta.

Ba pronunciou a frase de modo bastante prosaico; no entanto, Sylvia viu a determinação em seus olhos.

– Esqueça! – disse Charles com uma risada. – A segurança da Fundação é invulnerável.

– Estive lá algumas vezes com a patroa. Irei lá hoje à noite e trarei o doutor de volta.

Charles tornou a rir. Mas Sylvia observou o rosto de Ba, lembrou-se do que Greg lhe contara sobre o pescador simples que se ligara ao grupo de Rangers e com eles treinara, e de que Greg havia dito que o pescador era quem mais ele queria em qualquer situação de combate. Ba queria fazer aquilo. E, com uma súbita pontada de excitação, Sylvia percebeu que também queria que ele o fizesse.

– Muito bem, Ba. Tenha cuidado.

O sorriso desapareceu do rosto de Charles como se ele tivesse levado um tiro.

– O quê? Assim? Ir pegar Alan? Vocês ficaram malucos?

Sylvia respondeu à ligeira mesura de gratidão de Ba, mas o chamou quando ele se virou para sair.

– Espere, Ba. – Virou-se para Charles. – Você não poderia desenhar os mapas de alguns andares e dizer a ele onde acha que Alan pode estar? Seria de enorme ajuda no caso.

– Mas isso é uma *loucura*! Assim que ele botar os pés lá dentro, toda a segurança vai cair em cima dele!

– Vamos esperar que Ba não precise machucar muitos deles.

Sylvia adorou a expressão de vertigem que brincou no rosto de Charles.

Enfim, ele se sentou, e Sylvia observou enquanto ele fazia o esboço dos mapas dos andares dos níveis superiores. Ba inclinou-se sobre eles em silêncio.

– Onde está Alan agora? – perguntou Sylvia.

Não sabia por quê, mas achava importante conhecer a localização do quarto dele.

-- Com toda a probabilidade, ainda se encontra na ala de pacientes do sétimo andar, quarto 719, mas pode estar em qualquer parte do complexo. – Apontou para uma seção do último andar. – Mas a sua tentativa mais segura é aqui. Alan deverá estar nos alojamentos privados de McCready entre 21h45 e 22h45.

– Como pode ter certeza?

– Porque me lembro de que minha carta dizia que a maré alta seria às 22h45. É provável que essa seja a melhor hora e o melhor local para encontrá-lo.

Ba balançou a cabeça.

– A melhor hora será antes disso. Seria muito difícil entrar na ala privada do senador.

Charles o estava vendo com mais respeito.

– Isso faz sentido, meu anjo. Ouso dizer que, no fim das contas, você pode conseguir. Embora eu sinceramente duvide. – Charles tirou o jaleco. – Tome. Não consigo imaginar nenhum lugar ou circunstância na Fundação onde você não desse na vista, mas talvez isto o torne menos visível.

– Quer ir junto, Charles?

Ele deu uma risada sardônica.

– Soa como se eu fosse passar momentos maravilhosos... estou especialmente extasiado com a possibilidade de ser preso por invasão e ir passar algumas noites em uma cadeia da cidade de Nova York. Não, meu amor. Deixo com ele. De qualquer modo, duvido que seja de muita valia. Eles me conhecem e, com toda a certeza, todos os turnos da segurança foram informados de que sou *persona non grata*. E, além disso, preciso ir para casa ver Julie. Um sistema renal funcionando ainda é algo muito novo para ela. Quero estar lá se ela precisar de mim.

Isso lembrou Sylvia de que teria que pegar Gladys e lhe pedir que ficasse algumas horas com Jeffy enquanto ela estivesse fora. Esperou que Ba acompanhasse Charles na saída, depois o alcançou quando ele se dirigia à garagem.

– Vou junto com você hoje à noite, Ba – disse ela, e notou as feições em geral plácidas do vietnamita refletirem espanto e preocupação.

– Patroa, pode haver encrenca! A senhora não pode ir!

– Oh, mas eu preciso, Ba. E se você não me levar, irei até lá por minha conta. Portanto, não vamos perder tempo discutindo.

– Mas por que, patroa?

Sylvia pensou na pergunta. De fato, por quê? Por que se envolver pessoalmente em algo assim, quando, com toda a probabilidade, Ba poderia fazer tudo muito bem sozinho? Talvez porque ela se sentisse tão desamparada diante da regressão de Jeffy. Será que isso a faria sentir-se útil? Sylvia não tinha certeza, e de fato não importava. Só sabia que amava Alan e queria estar lá por ele. E isso bastava.

– Porque sim, Ba – disse ela. – Só porque sim.

46
Na Fundação

Ba estava com uma péssima sensação quanto àquela noite quando encostou no meio-fio diante do prédio da Fundação. Seu plano inicial era simples: um homem movendo-se furtivamente pelos corredores. Agora, com a patroa, ficaria complicado.

Ainda estava se recuperando do choque causado pela insistência da senhora em ir junto. Ba planejara pegar seu AMC Pacer, mas agora estava dirigindo o Graham, e a patroa se encontrava em seu lugar habitual no assento traseiro.

Durante a viagem, Ba argumentara exaustivamente tentando limitá-la ao mínimo envolvimento, como esperar no volante do carro enquanto ele ia lá dentro, mas ela se recusara decididamente. A senhora queria *estar lá*.

Assim, relutante, Ba dera à patroa uma incumbência segura: ir até a entrada da frente e fazer uma cena – criar uma distração.

– É minha especialidade – dissera ela. – Fazer cenas.

Quando puxou o freio de mão, Ba escutou o destampar de uma garrafa. Virou-se e viu a senhora vertendo bebida alcoólica em um copinho. Ela derramou um pouco na boca, gargarejou como se fosse um líquido para higiene bucal, depois engoliu fazendo careta.

– Argh! Por que as pessoas bebem uísque? – Ela soltou o hálito na mão. – Pelo menos terei o cheiro certo para o papel. Vamos. Está na hora do espetáculo.

Seus olhos brilhavam de excitação.

Ba saltou e deu a volta no carro para ajudá-la a sair; em seguida, ficou observando enquanto ela andava em direção à entrada da frente toda iluminada, copo na mão, cambaleando apenas como alguém que bebera um pouco além da conta.

Ba pegou uma pequena mochila no assento da frente e deixou o carro no meio-fio, sob as luzes. Ficaria seguro ali por algum tempo, e decidira que a melhor maneira de tirar o Dr. Bulmer era diretamente através da porta de entrada.

Apressou-se em direção à lateral do prédio.

ERAM 21H20 E ELE NÃO podia esperar mais.

O senador McCready descansara o dia inteiro. Fora impossível dormir, a não ser por breves cochilos, por causa da excitação e da expectativa quanto àquela noite. Mas ele armazenara resolutamente as suas forças, apenas gritando para o relógio pela lenta e insuportável carícia dos ponteiros em sua face.

Agora estava quase na hora. Iria até Bulmer. A princípio McCready pretendera levá-lo até a sua residência, no último andar, mas abdicara da ideia em favor de outra de maior atração psicológica. Ele iria até Bulmer e, desse modo, pareceria um humilde suplicante, e não alguém que esperasse um desempenho sob comando.

Sim, essa era a melhor abordagem. E depois que ele fosse curado, Bulmer teria de ser desacreditado. Por mais que tentasse, McCready não conseguiu imaginar qualquer solução alternativa. Uma pequena parte dele, quase esquecida, emitiu um tênue protesto. McCready fez ouvidos de mercador. Não podia abrandar agora. Não podia ignorar a projeção do computador sobre o levantamento da opinião pública. Um Dr. Alan Bulmer justificado seria uma responsabilidade grande demais. McCready tinha de arruiná-lo. Simplesmente não havia outra saída.

As portas se abriram e Rossi empurrou sua cadeira de rodas até o elevador. Os dois se dirigiram para o sétimo andar.

O GUARDA a viu partir da guarita cercada de mármore e andou na direção de Sylvia, antes que ela chegasse à metade do caminho para a porta giratória.

– Perdão, senhorita – disse ele esticando as mãos em um gesto de "pare". – Neste momento estamos fechados para visitantes.

Sylvia respirou fundo e se lançou de cheio a sua personagem.

– Tô querendo ver meu médico.

– Nenhum dos médicos está aqui dentro agora. Apenas alguns residentes. Quem é o seu médico? Vamos deixar um recado para ele.

Ela tivera a ideia de ser uma bêbada beligerante. Vira muitos tipos assim em suas festas e esperava ser convincente.

– Não estou falando de um de seus malditos médicos! Tô falando do Dr. Alan Bulmer. Ele é *paciente* aqui!

– O horário de visitas terminou às 19h. Começará de novo amanhã.

– Estou cagando e andando para o seu horário de visitas! Tô aqui agora... e tô querendo ver Bulmer *agora*! – Ela começou a andar em direção aos elevadores. – Em que andar ele está?

Ele agarrou-a pelo braço, suavemente mas com firmeza, e a conduziu de volta à porta.

– Amanhã, senhora. Amanhã.

Sylvia libertou o braço.

– Você sabe quem eu sou, seu... seu *lacaio*?

– Não. E não me importo. Vá embora!

Sylvia foi obrigada a reconhecer o valor do guarda – ele estava mantendo a frieza. Mas mostrava sinais de cansaço.

– Chame o senador! – gritou ela enquanto ele agarrava seus ombros por trás e, com firmeza, a empurrava em direção à porta. – Ele vai lhe dizer quem eu sou!

Era hora de sacar seu ás. Sylvia se lançou para longe dele e se inclinou sobre a frente da guarita. Lá havia um enorme painel de luzes verdes e vermelhas. Apenas as verdes estavam acesas; brilhavam sem cessar. Ela deixou os joelhos se dobrarem.

– Vou vomitar!

– Aqui não vai não! – Ele a puxou e a soltou em um banco a poucos metros de distância. – Fique aqui sentada. Vou buscar um pouco d'água. – O guarda estendeu a mão para pegar o copo de uísque. – E a senhora já bebeu demais disto aqui.

– Não *toque* no copo! Trate de ir buscar um pouco d'água.

Enquanto ele ia até o bebedouro e lhe enchia um copo de papel, Sylvia recuperou o fôlego. Até então, tudo bem. Deu uma olhada no relógio.

Estava quase na hora.

Tornou a levantar-se e andou cambaleando até a guarita.

– Ei! Afaste-se daí! – gritou o guarda, retornando com o copo d'água.

– Você tem razão – disse Sylvia erguendo o copo de uísque. – Não preciso mais disto.

Colocou o copo, com todo o cuidado, na beirada de mármore bem em cima do painel de controle; em seguida, assegurou-se de acertá-lo com o cotovelo ao girar para voltar ao banco.

O grito do guarda de "ah, merda, não!" mesclou-se com o tilintar do copo se quebrando, seguido de um coro de assobios e estalidos elétricos acompanhados de uma fumaça branca e irritante que se ergueu da mesa de controle quando o uísque de 12 anos vazou nos circuitos impressos.

Quando as sirenes e os sinos começaram a tocar, Sylvia gemeu:

– Ooooh, estou *tão* enjoada.

NA TERCEIRA TENTATIVA, o pequeno gancho de alumínio prendeu-se na saliência de uma janela escura do segundo andar. Ba puxou seu corpo para cima por toda a extensão da corda de náilon de meio centímetro de espessura, até poder agarrar o peitoril, puxar-se e se equilibrar ali. Repetiu a operação na janela logo acima.

Atingira o máximo que conseguiria pelo lado de fora. O Dr. Axford dissera que os escritórios da administração ficavam no terceiro andar. Como Ba esperava, eles estavam desertos àquela hora da noite, e não havia qualquer sinal de que as janelas estivessem ligadas ao sistema de alarme. Um breve piscar de sua lanterna revelou que o chão lá dentro era acarpetado. Ótimo. Ba puxou a bolsa de pano grosso para o peitoril, retirou o jaleco branco do Dr. Axford e o enrolou na mão direita. Virando o rosto para o lado, deu um duro golpe na janela com o dorso da mão. O estrondo do vidro foi seguido de um tilintar mais suave dos estilhaços caindo uns sobre os outros ao atingirem o carpete; depois, silêncio.

Ba firmou a garra na armação e esperou, pronto a deslizar para o nível da rua ao primeiro sinal de que alguém estivesse chegando para averiguar. Ninguém apareceu, de modo que ele entrou. Vestiu o jaleco, que ficou curto demais nos braços, e esperou até que surgisse a cacofonia de sinos e *bips*. Esta soou como se todos os alarmes do prédio tivessem disparado de uma só vez.

Ba checou o relógio: 21h32. Fez uma mesura de respeito pela patroa. Seu velho amigo, o sargento Nash, escolhera uma boa esposa. Era tão desembaraçada quanto solidária. Ba entrou no corredor deserto e, dali, caminhou até a escada de incêndio próxima ao poço do elevador. Estava no terceiro andar; o território do senador situava-se no vigésimo.

Ba começou a subir.

Estava ofegando ao chegar no último andar, de modo que parou e descansou por alguns momentos, espiando através do pequeno retângulo de vidro reforçado com arame. Nesse andar, havia apenas uma porta de elevador e, sem dúvida alguma, as pessoas precisavam de chave para chegar até ali. Checou o trinco da porta. Estava destrancado. Soou uma advertência em seu cérebro. Não havia sentido em se trancar a porta de uma escada de incêndio, mas se o senador fosse tão consciente da segurança quanto o Dr. Axford dissera, essa porta teria um fio ligado ao alarme. Entretanto, o sistema de alarme estava em caos naquele momento, de forma que seria seguro abri-la e averiguar por ali à procura de outra possível entrada para o último andar além daquele elevador solitário.

Ba saiu pelo saguão e seguiu por um curto corredor até um conjunto de portas duplas bem fechadas. Era a única entrada de todo o andar. Encostou-lhe o ouvido por breve momento, mas não conseguiu ouvir som algum lá dentro. Havia uma sensação de deserto em todo o andar. Ba checou o relógio: 21h40. Estava no horário, e era evidente que o Dr. Bulmer ainda não chegara.

Voltou apressado à escadaria para esperar. Decidira que o curso de ação mais simples e seguro era interceptar o Dr. Bulmer quando este saísse do elevador e levá-lo de volta ao nível da rua – deixando no vigésimo andar quem quer que o estivesse escoltando, é claro.

QUANDO OUVIU AS batidas na porta, Alan olhou para o relógio. Nove e vinte e seis. Bem na hora.

Ele abriu a porta e se encontrou face a face com o guarda de
segurança moreno que se recusara a deixá-lo sair da ala horas
antes. Havia outro guarda com ele. Os dois pareciam conhecidos e, então, Alan os reconheceu como sendo os assistentes de
Axford. As tarjetas com seus nomes diziam: "Henly" e "Rossi".

Alan engoliu a raiva que vinha cozinhando havia horas e
disse:

– O que aconteceu com os jalecos brancos?

– Trocamos – disse Henly, o guarda louro.

– Pegaram o maníaco? – Alan perguntou a Rossi.

Ele assentiu.

– Pegamos. E lhe trouxemos uma visita.

Com todo o peso apoiado na bengala, o senador McCready
entrou se arrastando no quarto. Uma cadeira de rodas vazia
ficou atrás dele no corredor.

– Boa noite, Dr. Bulmer – disse ele bem alegre. – Espero
que a inevitável extensão de sua estada aqui não lhe tenha sido
muito inconveniente.

Alan dissimulou o choque por ver o senador ir até ele.
Havia esperado o contrário. Grande parte de sua raiva evapo-
rou-se ao ver de perto a falta de firmeza e a debilidade daquele
homem. A lentidão de seus movimentos, o esforço que estes lhe
custavam... ele estava com uma aparência melancólica.

– Que prazer inesperado! – conseguiu dizer Alan. – E nem
pense em meu encarceramento. Quantas vezes um homem
tem a chance de ficar sozinho com seus pensamentos por quase
metade do dia? Um pouco de introspecção faz bem à alma. –
Pegou a mão de McCready e a apertou. – Jamais conseguirei
agradecer-lhe o bastante pelo que o senhor fez por mim!

Essa última frase, pelo menos, fora verdadeira. Indo à
Fundação, Alan aprendera que podia provar a existência do
Dat-tay-vao e prever a hora de seu aparecimento com uma

simples carta de marés. E também descobrira que aquilo estava destruindo sua mente. Apesar da deslealdade de McCready, ele tivera um ganho.

O senador sorriu.

– Como gritou o camelô: "Você ainda não viu nada!" – Ele desabou todo o peso do corpo em uma cadeira. – Reunimos provas suficientes para dar um polimento em sua reputação e salvaguardar sua licença médica.

"Mas você as destruiu!", pensou Alan, com crescente raiva.

– A primeira providência amanhã de manhã será despachar um press release geral.

"Seu bastardo mentiroso!" O press release jamais seria impresso, muito menos despachado.

Alan forçou um sorriso.

– Mal consigo esperar para ver.

De repente o ar se encheu de sirenes estridentes e bipes repicando. McCready deu uma rápida olhada para os dois guardas.

– O que será tudo isso?

Sua voz quase não pôde ser ouvida por cima da confusão.

– Estou surpreso – disse Henly, com a expressão preocupada e intrigada enquanto tirava do cinto o *walkie-talkie*. – Parece o som do alarme de incêndio, de invasão e tudo mais. Vou checar com Dave.

Ele se virou e dirigiu-se a um canto relativamente mais quieto, enquanto Alan e os outros dois esperavam em silêncio. No fim, Henly tornou a se virar para eles.

– Está tudo bem. Dave disse que uma certa senhora entrou no maior porre pedindo para ver um paciente e derramou a bebida na mesa de controle. Disse que está a maior bagunça lá embaixo.

– Vá ajudá-lo – disse McCready. E se virou para Rossi. – E você espere lá fora. Tenho um assunto pessoal para discutir com o Dr. Bulmer.

O guarda saiu e fechou a porta, abafando um pouco o continuado barulho dos alarmes.

– Assunto pessoal? – disse Alan.

– Sim. – O senador pousou ambas as mãos no cabo da bengala e se inclinou à frente. – Como tenho certeza de que o senhor vê, não sou um homem são. Em geral, a esta hora da noite estou dormindo pesado de tanta exaustão. Foi apenas por pura força de vontade que vim até aqui esta noite.

– Qual é o problema?

McCready tirou os óculos escuros.

– Diga-me você, doutor.

Alan viu as patognomônicas sobrancelhas caídas, semicerradas.

– Miastenia grave.

– Correto. Um caso de progresso inexorável. Eu... é tão difícil perguntar... eu estava pensando se você podia...

– Curá-lo?

– Sim. Se pudesse.

"Só por cima do meu cadáver!", foi o que Alan quis dizer, mas continuou com a expressão impassível.

– Por acaso o senhor sabe quando é a maré alta, senador?

– É às 22h18. – McCready deu uma olhada no relógio.

Faltam pouco mais de 30 minutos.

– Ótimo. Então, daqui a pouco o *Dat-tay-vao* estará funcionando.

– O quê?

– O Toque, senador. O Toque que cura. Vamos fazer uma tentativa. Aceita?

Alan esperou alguns minutos até que seu relógio marcasse por volta das 21h50. Tivera um longo tempo para pensar nesse dia e decidira que sua vida já fora manipulada muitas vezes. Estava querendo retomar o controle, e era ali que ele começava. McCready podia destroçar sua carreira, arruinar sua reputação, mandar para o espaço seu casamento cambaleante

346

e convencer o mundo de que ele era louco. Mas Alan Bulmer ainda podia decidir se e quando usar o *Dat-tay-vao*. Era tudo o que lhe restava.

E era tudo o que McCready queria.

Sem saber direito o que aconteceria em seguida, Alan levantou-se e colocou as mãos na cabeça do senador.

Lá fora no hall, cessaram os alarmes.

O RELÓGIO DE Ba mostrava que já eram quase 22 horas. Tudo estava quieto – quieto demais. Ninguém chegara nem saíra do último andar. Isso o deixou preocupado. Se fossem levar o doutor para os alojamentos do senador, lá em cima, com certeza já o teriam feito a essa hora.

O que deixava duas possibilidades: ou Bulmer não subiria lá nessa noite ou o senador fora até ele. O Dr. Axford parecia estar muito seguro de que o senador ficaria onde estava, e mandaria que o Dr. Bulmer fosse levado lá em cima. Mas o Dr. Axford já se enganara antes.

O número do quarto do Dr. Bulmer era 719. Ba começou a descer os degraus.

– BEBEU UM POUCO demais, madame?

O sujeito louro olhou de soslaio para Sylvia quando esta desabou em cima do banco. Ele havia chegado como a cavalaria para ajudar o guarda do andar térreo a parar o barulho e recompor os alarmes. Andou pomposo diante de Sylvia, como se soubesse sem sombra de dúvida que seu uniforme o tornava irresistível para as mulheres. Sylvia odiava uniformes. Em especial os modelos paramilitares.

– Suma daqui, cara – disse ela. – Não tô me sentindo muito bem.

– Oh, mas está com uma cara *ótima*.

– É isso aí. Está bem.

Ele pegou-a pelo braço, suavemente mas com firmeza.

– Vamos dar um passeio no alojamento noturno, onde poderemos conversar sobre isso em particular.

Sylvia soltou o braço. Quis dar um coice naquele galã do pântano, mas se conteve.

– Conversar sobre o quê?

– Sobre a tremenda encrenca em que está metida, querida. Mas talvez possamos dar um jeito nisso.

Sylvia teve uma bela ideia de quanto ele queria dar um jeito.

– Não tô em encrenca nenhuma; o senador é amigo meu.

– É mesmo? Qual é o seu nome?

– Toad. Sra. Sylvia Toad.

O guarda dispensou-a com um ar de decepção.

– Tire-a daqui, Dave. Tenho de voltar ao senador lá em cima.

O coração de Sylvia deu um salto. Alan estaria onde estivesse o senador. Sentiu um súbito e renovado interesse pelo guarda.

– Você vai ver o senador? – gritou ela, erguendo-se e o seguindo ao elevador. – Leve-me com você! Tenho de vê-lo!

– Dê o fo... ! – começou ele, depois parou. Um olhar calculado brilhou em seus olhos. – Bem... está bem. Que tal se eu levá-la ao alojamento pessoal do senador, lá em cima, para ver se ele está? E se não estiver... – ele piscou para Dave – podemos esperá-lo.

– Então vamos – disse Sylvia, pegando no braço dele. Ela queria subir de qualquer maneira, para onde Alan se encontrava, e essa parecia uma rota tão boa quanto outra qualquer. – O senador é um velho chapa meu.

O guarda lhe deu um tapinha na mão enquanto a levava para o elevador.

– Meu também.

Quando as portas se fecharam e o elevador começou a subir, o guarda se encostou nela e passou a mão em seu flanco.

– Ooh – disse Sylvia, caindo contra a parede lateral. – Este elevador está me deixando enjoada.

Ele recuou.

– Aguente firme, querida. É um trajeto curto.

– Não está acontecendo nada – disse McCready após as mãos de Bulmer terem ficado em cima dele por quase um minuto inteiro. Ele lutou contra a intranquilidade que formigava em seu corpo qual um calafrio. – Em geral leva tanto tempo assim?

– Não – disse Bulmer. – Em geral acontece no mesmo instante.

– Por que não está funcionando? – McCready lutou contra o pânico crescente. Bulmer parecia bem despreocupado. – Devia funcionar meia hora antes e meia hora depois da maré alta! O que há de errado? Todas as condições estão certas! *Por que não está funcionando?*

– Está faltando alguma coisa – disse Bulmer.

– O que é? O quê? Basta me dizer e mandarei Rossi apanhar! O quê?

Bulmer olhou-o nos olhos.

– Eu.

– Não compreendo.

– Eu tenho de *querer* curá-lo.

E então ficou tudo claro.

– É isso. Axford o avisou.

– Claro que sim, seu filho da puta.

McCready reprimiu um desejo de gritar de raiva com a traição de Axford. Mas manteve a aparência fria.

– Isso torna as coisas difíceis, o que é uma infelicidade, mas não muda nada.

– O que está querendo dizer?

– Você continuará sendo nosso hóspede até fazer algo quanto ao meu estado.

– Sabe, eu tenho amigos.

McCready permitiu-se uma risada amarga.

– Não muitos. Aliás, quase nenhum, de fato. Mandei minha gente dar uma olhada cuidadosa em sua vida, com a esperança de encontrar alguma alavanca contra você. Mas não havia nenhuma. Nenhuma amante, nenhum vício. Você é um solitário com muita obsessão pelo trabalho, Alan Bulmer. Muito parecido comigo. O único amigo que pode representar algum problema é esse advogado, DeMarco. Mas posso dar um jeito nele. Portanto, pode considerar-se desamparado.

Bulmer encolheu os ombros com desdém, quase como se estivesse esperando isso. Não estava com medo? Sua atitude negligente preocupou McCready.

– Não compreende o que estou lhe falando? Posso amarrar sua vida indefinidamente! Tenho traços de personalidade, respondidos de seu próprio punho, que qualquer psicanalista do país interpretará como produtos de uma mente muito psicótica e, provavelmente, perigosa! Posso prendê-lo aqui ou confiná-lo em instituições do Estado pelo resto da vida!

Bulmer recostou-se e cruzou os braços.

– Você exagera. Mas está tudo bem. Mesmo assim, não terá o que quer.

– Oh. Você quer um acordo, é isso?

– Nada de acordo. Ou eu fico ou vou embora livre, mas em nenhum dos dois casos você terá o *Dat-tay-vao*.

McCready o encarou, a mente girando em confusão. Qual era o problema com esse homem? A determinação em seus olhos era enervante.

– Então, é assim que tem de ser? – disse enfim McCready, apoiando-se pesadamente na bengala num esforço para pôr-se de pé. – Como queira.

– Você só precisava pedir.

McCready sentiu as pernas bambearem – nesse momento, a fraqueza não se devia apenas à miastenia grave – e tornou a se sentar. "Você só precisava pedir." Que afirmação mais ingênua... no entanto, cortava-lhe a alma pensar que podia ter evitado toda a intriga e a conspiração simplesmente indo até o consultório de Bulmer dois meses antes, tão logo ficara sabendo daquelas histórias. Oh, Deus, se isso fosse verdade ele já podia estar bem a essa hora, se pudesse ter...

Não! Esse era um modo louco de pensar. Bulmer estava mentindo!

McCready ficou firme contra a onda de incerteza. Havia procedido da única maneira que podia.

– Isso era impossível. Eu não poderia lhe dar um revólver como esse para você encostar na minha cabeça. Você mostrou o que pensava da minha política na audiência do comitê, em abril. Eu não poderia assumir o risco de você explorar o que sabia e o que fizera, tão logo eu concorresse à presidência.

– Eu sou um médico. Qualquer coisa que se passasse entre nós seria privada.

McCready vociferou.

– Espera mesmo que eu acredite nisso?

– Acho que não – disse Bulmer e, por um instante, McCready pensou ter visto a piedade abater a raiva nos olhos do outro. – Você supõe que eu seja como você.

O senador não conseguiu mais lutar contra o medo dominante de que jamais se livraria da doença.

– Eu estou *doente*! – gritou ele por entre um soluço que o dilacerou desde o coração. – E estou farto de estar doente! Estou desesperado, você não pode entender?

– Sim, posso.

– Então por que não me ajuda? Você é médico!

– Ah, não! – disse Bulmer, levantando-se e se aproximando do outro. – Não me venha com esse jogo, seu idiota de sangue-frio! Um minuto atrás, você ia mandar me confinar pelo restante da vida. Isso não deu certo, de modo que agora interpreta esse papel de pobre-velho-abatido. Esqueça!

ALAN ESPEROU QUE suas palavras fossem convincentes, pois em seu íntimo, para sua frustração e seu desânimo, na verdade ele estava começando a ter compaixão por McCready.

– Quero viver de novo. Fazer amor de novo! Gritar de novo!

– Pare com isso! – disse Alan, tentando bloquear as palavras, torná-las mais constrangedoras com o constante dissipar da voz de McCready.

– Não! Não vou parar! Você é a única esperança que me restou! – Com súbita explosão de força, agarrou as mãos de Alan e as colocou em seus ombros. – Cure-me, seu maldito! Cure-me!

– *Não!* – disse Alan através dos dentes trincados.

E então aconteceu. Uma dor lancinante como fogo, como gelo, como a eletricidade, subiu-lhe pelo braço e pelo corpo. Alan caiu para trás e McCready gritou, um uivo saído das profundezas de seus pulmões.

Rossi irrompeu no quarto.

– Mas que porra está havendo aqui?

Ele olhou para McCready, que estava com o rosto cinzento passando rapidamente para o azul, enquanto tentava bombear ar para os pulmões.

– O que foi que você fez com ele?

– Nada! – disse Alan, estreitando os braços ardidos contra o peito. – Nada!

– Então qual é o problema com ele?

– Crise de miastenia, acho. Mande vir um médico, ou alguém aqui de cima, com oxigênio. Rápido!

– Você é médico! – disse Rossi olhando de Alan para o senador e deste para o outro de novo. – Ajude-o!

Alan estreitou os braços ainda mais contra o próprio corpo. Algo terrível acabara de acontecer com o seu toque, e ele estava com medo de colocar a mão de novo em McCready, com medo de piorar a situação.

– Não posso. Consiga outra pessoa.

Quando Rossi saltou para o telefone, Alan olhou para a porta aberta que dava para o corredor. Partiu nessa direção. Queria sair dali.

Percorreu todo o trajeto até a área do elevador, onde apertou os botões *sobe* e *desce*. Estava esperando as portas se abrirem e o levarem para longe dali – não se importava em que direção – quando Rossi correu e o agarrou pelo braço.

– Espere um minuto, meu chapa. Você não vai a *parte alguma*!

Foram o medo, a raiva e a pura frustração de receber ordens sobre o que podia e o que não podia fazer que fizeram Alan bater no guarda. Ele bateu o cotovelo contra o plexo solar de Rossi. Enquanto este se dobrava, Alan pôs ambas as mãos na nuca do guarda e a empurrou contra o chão. Rossi caiu com um grunhido, enquanto o ar escapava do seu peito.

Mas depois ele rolou sobre as costas e sacou o revólver do coldre.

De repente, um pé e uma perna comprida, ambos de negro, apareceram e prenderam no chão o braço de Rossi que segurava a arma.

Alan virou a cabeça para cima e quase gritou de susto e prazer. Ba!

O magro vietnamita estava parado ali, como uma pálida visão de pesadelo. A porta da escada de incêndio estava se fechando às suas costas.

– Excelente, Dr. Bulmer.

Ba se inclinou e apanhou a arma da mão do guarda. Rossi o encarou com admiração e medo.

Neste exato momento as portas do elevador se abriram. O guarda louro estava lá dentro, com uma mulher ao seu lado, cabisbaixa.

– Sylvia! – gritou Alan chocado. – Como ela pôde... ?.

– Mas que droga você está fazendo aqui fora? – disse Henly, dando um passo à frente, enquanto Sylvia se endireitava atrás dele e sorria para Alan.

Ba chegou ao lado de Alan, com a pistola balançando na mão.

– Boa noite, patroa – disse ele. Depois se virou para Henly. – Nós vamos precisar deste elevador.

Henly disse:

– Mas que porra...? – e levou a mão à pistola.

Ba entrou no elevador e o jogou contra a parede do fundo.

– Leve-nos para baixo, por favor, senhor – pediu ele.

Alan entrou e abraçou Sylvia. Ela o estreitou, cálida e suave.

Henly assentiu e ficou balançando as chaves.

– Sim. Claro.

Girou a chave uma volta inteira e o elevador começou a descer.

– Graças a Deus que você está bem! – disse Sylvia, dando um abraço apertado em Alan.

– Estou ótimo – disse Alan –, mas não sei como estará o senador.

De repente, ele percebeu que estava tocando Sylvia e nada acontecia.

O que quer que tivesse provocado a progressão da doença do senador, parecia já ter acabado.

– O que há de errado com ele?

– Não sei. *Dat-tay-vao*... uma espécie de efeito oposto.

Seus olhos estavam grudados em Ba, que estendia a mão para Henly. O atemorizado guarda passou obedientemente o revólver para a figura sombria que se erguia sobre ele. Ba esvaziou os pentes de ambas as pistolas, guardou as balas no bolso, depois devolveu a Henly as armas descarregadas.

– Por favor, não faça nenhuma besteira.

As portas se abriram e eles chegaram ao térreo. Alan apressou Sylvia em direção às portas, enquanto Ba cobria a retaguarda.

– Dave! – Henly berrou por trás deles, enquanto os três passavam pela frente da recepção. – Detenha-os!

Dave olhou para Alan e Sylvia, depois para Ba, e balançou a cabeça.

– Detenha-os *você*!

47
Ba

Ba se sentiu refrescado no ar quente e úmido da rua. Jamais fora capaz de se adaptar ao ar-condicionado. Caminhou à frente do doutor e da patroa e abriu a porta traseira do Graham para os dois. Sentia orgulho por ter sido capaz de tirar os dois da Fundação e levá-los para um lugar seguro. Teria libertado qualquer um que a patroa pedisse, mas sentiu um prazer especial por ajudar o doutor. Isso diminuía o peso da sua dívida com o doutor por Nhung Thi; ajudava a equilibrar a balança entre eles.

Uma vez que os dois entraram, ele foi para o assento do motorista e fez uma volta em U na esquina próxima, pegando o fluxo da Park Avenue que ia para o centro.

– Acho que não seria sábio levar o Dr. Bulmer de volta a Toad Hall por enquanto, Ba – disse Sylvia do assento traseiro.

Ba concordou. O mesmo pensamento lhe ocorrera.

– Conheço um lugar, patroa.

– Então, leve-nos para lá.

– Esperem aí vocês dois! – disse o médico. – Esperem um minuto! Sou um homem livre e quero ir para casa!

– Alan – disse Sylvia com voz suave –, você não tem mais casa. Ela desapareceu. Eles a queimaram.

– Eu sei disso. Estava dizendo Monroe. É lá que eu vivo. Não vou me esconder de ninguém!

– Alan, por favor. Sei que você tem sido muito empurrado de um lado para o outro nos últimos tempos, mas Ba e eu tivemos um bocado de trabalho para tirá-lo da Fundação. Um jeitinho jurídico poderia levá-lo de volta para lá a qualquer momento... ou pior ainda. Se algo aconteceu com McCready, eles podem responsabilizá-lo por isso e você talvez vá parar em Bellevue.

Houve silêncio no banco de trás do carro. Ba pensou que sabia o que estava se passando na mente do doutor. Correr e se esconder parecia não apenas covardia, mas também uma aparente admissão de culpa. Mas a patroa tinha razão – era melhor procurar abrigo até passar a tormenta.

No entanto, não pôde deixar de sentir compaixão pelo doutor, que devia estar achando que sua vida já não lhe pertencia mais. E na verdade não pertencia. Agora, Ba tivera o privilégio de conhecer dois homens com o *Dat-tay-vao* e nenhum dos dois tinha pleno controle sobre a própria vida. Pois o Toque tinha vontade própria e não conhecia nenhum mestre.

O tráfego da noite de segunda-feira estava fácil. Ele atingiu rapidamente a rua do Canal e nela seguiu para o leste, entre a Little Italy e Chinatown, depois virou para o centro em Bowery, até chegar a uma minúscula rua secundária onde os refugiados de seu país se reuniam nos anos 1970. Todos compartilhavam o fato de serem estrangeiros longe de casa, mas ninguém de forma tão poderosa quanto aqueles que se haviam arriscado no seu barco em alto-mar. A maior parte de seus companheiros de aldeia se havia instalado em Biloxi, Mississippi, e ainda vivia como pescadores, só que agora no golfo do México em vez do mar do sul da China. Mas um ou dois tinham vagado para o nordeste. Nesse momento, parou diante de uma casa prestes a desmoronar que abrigava uma das pessoas mais idosas de sua antiga aldeia.

O percurso levara menos de 15 minutos. Ba puxou o freio de mão e se virou no assento.

– O senhor estará a salvo aqui – disse ele ao doutor.

O Dr. Bulmer olhou para cima e para baixo, vendo a rua escura e mal iluminada, depois para o periclitante prédio.

– Serei obrigado a aceitar sua palavra quanto a isso, Ba.

– Venha – disse ele, saltando e abrindo a porta.

– Vá, Alan – disse a patroa. – Se Ba diz que está bem, então você pode levar a sério.

Ba brilhou de orgulho com essas palavras, enquanto observava os dois se abraçarem e se beijarem.

– Está bem – disse o doutor. – Mas só por esta noite. Vinte e quatro horas e basta. Depois eu volto para casa.

Quando o doutor saiu do carro, Ba se aproximou e trancou a porta atrás dele. Não gostava de deixar a patroa sozinha ali na rua, mas o motor estava funcionando e ele só levaria uns poucos minutos.

Ba levou o Dr. Bulmer ao prédio e os dois subiram a escada descascada até o quarto andar.

– Chac é um velho amigo – disse ele enquanto subiam. – Se minha aldeia pesqueira ainda existisse, ele seria um dos mais velhos de lá.

– O que faz ele agora?

– Vende jornais.

– Que pena.

– Melhor do que aquilo que estava à sua espera em casa. Os comunistas queriam que trabalhássemos para eles em troca de uma ração de arroz. Nós chamamos isso de escravidão. Sempre havíamos trabalhado para nós mesmos.

– Você trabalha para a Sra. Nash.

Ba não parou nem olhou para o doutor. Conhecia a pergunta e a resposta.

– Trabalhando para a patroa, trabalho para mim mesmo.

– Entendo – disse o doutor.

357

E, pelo seu tom de voz, Ba soube que ele compreendera e que nada mais havia a ser dito.

Chegaram ao quarto andar. Ba bateu de leve mas com insistência na porta em que estava escrito 402. Seu relógio marcava 23h16. Chac podia estar dormindo – levantava-se todos os dias às 4 horas e, em menos de uma hora, ia para a rua. Ba odiava perturbar o sono do velho, mas a hora de sua chegada não fora escolha própria, e Chac iria compreender.

Uma voz falou do outro lado da porta.

– Quem é?

Ba anunciou-se no dialeto Phuoc Tinh. Ouviram-se os cliques da fechadura e, em seguida, a porta se abriu e Ba foi abraçado por um homem mais baixo e mais velho.

– Não posso ficar – disse Ba, recusando as ofertas de comida e bebida. Ouviu uma criança tossir no quarto dos fundos. Lançou para Chac um olhar inquisidor.

– Meu neto, Lam Thuy. Tem quase 3 anos agora. Ele fica aqui enquanto Mai Chi e Thuy Le trabalham no restaurante. Sente-se e deixe eu fazer um chá para você.

– Não posso, mas quero pedir um favor.

– Qualquer coisa para Ba Thuy Nguyen! Você sabe disso!

Ba sorriu, sentindo-se acolhido com a resposta do idoso.

– Um amigo precisa de abrigo por alguns dias... abrigo físico e de todos os olhos, a não ser os desta casa.

Chac assentiu.

– Compreendo perfeitamente. Será feito. É este aí?

Ba trouxe o doutor à frente e falou em inglês pela primeira vez.

– Este é o Dr. Bulmer. Fez tudo o que pôde para tornar pacíficos os últimos dias de Nhung Thi.

– Então ele será como um de nós – respondeu Chac, também em inglês.

Ele apertou a mão do doutor e o puxou para a frente, dando-lhe as boas-vindas em seu lar.

– Preciso ir embora – disse Ba, sentindo a urgência de descer à rua, onde a patroa esperava desprotegida.

Mas primeiro tinha de dizer algo ao doutor.

Ba puxou-o para o lado, enquanto Chac corria à cozinha para fazer chá.

– Doutor – disse ele em voz baixa, inclinando-se para se aproximar dele. – Por favor, não mencione o *Dat-tay-vao* para ninguém.

O doutor ergueu as sobrancelhas.

– Eu não pensava em fazê-lo. Mas por quê?

– Não há tempo para explicar. Mas tudo ficará claro mais tarde. Por favor, não mencione o *Dat-tay-vao* aqui. Por favor, sim?

O doutor encolheu os ombros.

– Tudo bem. Por mim está ótimo. Mas, ouça – tocou o braço de Ba –, obrigado por hoje à noite. E tome conta da senhora.

Ba fez-lhe uma ligeira mesura.

Quando saiu do apartamento, ouviu a criança tossir outra vez. Mais alto.

48
Alan

— Você é o médico de Nhung Thi? – disse Chac num inglês fortemente carregado depois que Ba foi embora e a chaleira ainda não fervera.

– Sim. Receio que não tenha sido muito o que pude fazer por ela.

Alan se esforçou para repelir a lembrança de sua agonia de morte. Uma forma horrível de morrer. Teria preferido qualquer outra forma de morte do que ser corroído em vida por um câncer do pulmão.

Alan distraiu-se observando as grotescas mãos artríticas de Chac, notando as junções espessas e torcidas, os desvios ulnares dos punhos e dedos. Como aquele homem conseguia distribuir seus jornais? Como, meu Deus, ele fazia o troco?

Deixou que seu olhar vagasse pelo minúsculo quarto da frente. O reboco fora recém-pintado; a mobília era velha e frágil, mas encerada e sem poeira. Um bochechudo Buda de gesso estava sentado de pernas cruzadas numa mesa de canto; um crucifixo pendia na parede acima dele.

A criança tornou a tossir nos fundos do apartamento. Dessa vez com um som mais agudo.

– Seu filho? – perguntou Alan.

Parecia improvável, mas nunca se sabe.

– Neto! – disse Chac, envaidecido.

A tosse persistiu, e seu som agudo tornara-se deveras revelador. Mas não foi isso que alarmou Alan. O chiado da respiração, o estridor trabalhado que cada vez aumentava mais entre os espasmos de tosse, foi que o levantaram e o atraíram em direção ao som.

Aquela criança estava com problemas.

Chac também reconheceu a aflição da tosse. Ele disparou na frente de Alan e abriu caminho. Na metade do caminho, uma mulher magra, mais ou menos da mesma idade de Chac, com um longo robe azul-escuro, saiu no corredor e se juntou à procissão até o quarto dos fundos do apartamento.

Pouco antes de alcançarem a porta, a tosse foi cortada abruptamente, como se tivesse sido dado um nó em volta do pescoço. Chac acendeu a luz quando eles entraram no quarto apressados, Alan deu uma olhada no garoto de cabelos escuros e rosto largo e sarapintado, olhos negros aterrorizados, e soube que não havia um minuto a perder.

Crupe... com epiglotite!

– Pegue uma faca, pequena e afiada! – disse ele a Chac, fazendo-o ir à cozinha.

Seria obrigado a tentar uma traqueotomia de emergência. Tinha visto essa operação duas vezes no treinamento clínico, mais ou menos 12 anos antes, mas até então jamais fora chamado a fazer uma. Sempre rezara para que não aparecesse essa situação. Cortar a garganta de alguém e depois triturar a membrana cricotiroidea, para formar uma passagem para o ar, sem romper uma artéria ou dilacerar a tireoide, era algo bem difícil em um paciente quieto. Parecia loucura tentar em uma criança que se mexia, enlouquecida pelo medo. Mas aquele garoto iria morrer se não conseguisse ar em pouco tempo.

Chac voltou apressado e lhe entregou uma pequena faca com uma afiada lâmina de 5 centímetros. Alan teria preferido uma lâmina mais estreita – teria adorado a agulha tamanho 14 que mantinha havia uma década em sua maleta negra, exatamente para uma ocorrência como aquela. Mas essa maleta estava no porta-malas do seu carro.

A criança estava rolando e se debatendo na cama, arqueando as costas e o pescoço num inútil esforço de levar ar aos pulmões.

– Segurem-no na cama – disse Alan para Chac e sua mulher.

A mulher, a quem Chac chamava de Hai, olhou para a lâmina com horror, mas Chac lhe gritou algo em vietnamita, e ela firmou as mãos em ambos os lados do rosto da criança, agora de coloração azul-escura. Quando Chac se posicionou do outro lado do corpo do menino, prendendo os braços debaixo dele, Alan se adiantou. Com o coração aos pulos e a lâmina deslizando na palma da mão suada, ele esticou a pele acima da traqueia.

Uma voltagem extática lhe subiu pelo braço.

Com um arquejo vertiginoso, o ar entrou apressado nos pulmões enfraquecidos da criança, depois saiu, depois tornou a entrar. Aos poucos a cor da criança retornou ao normal, enquanto ela chorava e se agarrava à avó.

Alan olhou admirado para as próprias mãos. Como acontecera? Deu uma olhada no relógio: 22h45. Ainda seria a Hora do Poder? Quando McCready dissera que seria a maré alta? Alan não conseguiu se lembrar! Droga!

Mas que importância isso tinha? O importante era que o garotinho estava vivo e bem, com a respiração normal.

Chac e a mulher encaravam-no com terror.

– *Dat-tay-vao?* – disse Chac. – Você *Dat-tay-vao?*

Alan hesitou. Por alguma estranha razão, tinha a sensação de que devia dizer não. Não lhe haviam dito para negar? Mas por quê? Aquelas pessoas conheciam o Toque.

Ele assentiu.

– Aqui? – disse Chac, chegando mais perto e o olhando nos olhos. – *Dat-tay-vao* aqui na América?

– Pelo menos foi o que me disseram.

O casal vietnamita riu, chorou e abraçou o neto que soluçava, o tempo todo murmurando palavras em vietnamita. Em seguida, Chac esticou as mãos deformadas, artríticas, sorrindo timidamente.

– Ajude-me. Por favor, sim?

Soou outro sino de alarme em um canto distante da mente de Alan.

Axford não lhe dissera que o Toque estava causando danos em sua mente? Mas como pudera dizer tal coisa? Alan sentia-se bem!

– Claro – disse ele.

Era o mínimo que podia fazer pelo homem que lhe dava abrigo. Agarrou os dedos retorcidos e esperou, mas nada aconteceu.

– Passou a hora – disse ele a Chac.

O vietnamita sorriu e fez uma reverência.

– Ele virá de novo. Oh, sim. Virá de novo. Eu posso esperar.

– Estou ficando com febre de cubículo – disse Alan a Sylvia.

Passara uma noite intranquila e ficou encantado por ouvir a voz de Sylvia de manhã. Mas falar ao telefone era bem diferente de estar ao seu lado, e de pouco servia para lhe acalmar a claustrofobia crescente. O pequeno apartamento ocupava o lado sudeste do prédio. Gostoso e quente no inverno, sem dúvida, mas o sol penetrara nas janelas desde as seis da manhã, e a temperatura do ar úmido ali no quarto da frente já devia estar passando dos 40.

Hai, vestida com a clássica blusa branca e frouxa e as calças curtas pretas típicas de sua gente, corria de um lado para o outro na cozinha, enquanto o neto mastigava um cream cracker, ambos despreocupados com o calor. Tudo isso desmoronava a imagem a que se está acostumado.

– Há dias que estou engaiolado... primeiro no glorioso quarto de hospital da Fundação, agora em um apartamento tão pequeno que esbarramos no ombro de alguém sempre que nos mexemos!

– Você prometeu ficar por um dia.

– E ficarei – disse ele, olhando para o relógio. Eram 9h. – Em pouco mais de 12 horas estarei saindo daqui. Não me importo com quem está à minha procura: McCready ou a máfia; eu vou sair.

– Acho que o senador não deve estar procurando muito. Está em coma no Columbia Presbyterian.

– Você está brincando!

– Claro que não! Você parece surpreso.

– E não era para estar?

– Ora, não foi você mesmo quem me contou ontem à noite que ele teve uma espécie de convulsão ao tentar forçar você a curá-lo? Como foi mesmo o nome que você disse... uma crise de miastenia?

Alan forçou a memória. A história parecia familiar. Voltou aos poucos, qual uma projeção de slides gradualmente entrando em foco.

– Oh, sim. Claro. Disseram algo mais sobre ele?

– Não. Só que o estado dele é crítico.

"Eu fiz isso?", Alan perguntou a si mesmo após se despedir de Sylvia.

Teria ele querido machucar o senador? Teria isso influenciado o Toque para piorar a doença e não curá-la? Ou McCready teria ficado em tal estado a ponto de provocar a crise?

Por que tentar se enganar? Tinha tido uma estranha sensação nos braços antes do colapso de McCready. Não o habitual prazer elétrico. Algo diferente. Teria ele causado a coisa ou ela fora iniciada pelo próprio poder?

Alan não sabia. E ficou preocupado por não saber.

Virou-se na cadeira, sentiu algo enrugar-se no seu bolso e tirou o maço vazio de Camel do Sr. K. Sorrindo, colocou-o em cima da mesa. O Sr. K.... Alan gostaria de saber se ele realmente parara de fumar.

Houve um clique de chave na fechadura da porta do apartamento e Chac entrou, vestindo uma camisa de trabalho azul e um macacão de brim. Fez uma mesura para Alan, depois abraçou a mulher. Hai trouxe chá para os dois. Alan aceitou-o com o que esperava ter sido um sorriso amável. Estava nadando em chá.

Observou com surpresa enquanto Chac, com movimentos ágeis, acendia um cigarro sem filtro com as mãos deformadas. Quando Alan tentou sustentar sua parte da conversa sobre o tempo, detectou um murmúrio crescente de vozes no corredor lá fora. Estava prestes a perguntar a Chac sobre isso quando o vietnamita bateu com as mãos nas coxas e disse:

– É hora!

– Hora de quê?

– *Dat-tay-vao*. – Estendeu as mãos para Alan. – Por favor, sim?

Seria mesmo a Hora do Poder? E se fosse, como Chac sabia? Alan encolheu os ombros com desdém. Só havia uma forma de descobrir.

Agarrou os dedos retorcidos...

...e aconteceu de novo. Aquele prazer indescritível. Alan achou algo muito confortável no Toque desse dia. Talvez fosse porque Chac acreditasse em sua existência e em seus efeitos; não havia qualquer dúvida a ser superada, qualquer preconceito contra o qual lutar, qualquer necessidade de encobri-lo, apenas aceitação. E talvez fosse porque o *Dat-tay-vao* estivesse de volta às pessoas que o conheciam melhor e mais o reverenciavam. Em certo sentido, o Toque voltara para casa.

Chac ergueu as mãos e os pulsos novos diante dos olhos e flexionou os dedos finos e retos. As lágrimas começaram a rolar por suas faces. Mudo, acenou seus agradecimentos a Alan, que pousou a mão compreensiva no ombro do velho.

Chac se levantou e mostrou a Hai, que o abraçou, depois foi até a porta e a abriu.

O corredor estava cheio de pessoas. Parecia um desembarque da metade da população do Sudeste Asiático na cidade. Eles ofegaram em uníssono ao ver as mãos normais erguidas, depois começaram uma algaravia monótona, nenhum deles falando inglês.

Chac virou-se para Alan e enxugou os olhos.

– Eu lhe agradeço. E gostaria de saber se você teria a bondade de deixar o *Dat-tay-vao* curar outros.

Alan não respondeu.

"Por que eu?", perguntou-se pela milésima vez. Por que devia assumir a responsabilidade pelo *Dat-tay-vao*? Por que decidir se devia usar ou não? Lembrou-se vagamente de que lhe haviam dito que o Toque lhe causava danos, que ele pagava um preço pessoal cada vez que o usava.

"Por acaso quero isso?"

Olhou o garotinho contente, sentado com a avó do outro lado da mesa, são e salvo nessa manhã, em vez de morto ou em um respirador. Viu Chac flexionando e esticando os dedos novos várias e várias vezes. E viu o maço vazio do Sr. K.

Era disso que se tratava: segundas chances. Uma chance de voltar ao quando e onde a doença atacara e começar são de novo. Talvez essa fosse a resposta ao "por que eu?". Queria proporcionar a segunda chance... dar a *todos* uma segunda chance.

– Doutor? – disse Chac, esperando.

– Traga-os para dentro – disse ele a Chac. – Traga-os *todos* para dentro.

Alan aguardou com expectativa, enquanto Chac voltava à porta. Aquilo iria ser bom. Ali ele podia encarar o Toque. Nenhuma preocupação quanto a jornais, conselhos de hospital e políticos conspiradores. Apenas Alan, o paciente e o *Dat-tay-vao*.

Acenou a Chac para se apressar. Neste dia não haveria qualquer retenção, qualquer perambular furtivo. O Toque desapareceria em uma hora e Alan queria tratar quantos pudesse.

Chac avançou com o primeiro: um homem de meia-idade com ambos os braços travados em ângulo reto para a frente.

– Os comunistas quebraram os cotovelos dele, de forma que, a vida inteira, ele não fosse capaz de pegar comida ou bebida sozinho.

Alan não perdeu tempo. Agarrou os dois cotovelos e sentiu o choque conhecido. O homem chorou quando seus braços se esticaram nos cotovelos pela primeira vez em anos e depois começou a girá-los para cima e para baixo. Ele caiu de joelhos, mas Alan o empurrou suavemente para o lado e acenou para que um garoto manco avançasse.

Eles avançaram em corrente contínua. E à medida que o *Dat-tay-vao* ia fazendo sua magia em cada um, Alan ia se sentindo envolto em uma nuvem cada vez mais profunda de euforia. Os detalhes do quarto se dissiparam. Tudo o que sobrou foi uma visão em túnel de suas mãos e uma pessoa diante dele. Parte de Alan estava assustada, pedindo uma parada. Ele ignorou. Estava em paz consigo mesmo, com sua vida. Era assim que devia ser. Era para isso que sua vida existia, para isso ele nascera.

Alan continuou, literalmente puxando as pessoas e as empurrando para o lado tão logo o prazer lhe percorria o corpo.

A neblina ficou mais densa. E as pessoas ainda entravam.

Os jatos de prazer cessaram, mas a neblina permaneceu. Parecia permear-lhe todos os níveis de consciência.

"Onde estou?"

Alan tentou lembrar-se, mas a resposta não surgiu.

"Quem sou eu?"

Não conseguiu sequer pensar no próprio nome. Mas havia outro nome formando a superfície da neblina. Alan esforçou-se em sua direção, achou-o e disse em voz alta:

– Jeffy.

Aferrou-se ao nome, repetindo-o.

– Jeffy.

O nome acendeu uma pequena chama dentro dele. Alan virou o rosto na direção nordeste. Tinha de encontrar Jeffy. Jeffy lhe diria quem ele era.

Levantou-se e quase caiu. A perna esquerda estava fraca. Pediu ajuda, e figuras de sombras murmurando uma linguagem inarticulada o apoiaram até ele ficar firme. Quando começou a andar para a porta, mãos suaves tentaram detê-lo. Ele disse uma palavra: "Não." As mãos afastaram-se e as figuras se separaram para deixá-lo passar. Chegou a um lance de escada e parou, sem saber onde seus pés estavam. Tentou estender a mão esquerda à procura do corrimão, mas não conseguiu erguê-la o bastante. Estava tão pesada...

– Socorro – disse ele. – Jeffy.

Maos e braços o ergueram, levaram-no para baixo, dando voltas uma série de vezes, e finalmente chegaram ao sol quente e brilhante, onde novamente o puseram de pé.

Ele começou a andar. Sabia a direção. Jeffy era como um farol. Alan movia-se para ele.

– Jeffy.

49
Sylvia

Sylvia estava sentada no sofá da biblioteca, onde fizera amor com Alan na semana anterior, ouvindo pacientemente as notícias do meio-dia, esperando mais novidades sobre McCready. Não houve nada de novo. Levantou-se e esticou o braço para desligar a tevê, que passava o noticiário meteorológico, quando, abruptamente, a câmara voltou ao locutor.

– *Isto acaba de chegar: o senador James McCready está morto. Acabamos de receber a notícia de que o senador morreu por complicações de uma longa enfermidade. Interromperemos nossa programação normal quando dispusermos de maiores detalhes.*

Com o coração batendo, Sylvia avançou e girou o botão. Percorreu todos os canais à procura de mais detalhes, mas ouviu apenas a mesma informação repetida com quase as mesmas palavras. Todas as estações deviam ter recebido press releases idênticos.

Desligou o aparelho.

"Complicações de uma longa enfermidade."

Era um alívio. Ela estava preocupada com a possibilidade de o senador ou sua equipe tentar responsabilizar Alan pelo que acontecera. Normalmente, tal medo jamais passaria por sua mente, mas depois do que acontecera nos últimos tempos...

Sylvia foi atingida pela constatação: Alan podia voltar para casa!

Ela checou a tira de papel que Ba lhe tinha dado e discou o número de Chac Tien Dong. Tocou quatro vezes antes que uma vietnamita atendesse. Sylvia mal conseguia ouvi-la por cima da frenética algazarra de vozes em segundo plano, no outro lado da linha.

– Posso falar com o Dr. Bulmer, por favor? – Veio uma confusão de barulhos na linha. – E quanto a Chac? – disse Sylvia. – Posso falar com Chac?

Mais confusão, depois uma voz masculina.

– Alô. Aqui fala Chac.

– Aqui é a Sra. Nash, Chac. Posso falar com o Dr. Bulmer?

Houve uma longa pausa, depois Chac disse:

– Ele não está aqui.

"Oh, meu Deus!"

– Onde ele está? Para onde foi? Chegou alguém e o levou embora?

– Não. Ele foi embora sozinho.

Isso pelo menos era um alívio. Significava que ninguém da Fundação estava envolvido.

– Mas por que você não o deteve?

– Oh, não – disse Chac. – Jamais parar *Dat-tay-vao*! Muito ruim!

O alarme espalhou-se por ela qual vento frio. Ba disse que havia advertido Alan para não mencionar o Toque. Como Chac sabia?

– Ele usou o *Dat-tay-vao*?

– Oh, sim. Muitas vezes!

Sylvia bateu o fone no gancho e gritou:

– *Ba!*

50
Ba

Ba abriu caminho por entre a decrescente multidão no minúsculo apartamento até chegar no lugar onde Chac estava, em pé, mexendo no ar os dedos ressuscitados. Sua raiva devia estar estampada no rosto, pois o velho olhou para ele e empalideceu.

– Não pude deixar de fazer, Ba! – disse ele, recuando um passo.

– Você prometeu! – disse Ba em voz baixa, sentindo-se magoado e furioso. – Você disse que o manteria afastado de todos os olhos, exceto os de sua família, e eu encontro uma festa aqui!

– O *Dat-tay-vao*. Ele tem o *Dat-tay-vao*!

– Eu sei disso. Foi por isso que lhe pedi para escondê-lo.

– Eu não sabia! Se você tivesse me contado, talvez tudo tivesse sido diferente!

– Talvez?

– O pequeno Lam Thuy teria morrido se ele não estivesse aqui! Você não compreende? Ele foi mandado para cá! Ele tinha de estar aqui no exato momento! O *Dat-tay-vao* sabia que seria necessário e, assim, o trouxe para cá!

– Fui *eu* quem o trouxe para cá! E fico contente de todo o meu coração que ele tenha salvo Lam Thuy, mas isso não justifica você ter chamado toda a comunidade!

Chac encolheu os ombros, intimidando-se.

– Eu me gabei. Fiquei tão honrado de ter o *Dat-tay-vao* em minha casa que tive de contar para alguém. A notícia se espalhou. Eles caíram em cima de mim como peixe em tanque de desova. O que eu podia fazer?

– Podia tê-los mandado embora. Chac encarou-o com ar de reprovação.

– Se você tivesse sabido que havia alguém na rua com o *Dat-tay-vao* quando Nhung Thi estava morrendo de câncer, teria mandado embora?

Ba não tinha resposta. Pelo menos, nenhuma que desejasse externalizar. Sabia que teria lutado com mil demônios por uma chance de deixar que o *Dat-tay-vao* fizesse sua magia na debilitada esposa. Suspirou e pousou a mão suave no ombro de Chac.

– Diga-me, velho amigo, que caminho ele tomou?

– Estava olhando para o nordeste. Eu o teria segurado aqui, mas ele estava procurando alguém. E, como você sabe, nunca se impede o *Dat-tay-vao*.

– Sim, eu sei – disse Ba –, mas eu nunca compreendi isso.

– "Se você dá valor ao seu bem-estar / não impeça seu caminho." O que mais há para ser entendido?

– O que acontece se você impedir seu caminho?

– Não sei. Que outros aprendam; a mim basta a advertência.

– Preciso encontrá-lo para a patroa. Pode me ajudar?

Chac balançou a cabeça.

– Não o seguimos. Ele estava sob o encanto do *Dat-tay-vao*... não caminhava direito e seus pensamentos estavam nublados. Mas ficou repetindo a mesma palavra várias e várias vezes. Várias e várias vezes: Jeffy.

Impelido por uma súbita e inexplicável sensação de perigo, Ba foi até o telefone e discou o número da patroa. Agora sabia para onde o doutor estava indo. Mas, se estava andando e se sua mente não estava bem, talvez nunca chegasse ao destino. Ba daria tudo de si para encontrá-lo, mas primeiro precisava telefonar para a senhora.

Ao olhar pela janela, Ba viu as primeiras nuvens de tormenta formando-se no céu a oeste.

51
Durante a tormenta

Sylvia observara a escuridão aumentar com uma crescente sensação de agouro. Seu medo geral de longa data em relação a todas as tormentas fazia-a empalidecer diante do temor que lhe crescia minuto após minuto, enquanto ela observava as nuvens se formarem, todas rosa e branco na parte de cima, mas tão escuras e ameaçadoras embaixo, devorando o sol ocidental. Alan estava lá fora em algum lugar. E estava indo para lá. Isso era para tê-la emocionado, mas, em vez disso, a encheu com uma crescente intranquilidade. Ba insinuara que Alan estava com a mente em desordem. Alan e a tempestade – ambos aproximavam-se vindos do oeste.

O telefone tocou. Sylvia correu para ele.

Era Charles. Parecia ter se recuperado desde o dia anterior. Em rápidas palavras, Sylvia relatou o que Ba lhe contara.

– O maldito estúpido! – disse ele. – Ba disse em quantas pessoas ele fez sua mágica antes de ir embora?

– Ba não tinha certeza, mas, pelo que pôde saber com Chac, talvez umas cinquenta.

– Meu Deus do céu! – disse Charles em um tom de voz subitamente roufenho.

Sylvia continuou, na esperança de que, se prosseguisse dando informações a Charles, talvez ele pudesse dar-lhe uma ideia do que acontecera com Alan.

– Chac também disse a Ba que Alan estava andando de maneira esquisita... como se a perna esquerda não estivesse funcionando direito.

– Oh, não!

– O que há de errado?

– Esse pobre e estúpido idiota! Ele liquidou parte do seu córtex motor! Só Deus sabe o que virá em seguida.

Sylvia sentiu como se seu coração estivesse suspenso entre duas batidas.

– Que você quer dizer?

– Estou dizendo que esse Toque, ou seja lá o nome que você dá a esse maldito poder dele, aparentemente usou a maior parte das áreas não vitais de seu cérebro e agora está se movendo para áreas mais críticas. Não se pode dizer o que virá em seguida, caso ele continue a usá-lo. Se atingir uma área motora vital, ele poderá ficar aleijado; se eliminar parte do córtex visual, ele ficará parcial ou totalmente cego. E se por acaso ele causar algum dano em algo como o centro respiratório do sistema cerebral, ele morrerá!

Sylvia mal conseguia respirar.

– Meu Deus, Charles, que faremos?

– Isolá-lo, mantê-lo são e salvo e não deixar que ele saia por aí tocando as pessoas quando for hora da maré. Dando tempo ao tempo e se supondo que ele não tenha causado muitos danos, acho que seu cérebro se recuperará. Pelo menos em parte. Mas não posso garantir. Claro, a primeira coisa que você tem a fazer é encontrá-lo.

– Ele está vindo para cá – disse Sylvia com uma sensação de queda.

– Ora, ótimo. Então não há problema.

– Está vindo por causa de Jeffy.

– Oh, sim, ele mencionou Jeffy na Fundação. – Houve uma pausa prolongada. Depois disse: – Agora, isso representa um problema, não? Um dilema moral, pode-se dizer.

Um trovão explodiu. Sylvia não conseguiu responder.

– Avise-me se houver alguma coisa que eu possa fazer – disse Charles. – *Qualquer coisa.* Tenho uma dívida para com esse homem.

Sylvia desligou e foi pegar Jeffy no quarto de sol, agora escuro. Fechou as cortinas das altas janelas da biblioteca, depois se sentou no sofá aconchegada ao ainda mais plácido Jeffy, enquanto ouvia o barulho crescente da tempestade.

No noticiário das 17 horas, Ted Kennedy e Tip O'Neil estavam enaltecendo a coragem e a integridade do falecido senador James A. McCready. Sylvia desligou a tevê.

"O que vou fazer?"

Ela sabia a escolha que tinha pela frente e não queria fazer uma opção. Segundo a carta, a maré alta em Monroe seria às 22h43. Se Alan chegasse então, ela teria de tomar uma decisão: uma vida com sentido para Jeffy contra o dano cerebral e talvez até mesmo a morte para Alan.

Apertou Jeffy contra o seu corpo e ficou balançando para a frente e para trás, qual uma criança com um ursinho de pelúcia.

"Não posso escolher!"

Talvez não precisasse. Talvez Ba pudesse interceptá-lo e levá-lo para Charles ou algum outro lugar onde pudesse descansar e se tornar inteiro de novo. Isso a resgataria do dilema entre deixá-lo seguir em frente com o que achava que devia fazer e se pôr em seu caminho e retardá-lo até passar a hora do *Dat-tay-vao*.

E mais tarde, após Alan descansar dias e semanas, e ele recuperasse as partes da mente que perdera nas últimas semanas e soubesse o que estava fazendo e fosse plenamente consciente dos riscos envolvidos, *então* talvez ela pudesse deixá-lo tentar o *Dat-tay-vao* em Jeffy.

Mas e se o *Dat-tay-vao* desaparecesse até lá? Sylvia abraçou Jeffy com mais força.

"O que devo fazer?"

Olhou para o velho relógio de pêndulo na parede: 15h15. Faltavam cinco horas e meia.

ALAN PERCEBEU QUE estava molhado. A água caía do céu aos borbotões, encharcando suas roupas e lhe escorrendo pelos braços e pernas. Os pés chapinhavam nos sapatos enquanto ele andava.

Estivera andando tão rápido quanto lhe permitia a enfraquecida perna esquerda, e durante longo tempo. Não tinha certeza de onde estava, mas sabia que estava mais perto de Jeffy. Atravessara uma ponte sobre um rio e, neste momento, descia uma pequena aleia entre dois carcomidos prédios de apartamentos. Chegou a um lugar onde uma saliência oferecia abrigo contra o aguaceiro. Parou e se recostou na parede para descansar.

Dois outros homens já estavam lá.

– Dê o fora, seu viado – disse um deles. Alan forçou a visão da luz turva para ver quem falara. Viu um homem sujo, usando o cabelo igualmente sujo, longo e castanho, amarrado atrás em rabo de cavalo, vestido com jeans rasgado e uma camiseta que talvez tivesse sido amarela um dia. – Este lugar foi tomado.

Alan não sabia por que o homem era tão beligerante, mas encarou aquilo como um bom conselho. Tinha de continuar andando. Tinha de chegar a Jeffy. Não podia deixar que uma chuvinha fina o detivesse. Começou a andar para o fim da aleia, em cuja direção ia, mas tropeçou e quase caiu.

– Ei! – disse o outro homem. Este também usava jeans sujo, e uma camiseta de ginástica engordurada e cinzenta, cortada nos ombros, expunha grosseiras tatuagens acima de cada deltoide. Seu cabelo era negro e curto. – Você me chutou!

Com um único movimento, ele se afastou da parede e deu um malicioso empurrão em Alan. Desequilibrado e cambaleando para trás, os braços de Alan, girando, seguraram a parede, mas a perna esquerda não o sustentou. Ele caiu sobre um dos joelhos.

– Perna ruim, hein? – disse o de rabo de cavalo com um sorriso, enquanto dava um passo à frente.

Alan sentiu uma pontada de dor na perna boa quando o homem chutou. Caiu sobre o outro joelho.

Nesse momento, com dor e com medo, Alan fez força para se pôr de pé e se afastou.

– Ei, aleijado! Aonde você vai? – disse um deles por trás.

– Jeffy – disse Alan.

Como era possível não saberem disso?

– O que foi que ele disse? – indagou a outra voz.

– Sei lá. Nem pareceu ser em inglês.

– Ei! Um otário estrangeiro. Vamos revistá-lo!

Uma mão agarrou-lhe o ombro e o girou.

– Que pressa é essa, cara? – disse o de rabo de cavalo, agarrando-lhe os braços.

O de camiseta de ginástica chegou ao seu lado e enfiou os dedos no bolso esquerdo traseiro de Alan.

– Ele porra tem uma carteira!

Ouviu apagadamente uma voz feminina, gritando ao longe:

– Ei! O que está acontecendo aí?

– Não enche, doçura!

O de camiseta gritou quase ao ouvido de Alan, enquanto lutava com o botão de seu bolso traseiro.

– Jeffy! – disse Alan.

O de rabo de cavalo quase enfiou o rosto na cabeça de Alan. Seu hálito era putrefato.

– Vou jeffar sua cabeça, seu porra, se não calar o bico!

Alan libertou o braço direito e o empurrou contra o outro.

– *Jeffy!*

E de repente o de rabo de cavalo começou a murmurar e ter convulsões. Os olhos viraram para cima e uma língua inchada lhe saiu da boca.

– Que porra é essa? – gritou o da camiseta. – Ei, Sammy! Ei!

Puxou a frente da camisa de Alan e este o rechaçou, agarrando-lhe o pulso com a mão esquerda recém-liberada.

O de camiseta começou a tremer de modo incontrolável com o agarrão de Alan, como se de repente tivesse sido acometido de um ataque de malária. Seus cabelos negros e curtos começaram a cair e chover sobre o braço de Alan.

Alan tornou a olhar para o de rabo de cavalo, que agora balançava como um bêbado. Toda sua pele enchera-se de inchaços; enquanto Alan olhava, eles aumentaram, formaram pontas e estouraram, derramando trilhas de um muco purulento e manchado de sangue no corpo trêmulo.

Cambaleando em confusão e choque, Alan tentou soltá-lo, mas descobriu que os dedos dele estavam presos. Os joelhos do de camiseta se curvaram sob o seu peso. Enquanto Alan observava, o estômago do homem começou a inchar, tornando-se enorme e dilatado, até se romper, cuspindo círculos de seus intestinos, que lhe cobriram as coxas qual tiras de linguiça fervida.

Uma voz de mulher gritou lá de cima. O de rabo de cavalo, agora uma massa irreconhecível de chagas putrefatas, caiu no chão. Enquanto o zumbido dos enxames de moscas se mesclava com o barulho estridente dos gritos continuados da mulher, Alan se virou e recomeçou a andar. As imagens do cenário atrás dele já se estavam dissipando e deixando de ser reais quando ele captou o farol situado a nordeste.

– Jeffy – disse ele.

BA FICOU PERCORRENDO com seu Pacer as ruas inundadas pela chuva. Chac dissera-lhe que o médico tomara o rumo nordeste e, assim, Ba tomara essa direção, num caminho de rua a rua através dos abundantes conjuntos habitacionais, até chegar ao East River. Dali, pegou a ponte Williamsburg e atravessou para o Brooklyn. Não conhecia essa área da cidade. Isso, junto com a fúria maníaca da tormenta e a escuridão quase noturna, reduziu sua busca à velocidade de um frustrante rastejar.

O que quer que fosse aquilo, era um bairro sórdido. Ba não gostou de pensar no doutor andando por ali sozinho. Podia lhe acontecer qualquer coisa. A tempestade, pelo menos, estava a seu favor. Ela parecia manter a maior parte das pessoas dentro de casa.

Ba dobrou uma esquina, pegando uma rua mais larga, e viu luzes vermelhas piscando a alguns quarteirões – duas radiopatrulhas e uma ambulância. Fazendo uma oração silenciosa aos seus ancestrais para que as luzes não estivessem piscando pelo doutor, Ba acelerou na direção delas.

Estacionou em fila dupla e abriu caminho por entre a multidão murmurante de curiosos encharcados de chuva a fim de ver o que os atraía para fora de casa em meio à tempestade. Por cima das cabeças, Ba pôde ver uma série de atendentes na aleia, ajustando o segundo de dois envoltórios de cadáveres nos restos gangrenosos e enrugados do que antes fora um ser humano. Apesar da chuva, Ba captou uma aragem de putrescência numa lufada de vento vinda da aleia. E, mesmo no brilho vermelho das luzes, Ba detectou a sombria palidez no rosto dos atendentes. Ambos os envoltórios de cadáveres foram embarcados na ambulância. A visão deles trouxe-lhes de volta lembranças indesejadas da guerra em sua pátria.

– Um assassinato? – indagou ao homem mais próximo dele.

O outro encolheu os ombros.

– Dois cadáveres putrefatos. Alguém deve tê-los jogado aí. – Quando o homem olhou para Ba, arregalou os olhos, virouse e foi embora, apressado.

Um homem que parecia ser detetive formou uma concha com as mãos em volta da boca e gritou para a multidão. O homem ao seu lado segurava um guarda-chuva sobre ambos.

– Vou perguntar-lhes pela última vez: alguém viu o que aconteceu aqui?

– Eu já lhe disse! – retrucou uma velha mirrada da sacada do prédio atrás do cenário. – Eu vi tudo!

– E já temos seu depoimento, madame – disse o policial com voz cansada, sem se virar.

Ele voltou os olhos para o companheiro.

Ninguém avançou. A multidão começou a diminuir. Ba hesitou, sem saber o que fazer. Aqueles dois cadáveres putrefatos... pelo menos agora tinha certeza de que o doutor não estava em nenhum dos dois envoltórios. Podia ir embora e continuar a busca, sabia disso; mas algo o detinha ali.

Aquela velha na sacada. Queria falar com ela.

ALAN SUBIU UMA rampa em direção a uma estrada. Carros passavam apressados por ele; a água suja espirrada pelos pneus piorava o aguaceiro, não deixando qualquer lugar seco em seu corpo. Ele mal notou. Não sabia o nome da estrada, mas sentia que estava indo na direção certa.

Ele chegou ao trecho principal da estrada e continuou andando. Relâmpagos alvejavam o céu escuro, trovões abafavam o ruído dos carros e caminhões que passavam em alta velocidade. O vento chicoteava a chuva em seus olhos. Ele seguiu andando, agora mais rápido, com um sentido de urgência brilhando em seu íntimo. Estava atrasado, fora do horário. Se não se apressasse, chegaria tarde demais para Jeffy.

Sem pensar, virou-se e começou a andar para trás. Por conta própria, quase que por reflexo, seu braço se estendeu em direção ao tráfego, com o polegar apontando para onde ele ia.

Foi em um ponto da estrada onde as poças d'água estavam particularmente profundas e os carros eram obrigados a reduzir a velocidade para passar que um carro parou a seu lado e a porta do carona foi aberta.

– Rapaz, você está com cara de quem precisa mesmo de uma carona! – disse uma voz lá dentro.

Alan entrou no carro e fechou a porta.

– Para onde está indo? – disse o homem roliço no assento do motorista.

– Jeffy – disse Alan.

FINALMENTE, A MULTIDÃO, a ambulância e os carros da polícia desapareceram. Ficaram apenas Ba e a velha na sacada; ele na escuridão chuvosa, ela na poça de luz sob a saliência da sacada da frente.

Ba caminhou até os pés da escada.

– O que foi que a senhora viu?

A mulher ofegou ao olhar para ele.

– Mas, que diabo, quem é você?

– Alguém que já viu coisas estranhas na vida. E a senhora, viu o quê?

– Eu contei à polícia.

– Conte para mim.

Ela suspirou, olhou para o início da aleia ao lado do prédio e começou a falar.

– Eu estava vendo a tempestade. Sentada na minha janela, vendo a tempestade. Sempre me sento à janela, chova ou faça sol. Na maioria das vezes, não se compara com uma saída, mas é muito melhor do que ir lá para dentro. Assim, eu estava sentada aqui, vendo os raios, quando vi um cara descendo a aleia, andando meio esquisito, como se estivesse com a perna machucada ou algo do gênero. E estava andando na chuva como se não soubesse que estava chovendo. Imagino que estivesse drogado, o que significa que estava em casa, neste bairro.

– Desculpe – disse Ba, com o interesse despertado neste momento –, mas como era o jeito desse homem?

– Talvez uns 40 anos. Cabelos castanhos, calças azuis e camisa azul-clara. Por quê? Você o conhece?

Ba assentiu. Aquilo descrevia o doutor com perfeição.

– Estou procurando por ele.

– Ora, é melhor esperar não encontrá-lo! Devia ter visto o que aconteceu com aqueles dois vagabundos, que Deus os tenha – fez o sinal da cruz –, quando tentaram roubá-lo! Ele os agarrou e eles tiveram ataques, morreram e apodreceram, tudo isso em alguns minutos! Nunca ninguém viu algo assim! E nem eu até hoje.

Ba não disse nada, apenas a encarou, espantado.

– Você também acha que sou maluca, não? Você e aqueles tiras. Bem, vá em frente. Pense o que quiser. Eu vi o que vi.

– Viu em que direção ele foi? – indagou Ba, ao recuperar a voz.

– Não, eu... – foi tudo o que ele ouviu, pois ela recuou quando um relâmpago especialmente brilhante cortou a chuva e a escuridão, e tudo o que ela pudesse ter falado se perdeu no trovão que seguiu em seu rastro. Ela se virou e abriu a porta do prédio.

– Eu não escutei! – gritou Ba.

– Eu disse que não *quis* ver.

Ba voltou apressado ao carro. Enquanto corria pelas ruas procurando um telefone, sua mente corria junto com o motor.

O que estava acontecendo? Primeiro o senador, agora esses dois homens.

O *Dat-tay-vao* estaria se tornando ruim? Ou seriam exemplos do que significava o verso da canção: "Se você dá valor ao seu bem-estar, não impeça o seu caminho"?

Talvez no fim das contas Chac tivesse sido sábio em não impedir o doutor de ir embora. Podia ter terminado como cadáver putrefato.

Ba já não estava à procura do doutor. Isso podia esperar. Antes de fazer qualquer outra coisa, precisava encontrar um telefone. A patroa devia ser avisada. Se o doutor chegasse a Toad Hall, a patroa deverá tentar mantê-lo afastado de Jeffy, pois seria para o próprio bem do doutor.

Ele tentou evitar pensar no que poderia acontecer.

Ba chegou a um sinal em uma rua principal, mas não conseguiu achar uma placa que lhe indicasse o nome. Viu um posto da Shell meia quadra à esquerda e se dirigiu para lá. Por sorte, o telefone público dali não fora alvo de vândalos, e ele ligou para Toad Hall.

Surgiu na linha uma voz gravada: *"Sentimos muito, mas não foi possível completar sua ligação. Por favor, desligue e disque outra vez."*

Ba discou e ouviu a mesma mensagem. Uma terceira tentativa com o mesmo resultado deixou uma conclusão: as linhas estavam cortadas de novo em Monroe.

Ele perguntou ao funcionário do posto qual o caminho mais rápido para a autoestrada de Long Island e depois partiu em velocidade; a sua mente estava consumida com uma visão da patroa murchando e apodrecendo nas mãos do doutor, enquanto tentava detê-lo.

Uma olhada no relógio do painel mostrou que eram 20h15. Sobrava tempo. Mesmo assim ele se apressou, costurando através do tráfego, esquivando-se dos buracos. Um cartaz apontou em frente para a LIE-495. A luz vermelha adiante tornou-se verde, de modo que ele acelerou.

E então viu o caminhão de entregas virando no cruzamento, avançando a luz vermelha. Quase pisou nos freios. Quando o Pacer começou a girar no pavimento molhado, ele viu os olhos arregalados do motorista e a boca aberta e chocada, viu o nome IMBESI BROS, em enormes letras amarelas na lateral, e então o mundo desapareceu.

– TEM CERTEZA de que é aqui que deseja saltar?

Alan confirmou. Havia se lembrado do próprio nome – pelo menos do primeiro nome – e reconheceu parte dos arredores. O cartaz dizia: SAÍDA 39 – GLEN COVE RD. O carro estava parado debaixo da passagem elevada, fora da chuva. Sabia que Jeffy estava bem à sua esquerda, exatamente ao norte dali. O motorista estava indo para leste.

– Sim.

O motorista olhou em volta, vendo a estreita saliência da estrada.

– É aqui que esse Jeffy vai encontrá-lo?

– Não muito longe daqui – disse Alan, enquanto abria a porta e saltava na chuva.

– Agora são 20h45. A que horas eles virão?

– Daqui a pouco.

– Não vai demorar para você pegar uma pneumonia.

– Jeffy – disse Alan.

– Lembre-se apenas de mim da próxima vez que estiver dirigindo e vir alguém ensopado andando na chuva.

– Sim – disse Alan, fechando a porta.

Depois que o carro partiu, Alan escalou a barreira para a estrada acima e virou para o norte.

Agora não estava longe. Sentia-se cansado, mas sabia que tão logo encontrasse Jeffy poderia ter um longo, longo repouso.

Onde estava Ba?

Sylvia ficou andando de um lado para o outro na biblioteca escura, a não ser por algumas velas colocadas aqui e ali em volta do aposento. Não havia energia, os telefones estavam cortados e a maré se aproximava. Quinze para as dez agora. Uma hora para a maré alta.

Um involuntário grito de susto escapou de Sylvia quando a pancada incandescente de um raio iluminou o aposento e o trovão sacudiu Toad Hall em seus alicerces.

Será que aquela tempestade não iria parar *nunca*?

Por mais que fosse inútil xingar a natureza, Sylvia sentiu conforto em fazê-lo. Isso desafogou sua tensão. E era melhor do que pensar na decisão que tinha pela frente.

Se Ba tivesse encontrado Alan e o estivesse mantendo afastado até passar a hora do *Dat-tay-vao*, então ela estaria livre em casa. Mas se Alan ainda estivesse se dirigindo para lá...

Se ao menos ela soubesse! Se ao menos Ba pudesse telefonar! "Vou desistir."

Tinha de tomar uma decisão. Se era para se respeitar depois que terminasse aquele pesadelo, teria de sair de cima do muro e não mais esperar que alguém decidisse por ela.

Começou a suspirar, mas saiu um som de soluço. Mordeu o lábio para conter as lágrimas. Havia apenas uma escolha.

Precisava deter Alan.

Deus, que vontade tinha de dar a Jeffy uma chance de ser uma criança normal. Mas o preço... o preço.

Como poderia permitir que Alan, em seu estado de dano cerebral, se arriscasse a sofrer mais danos, talvez a morte, na possibilidade de curar o autismo de Jeffy? Até ali, o *Dat-tay-vao* fora usado apenas em doenças físicas. Quem poderia saber se ajudaria Jeffy?

E, se pudesse, não seria essa a perspectiva mais aterradora de todas?

Neste momento, Sylvia defrontou-se com a constatação, de torcer as entranhas, de que ela não receava por Alan tanto quanto por Jeffy e por si própria. E se o autismo de Jeffy fosse curado de repente e ele se tornasse uma criança normal, que reagisse? Que tipo de criança ele seria? E se a detestasse? Ou pior ainda – e se ela o detestasse? Sylvia não podia suportar isso. Era quase melhor deixar que ele continuasse do jeito que estava, com ela ainda o amando, do que enfrentar o desconhecido.

No entanto, havia tomado a decisão: se Alan chegasse, ela o deteria, mesmo que precisasse bloquear-lhe o caminho fisicamente.

Devia sentir-se aliviada agora que tomara a decisão. Por que se sentia tão derrotada?

Pegou a lanterna e correu ao andar de cima para ver como estava Jeffy.

Encontrou-o dormindo pacificamente, apesar da tormenta. Sentou-se na beirada da cama e lhe acariciou o cabelo encaracolado, alvejado pelo sol.

Uma lágrima rolou por sua face, e sua determinação enfraqueceu, mas ela respirou fundo e prendeu o ar até doer. Depois o soltou lentamente.

– Seu dia irá chegar, homenzinho – sussurrou ela e lhe beijou a testa sardenta.

Depois desceu para esperar por Alan.

A MOVIMENTAÇÃO TROUXE Ba de volta à consciência. Luzes vermelhas brilhavam através da visão embaçada que fazia parecer uma geleia grossa sobre seus olhos. Quando piscou, e sua visão clareou, Ba viu uma projeção de concreto alguns metros acima, com um cartaz onde estava escrito ENTRADA DE EMERGÊNCIA. Ouviu um estrépito debaixo de si e sentiu um último empurrão firme. Percebeu com um sobressalto que se encontrava em uma maca que saíra de uma ambulância e cujas rodas tinham sido armadas. Tentou sentar-se, mas descobriu que seu peito estava preso por correias. O esforço causou uma pontada de dor que lhe subiu pela nuca e explodiu na cabeça.

– Deixe-me levantar – disse ele em uma voz que não soou muito como a sua própria.

Uma mão brusca mas suave deu-lhe um tapinha no ombro.

– Vá com calma, cara. Você vai ficar bem. Nós já estávamos pensando que você estava morto, mas não estava. Em um minuto vamos soltá-lo das correias.

Rolaram Ba para o lado de uma padiola de hospital, soltaram-lhe as correias e o moveram para a lateral. Somente então Ba percebeu que estava em um encosto de madeira. Esperou até que retirassem a tábua, depois se ajeitou antes que outras correias pudessem prendê-lo.

A sala flutuou e uma onda de náusea o invadiu quando se sentou. Ele trincou os dentes e engoliu a bílis que lhe subira à garganta.

– Só um minuto aí, meu chapa – disse um dos atendentes. – É melhor você se deitar até que um médico chegue.

– Que horas são? – perguntou Ba.

A sala parara de se mover e se mantinha firme. Ba notou que havia uma bandagem em volta de sua cabeça. Havia outras pessoas nas padiolas encostadas ao longo das paredes da ala de emergência, algumas fechadas por cortinas, outras abertas. À sua volta uma atividade em turbilhão e redemoinho.

– 22h17 – disse o outro atendente.

"Duas horas!" Ba deslizou para fora da padiola, pondo-se de pé. "Eu perdi duas horas!"

Tinha de ir até Toad Hall, até a patroa!

Quando começou a caminhar em direção à porta do corredor externo, ignorando os protestos dos atendentes da ambulância, uma enfermeira de meia-idade, prancheta à mão, correu até ele.

– E onde é que você pensa que vai?

Ba olhou-a uma vez, depois passou por ela.

– Por favor, não me detenha. Preciso ir embora.

Ela se afastou e o deixou passar sem dizer qualquer outra palavra. Ba passou pelas portas automáticas e parou no meio-fio, segurando e soltando as coxas.

Não tinha carro!

Uma porta de ambulância foi batida à sua direita, e Ba viu o motorista afastar-se do veículo. O motor a diesel ainda estava funcionando.

Antes de tomar de fato uma decisão consciente, Ba viu-se caminhando em direção à ambulância, enquanto o motorista passava por ele e atravessava as portas da emergência. A porta estava destrancada. Sem olhar para trás, Ba sentou-se ao volante, engrenou e saiu pela rua. Uma virada à direita o deixaria fora de vista mais rapidamente, Ba então virou nessa direção e chegou a uma seta indicando a 495 bem à frente.

Achou os interruptores das luzes e da sirene e os girou. Sem qualquer sensação de contentamento, pisou fundo no acelerador e viu carros saírem de seu caminho para lhe dar passagem. Ba começou e pensar que, no fim das contas, ainda podia chegar a tempo a Toad Hall.

As ruas ali pareciam vagamente conhecidas; no entanto, por mais que tentasse, Alan não conseguia se lembrar do nome da cidade. Várias vezes quis desviar do caminho para investigar uma rua secundária ou seguir um tortuoso fio de familiaridade para ver aonde ele levava.

Percebeu que não conseguia. O que quer que o estivesse guiando, *conduzindo-o*, não iria permitir que ele saísse do caminho que o levava a Jeffy. Havia uma monumental singularidade de propósito dentro dele, que havia assumido o controle.

Saiu da estrada e caminhou entre dois pilares de tijolos de um portão, entrando em uma passagem asfaltada, depois saiu da passagem e chegou a um grupo de salgueiros, onde parou e ficou entre galhos frondosos que caíam e balançavam qual macias cortinas de contas ao vento. Ficou contente por parar; estava exausto. Se dependesse apenas de Alan, ele cairia no chão encharcado e dormiria.

Mas não dependia dele. De modo que parou e esperou, encarando a imensa casa escura do outro lado do gramado. Além da casa, Alan pôde ouvir a água lambendo faminta e subindo no ancoradouro. Estava quase na hora da maré. Não tinha consciência disso, mas não havia qualquer dúvida em sua mente. E era isto que ele parecia estar esperando: a crista da maré.

Alan teve uma nova sensação, uma tensão movendo-se com ele em espiral, pulsando com avidez, preparando-se para saltar. Suas mãos estavam quentes.

E então ele começou a andar em direção à casa.

Estava na hora.

– Jeffy – disse ele à escuridão.

FINALMENTE A TORMENTA estava se dissipando. Agora os relâmpagos eram turvos clarões e os trovões, apenas ruídos agudos, como o de um estômago superalimentado com indigestão.

"Graças a Deus!", pensou Sylvia. "Agora, se ao menos a luz voltasse..."

Phemus começou a latir.

Sylvia foi à janela que dava para a entrada de carros, mas não viu veículo algum. Olhou para o relógio e viu que eram 22h40. Faltavam três minutos para a maré alta. Um calafrio lhe percorreu o corpo. Havia alguém lá fora, na escuridão, atravessando o gramado na direção da casa. Sylvia desejou poder acender os holofotes lá fora. Pelo menos poderia vê-lo. Não que isso realmente tivesse importância. Podia sentir sua presença.

Alan estava chegando.

Mas como podia ser? Como podia ter percorrido todo o trajeto desde a parte baixa de Manhattan? Simplesmente não parecia possível. No entanto, ele estava lá fora. Sylvia tinha certeza.

Lanterna na mão, pegou Phemus pela coleira e o levou para a lavanderia nos fundos, onde o trancou junto à máquina de lavar e a secadora. Quando estava andando em direção à biblioteca, ouviu a porta da frente se abrindo. Parou por um minuto, ouvindo o coração martelar dentro do peito. Pensava ter trancado essa porta! E se não fosse Alan? E se fosse um assaltante... ou algo pior?

Desligando a lanterna, Sylvia criou coragem e se arrastou ao longo do corredor até chegar à porta da frente. O brilho de um raio distante entrou pela porta ainda aberta, refletindo pegadas molhadas no chão e iluminando por trás uma figura escura que começava a subir a escada.

– Alan?

A figura não respondeu, continuando a subir. Parecia estar mancando enquanto subia um degrau de cada vez. Ba dissera que Alan estava mancando quando saíra da casa de Chac. Tinha de ser ele.

Ela acendeu a lanterna e direcionou o feixe de luz até captar o seu rosto. Sim, era Alan, e, no entanto, não era Alan. A expressão do rosto estava flácida, os olhos, vazios. Ele estava diferente.

– Alan... não suba.

Alan olhou em sua direção, piscando para o feixe de luz.

– Jeffy – disse ele com uma voz que mal pôde ser reconhecida.

"Atraia-o", disse ela para si mesma. "Traga-o de volta para baixo. Ele não está inteiramente ali."

Ela pôs a luz debaixo do próprio rosto.

– Sou eu... Sylvia. Não vá até Jeffy agora. Ele está dormindo. Você só iria incomodá-lo. Talvez o assuste.

– Jeffy – foi tudo o que Alan disse.

E então a luz voltou.

Sylvia suspirou diante da visão de Alan em toda a sua plenitude. Ele estava com uma aparência terrível. Molhado, sujo, os cabelos emplastrados e desgrenhados pelo vento e pela chuva, e os olhos... eram e não eram de Alan.

Ele continuou subindo a escada, um degrau de cada vez, em seu passo lento e doloroso, movendo-se qual um robô.

Com o medo e a piedade mesclando-se em seu íntimo, Sylvia partiu em sua direção.

– Não suba, Alan. Não quero que vá. Pelo menos não agora.

Neste momento ele estava na metade da escada e não olhou para trás.

Disse apenas:

– Jeffy!

– *Não*, Alan – ela subiu a escada correndo até chegar ao lado dele. – Não quero que se aproxime dele! Não assim. Não do jeito que você está.

A luz piscou, sumiu por um segundo, depois voltou.

– Jeffy!

Neste momento o medo assumiu seu lugar. Na mente de Sylvia, já não havia dúvida de que Alan estava completamente perturbado. Ouviu uma sirene ao longe. Sylvia desejou que fosse a polícia e que estivesse indo para lá, mas era tarde demais para chamá-la. Não podia deixar que Alan se aproximasse de Jeffy. Tinha de detê-lo sozinha.

Agarrou-o pelo braço.

– Alan, estou lhe dizendo agora...

Com um solavanco espasmódico do braço esquerdo, ele a afastou com o cotovelo, atirando-a contra o corrimão. Sylvia estremeceu com a dor nas costelas, mas o que mais doeu foi que Alan nem sequer se virou para ver o que havia feito.

Agora a sirene estava mais alta, quase como se estivesse passando bem defronte da casa. Sylvia correu para o topo da escada, indo à frente de Alan e o encarando, bloqueando-lhe o caminho.

– Pare, Alan! Pare aí mesmo!

Mas ele continuou subindo, tentando espremer-se pelo lado esquerdo de Sylvia. Ela firmou-se no corrimão e não o deixou passar. Neste momento estava bem próxima dele e pôde ver a determinação em seus olhos. Ele a pressionou com uma força desesperada, quando as luzes tornaram a piscar e o uivo da sirene ficou ensurdecedoramente alto.

– Jeffy!

– *Não!*

Ele agarrou-lhe os braços a fim de empurrá-la para o lado, e então tudo aconteceu de uma só vez. Dor – começou no estômago de Sylvia e começou a fervê-la por dentro, dilacerando-a, fazendo-a sentir-se como se estivesse sendo virada pelo avesso. Sua visão escureceu. Ela ouviu um som confuso – passos na escada ou o sangue em seus ouvidos? Depois a voz de Ba gritou:

– *Não, patroa!*

Ela sentiu um impacto que lhe tirou todo o ar, sentiu braços fortes à sua volta, erguendo-a, carregando-a, caindo no chão com ela.

A visão de Sylvia clareou quando se dissipou a dor. Estava caída na plataforma do segundo andar. Ba estava ao seu lado, com a respiração ofegante, uma bandagem ensanguentada em volta da cabeça.

– Patroa! Patroa! – dizia ele, sacudindo-a. – A senhora está bem, patroa?

– Sim, acho que sim. – Viu Alan passar mancando. Ele olhou para ela e, por um momento, pareceu ir em sua direção, com um ar confuso e preocupado no rosto. Em seguida, desviou-se, como que puxado por fios invisíveis, continuando seu caminho para o quarto de Jeffy. – Alan, volte!

– Ele precisa ir, patroa – disse Ba em tom tranquilizador, enquanto a detinha. – A senhora não deve tentar pará-lo.

– Mas por quê?

– Talvez porque ele sempre quis ajudar o garoto, talvez porque seu tempo com o *Dat-tay-vao* esteja perto do fim e ele precise completar sua missão final. Mas a senhora não deve tentar impedi-lo.

– Mas ele pode morrer!

– Como a senhora poderia ter morrido se continuasse a lhe barrar o caminho.

Havia um tom de tamanha determinação na voz de Ba e tal certeza infalível em seus olhos que Sylvia não se atreveu a perguntar como ele sabia.

A luz tornou a sumir.

Sylvia olhou para o corredor e viu a forma indistinta de Alan entrar no quarto de Jeffy. Quis gritar para que ele parasse, disparar pelo corredor e agarrá-lo pelos tornozelos. Mas Ba a impediu.

Alan desapareceu no vão da porta de Jeffy. De repente, um brilho pálido encheu o quarto e se espalhou no corredor.

– Não! – gritou ela, afastando-se de Ba.

Algo terrível estava acontecendo. Ela só sabia disso.

Rolou, pondo-se de pé, correu em direção ao quarto, mas foi detida por um gélido segundo quando um grito de dor e medo de criança rasgou a escuridão silenciosa.

E depois o grito tomou forma.

– Mamãe! Mamãe! Mamãe!

Os joelhos de Sylvia dobraram-se. Aquela voz! Deus, aquela voz! Era Jeffy!

As luzes tornaram a piscar quando ela se forçou a prosseguir, atravessou a porta e entrou no quarto.

No brilho de seu abajur de Pato Donald da mesinha de cabeceira, ela viu Jeffy agachado contra a parede, no canto da cama.

– Mamãe! – disse ele, erguendo-se nos joelhos e esticando os braços para ela. – Mamãe!

Sylvia avançou cambaleante, com o coração martelando, a boca seca. Não podia ser verdade! Esse tipo de coisa só acontecia nos contos de fadas.

No entanto, lá estava ele, olhando para ela, *vendo-a*, chamando-a. Quase cega pelas lágrimas, Sylvia correu para a frente e o levantou contra o seu corpo. Os braços de Jeffy envolveram-lhe o pescoço e a abraçaram.

Era verdade. Ele estava realmente curado!

– Oh, Jeffy! Jeffy! Jeffy!

– Mamãe – disse ele com voz clara e aguda. – Aquele homem me machucou!

– Homem? O quê...?

"Oh, Deus! Alan!" Sylvia olhou freneticamente em volta do quarto. E então ela o viu, enrugado no chão como um pilha de farrapos molhados, nas sombras aos pés da cama.

E não se mexia. Deus do céu, nem sequer respirava!

Agosto

52
Jeffy

Jeffy sentiu um cálido ardor interno ao ver o Dr. Bulmer. Era sempre assim quando o via. Não sabia exatamente o quê, sabia apenas que amava aquele homem, quase tanto quanto amava a mãe.

Neste momento Jeffy estava parado ao lado da mãe, enquanto Ba empurrava a cadeira de rodas do Dr. Bulmer, entrando na casa pela porta da frente. Já fazia um mês desde que o doutor fora tirado do quarto de Jeffy e levado às pressas para o hospital. Ainda não estava com boa aparência, mas parecia bem melhor do que naquela noite.

Jeffy jamais se esqueceria daquela noite. Era como se então sua vida tivesse começado. Podia lembrar-se muito pouco de antes daquele dia. Mas naquela noite... naquela noite o mundo se tornara um lugar novo e glorioso, abrindo-se como uma das flores matinais do jardim quando o sol brilhava.

A vida antes disso fora como um sonho; lembradas pela metade, as cenas incoerentes dessa época brilhavam esporadicamente em seu novo estado desperto. Agora tudo parecia novo e não novo, como se ele tivesse estado ali antes, visto e feito tantas coisas antes e depois esquecido. Vê-las de novo era como uma suave sacudida em sua memória, causando uma explosão de reconhecimento, na qual peças saídas de parte alguma pareciam cair no lugar certo.

Sua mãe tinha lhe dito que tudo de bom que lhe acontecera desde aquela noite fora por causa do Dr. Bulmer. Talvez fosse por isso que ele tinha essa sensação tão boa sempre que via o médico.

A mãe assumiu a tarefa de empurrar a cadeira de rodas e começou a conversar com o Dr. Bulmer. Sempre conversava com ele. Jeffy notara isso nas vezes em que ela visitara o médico no hospital. Mamãe conversava e conversava, muito embora o doutor mal lhe dirigisse uma resposta. Ela o empurrou até o quarto em que os homens haviam trabalhado nas últimas semanas.

– Lembra-se deste lugar, Alan? – perguntou ela. – Nós passamos alguns momentos aqui, você e eu.

– Eu... eu acho que sim – disse ele com sua voz insípida.

– Era a biblioteca. Agora é o seu quarto. Você vai ficar aqui até suas pernas ficarem fortes o bastante para levá-lo escada acima e abaixo. Vamos ter médicos, fisioterapeutas e fonoaudiólogos entrando e saindo daqui como nunca antes. Você está melhorando a cada dia. Há duas semanas nem conseguia falar; agora está conversando. E vai continuar melhorando. E Jeffy e eu vamos ajudá-lo. Você vai ser a mesma pessoa de antes. – A voz da mãe assumiu certo som de ansiedade por um segundo. – Eu juro. Não importa quanto isso demore, eu *juro*!

– Como eu era? – perguntou ele.

– Você era o maior. Ainda é, para mim.

Ela pegou-lhe a mão e a apertou. Por um momento, Jeffy receou que ela fosse chorar de novo. Agora ela não chorava tanto quanto antes, mas ainda chorava um bocado. Ele não gostava de vê-la chorando.

– Jeffy – disse ela, virando-se para ele. O menino viu que ela não ia chorar. Pelo menos, não naquele momento. – Por que você não leva Mess e Phemus lá no pátio um pouco? Estiveram trancados na casa a manhã inteira. Mas fique longe do ancoradouro. A maré está alta e não quero que você se molhe.

– Ótimo!

Jeffy pôs-se a dar voltas correndo. Foi pegar Mess no seu lugar ensolarado do assento da janela, depois bateu com a mão na coxa. Phemus veio correndo do quarto dos fundos. E depois eles saíram para o pátio, para o ar quente de agosto.

Enquanto Mess andava furtivamente em direção aos arbustos, Jeffy achou uma vara e começou a atirá-la para Phemus ir buscar. Quando a atirou pela terceira vez, a vara prendeu-se nos galhos de um dos novos pessegueiros – aquele que sua mãe chamava de A Árvore Nova, a que tinha realmente pêssegos enormes. Com Phemus latindo e correndo em círculos em volta dela, Jeffy tentou subir na árvore para recuperar a vara. Conseguiu apenas arranhar as pernas e balançar a árvore, soltando alguns pêssegos maduros.

Estavam com boa aparência. Quando se inclinou para pegar um, Mess saiu dos arbustos e se aproximou. Estava carregando alguma coisa à boca... alguma coisa que se mexia. Mess depositou o presente diante de Jeffy e foi embora.

Era um passarinho. Jeffy olhou com horrorizado fascínio para as asas ensanguentadas e mutiladas, enquanto o pássaro se esforçava em vão para se endireitar.

Seu coração ficou partido pela pobre criatura. Quando esticou a mão, o passarinho piou fraco, enquanto batia a asa boa para ir embora.

– Não vou machucá-lo – disse Jeffy.

Talvez pudesse ficar com ele, alimentá-lo e lhe ajeitar a asa. Depois o pássaro seria seu verdadeiro animal de estimação. Quando pegou a criatura ferida, sentiu uma súbita palpitação subir-lhe o braço.

"Foi tão bom."

E depois o passarinho guinchou e adejou as asas, subitamente perfeitas.

Ziguezagueando, livrou-se de sua mão e se alçou ao ar. Subiu, circundou-lhe a cabeça uma vez, depois voou para as árvores

Jeffy não compreendeu o que acontecera, mas achou gostoso.

De alguma forma a asa do passarinho ficara completamente boa. Teria ele feito isso? Jeffy não sabia. Teria de experimentar outra vez. Talvez pudesse, inclusive, fazer o Dr. Bulmer melhorar, o que deixaria sua mãe feliz. Claro. Talvez ele tentasse isso algum dia. Nesse exato momento, estava mais interessado no pêssego caído na grama à sua frente. Jeffy pegou-o e deu uma enorme mordida.

"Delicioso!"

fim do volume 3

Este livro foi composto na tipologia Minion Pro Regular,
em corpo 10,5/13, e impresso em papel off-set 56g/m² no Sistema
Cameron da Divisão Gráfica da Distribuidora Record.